权威全译典藏版

瓦尔登湖

（David
Thoreau）◎著

湖南文艺出版社
HUNAN LITERATURE AND ART PUBLISHING HOUSE

博集天卷
CS-BOOKY

图书在版编目（CIP）数据

瓦尔登湖 /（美）梭罗（Thoreau,H.D.）著；潘庆舲译. —长沙：湖南文艺出版社，2011.8
书名原文：Walden
ISBN 978-7-5404-5023-6

Ⅰ.①瓦… Ⅱ.①梭…②潘… Ⅲ.①散文集—美国—近代
Ⅳ.①I712.64

中国版本图书馆 CIP 数据核字（2011）第 117745 号

上架建议：青少年阅读·经典名著

瓦尔登湖

作　　者：[美]亨利·戴维·梭罗（Henry David Thoreau）
译　　者：潘庆舲
出 版 人：刘清华
责任编辑：丁丽丹　刘诗哲
监　　制：吴成玮
特约编辑：薛　婷
版式设计：姜利锐
封面设计：张丽娜
出版发行：湖南文艺出版社
　　　　　（长沙市雨花区东二环一段 508 号　邮编：410014）
网　　址：www.hnwy.net
印　　刷：北京市兆成印刷有限责任公司
经　　销：新华书店
开　　本：880×1230　1/32
字　　数：300 千字
印　　张：13
版　　次：2011 年 8 月第 1 版
印　　次：2013 年 3 月第 4 次印刷
书　　号：ISBN 978-7-5404-5023-6
定　　价：26.00 元
（若有质量问题，请致电质量监督电话：010-84409925）

我无意写一首闷闷不乐的颂歌，可我要像破晓晨鸡在栖木上引吭啼唱，只要能唤醒我的左邻右舍就好。

——梭罗

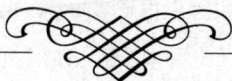

译者介绍

潘庆舲（1930.11—　　），江苏吴江人，中国资深翻译家，上海社会科学院文学研究所译审，教授，英国文学研究中心副主任，中国外国文学学会东方文学分会理事，中国作家协会会员。半个多世纪以来，致力于东方文学翻译与研究，从事英文、俄文翻译工作 50 余年。作为我国波斯语言文学界有突出贡献的学者，曾获伊朗总统亲自授予的"最高总统奖"。

其主要翻译作品有《瓦尔登湖》《哈克贝利·费恩历险记》《波斯短篇小说集》《九亭宫》《波斯诗圣菲尔多西》《珍妮姑娘》《嘉莉妹妹》《美国悲剧》《逾越节的求爱》《金融家》《大街》《红字》等。

译著一览

目录
CONTENTS

Walden
《瓦尔登湖》
_____

《瓦尔登湖》

人与自然和美共存的赞歌

——纪念梭罗诞辰一百九十周年

　　十九世纪初叶，年轻的美利坚合众国刚摆脱战争创伤，元气得以恢复，国内经济有了迅速发展，跻身一流经济大国。日新月异的科学发明创造与大规模开发自然，一方面使美国人过上了空前富裕舒适的物质生活；另一方面由于掠夺性开发自然，严重地破坏了生态环境，导致原先淳朴恬淡的田园牧歌式的乡村生活销声匿迹。这时候，有一位独具慧眼、颇有忧患意识的伟大思想先驱，切中时弊，大声疾呼人与自然和谐相处——他就是新英格兰著名作家、美国生态文学批评的始祖亨利·戴维·梭罗。

　　亨利·戴维·梭罗（Henry David Thoreau）1817年7月12日生于美国马萨诸塞州康科德镇一个商人家庭。康科德四乡风景如画，梭罗经常喜欢到野外去，独自徘徊在树木花草、鸟兽鱼虫间，与大自然结下了不解之缘。1833年他进入哈佛大学，好学不倦，是班级里优等生；1837年毕业后返回故乡任教两年（1838—1840），还当过乡村土地测量员。他毕生酷爱漫步、观察与思考，写下了大量日记，积累了日后进行创作的丰富素材。他与大作家爱默生（Ralph Waldo Emerson，1803—1882）投契，于1841—1843年住在爱默生家里，成为后者的门生兼助手。于是，他弃教从文，在爱默生的激励下开始写诗与论说文，起初给超验主义杂志《日晷》撰稿，随后也给其他报刊撰稿。

1845年，他在离康科德两英里远的瓦尔登湖畔（爱默生的地块上，事前征得门师同意）亲手搭建一间小木屋，在那里度过两年多岁月，完成了两部作品《康科德河与梅里麦克河上一周》和《瓦尔登湖，或林居纪事》（均在他生前出版）。1847年梭罗返回康科德居住，其后从事写作、讲学及观察、研究当地动植物，偶尔也出门作短程旅行，以广见闻，为日后创作打下坚实基础。有时，他还得到父亲的铅笔工厂去挣点钱维持生活。1862年5月6日，梭罗因患肺结核不幸去世，年仅四十四岁。他生前一直默默无闻，并不为同时代人所赏识。直到二十世纪，人们才从他的不朽杰作中普遍地认识了他。实际上，他真正声名日隆，还是在二十世纪三十年代以后。

1846年2月4日，梭罗在独居瓦尔登湖畔期间，曾经给康科德乡民们作过一次学术性的演讲，题为《托马斯·卡莱尔及其作品》。演讲结束后，乡友们如实相告，对于这个不可理喻的苏格兰诗人其人其事，他们压根儿不爱听。说真的，他们很想听听梭罗谈谈个人湖畔林居的所见所闻。对于乡友们的这一要求，梭罗倒是心领神会。于是，在1847年2月10日，他以《我的个人经历》为题，在康科德再次登台演讲，结果令他喜出望外，他受到听众们空前热烈的欢迎。听众们甚至劳驾他在一周后再演讲一遍，希望他的讲稿还可以进一步增补内容。是故，此次以及后来类似的演讲成为《瓦尔登湖》一书的雏形，并于1847年9月完成初稿，1849年打算出书，可万万没想到会受到出版遭拒的挫折。因此，他不得不历时五载，将此书反复修改、增补、润饰，前后计有八次之多，终于使它成为一部结构紧凑、文采斐然的文学作品。《瓦尔登湖》在十九世纪美国文学中，被公认为最受读者欢迎的非虚构作品，迄今已有二百种以上不同的版本，同时在国外也有不计其数的各种不同语言的译本。

　　《瓦尔登湖》一书副标题为《或林居纪事》，一望可知，乃是梭罗本人入住瓦尔登湖畔林居的实录。此书一开头，作者就声明是为了"乡友们细致入微地探听我的生活方式"而写的。他选择湖畔为未来住所，就地取材，亲自搭建小木屋，恰巧于1845年美国独立纪念日入住，种庄稼、栽菜蔬，过着独立不羁、悠闲自在的生活。当时在美国，就有人拿这本书当做十九世纪笛福的《鲁滨孙漂流记》来阅读欣赏。没承想《瓦尔登湖》书中充满风光旖旎的田园般的魅力，足以诱惑数以百计的读者退隐山林，或者傍湖筑舍，竞相仿效这位贤哲俊彦的生活模式。一般说来，这种趣事是人们都始料所不及的，殊不知梭罗仿佛料事如神，早就预见到如此众多之门徒，所以，在书中语重心长地奉劝过读者诸君，说很不希望有任何人采取他的生活方式。人们很容易把《瓦尔登湖》看成逃避现实的隐士幽居胜地或世外桃源，事实上，恰恰有违梭罗的初衷。梭罗在书中开宗明义，他之所以入住瓦尔登，是要探索生活的真谛，思考人与大自然这个重大问题，显然不是消极的、出世的，而是积极的、入世的。实际上，梭罗入住之后，并不是茕茕子立，与人老死不相往来。恰好相反，他一方面经常出门走访，回康科德做学术讲演；另一方面，也有各种各样的来客专程登门造访，有的还冒着大风雪赶来，与作者倾心交谈，所以，梭罗始终置身于"社会"大家庭中。再有，很重要的一点是《鲁滨孙漂流记》毕竟是笛福的虚构小说，而《瓦尔登湖》是名副其实的非虚构作品，两者不可同日而语。

在某种程度上说，《瓦尔登湖》就像是《康科德地方志》中的"动植物篇"。确实，梭罗大半辈子在康科德与瓦尔登湖边度过，始终致力于观察与研究飞禽走兽、草木花果，以及一年四季的变化过程。从他写到的草木、禽兽，如按生物纲、自、科分类粗略地估算一下，动辄以百计，他还给它们分别标上拉丁文（或希腊文）学名。追溯渊源、观察研究之如此精当、地道，事实上与博物学家相比也毫不逊色。更有甚者，梭罗还用他的生花妙笔，将他的心得体会点染在自己的描述中，从而被誉称为《瓦尔登湖》一书中的精华所在。难怪十九世纪美国书评家奉劝过读者不妨跳过《瓦尔登湖》中颇有哲学意味的片段，直接去品味赏析描写大自然的那些篇章。梭罗是当之无愧的描写大自然的高手，他在促进生态文学创作发展方面确实功不可没。虽说在他之前，美国也有过好多专门描述大自然的作家，但仅仅报道科学界的一些发现，显得相当单调乏味，而能以神来之笔描写大自然而形成独具一格的文学架构，那毫无疑问，梭罗堪称个中翘楚。美国有的批评家曾经举例指出，单单从《瓦尔登湖》中有关潜水鸟的描写，若与约翰·奥杜庞所著《美国鸟类》一书中潜水鸟章节作一比较，显然大有天壤之别，后者纯属科技性的报道，前者则是艺术作品。同样，我在译书过程中也觉得，梭罗不论对红黑蚂蚁大战，还是对灰背隼、红松鼠、猎狐犬等的描写，总是如此绘声绘色、如此引人入胜，真可以说是旷世罕见的华章。

作为艺术品的《瓦尔登湖》，在美国已被公认为现代美国散文的最早范本。《瓦尔登湖》的风格，若与它同时代的作品，比方说，具有写作天才的霍桑、梅尔维尔、爱默生等人的作品相比，都迥然不同。那主要是因为梭罗这种独特的体裁颇具二十世纪散文风格。当然，《瓦尔登湖》的主题，显而易见，写的十之八九是十九世纪的人和事，然而妙就妙在，作者对字句文体的选择似乎有些超前，颇具二十世纪的风格。句子写得率真、简洁，一扫维多利亚时期那种漫无边际的文风，而且用词极其精当，富有实体感，几乎不用模糊抽象的缀字。因此，梭罗虽然写于十九世纪的散文，除它文体多变化外，实际上似与二十世纪海明威或亨利·米勒的散文并没有多大差异。

写作手法上，梭罗在《瓦尔登湖》中也有不少独创之处，特别是修辞手法的运用，几乎达到了极致。读者可以发现各类著名比喻语之实例，包括从音节的调配到意重语轻的反语，或者比较通俗的从明喻到双关语，等等。读过《瓦尔登湖》的人都知道，梭罗特别喜爱使用双关语，那么多的双关语在全书中俯拾即是，如果有兴趣的话，我觉得，读者不妨试着编成索引，的确耐人寻味。精彩绝妙的双关语,我在这里只是信手拈来一两个,仅供读者细细玩味。梭罗写到一个在瓦尔登湖没有钓到鱼的渔夫,管他叫做修道士(Coeno bites),作者在此不仅暗示此渔夫乃是虔信宗教人士,而且我们读者要是稍加留意,听一听"修道士"这个英文词儿的发音,立时会发觉,其实,梭罗是在说:"你瞧,没有鱼来上钩。(See, no bites.)"再说,他写到作为资本主义物质文明的标志——铁路时,既表示铁路开通有利于人际往来、城乡交流,但对铁路建设破坏自然生态等,又深表不满,就借"枕木"这个双关语写道:"如果一些人乐呵呵地乘坐火车在铁轨上驶过,那肯定有另一些人不幸地在下面被碾压过去。"他说"躺在铁路底下的枕木","就是一个人,一个爱尔兰人,或者说一个北方佬","他们可睡得很酣"。作者在这里通过英文枕木(Sleeper)这个双关语,比喻那些为修造铁路卖命而又昏睡不醒、毫无觉悟的人。对于这些劳工,梭罗确实满怀同情,真可以说,哀其不幸,怒其昏睡不醒。总之,梭罗笔下那么多的双关语,我在译述时不由得一一加注,我想,说不定我国读者也会感兴趣。

从《瓦尔登湖》中的双关语,我们不禁联想到梭罗那种独特的幽默感。尽管当时文坛上很有权威的洛厄尔撰文说梭罗没有幽默感,但不少批评家反驳道,缺乏幽默感的倒是洛厄尔,而绝不是梭罗,因为人们在阅读《瓦尔登湖》时会发现字里行间都闪耀着梭罗的智慧光芒。他的幽默不见得都是喧哗的,就像喜剧性那样俗不可耐。梭罗的幽默感饱含着一种批评性的、亦庄亦谐的韵味,它不仅使读者看在眼里，心情轻松，乃至于忍俊不禁，还像斯威夫特、伏尔泰、马克·吐温或萧伯纳的幽默，发人深省。比方说，十九世纪上半叶，新生的美利坚合众国立国还不太久，人们老是觉得自己脱不掉乡里乡气，一切时尚紧跟在欧洲后头，特别是以英国、法国马首是瞻，乃至于东施效颦，也屡见不鲜。因此，梭罗就在《瓦尔登湖》中写出了"巴黎的猴王戴了一顶旅行帽，全美国的猴子便群起仿效"。读者不难揣想，美国人读到这类俳谐字句管保暗自发笑，毋庸否认，这笑声里头还包含着梭罗把他们当做猴群的默认呢。总之，像上面这样连类不穷、涉笔成趣的诙谐幽默的词句在书中可谓比比皆是，梭罗就是通过它们来揭示：我们人类是何等愚蠢啊！

梭罗还擅长夸张手法。最好的实例就是当年他在《瓦尔登湖》初次问世时扉页上所写的题词："我无意写一首闷闷不乐的颂歌，可我要像破晓晨鸡在栖木上引吭啼唱，只要能唤醒我的左邻右舍就好。"不言而喻，作者旨在说明自己不愿做什么闷闷不乐的哀叹，他要使自己写在书中的切身感受对人们多少有所裨益。反过来说，作者写在书里的是一首精神抖擞、乐观向上、歌唱生活的欢乐颂。这是全书的宗旨，气势豪迈而又言简意赅，原本印在卷首，意在引人注目。不知何故，后来数以百计的《瓦尔登湖》版本上几乎全给删去了，依我看，显然拂逆了作者的初衷。他有时还采用先扬后抑的手法，比方说在《消极抵抗》的名篇中就是这样，他写道："我衷心地接受这箴言——'管得最少的政府是最好的政府。'……我相信这箴言等于说——'不管的政府是最好的政府。'"接着，梭罗就笔锋一转，对自己过分激烈的观点有所收敛，采用委婉的口吻："我不是要求即时取消政府，而是要求立即有个较好的政府。"从而表明了自己绝不是政府废除派的立场。但是，弦外之音，反过来说，政府要是逼迫人民去做违背自己意愿的事，人民就应该拥有消极抵抗的权利。《消极抵抗》一文，原先也是应乡民们要求所作的讲演而写成的，随后不胫而走，远播海内外。没承想梭罗这种单凭个人力量的"非暴力抵抗"的主张，极大地激发了世界各国仁人志士——比方说，圣雄甘地、列夫·托尔斯泰和马丁·路德·金——的灵感，产生了不可估量的影响。迨至第二次世界大战以后，"垮掉的一代"中最出名的小说家杰克·凯鲁亚克（其代表作是《在路上》）等人，也对当时尽管繁荣但无生气的美国文明作过真正的抗议。美国文学史家据此指出：他们就是继承了美国悠久而了不起的抗议传统，其渊源至少可以追溯到梭罗的风骨。

梭罗还在书中谈天说地、纵古览今时，一边立论公允、痛斥时弊，一边又提出不少积极性的批评与建议，其内容十分广泛，涉及饮食文化、住房建筑、生态环境、学校教育、农贸渔猎，等等。他反对当时严重脱离实际、费用高昂、培养年轻学子的学院式教育，提倡"与同时代中最有教养的人交游，从而得到更有价值的教育，那是压根儿不需要付什么钱的"。显然，这是梭罗根据自己追随爱默生获益匪浅的可贵经验而得出的结论，十分精彩有力，至今仍然启迪后人深省。他一贯主张生活简朴，社会公正。在书中这么写道："我深信，如果人人都像我当时那样过简朴的生活，那么，偷窃和抢劫也不会发生。之所以发生这样的事，盖因社会上存在贫富不均。"寥寥数语一针见血地触及当时美国社会上贫富悬殊的要害。梭罗还根据个人耕作体验，认为"一年里头只要工作六周，就足够生活开支"，或者换句话说，一周之中只要工作一天，剩下六天时间，完全可以自由自在，安心读书，思考问题，或者从事艺术创作，等等。要知道，一周以内，人们六天工作，一天是安息日，这本来就是上帝的安排。梭罗身为基督徒，却大唱反调，主张工作一天，休息六天，岂不是大逆不道？反正在本书中，读者能时不时碰到类似上述的叛逆言论，如果说梭罗是一个社会批评家，也一点不过分。

梭罗在《瓦尔登湖》中用很大篇幅谈到人与自然和谐相处，人与草木鸟兽和谐相处，有许许多多精彩片段，恕不一一列举，我打算日后另撰专文予以介绍。这里着重提一下，梭罗还主张社会内部各族群之间和谐相处。自古以来，北美大陆的主人、原住民是各部落印第安人，欧洲殖民者到达"新大陆"后不仅肆意残杀无辜印第安人，使其濒临种族灭绝的境况，而且彻底毁掉了悠久的印第安人文化与生活方式，还对印第安人持极端歧视的态度。殊不知梭罗乃是狷介之士，却反其道而行之。他在书中常常笔酣墨畅地写到印第安人的种种美德，甚至说，即使是"野蛮民族"，美国人也"不妨学一学，也许大有裨益"，具体地说，就要学习各部落印第安人和墨西哥人的风俗文化，比如，"第一批果实节"、"除旧祭祀活动"，好像是在"蜕皮求新"，"净化自己处世理念"等，试想远在一个半世纪以前，梭罗就具有上述真知灼见，确实值得世人称道。

梭罗从年轻时起就好学不倦，博览群书。古希腊罗马文学、东方哲学和德国古典哲学对他都有影响，但是，爱默生的《论自然》等著述中的超验主义思想给他较深的影响。超验主义思想的基本出发点，就是反对权威，崇尚直觉；其核心是主张人能超越感觉和理性而直接认识真理。无奈梭罗是一个富有诗人气质而又注重实践的哲学家。他和爱默生虽然是师生关系，在哲学思想上有很多相同之处，他们的思想观点却是"和而不同"。这主要是因为他们两人的个性与作风毕竟大异其趣，结果他们日益疏远，越到后来越难接近。爱默生偏重于哲理的思辨，而梭罗力求将自己相信的哲理付诸实践，就是说要身体力行。有趣的是，以爱默生为代表的康科德派文人，虽然也在小溪农庄和花果园地建立了一些公社，希望实现他们的理想，一边耕地，一边谈论哲学。可惜这两个乌托邦社会都失败了。但是，梭罗主张人应该过一种有深刻内容的返璞归真的生活；他意志坚定地入住湖畔林居，根据个人生活体验写成的不朽之作《瓦尔登湖》，就是他通过自己的身体力行而结出的丰硕成果，并且赢得"超验主义圣经"的美誉。

众所周知，梭罗曾经从东方哲学思想中取得不少滋养与借鉴，从而丰富了自己独特的思想见解。值得注意的是，梭罗对中国文化，尤其是儒家思想情有独钟。他在《瓦尔登湖》中旁征博引，孔子、孟子等先秦贤哲儒家经典言论有九处之多。博大精深的儒家经典，崇尚自然、天人合一、民胞物与、仁者乐山、智者乐水，不仅成了梭罗在阐发自己的思想论点时有力的支柱，而且不经意间扩大了现代美国文化的思想视野。读到梭罗如此热衷地向美国人介绍孔孟之道、老庄思想，我想我国读者也一定会很感兴趣。梭罗引经据典并进行了新的诠释，难道不就是重新发掘和激活中国传统文化，尤其是儒家文化所固有的独特的魅力和活力，从而顺势融合到美国文化，乃至于全球性文化中去吗？

梭罗根据自己深信的超验主义观点，在书中就自然界四季更迭和精神复苏作出了极其精彩的描述。从章节上来看，《瓦尔登湖》一书是以春天开端，依次经历夏天、秋天和冬天，最后仍然以春天告终，好似生命轮回的写照，既是终点又是起点，生生不息，开始复苏。梭罗在书末讲到一个在新英格兰广泛流传的故事：从一个蛰伏六十年之久的虫卵里孵化出一只健壮而又美丽的小虫子，再次强调世上任何力量扼杀不了生命的复苏，同样也表达了他无比乐观的人生态度。直至今日，梭罗在结尾时所写下的箴言隽语依然令人对未来充满了希望："遮住我们眼睛的亮光，对我们无异于黑暗。唯有我们清醒的时候，天光才大亮。天光大亮的日子多着呢。"

随着岁月流逝，梭罗的《瓦尔登湖》越来越受到世人的无比崇敬，曾被誉称为"塑造读者人生的二十五本书之一"（美国国会图书馆评语），"美国文学中无可争议的六本或八本传世之作之一"（美国著名批评家约瑟夫·伍德·克鲁奇评语）。美国批评家伊拉·布鲁克甚至还说过："在过去一百年里，《瓦尔登湖》已经成为美国文化中纯洁天堂的同义词。"不消说，英国著名作家乔治·爱略特更是慧眼识珠，远在当年《西敏寺周报》上就撰文指出："《瓦尔登湖》是一本超凡入圣的好书。"严重的污染使人们丧失了田园的宁静，所以，梭罗这本书被整个世界阅读和怀念。

　　走笔至此，我猛地记起，不久前我国有识之士在深圳举办自然论坛，在特意向我国广大读者郑重推荐的"十大自然读物"的书目中，梭罗的《瓦尔登湖》名列榜首，足见它确实是举世公认的一部不朽名著。说真的，梭罗写在书里的一字字、一句句，对上至国家决策人、下至草根百姓，都是恒久不变的警世箴言啊！我想，不管怎么说，当前全球生态环境仍在不断恶化，天上看不到一片蓝天、一丝和风，地上找不到一方净土、一泓清水，社会上贫富越来越悬殊，"征服自然"、"人定胜天"依然甚嚣尘上，只要以上种种现象还没有得到全部彻底根除，各个不同国家、各个个不同民族的人们总要回首前尘，带着无限眷恋的心情，缅怀崇尚人与自然和谐的先驱，研读梭罗的这部不朽经典，并从中不断地为自己汲取灵感、力量和希望。

潘庆舲

2007年1月识于上海圣约翰名邸

2008年1月稍有增补

省俭有方 ｜ ⟲

　　写下面这些篇章，或者写这里头大部分篇章时，我正形单影只地住在马萨诸塞州康科德①的瓦尔登湖畔树林子里亲手搭建的一间小木屋里，离左邻右舍一英里，仅凭一双手养活自己。我在那里住了两年零两个月。如今，我又是文明生活中的匆匆过客了。

　　要不是我的乡友们细致入微地探听我的生活方式，我本来不作兴向读者念叨私事，有渎清神。尽管有人会认为我的生活方式不可理喻，在我看来并不尽然；而且，考虑到当时情况，我反而觉得非常合理。有人问我有些什么可吃的，我是不是感到孤独，我害怕不害怕，以及诸如此类的问题；另一些人好奇地想知道我的收入中有

---

① 马萨诸塞州（又译麻省），州府波士顿，位于美国东北部，北美移民最早登陆处。康科德是马州东部一小镇，梭罗的家乡，也是超验主义学派的活动中心。

多少捐给慈善事业了；还有一些拖家带口的人问我抚养了多少个贫困儿童。因此，我在本书中对这些问题作出回答，请那些对我并不特别感兴趣的人多多包涵。大多数书里，都不使用第一人称"我"这个字。在这本书里，"我"将保留第一人称。"我"字用得特别多，就成了本书的一大特色。其实，不管哪本书，说到底，都是第一人称在说这说那，不过我们往往把它给忘了。要是我既有自知之明，又有知人之明，那我断断乎不会大谈特谈自己的。不幸的是，我阅历很浅，只能局限于这一个主题。再说，我还要求每一个作家迟早都能朴实无华、真心实意地写自己的生活，而不是仅仅写他听说过的别人的生活；写一些就像从远方寄给亲人那样的书简，因为他只要真心实意地融入生活，   定是在离我十分遥远的地方。本书中这些篇章，也许对清贫学子特别适合。至于我的其他读者，他们会接受他们认为适合的那些部分。我相信，没有人会把撑破线缝的衣服穿上身，因为衣服只有合身，穿着才舒服。

　　我想要说的事儿涉及更多的，倒不是中国人和桑威奇群岛人①，而是阅读以下这些篇章的，据说都是住在新英格兰②的读者诸君；就是说，有关你们的生存状况，特别是你们在当今世界上的外部状况或者现实环境，你们这个镇究竟是什么样儿，是不是非得坏成目

---

① 即今日夏威夷群岛人。
② 新英格兰：美国东北部（包括马萨诸塞州）六州总称，乃是英国清教徒最早移民之地。

前这个样儿，还能不能改善得好一些？我在康科德去过许多地方，所到之处，不管是商店、公事房、田野，依我看，居民们都在苦修补赎，干着形形色色非同寻常的活儿。我听说过婆罗门的信徒在烈火中打坐，两眼直瞅太阳；或者身子倒悬于烈焰之上；或者侧转脑袋仰望苍穹，直到身体无法恢复天生的姿态，这时脖子是扭曲的，除了流汗啥都进入不了胃囊中去；或者栖身在一棵树底下，今生今世把自己跟链子拴在一起；或者就像毛毛虫，用自己的身子丈量各大帝国的疆土；或者一条腿站在立柱顶端——即便是这些有意识的赎罪苦行，也不见得比我每天见到的情景更不可置信，更不令人触目惊心。赫拉克勒斯①的十二件苦差使与我的邻居们所经受的困苦相比，简直是小巫见大巫了；因为赫拉克勒斯毕竟只有十二件苦差使，好歹做完了就告结束，可我从来没见过我的邻居捕杀过任何妖魔鬼怪，或者服完过任何苦役。他们没有得到过像伊俄拉斯②那样的好友相助，用通红的烙铁把九头蛇的蛇头烧掉，不过九头蛇嘛，一个蛇头刚除掉，两个蛇头马上又长了出来。

我看到年轻人，亦即我的乡友们，他们继承了农场、房子、谷仓、牲畜以及各种农具，因为这些家产来得容易，要舍弃却很难，

① 古希腊和古罗马神话中的神，力大无比，曾不畏艰难，完成了十二件苦差使。
② 古希腊神话中英雄人物，赫拉克勒斯的侄子、车夫与助手。帮助赫拉克勒斯完成第二件苦差使，即杀死九头水蛇和与前者结盟的螃蟹。

乃是他们的不幸。他们还不如出生在空旷的牧场上让狼喂养成人为好，他们就可以两眼更亮地看到他们应召去干活的田地是个什么样。谁让他们成为土地的奴隶？为什么有人只好含垢忍辱，为什么有人就可以坐吃他们的六十英亩①收成？为什么有人一生下来就得开始给自己挖坟墓？他们本该像常人那样过日子，把眼前所有一切东西甩掉，尽可能过上好一点的日子。我碰到过好多可怜虫，他们在沉重的负荷下几乎被压垮了，连气都透不过来，在生活道路上爬行，推动一座七十五英尺长四十英尺宽的谷仓、从来不打扫的奥吉厄斯的牛棚②，祖传一百英亩土地还得耕种、除草、放牧、护林！没有祖产继承的人，固然不被祖产继承而来的拖累所折磨，但他们要拼命地干活，方能培育自己几许英尺的血肉之躯。

可是，人们常在误导下辛勤劳作。人的音容才智很快被犁入泥土中，化成肥料。正如古书里所说受一种似是而非、通称必然的命运支配，人们积累的财宝会遭到虫咬、锈坏，而且诱贼入室偷盗③。这是一个笨伯的一生经历，他们要是生前也许还不明白，那么在临终前准会明白。据说，丢卡利翁和庇娜是从头顶向身后扔石头才创

---

① 1 英亩等于 40.47 公亩或 6.07 亩或 4047 平方米。

② 源自古希腊神话，传说奥吉厄斯王牛棚里有三百头牛，三十年没有打扫过，后来赫拉克勒斯用河水一天就给清扫干净了。

③ 详见《圣经·新约全书·马太福音》第 6 章 19 节："不要为自己积攒财宝在地上，地上有虫子咬，能锈坏，也有贼挖窟窿来偷。"第 6 章 20 节："只要积攒财宝在天上，天上没有虫子咬，不能锈坏，也没有贼挖窟窿来偷。"

造了人类 ①。——

Inde genus durum sumus, experiensque laborum, Et documenta damns qua simus origine nati. ②

或者有如罗利 ③ 铿然吟咏过的诗句——

从此人心坚硬，任劳任怨，

证明我们的躯体源自岩石。

如此盲从荒谬的神谕，将石头从头顶往身后扔去，也不看一看它们都掉落在了什么地方。

大多数人，即便在这个相对自由的国家，仅仅因为无知和误导，要应对的是虚假的忧虑、没完没了的粗活，却采撷不到更美好的生命果实。他们的手指，由于操劳过度，极其粗笨，而且一个劲儿颤抖，实在没法摘果子了。说真的，劳动的人没有闲暇休息，使身体得以复原。他无法保持最洒脱的人际关系，他的劳动到了市场上就

---

① 源自古希腊神话，丢卡利翁（普罗米修斯之子）与妻子庇娜逃脱了宙斯所发的洪水，夫妇俩从肩头向身后扔石头（指大地母亲的骨头），石头变成男男女女，从而重新创造了人类。

② 原文为拉丁文，引自古罗马作家奥维德《变形记》第 1 卷第 414~415行，意谓：人从此成为坚硬物种，历尽辛苦，给我们证明出身来历。

③ 罗利（Sir Walter Raleigh, 1554？—1618），英国探险家、作家，早期美洲殖民者，颇具传奇色彩，著有《世界史》。

不免贬值。他除了做一台机器以外，哪儿有空去干别的什么？他怎么会记得自己是无知呢——他正靠的是无知才成长起来——即使他时不时让自己的知识派上用场。有时我们应该无偿地让他得到温饱，并用我们的补品去使他恢复健康，然后才好对他评头论足。我们天性中最优秀的品质，好似水果外皮的粉霜，只有精心加以呵护才保得住。可是，我们不管对待自己也好，还是对待别人也好，都缺失如此温情柔意。

我们全都知道，你们里头有些人挺穷，觉得求生很不易，有时甚至连气都喘不过来。我毫不怀疑，你们里头读过这本书的一些人，进餐后并不是都付得出钱来，或者衣鞋快要穿烂，或者早已穿烂了也没钱添新的，即便如此，你们还忙里偷闲，阅读这几页文字，而这一点时间是从你们的债主那儿偷来的。一望可知，你们里头好多人过的是多么卑微、鬼鬼祟祟的日子，反正我阅历丰富，看得一清二楚。你们老是身陷困厄，很想做一点事来还债，这是一个非常古老的泥坑，拉丁文叫做 aes alienum，亦即是指别人的铜钱，因为他们的铜币是用铜铸成的；你们生前，乃至于最后入土掩埋，使的都是别人的铜钱；你们老是说好还债，满口答应还债，明天就还，直到今天死了，债并没有偿还；你们竭力讨好求宠、获得惠顾，并且还使尽浑身解数，只图自己不吃官司坐大牢；你们撒谎，溜须拍马，选举投票，自愿被那套繁文缛节框住，要不然，你们自己大吹大擂，营造一种酸溜溜的慷慨大方的氛围，以便说服邻居让你们给他们做鞋子，制帽子，做衣服，造马车，或者给他们代买食品杂货，反正为了防备日后生病而攒下点什么，没承想把自己累得病倒了。你们把一点钱塞到一只旧箱子里，或者在泥灰墙后头一只袜筒里藏过点什么，或者更加保险地塞进砖柜里，根本不管藏在哪里，也不管积攒多少。

　　有时候，我暗自纳闷，我们怎能如此轻率地——我几乎要说——致力于推行那种万恶不赦、但从国外引进的所谓"黑奴制"，有那么多精明而诡秘的奴隶主在奴役南方和北方的奴隶。南方监工良心固然坏，北方监工良心更要坏，但话又说回来，良心最最坏的还是你成为你自己的奴隶监工。胡扯什么人身上的神性！看一看大路上的车把式夜以继日地往市场赶，难道他心里还有什么神性在激动吗？他的最高职责是给驮马喂料添水！跟他的运货收益相比，他的命运算得了什么？他还不是在给一个炙手可热的乡绅赶车吗？他要什么神性？他要什么永世不朽？照他那副畏畏缩缩、鬼鬼祟祟的德行，整天价闹不清楚自己干吗胆战心惊，哪来什么不朽和神性，他仅仅是以奴隶和囚犯自居，给自己干的活儿挣个好口碑罢了。与我们的个人见解相比，公众舆论只是一个轻弱无力的暴君。一个人如何看待自己，这是决定了的，换句话说，指明了他的命运。甚至在西印度群岛各省谈论空想的自我解放——还不就是威尔伯福斯①带

---

① 威尔伯福斯（William Wilberforce, 1759—1833）：从事殖民地奴隶解放活动的英国人，被后人认为思想超前。

来那种理念的结果吗？不妨再想一想，这块国土的女士们，她们编织梳妆用的垫子，为世界末日作准备，却对自己的命运漠不关心！仿佛尽管消磨大量时光，于永生纤毫无损似的。

人们在绝望中默默地过日子。所谓听天由命，就是一种根深蒂固的绝望。你从绝望之城走向绝望之乡，还得拿水貂和麝鼠的勇气来安慰自己。甚至在人类所谓的游戏和娱乐下头，都隐藏着一种陈旧的却是下意识的绝望。两者里头根本没有玩儿的，因为只有工作之后才能玩儿。不过，不做绝望的事才是智慧的一种特征。

我们使用教理问答式的语言思考什么是人生的宗旨，什么是真正的生活必需品和生活资料时，仿佛已经深思熟虑地选择了这种生活的共同方式，因为他们就是喜欢这种方式，而别的一概不喜欢。其实，他们心里也明白，舍此以外，别无选择。但是，神志清醒的人都知道日出山河清。捐弃我们的偏见，从来不算为时太晚。任何一种思考方式或行为方式，不管它有多么古老，如无确证都是不可信的。今天人人附和或予以默认的真理，明天有可能成为谬论，而这种谬论只不过是缥缈烟雾，有人却坚信那是雨云，会把甘霖洒向他们的农田。老人说你不能做的事，你不妨试一试，却发现你自己是能做的。老人有老办法，新人有新招数。古人也许不知道添上燃料，火苗儿就灭不了；新人会在火车锅炉底下放上一点干柴，就像鸟儿似的绕着地球飞转，正如老话所说"气死老头子"。其实，老年人未必都能胜任年轻人的导师，因为老年人一生中获益也不见得比失去的更多。人们几乎可以质疑，即使是最聪明人又从生活中能感悟出多少具有绝对价值的东西？说实话，老年人没有什么至关紧要的忠告给年轻人的，他们自己的经验如此不够完美，他们一生中又遭到如此惨败，他们必须承认那都是归咎于自己；也许他们还有一些有悖于那种经验的信心，可惜他们不再年轻了。我在这个星球上已生活过三十多年，还没有听到我的长辈说过一句可谓有价值的、乃至于热忱的忠告。他们什么都没有告诉过我，也许他们对我说不出什么深中肯綮的话。这就是生活，一个在很大程度上我还没有尝试过的实验，他们倒是尝试过了，但对我丝毫无益。如果我有什么自以为有价值的经验，我一定会想，这可是我的贤师们都还没有说过呢。

有一个农夫对我说："你不能光吃蔬菜过活，因为蔬菜对骨头毫无营养可言。"于是，他虔诚地奉献一部分时间，给自己的骨骼系统提供滋养；他一边说，一边跟在耕牛后头，他的那头耕牛就靠蔬菜长成的骨头，却不顾一切障碍，使劲地拖着它和耕犁往前赶。有些东西在某些人圈子里，确实是生命的必需品，但换了一个圈子，仅仅成了奢侈品，要是再换一个圈子，则完全成了未知之物。

在有些人看来，整个人类生活领域，不论山巅还是峡谷，已被前人涉足过，对所有问题也都关注过。按照伊夫林①的说法："聪明

① 伊夫林（John Evelyn，1620—1706），英国作家，皇家学会创始人之一，写过有关美术、林学、宗教等著作三十余部。他的《日记》一书见证了英国六十年来的政治、社会和宗教生活实况。

的所罗门曾经下令,规定树与树之间应有的距离;罗马地方官也曾规定过,你可以多少次到邻居的地头上,去拾落下来的橡果而不算非法侵入,多少份橡果应归邻居所有。"希波克拉底①甚至给我们留下了剪指甲的方法,就是说我们的指甲应剪得不可过长,也不可过短,与手指头并齐。有人认为如此枯燥与无聊会将生活的多样化和欢乐消耗殆尽,这种看法毫无疑问如同亚当②一样古老。然而,人的各种能量还从来没有被估量过;我们也不应该根据任何先例来判断人的能量,尝试过的事委实太少了。不管迄至今日经受过多大失败,"别难过,我的孩子,有谁会指派你去做你未竟之事呢?"

　　我们可以通过成千种简单的测试,来考验我们的生命:比方说,这是同一个太阳,它使我种的豆子成熟,同时也照亮了就像我们地球一样的整个太阳系。这点我只要记住了,就可以少犯一些错误。我在锄豆子地时却没有这种想法。星星是好多神奇的三角形的顶点!宇宙间形形色色的宿或宫中,有多少相距很远的不同物种,却会在同一个时刻思考着同一个事物!如同我们的各种体制一样,大自然和人生也是形形色色。有谁能说清楚别人的一生会有什么样的前景?我们在一瞬间彼此两眼相望,难道还有什么比这更伟大的奇迹吗?

---

① 希波克拉底(Hippocrates,前460—前377?),古希腊著名医生,被誉称为"医学之父"。
② 亚当(Adam):《圣经》中的人物,相传为人类始祖,详见《圣经·旧约全书·创世记》。

我们应该在一个钟头里经历这个世界上所有的时代；是的，经历所有时代中所有的世界。历史、诗歌、神话！我可不知道别人阅读的经验，还会有什么能像阅读历史、诗歌、神话那样令人惊讶而又增长见闻呢。

凡是我的邻居说好的，大部分在我心目中却认为是坏的，如果我有什么要反思，也许反思恰恰是我的正派作风。是给哪个恶魔缠住了，使我的所作所为如此这般正派？老人啊，那些最睿智的话你尽管念叨好了——你毕竟活了七十岁，活得还算体面——我却听到一种不可抗拒的声音，要跟这一切离得远远的。一代人抛弃上一代的功绩，就像抛弃搁浅了的船。

我想，我们可以笃笃定定地相信，比我们实际上相信还要多得多的事物。我们对自己的关怀不妨多放弃一些，就可以在别处诚心实意地给予别人。大自然既能适应我们的长处，也能适应我们的弱点。有些人无穷无尽地紧张焦虑，成了一种几近不治的瘤疾。我们生来就爱夸大所做的工作的重要性，可又有多少工作还没有去做？万一我们病倒了，又该怎么办？我们该有多么谨小慎微！只要能不信教，我们决心不靠信教过活；白日里老是提心吊胆，晚上又违心地做祷告，把自己托付给未定之天。我们如此彻底真诚地被逼着过活，既要崇敬自己的生命，又要否认变革的可能性。我们说：这就是唯一的生活方式；既然从一个中心可以画出好多好多半径来，生活方式一样也有好多好多。一切变革都是奇迹，值得思考。孔子说过：

"知之为知之，不知为不知，是知也。"[1]有一个人将想象的事实归纳为自己所理解的事实时，我敢预言，所有的人最终都会在那个基础上打造他们的生活。

让我们略费片刻，思考一下我在前文提及的麻烦和焦虑，十之八九是些什么，有多少需要我们烦心，或者至少得小心应对。我们尽管置身于一种徒有其表的文明，若能过上一种原生态的，或者开拓疆土的生活，还是颇有裨益，即使仅仅为了弄明白大量生活必需品是什么，要用什么方法方可获得；或者，甚至只消翻一翻商人的旧账本，看看人们在商店里买得最多的是什么，商店里存货是什么，也就是说，存量最大的杂货是什么。因为，时代固然在进步，但它对人类生存的基本法则并没有多大影响；就像我们的骨骼同祖先的骨骼相比，也没有多大差别。

依我看，生活必需品，是指人通过自己的努力所获得的一切，换句话说，它从一开始（或者经过长期使用）就变得对人类生活如此须臾不可离，因此，不管是出于野蛮、贫困还是哲学上的缘故，没有人能不靠它独自过活，即使有这样的人，那也是寥寥无几。许多人认为，从这个意义上讲的生活必需品只有一种，那就是——食物。对大草原上的美洲野牛来说，那就是几英寸长、可咀嚼的青草，可饮用的水，此外还要在森林里或山阴处寻摸栖身

---

[1] 引自《论语·为政》。

之地。野兽需要的，不外乎是食物和栖身之地。在这个气候区，人们的生活必需品可以极其精确地分为几大类：食物、住所、衣服和燃料；因为只有获得以上东西，我们方可持有自由的观点，去考虑真正的人生问题，并有指望取得成功。人类发明不仅有房子，还有衣服、熟食；也许是偶然发现烤火可以取暖，后来使用了火，起先被看成是一种奢侈品，到现在，围火取暖也成为一种必需品了。我们已看到，猫狗也都获得了这种第二天性。人们只要住处合宜，穿着适当，就能合理地保持体内的热量；可是，如果我们住处过暖，穿着过厚，或者燃料消耗过多，也就是说，外部的热量大大地超过我们体内的热量，那岂不是在烘烤人体了吗？自然科学家达尔文谈到火地岛①的原住民时说，他自己那一伙人穿得很厚实，围坐在火堆边一点也不觉得热，而一丝不挂的野蛮人在离火堆老远的地方待着，达尔文大吃一惊，发现他们被"烘烤得竟然汗流浃背"。同样，据说新荷兰人赤身裸体走来走去，若无其事，而欧洲人穿了衣服还冷得瑟瑟发抖。这些野蛮人的体质强健和文明人的智质聪明，难道不可以相互结合在一起吗？根据李比希②的说法，人体是一座火炉，食物即维持肺内消耗的燃料。我们冷天吃得多些，热天就吃得少些。体内的热量是内部消耗缓

① 火地岛：位于南美洲南部，以火地岛为主的岛群，分属阿根廷与智利。
② 李比希（Justus von liebig，1803—1873）：德国化学家，以发展基因理论闻名于世。

慢的结果，内耗太快，就会出现疾病和死亡。换句话说，由于缺乏燃料，通风装置出了毛病，火就会熄灭。当然，生命的体温与火不能混为一谈，但作为比喻也只好将就一用。因此，从前文所述来看，"动物生命"和"动物体温"几乎可作同义词用；因为食物可以看成在我们体内消耗的燃料——而燃料只不过用来煮熟食物，或者从体外来增加我们的体温——此外，住处和衣服也只是保持由此产生和吸收的热量。

因此，就人体来说，最大的必需品就是保暖，延缓生命的热量。我们为此就得含辛茹苦，不仅为了获取食物、衣服和住所，还要寻摸床铺，包括我们的睡衣，从鸟巢和飞鸟的胸脯上掠夺羽毛来打造这个住所，就像鼹鼠在地洞尽头拿杂草和树叶子做了一个窝！穷人动不动就发牢骚，说这是一个寒冷的世界；我们的大部分疾病，不论生理上的也好，社会上的也好，都干脆归罪于饱受风寒。在一些气候区，夏天会给予人们一种"天上乐园"似的生活。那时节，燃料除了煮熟食物外，也就不是必需品了；依他们之见，太阳就像是一团火，许多果实被太阳的光煮熟了；一般来说，食物的品种繁多，又唾手可得，衣服和住所已是完全用不着，或者部分用不着。根据我的亲身经历，时下在这个国家，我觉得只要有几件工具：一把刀，一柄斧头，一把铁锹，一辆手推车等，就可以过日子了。饱学之士，可另添一盏灯，一些文具，再加上几本书，这些均属次要的必需品，稍微花上几个铜子儿就能获得。但是，有些人不太聪明，跑到地球的另一边，到了蛮荒和肮脏的地区，一门心思地做了一二十年生意，为了谋生——就是说，为了追求舒适温暖——可到头来还是魂归新英格兰。奢侈的富人不止得到舒适、暖和，还暖和得太过反常；正如我前文所说的，他们肉体是在烘烤，不消说，是很切合时尚的方式①的烘烤。

　　绝大多数奢侈品，以及许多所谓使生活舒适的物品，并非必不可缺，还极大地有碍于人类进步。就奢侈和舒适来说，最聪明的人的生活，甚至比穷人过得还要简单、朴素。古代哲学家，无论在中国、印度、波斯，还是希腊，都是同一种类型的人，从外表看，他们比谁都穷，从内心看，他们却比谁都富。我们对他们了解得还很不够。值得注意的是，我们对他们毕竟知道不少。近代改革家和他们的民族救星，他们也都是如此。一个人唯有站在我们称之为甘于清贫的有利地位上，方能成为人类生活的公正、睿智的观察家。即便在农业、商业、文学或艺术中，奢侈生活结出的果实也都是奢侈。时下哲学教授比比皆是，哲学家却一个也没有。然而，教授令人艳羡不已，因为教授的生活曾经令人艳羡不已。做一个哲学家，不仅要有深邃广博的思想，乃至于建立一个学派，而且要热爱智慧，按照智慧的要求，过一种简朴、独立、豁达大度与富有信心的生活。不仅要从理论上，还要在实践中，解决生活中的一些问题。反观大

---

① 原文为法文 à La Mode。

学问家和大思想家的成功，不是帝王式的，也不是壮汉式的，通常都是侍臣式的成功。他们一味随流徇俗，应对生活变化，他们的所作所为，实际上跟父辈们如出一辙，压根儿成不了什么顶天立地的人类始祖。那么，为什么人类一直在退化呢？是什么使得许多家族没落？奢侈导致国家衰亡，那它的实质又是什么？在我们自己的生活中，我们敢不敢说一点都没有奢侈味？即使在生活的外部形式上，哲学家也是处于时代前列。他不像同时代人那样饮食、居住、穿着和取暖。既然做了哲学家，岂能没有比别人更好的方法来维持自己生命的热量？

一个人从我所描述的多种模式中得到了温暖，接下来他还想要些什么？当然不会是更多的同样的温暖，更多更丰盛的食物，更大更华丽的房子，更多更持久、旺盛的炉火，等等。他获得了这些生活必需品之后，就不会再要那些剩余品，而要选择另外的东西；那就是说，要摆脱卑微的劳动，开始度假，亲历生活中的奇遇。看来泥土对种子是很相宜的，因为泥土已使胚根向下延伸，随后又信心十足地使嫩茎不断朝上苗长。人既然那么牢牢地在大地上扎了根，为什么就不能同样恰如其分地升高到天空中去呢？——因为这是名贵植物的价值，是由远离地面、最终在空气和阳光下结出的果实来评定的，跟比较低等的菜蔬不可相提并论。那些菜蔬，哪怕是两年生的品种，也仅仅被栽培到根须长好为止，而上头枝叶通常都被剪去，因此，到了开花季节，人们多半认不得它们了。

我可不打算给那些坚强勇敢的人厘定什么规章，不管在天堂还是在地狱，他们都会专心于自己的事情；或许他们的住宅造得比富豪们更豪华，挥霍也更惊人，却并没有因此而一贫如洗，真不知道他们究竟如何生活——如果就像人们所梦想那样，确实有过这样的人；再说，我也不打算给下面那些人厘定什么规章，他们是从各种事物现状中得到鼓励和灵感，以恋人般的狂热珍爱现状——我想，在某种程度上，我自己就归属于这类人；还有一些人，我也不想对那些不管在什么情况下都能安居乐业的人说些什么，反正他们都知道自己是不是安居乐业……我主要是向那些心怀不满的人说话，他们原本可以改善自己的生活，但他们老是徒然地诉苦说自己命运不济、时世艰难。有些人对任何事情都叫苦不迭，使人没法给予安慰，因为据他们自己所说，他们这是在尽职责。在我心目中还有一种人，他们看上去很富，实际上却是各类人当中最穷的人，他们尽管攒下了一点"破铜烂铁"什么的，却不知道如何使用它，也不知道如何摆脱它，就这么着拿金银给他们自己打造了一副镣铐。

我要试着说一说，我希望，过去几年里如何将自己的生活给打发过去的，也许会让多少有所了解实际情况的读者感到惊喜，当然也会让全然不了解的人吃惊。我只是稍微谈一谈我的内心体验就可以了。

不管天色阴晴，也不管白昼黑夜，我任何时候都渴望及时改善自己眼下的境况，并在自己的手杖上刻下记号；站在过去与未来这两个永恒的真理的交汇点上，恰好就是现在这个时刻，即脚尖抵着起跑线。请原谅我说话有些晦涩，因为我的行当秘密要比大多数人的多得多，不是我存心要保密，而是我这个行当离不开这个特点。但我很乐意把所知道的一切都说出来，断然不在门上写着"不准入内"的字样。

很久以前，我丢失了一条猎犬，一匹栗色马和一只斑鸠①，我至今还在追寻它们。我跟许多观光客念叨过它们，描述过它们的踪迹，以及它们对怎么样的叫唤声会作出怎样的应答。我碰到过一两个人，他们听到过那条猎犬的吠声，也听到过马蹄声，甚至还看到过斑鸠消失在浮云后面；他们看上去也急巴巴地想把它们找回来，好像是他们自个儿丢失了似的。

我殷切期望着，不仅观看日出和黎明，如有可能，还可一睹大自然本色！无论多少个寒冬酷暑的清晨，左邻右舍还没有起来张罗这张罗那以前，我就开始忙自己的事了。我有很多乡友们，有天蒙蒙亮往波士顿赶的农夫，也有出门干活去的樵夫，毫无疑问，他们都碰到过我一大早干完活儿回来。

说真的，太阳冉冉升起，我可从来没有具体地出过力，但切莫怀疑，只要赶在日出之前到达现场，其意义就非同小可。

有多少个秋天，是的，还有多少个冬天，我在镇外度过，试

① 此处栗色马与斑鸠，据研究者考证，是暗指已故的梭罗哥哥约翰与少女艾伦·西华尔，梭罗、约翰同时爱恋着西华尔，但后来梭罗终身未娶。

图聆听风中有什么好听的，听后将它精准地播发出去！我为此几
乎投入了所有的资金，为了这笔生意，我顶着风东奔西跑，累得
连气都喘不过来。要是风中有涉及两党政治的信息，那它肯定成
为最新要闻刊登在各大报刊上了。其他时候，我守望在悬崖或者
大树旁的观测台上，用电报发布新来的人信息；或者傍晚时分在
山巅上等待暮色徐徐降临，也许会捕捉到什么——尽管我捕捉到
的从来就不多——何况这不多的东西如同"天粮"① 似的会在阳光
下消融殆尽。

　　有过很长一段时间，我是一家发行量不太大的杂志② 的记者，编
辑也从来不觉得我写的大量稿子可以刊用，反正作家们对此都感同
身受。我煞费苦心地写作，换来的只是痛苦。不过，就这件事来说，
痛苦乃是它自身的回报吧！

　　好多年来，我自我指派为暴风雪和暴风雨的督察员，而且忠于
职守；我还兼任测量员，测量公路以外的森林小道和所有交叉通道，
确保它们畅通无阻。此外，我还测量过四季通行的峡谷桥梁，反正
公众接踵而至，足以证实它们具有很高的利用率。

　　我还看守过镇上未驯化的牲畜，因为它们常常蹿过围栅逃跑，

---

① 天粮（manna，亦译"吗哪"）：古代摩西领着以色列人抵达旷野获得从天
　而降的粮食，故称天粮。详见《圣经·旧约全书·出埃及记》第16章。
② 原文为 Journal，意谓"杂志"，"日记"，双关语。此处指作者自己写的
　日记，也可能是为超验主义俱乐部的杂志《日晷》撰稿。

让我这个恪守职责的牧人吃足苦头；我对农场里人迹罕至的角角落落也很注意；虽然我并不知道约那斯或所罗门^①今天有没有在哪一个特定的地块干活儿，反正跟我毫不相干。我给红色的越橘、沙地樱桃树、荨麻、红松和黑桦，还有白葡萄藤和黄色紫罗兰都浇过水，要不然它们在天气干燥的季节里就会枯萎。

总而言之，我就这么着忠心耿耿地干过很长时间，可以毫不夸张地说，一门心思扑在我的工作上，直到后来事态越来越明显，我的乡友们压根儿不把我归入本镇公职人员之列，也不让我挂个闲职，拿一点菲薄的津贴。我可以起誓说，我做的账目非常准确可靠，但从没人来核查过，更不用说获得同意，付了款，把账给结清了。好在我也没把这件事儿放在心上。

此后没有多久，一个四处流浪的印第安人到我住处附近一位知名律师家兜售篮子。"你们想买篮子吗？"他问。回答是："不，我们不要。""天哪！"印第安人出门时大声嚷道，"你们存心让咱们饿死，可不是？"看到他勤奋的白人邻居日子过得如此红火——当律师只消把论据编好，就像变魔术似的，财富和地位就跟着来了——这个印第安人自言自语："我要做点生意。我要编篮子，干这玩意儿我准行。"他以为，篮子编好了，自己也就大功告成了，随后该是白人向他买篮子。他可没有觉察到，必须把篮子编得让别人觉得很值得买；或者至

---

① 均为《圣经》中的人物。

少让别人从心眼儿里认为买后很值得，要不然他还不如去编别的什么让人感到值得购买的玩意儿。我自己也编过一只质地精美的篮子，但没法做到让人一看就值得买。我却一点不觉得自己犯不着去编篮子，我心里琢磨的，不是怎样让人感到值得来买篮子，恰恰相反，是如何避免篮子编好后非得卖掉不可。人们赞赏并被认为成功的生活，只不过是生活中的一种罢了，我们干吗要夸大一种生活，贬低另一种生活呢？

我发觉我的乡友们不大可能在县府大楼里给我一个职位，也不会给我一个助理牧师职位或者别的生计，于是，我只好另谋出路，要比往日里更专注地把脸转向了树林子，反正那儿的一草一木我全都熟悉。我决定立即开业，不必等到通常那样筹措资金到位，不妨先动用手边那一点微薄的积蓄。我到瓦尔登湖的目的，不是因为那儿生活费用便宜或者昂贵，而是去经营一些私人业务，在那儿麻烦可以减少些；要不然，由于缺乏业务常识，又没有做生意的才干而一事无成，我难免做出惨不忍睹的傻事来。

我一直竭尽全力，务必使自己获得严格的经商习惯——这些习惯对每个人都是不可或缺的。如果你的生意是跟天朝帝国①打交道，那么，好歹在塞勒姆②港海滨某处设置一间小小账房，有这么一个固定机构也就够了。你可以把国内生产的各种产品出口，比方说纯正

① 天朝帝国：指旧时中国。
② 塞勒姆：美国马萨诸塞州东北部一港口城市。

的土产品，还有许多冰凌啦、松木啦、一点花岗岩啦，常常用本国货船运走。这些都是赚钱的买卖。事无巨细，你都得亲自过问；你又是一身数役，兼任领航员和船长、货主和保险商；你要买进、卖出，兼管记账，收到的信函要一一过目，发出的信件要自己拟写或审阅；夜以继日地监督进口物品卸货；与此同时，你要到沿海各地露露面——因为装货最多的大船往往都在泽西①海岸卸货——自己做电报员，不知疲倦地发送到天涯海角，还要跟驶往海岸的所有船只通话；要源源不断地给一个遥远而需求不断增长的海外市场发送货物；你自己要熟悉市场行情，看到何处战争与和平的前景，预测贸易和文明的趋向——利用所有探险活动的成果，使用新辟的航道和一切先进航海技术——要研究海图，认准各处暗礁、新灯塔和浮标的位置，对数图表要不断地校正，因为万一计算出了差错，本应抵达友好码头的船只往往会被礁石撞得粉碎，再有就是拉·贝鲁斯②的未知命运——要紧紧跟上宇宙科学的发展，要研究从汉诺③和腓尼基人直到我们当代所有伟大的发现者和航海家、伟大的冒险家和商人的一生；最后，舱里的货物要时不时记清楚，方才知道如何给货

---

① 此处指美国东北部新泽西。
② 拉·贝鲁斯（Jean-Françoís de La Perouse，1741—1788）：法国航海家，1785 年受法王路易十六指派进行航海探险活动，在新赫布里底群岛以北美拉尼西亚的瓦尼科罗岛被当地人杀害。
③ 汉诺（Hanno）：约生活在公元前 3 世纪后半叶，迦太基航海家，一生富有传奇色彩。

船取特定航向。反正以下所述的种种问题，都会让你累得精疲力竭，真的是苦不堪言——什么利润啦，亏损啦，利息啦，还有什么净重计算啦，诸如此类的问题全都要有精确数字来测定，就非得具备广博的知识不可。

我已想过，瓦尔登湖将会成为做买卖的好地方，不单单因为有铁路和采冰业；它还有诸多有利条件，把它们泄露出来恐怕也不是上策。它是一个良好的港口，具备良好基础。没有涅瓦河 ① 那样的沼泽地需要填埋，即使你还得到处打桩加固。据说涅瓦河只要发了大水，再加上西风和冰块助虐，就会把圣彼得堡从地球的表面冲走。

通常必备的资金还没有到位，我倒是先做起生意来了，因此，我从哪儿可以获得像每一个这样的企业至今仍然不可或缺的资金，这个难题也许很不容易加以揣测吧？先说衣服，一下子就触及问题的实质。我们置备衣服时也许常常被新奇爱好、别人对它的看法所误导，就不太考虑是不是实用。让那些有工作做的人记住穿衣服的目的，首先，是保证维持生命的体温，其次是在大庭广众前把一丝不挂的身子遮盖起来，然后他就可以作出判断，有多少必需的或重要的工作可以完成，再也不会给衣柜里增添什么衣服。国王和王后有御用男女裁缝给他们制衣，但每一套衣服总共只穿一次，所以体

---

① 涅瓦河：贯穿俄国圣彼得堡的一条著名大河。

会不到穿上合身衣服的乐趣。他们至多好比给特洛伊木马披上干净的衣服罢了。我们穿的衣服天长日久，已与我们融为一体，由此凸显出穿衣人的性格，我们舍不得把它们丢弃，而且如此一本正经，就像舍不得丢弃我们自己的躯体一样，所以老是一再延宕，仿佛想给它疗救一下。在我的心目中，有人穿了带补丁的衣服，并不是低人一等；但我也相信，一般人心急如焚，总想要穿着入时，或者至少要干干净净、没有补丁，至于有没有健全的良心，就全然不放在心上。其实，即使衣服破了没来得及缝补，从而暴露出最大的缺点，也不过是大大咧咧罢了。有时候，我就用以下方法来测试我的朋友们——有谁肯穿一条膝盖上有补丁的，或者只是多了两条线缝的裤子？大多数人似乎都相信，要是穿了有补丁的衣服，就会把自己的前程全给毁了。他们宁可跛着一条腿进城，也不肯穿破裤子出门去。一位绅士要是在一场事故中腿受伤了，通常总有办法给予疗救，如果他的裤腿在同样的事故中扯破了，却无法补救；因为他考虑的，不是真正令人可敬的东西，而只是受到人们尊敬的东西。我们认识的人屈指可数，认识的衣服和裤子却不计其数。你给稻草人穿上你最时髦的一套内衣，而你懒洋洋地站在一边，有谁不马上向稻草人致敬？那天，我路过一块玉米地，走近那根穿衣戴帽的桩杆，一眼就认出了农场的主人。同我上次见到他时相比，由于饱经风霜，他显得更加憔悴。我听说有一条狗，只要见到衣冠齐整的陌生人走近主人家门口，就会冲着他大声吠叫，但它很容易被一个赤身裸体的

小偷糊弄得一声不吭。人们要是被剥去了衣服，还能在多大程度上
保住各自相对的身份地位，这是一个挺有意思的问题。如果人人身
上被剥去了衣服，你能在任何一群文明人中肯定说谁属于最尊贵的
阶层吗？菲菲夫人①在她周游世界、从东向西的探险之旅中，快要
抵达亚洲境内的俄罗斯、即将晋谒当地长官时，她觉得自己非得脱
去旅行服不可，因为她"现下是在一个文明的国度，在那里，人们
是根据衣着装扮来评定人的"。甚至在我们这个民主的新英格兰各城
镇，谁只要不经意间发了大财，衣着奢华，宝马香车，照样会赢得
几乎所有人的尊敬。不过，那些如此表示尊敬的人，尽管人数极多，
都是不信上帝的人，说真的，应该送一名传教士给他们才对。再说，
衣服是一针一针地缝起来的，你会说，那是没完没了的活儿；反正
一个女人的衣服，少说也是一辈子都做不完的。

　　一个终于找到了工作的人，上班时用不着穿什么新衣服；对他
来说，有一身旧衣服就行了，即便那套旧衣服在阁楼里已搁了不知
有多久，积满了尘土。英雄穿旧鞋子的时间，要比英雄的仆从穿旧
鞋子的时间长得多了——如果英雄也有过仆从——光着脚丫的历史
要比穿鞋子的历史更久远，反正英雄光着脚丫走路也行。唯有那些
赴晚宴和进入议会大厅的人非穿新衣服不可，还得一套又一套地不
断变换，如同那些官场上的人换了一拨又一拨。不过，如果我的外

---

① 菲菲夫人（Mrs. Ida Pfeiffer, 1797—1858）：奥地利旅行家兼作家。

衣和裤子、帽子和鞋子——穿戴起来才适合给上帝做礼拜，那么，这些衣物也好给上帝做礼拜，可不是吗？有谁见过自己的旧衣服——他的旧外衣，其实早已穿烂了，变成原先一块块坏布，就算送给某个穷孩子都称不上行善不行善，说不定那个穷孩子还会拿去转送给某个比他更穷的人，或者还要富的人，因为这个穷孩子不要什么劳什子照样过日子。我说，要小心提防的，不是单单穿新衣服的人，而是所有需要穿新衣服的企业。要是没有新人，怎能给他裁制合身的新衣服呢？如果你有什么事要做，不妨穿上旧衣服去试试看。人们孜孜以求的，是做了不起的事情，或者要成为了不起的人物，而不是光想要什么了不起的事情。也许我们压根儿不该置备什么新衣服，无论旧衣服有多破、多脏，我们还是我行我素，或者惨淡经营，或者扬帆远航，直到那时，我们才觉得自己好像新人穿旧衣，依然故我，无异于新酒装在旧瓶子里。人的换衣季节，犹如飞禽更换羽毛，必定是人生中的一个转折点。潜水鸟隐没在人烟罕至的湖边换羽毛，蛇蜕皮，蛹出茧，也是如此，全靠体内奋力苦斗，往外扩展；因为在我们看来，衣服至多不过是外层薄膜和尘世烦恼罢了。要不然我们就会发觉自己扯起虚假的船旗在航行，到头来将不可避免地被全人类以及自己的看法唾弃。

我们穿上一件又一件衣服，好像是外长植物，靠外部添加而成长。通常穿在外面的很薄的奇装异服，是我们的表皮，或者是假的肌肤，并不是我们生命的组成部分，即使在这里那里给剥下来，都不会造成致命伤；我们经常穿着厚一些的衣服，是我们的细胞外膜，或者说皮层；我们穿的衬衫，却是我们的韧皮，或者是真正的树皮，一剥下来，肯定连皮带肉，以致人身俱亡。我相信，所有物种到了某些季节，都会穿上某种类似衬衫的东西。可取的办法有如下述：一个人穿着力求简单，就算在黑暗中两手准能摸到自己，而且，他的生活无论从哪个方面来说都是如此紧凑扎实，有备无患，哪怕是敌人攻占了城市，他也能像古代哲学家一样，从容不迫，空手徒步出城。一件厚衣服等于三件薄的衣服一样派用场，顾客可按照自己能接受的价格买到便宜的衣服。厚外衣好几年都穿不破，五块钱可买到一件，两块钱可买一条厚实的长裤，一块半钱买一双牛皮靴，两角半买一顶夏天的遮阳帽，六角二分半买一顶冬天的帽子，换句话说，只花很少的钱在家就可以制作一顶质地更好的帽子。一个人穷虽穷，但一穿上用自己的辛苦钱置备的行头，难道还会没有聪明人去向他表示敬意吗？

我要定做一件款式特别的衣服，女裁缝听了后一本正经地告诉我："现下人家不时兴这个啦。"话音里压根儿没有强调"人家"两个字儿，仿佛她引用的有如命运三女神那样毫无人情味的权威。我发现很难得到我要的款式，仅仅因为女裁缝不相信我说的话是真的，好像是随便说说罢了。我听了这神谕一般的话儿，一时间陷入沉思，稍后才使这句话儿逐字地显得特别清晰，好让我悟出个中含义，以便发现"人家"和我有多大血缘关系，在一件跟我如此密切相关的事情上，"人家"究竟拥有多大权威；最后，我决定同样神秘兮兮地回答她，对"人家"两字同样压根儿没有加以强调，说："不错，前一阵子人家是不时兴这个，可眼下人家又时兴啦。"她要是没有量过我的特色，单单量了一下我的肩宽，仿佛我是一个挂衣服的钉子，这样的量法又有什么用呢？我们崇拜的不是美惠①三女神，也不是珀尔茜②三女神，而是"时髦"这位女神。她纺线、织布、剪裁，具有百分之百权威。巴黎的猴王戴上了一顶旅行帽，全美国的猴子便群起仿效。有时候，我感到绝望，在这人世间，原本非常简单朴实的事情都要靠人帮助方才完成。人们不得不首先经过一台强有力的压榨机，把他们的旧观念从里头挤压出来，他们两腿再也不能马上直立起来，那时候，就会有人想入非非，照他这些怪念头，真不知道何时从卵子里头孵化出来的，哪怕烈火也都烧不尽，而你的一切辛苦全都打了水漂。不管怎么说，我们可别忘了，有一种麦子是从埃及一具木乃伊那儿一直传到了我们手里。

　　本国或别国的服装在艺术上已达到了一种至高无上的地位，从整体上看，上述这种说法，我认为不能成立。眼下，人们还是能寻摸到什么就穿什么，如同搁浅船上的水手在沙滩上能找到什么就穿什么，越过时空间距之后，不免彼此嘲笑对方身上化装舞会似的服饰。每一代人都在嘲笑旧的时尚，又在虔诚地紧追新的时尚。我们

---

① 古希腊神话中，司掌光明、欢乐和壮盛的三女神的总称。
② 古罗马神话中的命运三女神的总称。

见到亨利八世①或伊丽莎白一世②的衣服，不免觉得好笑，仿佛这些都是食人岛上岛王和岛后的衣服。反正衣服一离开了特定身份的人，就会显得可怜兮兮，或者稀奇古怪。唯有以严肃的眼光凝视穿衣人的真诚生活，方能抑制住嘲笑并对人们所穿的衣服肃然起敬。喜剧丑角在表演一阵阵急腹痛时，他的行头也不得不表达出这种痛苦的神态。士兵被炮弹打中，他那身上炸烂了的军服顿时会变成高贵的帝王紫袍③。

如今，男男女女都喜爱新款式，这种既稚真又原始的趣味，使多少人摇着万花筒，眯起眼睛，不断窥看能否从里头发现今天这一代人所需求的那种独特的图样。那些制造商早就知道人们的趣味反复无常。两种款式，仅仅是有几根线条在色彩上有点不一样，一款立时卖掉了，另一款却在货架上无人问津。殊不知，过了一个季节，无人问津的衣服成了最时髦的热门货，反正这类事屡见不鲜。相比之下，文身还算不上是人们所说的那么可怕的陋习。其实，文身也说不上野蛮，因为，不外乎刺花在表皮，别的照旧。

我们的工厂制度不是人们有衣可穿的最佳模式。技工们的状况

---

① 亨利八世（Henry Ⅷ，1491—1547）：英国国王，以暴虐和生活糜烂著称，喜欢华丽服饰。
② 伊丽莎白一世（Elizabeth Ⅰ，1533—1603）：英国女王，终身未嫁，但以喜爱服饰华丽著称。
③ 在古罗马，紫色被公认为高贵的象征。

日复一日地更像英国的状况；这不足为奇，因为据我的所见所闻，原来他们主要目的并不是让人们穿得既好又体面，而是（毫无疑问）为了工厂要多多地赚钱。从长远看，人们只好迎合工厂所制定的目标。因此，尽管暂时不会得逞，他们仍然觉得把目标定得高一些为好。

　　至于住处，我并不否认，现在已成为一种生活必需品，尽管有例子说明，在比我们这儿更寒冷地区的人们长期以来居无定所，也照样能生活下去。塞缪尔·莱恩① 说："拉普兰人② 身穿皮衣，头和肩套在皮袋里，就这样一夜又一夜地睡在雪地上——寒冷的程度会使身历其境的穿毛衣的人都被冻死。"他看见过他们就这样睡在雪地里。但莱恩还补充说："其实，他们并不比别人更壮实。"也许人类在地球上生活了没有多久，就发现住在房子里就有诸多便利，以及家庭生活的舒适，这句话的原意可能表明对房子感到满足，而不是对家庭生活觉得满意。然而，在某些气候区，一提到房子，就会使我们联想到冬天和雨季；一年里头有三分之二的时间用不着房子，只要一把遮阳伞就够了。因此，上述说法非常片面，间或适用罢了。在我们的气候区，从前到了夏季，只盖一点被单之类就可过夜。在印第安人的意识里，一座棚屋象征着一整天的行程，树皮上刻画的一排棚屋，说明他们露宿已有过多少次。人生下来就不是肢体粗壮、身材魁梧，所以，他得设

---

① 塞缪尔·莱恩（Samuel Laing, 1780—1868）：英国作家。
② 拉普兰人：指居住在北欧，比如挪威、瑞典和芬兰一带的人。

法让自己的活动天地缩小，用墙板围造一个与自己相宜的空间。人类早先赤身裸体，都在户外过活，大白天，赶上宁静而又暖和的天气，的确令人非常愉快；可遇到雨季和冬天，姑且不论那毒日头，要不是人类赶快用房子把自己遮蔽起来，也许在萌芽状态早就被消灭了。根据传说，亚当和夏娃穿衣服前就是用树叶遮蔽身体，但每个人都想有个家，一个温暖的或舒适的地方，先是生理上的温暖，然后是感情上的温暖。

我们可以想象那个时候，人类还处在婴儿期，有些颇有魄力的人爬进岩洞里去寻摸庇护。从某种程度上说，每个孩子都是在开始重演这个《创世记》的历程，他们喜欢在户外，哪怕是雨天和冷天。孩子玩造房子，骑木马游戏，都是出于本能罢。至今有谁还会记忆犹新，小时候窥探一座叠岩，或者走近一个岩洞时的极大兴趣？这是一种与生俱有的渴望，最原始的祖先把它的一部分遗留在我们体内。从岩洞开始，我们逐渐进步，依次使用棕榈叶屋顶、树皮和树枝屋顶、编织可撑开的亚麻屋顶、杂草和稻草屋顶、木板和木瓦屋顶，一直到石块和砖瓦屋顶。最后，我们反而不知道什么叫露天生活，我们的生活却比所想到的有更多家庭情调。从围炉走到田野，毕竟相距太远了。如果我们在未来的日日夜夜里没有任何遮挡把我们和天体隔开，如果诗人不是在屋顶底下那么高谈阔论，或者圣人没有在屋子里住得那么长久，也许这样就会更好些。鸟儿在岩洞里不会歌唱，鸽子在鸽棚里不会觉得自己天真可爱。但话又说回来，要是有人设计建造一所住宅，他就得像我们新英格兰人那样精明一点，免得日后发现自己置身于一家感化院中，一座走不出去的迷宫中，一座博物馆中，一所济贫院中，一座监狱中，或者一座壮丽的陵墓中。先要想一想，这样的栖息处是不是非造不可。就在这个镇上，我看见过来自佩诺勃斯科特河的印第安人，住在薄棉布的帐篷里头，而周围的积雪差不离有一英尺深了。于是我揣想，也许他们真的巴不得大雪下得更深些，好给他们挡挡风。如何获得体面的生活，让自己自由地从事正当的探索研究，这个问题在过去一直使我烦恼不已，可现在呢，多亏我对它变得有点麻木不仁了。过去，我常看见铁路旁边有一只大箱子，六英尺长、三英尺宽，夜里工人们把自己的工具锁在里头，这使我想到：每一个生活艰难的人，不妨花一块钱，买这么一个箱子，在上面凿开几个窟窿眼儿通通气，到了下雨和过夜的时候钻了进去，随手把箱子盖合上，这么一来，他就有了自由，至少可以爱他所爱的，心灵也获得了自由。看来这不见得是个坏点子，断断乎不会遭人白眼的。可以随心所欲，彻夜不寐，而且，不管什么时候起身外出，也不会有哪个房东或旅店老板盯住你要房租。为了给一个更大、更豪华的箱子付房租，许多人一直被困扰得快死了，而在这么一个小箱子里头，他们万万不会冻死的。我这话可不是在开玩笑。经济学是一门科学，尽管一直被人轻视，但绝不能就这么着被去掉。这个长年累月在露天过活的体质壮实的民族，从前在这里造过一所舒适的房子，几乎全部采用大自然提供的现成材料。马萨诸塞殖民地主管印第安人事务的负责人古金，曾在一六七四年写道："他们最好的房子，房顶都用树皮覆盖得非常齐整、紧密而暖和；那些树皮是在树汁充沛的季节从树干上剥下来，乘树皮还发绿时，在沉重的原木压力下，把它们压成很大的薄片……稍微差一些的房子，房顶上覆盖的是用一种灯芯草编成的草席，同样很紧密、很暖和，只是不像前一种好看……哦还见到过，有一些房子，六十或者一百英尺长，三十英尺宽……我常住在他们的棚屋里歇夜，觉得就像在最棒的英国式住宅里一样暖和。"他还补充道，那些房子里头常把镶花的草席子铺在地上和墙上，各式器皿一应俱全。印第安人已经相当先进，在屋顶上开了洞孔眼儿，挂上一张草席子，用一根绳子牵拉，调节通风状态。这样的棚屋最多一两天就能造好，几个钟头内管保拆掉；每家都有这样一座棚屋，或者在这样的棚屋里拥有一个单间。

在原始的状态下，每家都拥有一个说得上最好的住处，满足他们比较粗陋而简单的需求；不过，我认为，我说下面这些话还是很有分寸的：虽然空中的鸟儿有窝①，狐狸有洞，野蛮人有棚屋，然而，在现代文明社会里，居有其所的家庭不到一半。在文明特别发达的大城市里，拥有住房的人只占全体居民的极小一部分。绝大多数人每年都得为这件遮蔽身体的"外套"支付房租，不管寒来暑往，那

---

① 详见《圣经·新约全书·马太福音》第 8 章 20 节："耶稣说，狐狸有洞，天空的飞鸟有窝，人子却没有枕头的地方。"

是不可或缺的，而这笔钱原本管保能买一个村子的印第安人棚屋，如今却让他们一辈子挨穷受苦。在这里，我无意比较租房和买房之间孰优孰劣，但很明显，野蛮人拥有房子，是因为造价很低，而文明人通常租房子住，是因为买不起房子；从长远看，即便租房住，也未必一直租得起。但是，有人回答说，贫穷的文明人只要付了这么一份租金，就有了房子住，这种房子同原始人棚屋相比，不啻是皇宫。一年的房租是二十五块钱到一百块钱，这是乡下的价格，却让他得到了历经好几个世纪改进后的成果，有宽敞的房间、洁净的涂料和墙纸，拉姆福德①式壁炉，顶板抹上灰泥，软百叶窗帘，铜质水泵，弹簧锁，偌大的地下室，以及许多别的东西。据说享受这些玩意儿的人，通常是贫穷的文明人，而享受不到这些玩意儿的野蛮人，却觉得自己好像还是那样的富有，这究竟是怎么一回事呢？如果这是指文明使人类生活条件获得真正的改善——我认为这话很对，虽然只是聪明的人使他们的有利条件得到改善——那么，它必须说明：文明不会使房价太贵就可以造出质量较好的住房；所谓物价，其实就是我称之为"生命"的那部分，必须在交换时支付，要么立即支付，要么以后支付。附近这一带，一所普通房子造价大约要八百块，积攒这笔钱需要一个劳动者付出十年到十五年的生命代价，而且此人还得没有家室的拖累——按每个劳动者一天一块钱的价格

---

① 拉姆福德（Rumford，1753—1814）：美国科学家，曾以发明通风良好的壁炉著称。

来计算，反正有人收入多了，别人就会收入少了——因此，通常他必须花掉大半辈子的生命，才挣得到他的一座印第安人棚屋。如果我们假定他不买房而租房，那也只不过是在两件坏事当中作出了一种令人可疑的选择。在这些条件下，野蛮人懂不懂得拿他的棚屋去换取一座皇宫？

拥有多余的财产最大的好处就是储存资金，以防未来不时之需，我认为，就个人而言，主要是足够他支付自己的丧葬费罢了。也许人们猜想，我把储存的最大好处几乎说得一无是处。不过话又说回来，其实一个人也许用不着自己来掩埋自己。不管怎么说，这可指出了文明人和原始人之间一个重大区别；他们为了保存文明种族，使文明种族臻于完善，就给文明人的生活设计了一套制度，这无疑是为我们的利益着想，无奈个人的生活在很大程度上受到损害。我倒是想指出，我们为了得到眼前这种好处，已作出了很大的牺牲；由此我还想到，我们原本不必遭受任何损失，照样也可以得到所有好处。你们说穷人总是和你在一起[①]，或者说父辈们吃过酸葡萄，孩子们牙齿还在发酸，这话究竟是什么意思呢？

"主耶和华说，我指我的永生起誓，你们在以色列中必不再有用这俗语的因由。"

"看啊，世人都是属于我的；为父的怎样属我，为子的也照样属

---

① 详见《圣经·新约全书·马太福音》第 26 章 11 节："因为常有穷人和你们同在。"

我。犯罪的他必死亡。"①

一想到我的邻居，康科德的农夫们，他们的境况至少跟别的阶层的人一样好，我却发现他们十有八九已经辛苦了二十年、三十年，乃至于四十年，不外乎为了也许会成为他们农场的真正主人。通常这些农场他们都附带抵押权而继承下来，要不然就靠借贷买下来——不妨把他们劳动的三分之一当做他们的置房费——但这笔钱他们还没有偿还哩。没错，那些抵押权有时超过了农场的价值，结果农场本身成了一大累赘，反正到头来总会有一个人来接受它，因为正如这个人所说，他对农场太熟悉了。我向评估官咨询时，吃惊地发现，他们无法一下子列名说出来镇上十多个农场主哪个是无任何负担的。如果要了解这些农场的底细，去银行问一问有关抵押的情况就得了。依靠在农场干活、真的能支付农场债务的人是如此之少，就算有，任何一个邻居都可以把这个人指名道姓说出来。康科德能否找得出两三个这样的人，我表示怀疑。人们谈论商人时说过，绝大多数、甚至百分之九十七的商人肯定要破产，农场主也同样如此。不过，说到商人，他们里头有一个人倒是说到了点子上，他说，他们的破产八成并不是真正的亏本，而仅仅是由于诸多麻烦事，没有履行承诺之故，也就是说，信誉道德垮掉了。可是，这么一来，问题简直糟透了，而且会使人联想到，即便是百分之三的人也拯救不

① 这两段话引自《圣经·新约全书·马太福音》第18章3~4节。

了自己的灵魂，他们的破产，很可能比那些老老实实地破产的人更
要糟糕。破产和拒付债务都是一块块跳板，我们的文明有好大一部
分从这些跳板上一个劲儿地腾跃，又不断地翻跟斗往上蹿，原始人
却依然站在饥荒这块没有弹性的木板上。然而一年一度在这儿举行
的"米德尔塞克斯牛赛"照例兴高采烈，仿佛农业这台机器所有的
环节都运转自如。

　　农场主一直在想方设法来解决生活问题，无奈采用的方式却比
问题本身更为复杂。为了得到一点蝇头小利，他居然投资做起了牲
畜生意。凭借娴熟的技巧，他用细如发丝的套索设置一个陷阱，想
捕捉舒适和独立的生活，不料一转身，自己的一条腿掉进了陷阱。
他的穷根就在这里，而且，基于相同的原因，尽管我们被各种奢侈
品所包围，但跟野蛮人的成千种舒适相比，我们都是一贫如洗。正
如查普曼①有诗写道——

　　　　这虚伪的人类社会——

　　　　——为了尘世的宏伟

　　　　天上种种安乐像空气般稀薄。

---

① 查普曼（George Chapman, 1559—1634）：英国诗人、剧作家、翻译家
　　和传教士，以翻译《荷马史诗》著称于世。此处引诗，参见他写的悲剧
　　《恺撒与庞培》第 5 幕第 2 场。

农夫得到他的房子，并没有因此变得更富，倒是更穷了，惹他发火的恰好是他的房子。按照我所理解的来看，莫摩斯 [1] 反对密涅瓦 [2] 所造房子的理由言之凿凿、令人信服，他说密涅瓦"没有把它造成一座可以移动的房子，如果可以移动，就好躲开坏邻居"。这种反对意见依然成立，因为我们的房子端的是一点也不实用，与其说我们住在里头，还不如说被关押在里头；要躲开的坏邻居，恰恰是我们自己可鄙的"自我"。我知道，在这个镇上，至少有一两户人家，差不离盼了一代人时间都想把郊区的房子卖掉，迁到村子里去住，无奈一直未能如愿以偿，到头来，唯有一瞑不视，才能使他们彻底解脱。

就算大多数人最终能够拥有，或者租用具备各种改进后设施的现代化房子吧。虽然文明一直使我们的房子得到改善，但并没有使住在房子里头的人同样得到改善。文明打造了一座座皇宫，要打造贵族和国王可不是那么容易。如果文明人的追求并不比野蛮人的追求更有价值，如果文明人所花去的一生中大部分时间只是去获得那些粗劣的必需品和"舒适"的生活享受，那么，他干吗非得拥有比野蛮人更好的住所呢？

但是，那些贫穷的少数人又如何过日子呢？也许人们会发现，有一些人的外部境遇比野蛮人好，另一些人的外部境遇则成正比地

---

① 莫摩斯（Momus）：古希腊神话中的嘲弄与指责之神。
② 密涅瓦（Minerva）：古罗马神话中的智慧女神。

比野蛮人差。一个阶层的奢侈和另一个阶层的穷苦是互为消长的。一边是宫殿耸立，另一边则是济贫院和"沉默的穷人"。修建金字塔即诸法老陵墓的百万劳工，只能靠大蒜过活，死后也不见得会像模像样地得到殓葬。石匠给宫殿修飞檐添彩，也许夜晚就回到远不如印第安人棚屋的窝里。有人以为，一个常常显示文明存在的国家里，绝大多数居民的生活状况可能不至于降低到如同野蛮人那样，这就大错特错了。我说的是那些落魄的穷人，此刻还没有谈到那些落魄的富人。要了解这一点，用不着往远处看，只消看看我们铁路边上到处都有的简陋小木屋，恐怕是毫无文明改进的角落；我每天散步时都看到，人们都挤在小窝棚里，整个冬天门都敞着，为了透进一点阳光；看不到有什么取暖火堆，那只能存在他们的想象中。无论老年人和年轻人，躯体由于长期挨冻受苦养成了蜷缩的习惯，所以永远变了形，四肢和官能也得不到正常发展。当然应该公正地看待这个阶层，正是由于他们的辛勤劳动，许多使这一代人享有盛名的工程才得以完成。在英国这一世界特大济贫院里，名目繁多的技工们的状况，多少也是如此。要不然，我就给你说一说爱尔兰的情况吧。爱尔兰这个地方，在地图上标为白人居住的开明地区，不妨把爱尔兰人的身体状况和北美洲印第安人，或者南太平洋岛民、或者任何别的因为没有跟文明人接触而未退化的野蛮民族比较一下吧。但是，我毫不怀疑，野蛮人的统治者和文明人的统治者同样聪明，他们的状况只能说明，何等肮脏的东西可以和文明并存。现在我几乎不必提到南方各州的劳工，这个国家的主要出口产品都是他们生产的，他们自己却成了南方的一种主要产品。不过，别扯远了，我还是只好谈谈那些中不溜儿的人吧。

大多数人好像从来没有思考过一所房子究竟是个什么样儿，他们原本不应该穷，实际上却穷了一辈子，仅仅是因为心里老想得到一所跟邻居住所一个样的房子。好像一个人只能穿裁缝给他量体制作的衣服，或者，由于逐步甩掉了棕榈叶帽子或土拨鼠皮帽子，他就抱怨时世艰难，因为他实在没钱买一顶皇冠！要造一幢比我们住的房子更方便、更豪华的房子是有可能的，但是，大家都承认，那样的房子反正谁都买不起。难道我们应该老是在琢磨如何寻摸到更多这类东西，而不是有时应该满足于少寻摸一些东西吗？那些可敬的公民，竟然如此正经八百地言传身教，开导年轻人要在老死之前多多置备些富余的乌亮的皮鞋啦、晴雨伞啦，还有空荡荡的客房来招待空想的客人，这行不行？我们的家具干吗不可以简单一些，就像阿拉伯人或印度人那样呢？我们将民族的救星尊称为"来自天国的使者"，给人类带来神圣的礼物，我们想到他们时，脑海里却怎么也不会出现他们身后还紧跟着什么随从啦，或者什么满载时髦家具的车辆啦。或者，有人说，既然我们在道德上和智力上比阿拉伯人高出一等，那么，我们的家具就应该比他们的更为复杂，我要是同意了以上说法——这种同意岂不是怪得出奇吗？——那又会怎么样呢？目前，我们的房子里头堆满了家具，简直脏乱不堪，一个好主妇宁可让大量家具堆成垃圾堆，而早上的活儿万万不可撂在一边不做。早上的活儿啊！在奥罗拉①的灿烂霞光里，在门农②的美妙琴声里，世人们早上的活儿该做些什么？我的案头上有三块石灰石，每天尚且还要给它们掸去尘埃，简直把我吓坏了，而我脑海里的家具至今还没有掸去尘埃，于是，我在一气之下把它们扔到窗外去了。那么，我怎样才能拥有一所带家具的房子呢？我宁可露天坐着，反正草地上不会尘土成堆，除非人们已在那儿破了土。

　　贪图奢侈、挥霍成性，正是骄奢淫逸之徒开创新时尚，众百姓趋之若鹜，唯恐落人之后。一个观光客在一所人们所说最佳的旅店下榻，很快发现果然名不虚传，因为店主们把他当做萨达那珀勒斯③，他要是接受了他们的盛情款待，没多久他的阳刚之气管保消失殆尽。我认为，火车车厢里，我们总是喜欢把钱更多地花在奢侈的设施上，而不是花在安全和方便上，结果安全和方便付之阙如，车厢反而成了现代化客厅，里头有长沙发，土耳其式睡榻，遮阳窗帘，还有上百种富有东方情调的别的玩意儿，一股脑儿照搬到我们西方来了，其实，原先都是为天朝帝国的后宫嫔妃、六宫粉黛发明的。

---

① 古罗马神话中的曙光女神。
② 埃及底庇斯附近阿孟霍特普三世的巨大石雕像，相传日出前会发出竖琴声，公元170年经罗马皇帝修复后却不再发声。
③ 传说中的古亚述末代国王，约在公元前700年，以穷奢极修、骄横不可一世著称于世。

要是约拿旦①听到了这些个名字，管保羞惭得无地自容。我宁愿坐在一个南瓜上，为我一人独占，也不乐意跟大伙儿一起挤坐在一个有天鹅绒坐垫的椅子上。我宁愿坐在一辆牛车上走天下，来去自由，也不愿意搭乘什么花里胡哨的观光游览列车飞向天空，一路上呼吸着污油的空气。

在蛮荒时代，人们生活极其简单，而且赤身裸体，那至少有一个好处，他依然是大自然中匆匆过客。他吃饱睡足、振作精神之后，心里就琢磨自己重新上路。可以说，他住在这个尘寰的帐篷里，不是穿过峡谷，就是越过平原，或者攀登山巅。可是，瞧吧！人们已经成为他们的工具的工具了。从前肚子饿了独自摘果子的人，如今成了一个农夫，原先站在树底下庇荫的人，如今却成了一个管家②。现在我们不再支起帐篷过夜，无非是安居在大地上，把天堂给忘了。我们信奉基督教，无非是把它当做改良农业的一种方法罢了。我们已经为尘世修建宅第，并为阴曹冥府修造坟墓。最美好的艺术作品里表达的，都是人类为自己摆脱这种精神状态而进行的搏斗，可我们的艺术效果只是使这种低迷的精神状态变得安逸，而把较为高昂的精神状态忘得一干二净。在这个村子里，美术作品实际上没有立足之地，就算有什么作品传下来了，我们的生活、我们的房子和市街，也没法给它配置合适的底座。我们这儿连挂一张画的钉子都没

① 约拿旦：《圣经》中的人物，扫罗的儿子，大卫的朋友。
② 此处暗喻《圣经·旧约全书·创世记》中的亚当和夏娃。

有，安装英雄或圣人胸像的台架也没有。一想到我们的房子是如何修造的，钱款已付清或还没有付清，内部经济又是如何管理和如何支撑的，我就暗自纳闷，客人在赞赏壁炉上那些华而不实的摆设时，亏得地板是没有塌下去，让他从地下室一直落到某块硕骨铁硬的宅基地上。我不能不看到，这种所谓富有和优雅的生活，好像让人越级攀升的阶梯。我压根儿也欣赏不了那些点缀生活的艺术品，已全神贯注在人们跳跃的高度上了；因为我记得，人的肌肉能达到的最高跳高纪录还是某些流浪的阿拉伯人保持的，据说他们从平地跳过了二十五英尺高。如果没有人给予支持，即使跳到这样的高度，一定还会回落的。我不禁要问问举止如此不合适的业主，首先是谁在支持你？你是百分之九十七个失败者里头的一个，还是百分之三个成功者里头的一个？请回答我这些问题，随后，也许我会看一看你那些华而不实的玩意儿，发现它们原来只是一些装饰品罢了。车子套在马前头，既不美观，也没有用处。我们用漂亮的饰物装潢房子前，务必把房子的墙壁剥掉一层皮，也把我们的生命剥掉一层皮，此外还得有出色的家政和美好的生活作为基础；可如今，审美观大抵都是在户外培育，那儿既没有房子，也没有管家。

老约翰逊[①]在他《神奇的造化》一书中，谈到了这个城镇的最早移民，原来他与他们都是同时代人。他告诉我们："他们在某个小山

---

① 约翰逊（Edward Johnson, 1598—1672）：北美早期移民，历史学家。

坡上挖土修窑洞，作为自己最早的栖身之处，把泥土堆在原木上面，再在高头生起烟火来烘烤泥土。"他还说，那时候他们还没有给自己造房子，直到托上帝的福，大地给他们带来面包来养活他们。不料，第一年收成不大好，"有好长一段岁月，他们不得不减少自己的口粮"。一六五〇年，新尼德兰州^①秘书，用荷兰文所写的、给希望到那儿移民的人提供的信息中，特别详细地介绍说："在新尼德兰的那些人，尤其是在新英格兰那些人，最初没法按照他们的心愿修造农舍，只好在地上挖一个方形坑，像地窖子一样，六七英尺深，长和宽只要合意就行，坑内四壁围上木板，又衬上树皮或别的什么材料，以防泥土从缝隙渗进来；就在这种地窖子里，地面铺了木板，顶上用护壁板作天花板，架起一个圆杆子屋顶，再给圆杆子高头覆盖树皮或绿草皮，这样，他们就好一家子住在里头，既干爽而又暖和地过上两三个或四个年头，而且，地窖子里头还按照家庭人口多少，分隔成一些小小单间，这也不难理解。在殖民地初创时期，新英格兰有钱有势的人物开头也都住在这种样式的房子里，有以下两个原因：首先，不为修造房子浪费时间，导致下一个季节粮食短缺；其次，不让他们从本国带来的大批贫穷劳工感到灰心丧气。过了三四年，这儿四乡已适宜耕种了，他们才花上好几千块钱，给自己修造漂亮的房子。"

---

① 北美原荷兰殖民地的称谓，即今日的纽约州等地区。

我们祖先采取这种做法，说明他们至少是谨小慎微的，好像他们的原则就是首先满足当前最紧迫的需求。可现在，最紧迫的需求得到满足了吗？我一想到给自己寻摸一所豪宅就吓住了，因为，可以这么说吧，这个国家与人类文化还是不相适应，我们至今还不得不把我们的精神面包削得更薄，甚至削得比我们祖先削过的全麦面包还要薄得多。这倒不是说在初创时期，所有建筑装饰可以置之不顾，而是说让我们跟自己的生活息息相关的房子先装潢得美一些，有如贝类动物的内壁，可又不要过犹不及。可是，老天哪！我去过一两处房子，才知道他们室内的装潢究竟是什么样儿。

今天，我们固然还没有退化到再去住窑洞，或者住棚屋，或者去穿兽皮，但接受人类的发明和工业提供的、也是来之不易的种种好处，那当然是再好不过了。现在在我们这一带，木板、木瓦、石灰和砖块，比适宜居住的窑洞要便宜得多，也更容易寻摸到；整根原木、大批量树皮，甚至高质量黏土或平坦的石板也都不难得到。我谈这个问题还算通情达理吧，因为我对它很熟悉，既有理论，也有实践。只要动一点脑筋，我们就可以把这些材料利用得更好，比时下那些豪富更富有，使我们的文明成为一种福祉。文明人无非是更有经验、更聪明的野蛮人罢了。不过，还是让我赶紧做自己的实验吧。

一八四五年快到三月底的时候，我借了一柄斧子，来到瓦尔登湖畔树林子里，就在离我打算修造房子的最近处，砍了一些虽然高大尚属幼龄的箭矢形白松作为造房用木材。开了工就很难不向人家借这借那，但这么一来，能让你的同胞们在你的惨淡经营中沾一点光，这也不失为最慷慨大方的善举吧。斧子的主人把斧子递给我的时候说，那是他的宝贝疙瘩哩，殊不知我归还他时，那斧子比我刚借到时还要锋利呢。我是在景色宜人的山坡上干活，那儿满山坡全是松树林，透过松树林我望得见瓦尔登湖，还有一小块林中空地，在那里，松树和山核桃树雨后春笋似的冒了出来。湖里的冰凌还没有融化，虽然有好几处化开了的窟窿，全是黑黝黝的颜色，湿漉漉的样子。我在那里干活的日子里，还稀稀拉拉地飘过好几回雪花；不过，在我出了树林子、从铁路走回家的路上，只见大部分地方还是绵延不绝的黄沙堆，在灰蒙蒙的云气暮霭里微微闪光，铁路道轨在春天艳阳之下闪闪发亮，我听到云雀、小鹩和别的鸟儿在歌唱，跟我们在一起迎接新的一年。在春回大地的日子里，令人不快的冬天正在跟冻土一块儿消融，蛰伏的生命则开始自我舒展。有一天，我的斧头从柄上脱落来，于是，我砍了一段碧绿的山核桃树枝做楔子，用石块把楔子嵌入斧头眼儿，稍后连柄带斧一块儿浸泡在湖水里，以便木头发胀，这时，我看见一条花蛇窜入水中，显然毫无不适之感，潜伏在湖底，竟然跟我待在那儿的时间那么长，有一刻多钟，也许它还没有从蛰伏状态中完全苏醒过来吧。依我看，人们之所以滞留在目前低级和原始的状态，也出于同样的原因。但是，如果他们感受到万木之春的影响，使自己奋发起来，那么，他们必然会崛起，到达飘飘欲仙的人生最高境界。前一阵子，我在霜冻的清晨看见过小径上有好几条蛇，蛇体有些部分依然麻木，欠灵活，在等待太阳出来融化它们。四月一日下了雨，冰凌融化了，在浓雾弥漫的前半天，我听到一只失群的孤雁在湖上四处摸索哀鸣，好像是迷了路，又像是浓雾中的精灵。

就这么着，我连续干了好几天，砍伐树木，切削立柱和椽子，全靠我这把小不点儿的斧子，既没有多少可以告知诸君，也没有什么学者式的思想，只是独个儿哼唱——

  人们都说自己是见多识广；

  瞧啊，他们长出了翅膀——

  艺术呀，科学呀，

  还有上千种技艺呀，

  其实，只有一阵吹过的风，

  才是他们见识的全部。

我把主要木材砍成六英寸见方，大多数立柱只砍两边，椽子和地板木料只砍一面，其他几面保留树皮，这么一来，它们跟锯过的木料一样平直，还要结实。这时，我还借到了别的工具，所以，每一根木料都精心地开了榫眼，削好榫头。我在树林子里度过的白昼时间不是很长。我常常带着面包黄油当午餐，正午时分，坐在我砍下来的碧绿松树枝桠上，读读原来装面包黄油的报纸上的新闻，连面包上也散发着松香味，因为我的双手涂上了厚厚一层的松脂。完工以前，我就成了松树的朋友，而不是仇敌，尽管我在松树林里砍了一些树，却跟松树越发熟悉了。有时候，林中闲游的人被我的丁丁伐木声吸引了过来，就会在我砍下的碎木屑堆头上跟我愉快地闲聊。

我干活儿不是急吼吼，而是全力以赴，到了四月中旬，我的房子框架已做好，终于立起来了。我买下了詹姆斯·科林斯，一个在菲奇伯格铁路工作的爱尔兰人的小木屋，里头的木板还可以利用。詹姆斯·科林斯的小木屋，人们都说是一所不同凡响的好房子。我去看房子时，他并不在家。我在屋子外头转了一圈，起初并没有被屋里头的人发现，因为窗子很深很高。这所小木屋不算大，屋顶光光的，别的也没有什么好看的，四周堆着五英尺高的垃圾，好像是一堆堆积肥。屋顶不少地方已被太阳晒得翘裂而且发脆，但还是屋子里头最完好的材料。门槛没有了，不过，门板下头有一条常年供母鸡们进出的通道。科林斯太太来到大门口，请我到小木屋里头去看看。我一走近，倒把母鸡们赶进屋子里去了。屋子里头光线很暗，地板八成都很脏，冷冰冰，潮腻腻，阴湿发黏，不由得令人浑身寒战，里边木板东一块、西一块的，可惜已是经不起挪动了。科林斯太太点燃了一盏灯，给我看看屋顶和四壁内墙，还有一直延伸到床底下的地板，提醒我可别踩到地窖子里头去，其实，那是一个两英尺深的垃圾堆。拿她自己的话来说，小木屋的"顶上木板是好的、四壁木板是好的，还有窗子也是好的"——原来是两个方框框，近来只有猫咪从这儿出出进进。屋子里有一只火炉，一张床，一个可以坐坐的地方，一个在这屋子里头出生的婴儿，一把丝绸遮阳伞，一块镀金边框的镜子，一只钉在橡木上新颖的咖啡磨，这些就是他们的全部家当。这笔买卖很快就成交了，因为詹姆斯这时也回来了。当天晚上，我应付给他四块两毛五分钱，他呢应该在转天清晨撤离，不得再把房子卖给别人，六点钟，小木屋产权归我所有。他关照我，说最好赶早搬过来，以免有人在地租和燃料上提出数目不清而又蛮不讲理的要求。他还向我保证说，唯一的麻烦就只有这一个了。六点钟，我在路上就碰到他们一家人。那一大堆东西——床、咖啡豆研磨器、镜子和母鸡——他们的全部家当都在这儿，唯独猫咪没见到，原来它直奔树林子成了野猫，后来我听说，那猫咪踩进了诱捕土拨鼠的陷阱，终于成了一头死猫。

当天早上，我就拆卸这个小木屋。把木料上的钉子拔下来，随后一小车、一小车地运到了湖边，把木板铺在草地上，以便在阳光下晒白、复原。我驾车经过林间小道时，一只早起的画眉冲我鸣叫了一两声。一个名叫帕特立克的年轻人不无阴损地告诉我，说邻居爱尔兰人西莱，在装车的间隙趁机把仍然好用、笔笔直的、可以再派用场的钉子，U形钉和墙头钉通通装进自己口袋里去；等我回过头去接班时，心里不免春思涌动，既有感慨而又满不在乎地望着那一片废墟似的场景，这时，西莱就站在一旁，说："没什么活儿可干啦。"此时此刻,他正代表大伙儿作"壁上观",使这种区区小事倒是很像特洛伊城众神①在大撤离。

我在南边的山坡上给自己挖了一个地窖子,以前土拨鼠曾在这儿挖过洞穴;我刨去漆树和黑莓的根,一直挖到几乎见不到植物痕迹的地方,即六英尺见方、七英尺深的一块优质沙土上,赶明儿不管冬天有多冷,土豆断断乎不会冻坏。地窖子四壁装上搁板,所以没有砌上石块;反正阳光照不到地窖子里边,沙土始终保持不变。这个活儿只不过花了两个钟头。我对这种破土挖洞的活儿感到特别开心,因为在所有差不离的纬度上,人们只要动工挖洞,都会得到同样的温度。在大城市豪宅里至今仍有地窖子,里面储存一些块根植物,有如古人那样,即便上层建筑消失后,后人还会在黄土里发现它遗留的凹痕。所谓房子,只不过是通往地洞的一道门廊罢了。

最后,到了五月初,我在一些朋友帮助下,就这么着把房子的框架竖起来了。当时有这些朋友②前来相助,就拿他们的声名来说,我端的感到无上荣幸。我相信,有那么一天,他们注定会出力相助修建许多高楼大厦。七月四日,我开始住进我的房子,当时木板安装才不久,屋顶也刚刚竣工,反正木板上下嵌边都是精心地制作,紧密地扣在一起,防风是万无一失的。镶嵌木板前,我已经在屋子

---

① 详见古希腊诗人荷马的史诗《伊利亚特》。
② 据悉,这些朋友均为美国名作家、诗人,如:爱默生、阿尔科特和W·E.钱宁等。

的一端砌好烟囱的底座，所用的石块有两小车左右，全凭我的两只胳臂从湖边往山上搬过来的。入秋后锄过庄稼，赶在非生火取暖不可之前，我就把烟囱造好，因为前一阵子，我一大早起来就在露天做饭：我至今依然认为，从某些方面来说，这种方式比通常的方式要更方便，更合意。要是我的面包还没有烤好前碰上刮风下雨，我就会拿几块木板，架在火堆上遮挡一下，自己则坐在木板下头，就这么着，我度过了多么开心的时光！在那些日子里，我手上的活儿挺多，书读得很少，不过，只要在地上有零星碎片什么的，甚至我的布衬垫或台布，都会带给我实际上不逊于阅读《伊利亚特》时一样多的乐趣。

我造房子固然很细，要是更细心一些也许还要合算，比方说，从人的生理需要方面来看，一道门，一扇窗，一个地窖子，一间阁楼，要考虑到有什么样的基础，而且，我们在找到除了满足暂时需要更好的理由之前，也许永远不会修建什么上层建筑①了。人给自己造房、鸟儿筑巢，都是同样合情合理。有谁知道，要是人们都用自己的双手给自己造住房，简单而又朴实地养活了他们一家人，那么，富有诗情画意的才能就会得到普遍发展？这和鸟儿鸣叫时引吭高唱、响彻云霄一模一样。可是，天哪！我们倒是很像牛鹂和杜鹃，它们总是到别的鸟儿筑好的窝里去产卵，那唧唧喳喳的刺耳噪

---

① 此处亦可指建筑物、舰船、铁路及桥梁等的上部结构或上部建筑。

声，让路过的游客听了大为扫兴。难道我们就这么着把营造的乐趣永远让给了木匠师傅吗？在人类经验中，建筑算得了什么呢？我做过好多个行业里头，从来还没有碰到过某某人在从事像给自己造房子这么简单而又自然的工作呢。我们全都归属于社会，缝缝补补不是只有裁缝可做，传教士、商人和农夫同样可以做。这种分工究竟要分到哪儿才算到头呢？到了最后又会有什么结果来着？毫无疑问，别人也可以代我来思考，但是，如果他思考是为了不让我自己思考，那就不可取了。

不错，这个国家有所谓的建筑师（至少我听说过有一位建筑师），此人有一种想法，建筑装饰要具有一个真理的核心，一种必要性，因此才有一种美，仿佛是神灵给予他的启示。也许从他的观点看来，全都美得很，其实，他只不过比"半瓶子醋"的业余爱好者稍微高明一点罢了。作为建筑学领域里一位多愁善感的改革者，他不是从基础上，而是从飞檐上入手。他的设想，只是琢磨如何以真理为核心装进各种装饰里头，好比每块糖里头实际上都有一颗杏仁或一颗葛缕子——反正我觉得，没有糖衣的杏仁倒是更有利于健康——可他并没有想到居民，亦即住在里头的人，如何把房子真正造得里里外外都很好，让各种装饰顺其自然就得了。凡是有理性的人，向来认为装饰只是表面的东西，纯属皮毛——乌龟有斑纹外壳，壳类动物有珠母的光泽，百老汇的居民有他们的三一教堂都要什么立约规定吗？不过，一个人跟他的房子的建筑风格无关，如同乌龟跟它的硬壳无关；一个士兵也不见得那么无聊，把他骁勇无敌的确切色彩涂在军旗上，敌人准会一望可知，考验一到，他立时脸色煞白。依我看，这个建筑师仿佛从飞檐上俯下身来，对住在里头的老粗们怯生生地嘀咕着半真半假的话儿，其实后者比他知道得还多着哩。何谓建筑学上的美？我现在知道，乃是从内部逐渐向外部形成的，是迎合了居住者的各种需要和性格，因为只有居住者才是独一无二的建筑师——它来自不知不觉的真实与高贵，对于外表从来不予考虑；如果此外还有什么类似这种美注定产生，那么此前必定有过一种同样不知不觉的生命之美。正如画家都知道，这个国家最耐人寻味的住宅通常是穷人那些毫无虚饰的简陋木屋和农舍；这些木屋和农舍之所以别具风姿，不是在外表上有什么与众不同，而是因为住在外表好似贝壳的房子里头的居民生活；同样有趣的，还有市民建在郊外的那些箱子形状的木屋，他们的生活有如想象一样简单而又随和，他们并没有竭力追求什么住房的风格效果。绝大多数建筑装饰都是形同虚设。

　　九月间的一场大风就会如同借来的羽毛①一样通通给剥光了，对住房实体却丝毫无损。地窖子里既没有橄榄、又没有美酒的人，就算不懂建筑艺术也无所谓。如果在文学作品里也竭力追求什么装饰风格，那结果会是怎么样？如果我们的《圣经》设计师，就

———

① 源自寒鸦向孔雀借羽毛的寓言，喻指借来的漂亮衣服或不属于本人的荣耀，等等。

像我们教堂的建筑师那样，把大量时间花在飞檐上，那结果又会是怎么样？纯文学和艺术学以及它们的教授，都是这么着打造出来的。不消说，谁都很关心的是，这几根木条子究竟斜放在上头还是底下，他那箱子形状房子应该涂上什么色彩。说真的，要是他把那些木条子斜放，给房子涂色，那是很有道理的；但是，如果精神一离开居民的躯体，那它无异于给自己打造棺材的材料——亦即造墓工程；而"木匠"不外乎是"做棺材的人"的另一种叫法。有人说，你要是感到绝望或对生活非常冷漠时，不妨从你脚下抓起一把泥土，把你房子涂成黄土色。这就想到了那最终的狭仄的房子，可不是吗？不妨扔下一枚铜币，碰碰运气吧。想必有的是好多好多闲暇时间！为什么你只抓起来一把泥土？最好还是用你的肤色粉刷自己的房子，让它颜色苍白或者为你感到羞愧。这是改进村舍建筑风格的一大创举！等你为我的住房装饰准备停当了，我一定会采用它们的。

赶在入冬之前，我已造好烟囱，房子两侧原先挡不住雨水，这时已钉上从原木上砍下来的薄片，这些薄片很不齐整，树汁又多，我不得不用刨子把它们的两边刨平。

就这么着，我有了一所严丝合缝、涂抹灰泥的木板房子，七英尺宽，十五英尺长，立柱有八英尺高，一个小阁楼，一间盥洗室，每一边有一个大窗子，两个活动天窗，房子一头有一个大门，大门对过有一个砖砌的壁炉。我造房的确切费用支出，只是按我

采用的这些材料的通常价格，人工不算在内，因为造房的活儿是
我自己干的，现将清单开列如下：之所以毛举细故，是因为很
少有人说得出自己造房究竟花了多少钱，即使有，但能把造房
的各种各样材料费用单独列出来，一一加以说明，这样的人也是
极少的——

木板（大多数采用旧棚屋木板）8.035 元

屋顶与两侧使用的旧墙板　　　4.00 元

板条　　　　　　　　　　　　1.50 元

两扇旧玻璃窗　　　　　　　　2.43 元

一千块旧砖　　　　　　　　　4.00 元

两桶石灰　　　　　　　　　　2.40 元　买贵了

发毛织物　　　　　　　　　　0.31 元　买多了

壁炉架铁料　　　　　　　　　0.15 元

钉子　　　　　　　　　　　　3.90 元

铰链和螺丝钉　　　　　　　　0.14 元

门闩　　　　　　　　　　　　0.10 元

粉笔　　　　　　　　　　　　0.01 元

搬运费（大多数自己驮）　　　1.40 元

总计　　　　　　　　　　　　28.125 元

造房的所有用料有如上述，不过，原木、石料和沙子不包括在内，因为这几项材料我是按照政府公地上造房定居者应享受的权利取得的。我还搭了一小间披屋，主要利用造房剩余材料盖成。

我打算给自己造一幢房子，论宏伟豪华，要盖过康科德的那条大街上任何一幢房子，只要它能像现下这个木屋那样使我喜欢，造价却比前者更便宜。

由此我发现，要想得到一个住处的学生，只要支付还不到现下每年所付房租的费用，就可获得一所终生受用的房子。如果我这话好像言过其实，那么我的理由是：我是为人类，而不是为自己夸耀；而且我的缺点和前后一致并不会影响论述的真实性。尽管我有不少虚假和伪善之处——那就像糠秕很难跟麦子分离一样，我和别人一样为此感到遗憾——可就这件事来说，我还是要自由地呼吸，挺直自己的腰板，这对身心来说都是一种莫大欣慰。我已决定赶明儿断断乎不低声下气地变成魔鬼的代理人，我将竭尽全力为真理说一句好话。在剑桥学院[①]，学生住宿的房间只比我自己那个木屋稍微大一点，每年租金却高达三十块钱，"那家公司"占了上风，在一个屋顶底下并排修建了三十二个房间，所以，居住者都觉得有诸多不便而叫苦不迭。由于周围邻居众多又嘈杂，也许还不得不去住四

---

① 哈佛大学最早原名剑桥学院。"那家公司"指管理哈佛大学的董事会机构，一直沿袭至今。

层楼，我不禁想到，如果我们在这些方面有更多的真知灼见，不仅教育的需求可以减少，因为，说真的，人们已经获得更多的教育，而且受教育要缴费这种现象多半也会消失。在剑桥或别的什么学校，为了必须得到这些便利，就要学生或者别的什么人付出很大的生命代价，双方要是处理得当，只要付出十分之一也就够了。最花钱的东西，断断乎不是学生最需要的东西。比方说，学费是在这一学期收费账单上重要的一项，可是，与同时代人中最有教养的人交游，从而得到更有价值的教育，那压根儿不需要付钱^①。建立一所学院的方式通常是靠募捐，收进美元和分币，然而极端盲目地遵循分工的原则，——其实，这种原则非得谨慎从事不可；于是，招来了一个承包商，不料这个承包商把它当做投机生意，雇了一个爱尔兰人或别的什么技工，果真奠基开工了，据说到校上学的学生就不得不凑合着住了进去；为了这些失误，一代又一代的人不得不掏钱缴学费。我认为，如果学生，或者那些渴望从上学中受益的人，哪怕他们自己动手奠基动工，也会比上面这种做法好得多。学生得到了他所垂涎的闲暇和休息，就经常逃避人人必不可缺的任何劳动，得到一种可耻而无益的空闲，而唯有这种空闲结出硕果的经历偏偏没有得到。"可是，"有人说，"你这不是说学生不该用脑子，而是应该用双手去干活儿吧？"我的本意确实不是这样。我是说学生不妨多

---

① 梭罗一生追随爱默生，获益匪浅，在此说出了他的经验之谈。他在本节中谈论教育的观点十分精彩，至今发人深省。

多思考一下；我的本意是说他们不应该把生活当做游戏，或者仅仅拿生活来研究一番，同时在这场昂贵的游戏中还要这个社会大家庭供养他们，他们应该自始至终认真地取得生活的体验。青年人要是不赶快投入生活实践，怎么能更好地学会生活呢？我想，这就很像学习数学一样训练他们的心智。比方说，我要是希望一个孩子学一点艺术和科学，我就不愿走老路，那不外乎把他送到邻近某某教授那儿去，在那儿什么都教，什么都练，唯独生活艺术不教不练——教他从望远镜和显微镜下观察世界，从来不教他用肉眼来看世上万物；学了化学，却不懂得面包如何做成的；学了力学，却不懂得是如何得来的。发现海王星周围好几颗新卫星，却没有发现自己眼睛里的微尘，或者没有发现自己成了一颗漂泊无定的卫星；或者他在一滴醋酸里观察各种怪物，却反而被他周围的怪物吞噬了。一个孩子一边从书本里尽量找到所需要的知识，一边自己挖掘铁矿石，加以熔炼，终于给自己打造了一把折刀，而另一个孩子在大学里听有关冶金学的讲座，同时收到了父亲给他的一把"罗杰斯"牌折刀，一个月之后，这两个孩子里头，究竟是哪一个进步得更快呢？哪一个孩子的手指最有可能被折刀划破呢？让我大吃一惊的是，我离开大学时就被告知，我已经学过航海学了！——得了，我只要到港口去兜个圈儿，管保学到更多的航海知识。政治经济学，就算可怜巴巴的大学生都学过了，但只是被教过罢了，而生活经济学（那是哲学的同义语）甚至从来没有在我们学院里教授过。结果是学生一面在学亚当·斯密①、李嘉图②和萨伊③的政治经济学，一面却使他父亲陷入无法摆脱的债务之中。

我们的大学是这样，一百项"现代化改进设施"也是这样。对它们抱有幻想，但并不是总有积极进展。魔鬼因为很早就向那些设施入了股，后来又不断增资，所以在不断地索取复利，一直到最后。我们的发明常常是一些漂亮的玩具，使我们分心，不能专注于严肃的事物。它们不外乎是对毫无改进的目标提供一些改进的手段，其实，这个早已达到而且很容易达到，正如通往波士顿或纽约的铁路那样。我们急吼吼地从缅因州兴建了一条磁性电报线路直达得克萨斯州，可是，缅因州和得克萨斯州之间，说不定压根儿没有什么重要信息需要沟通。这就好比一个男人，急巴巴地想见一个聋子贵妇人，可一等到被引见给这位贵妇人，她的助听器一端也放在他手里了，他却发现无话可说，你倒说说，大家尴尬不尴尬？仿佛主要目的是赶快把话儿说出来，而不是要说得合情合理。我们急于在大西洋底下修建隧道，让旧世界缩短几个星期时间到达新世界，殊不知

---

① 亚当·斯密（Adam Smith, 1723—1790）：英国经济学家，古典政治经济学的代表人物，从人性出发，主张经济自由，反对重商主义与国家干预，主要著作有《道德情操论》和《富国论》等。

② 李嘉图（David Ricardo, 1772—1823）：英国经济学家，古典政治经济学的代表人物，主张自由贸易，提出劳动价值论，主要著作有《政治经济学及赋税原理》和《论农业的保护》等。

③ 萨伊（Jean Baptiste Say, 1767—1832）：法国早期庸俗政治经济学的代表人物。

传入美国人偌大耳朵里的第一条消息，也许就是阿黛莱德公主得了"百日咳"。反正骑着马儿，一分钟跑一英里的人，也不会带来最最重要的消息，他可不是一个福音传道者，他跑来跑去也用不着吃蝗虫和野蜜①。我怀疑，飞童②有没有带过一粒谷子到磨坊去。

有人跟我说："我纳闷你怎么不积攒一些钱？你喜欢旅游，不妨搭乘汽车，今儿个就去菲奇伯格，见见世面呗。"我想的却比这更聪明。我知道，最快的旅游者是安步当车的人。我跟我的朋友说，我们不妨试一试，看看谁先到达那儿。这段路程是三十英里；车费是九角钱，差不离是一天的工资。我记得，工人在这条路上干活儿，一天只挣六角钱。得了，现在我开始步行，天黑之前到达那儿；一个星期以来，我一直保持这个速度行走。这个时候，你是在挣车资，明天某个时间才能到达，或者今儿个晚上也会到达，要是你运气好，能及时找到工作。其实，你并没有去菲奇伯格，而是这一天绝大部分时间都在这儿干活。所以，就算这条铁路绕着全世界一周，我想，我总得赶在你前头；如果更进一步见见世面，多一点这方面的阅历，那我也只好跟你完全断绝往来了。

这是普遍的法则，没有哪个人能智胜过它，至于铁路嘛，我们

---

① 此处指基督教《四福音书》作者之一约翰。《圣经·新约全书·马太福音》第3章1~4节说：约翰在旷野里传道，他"身穿骆驼毛的衣服，腰束皮带，吃的是蝗虫、野蜜"。
② 指当时英国跑得最快的一匹有名的赛马。

甚至可以说，反正它有多广就有多长。要想给人类修建一条环球铁路，无异于把这个星球表面全铲平了。人们蒙蒙眬眬地觉得，仿佛只要坚持这种合股经营方式，用铁锹不停地挖下去，要不了多长时间，最后大家可以分文不花地乘火车，到达任何一个地方；不料，人们一窝蜂拥向火车站，乘务员高声喊道"大家上车吧"，这时火车黑烟四起，蒸汽密集喷发，才看到只有少数人登上了火车，其余的人通通被火车碾过去了——这就被称为而且确实是"一次令人为之动怜的意外事故"。毫无疑问，挣到了车资的人，最后还是赶得上火车的；不过，他们到时候也许早就心情不佳、游兴阑珊。耗费生命中最美好的时光去挣钱，为了享受最不宝贵的时间里那一点可疑的自由。这使我想起了那个英国人，他最先跑到印度去发财，为了日后可以回英国，过上一种诗人般的生活。得了吧，他应该马上住到小阁楼去。"什么呀！"一百多万爱尔兰人从四面八方的窝棚里大声惊呼道，"我们修造的这条铁路，难道不是一个好东西吗？""是的，"我回答，"是比较好，要不然你们干得会更差劲呢。不过，既然你们是我的哥们儿，我希望赶明儿你们过的日子能比这挖土活儿更美好。"

　　我的房子落成前，我希望通过诚实而愉快的方式，挣到十块或十二块钱，来应对我的额外开支，于是，我在房子附近大约两英亩半沙土地上种了点东西，主要是豆子，也种了一点土豆，还有玉米、豌豆和萝卜。整个地块总共十一英亩，大抵种植松树和山核桃树，上一个季度，一英亩卖到八块零八分钱。一位农场主说，这块地皮"没有啥用处，只好养几只吱吱叫的松鼠"。我没有给这块地施过肥，因为我不是这块地的主人，仅仅是个合法定居者。我也不指望再栽种这么多的地，就没有一下子把这块地锄完。我在犁地时挖出了好几堆树桩头，可供燃用好长时间，于是留下了小小几圈待开垦的肥沃土地，入夏，一望可知，那儿的豆子长得分外茂盛。我房子后头那些枯死、多半卖不掉的树木，以及从湖上漂过来的木材，提供了尚待补足的燃料。我还租了一套马匹犁地，雇了一个短工帮我耕地，虽然仍由我亲自扶犁。在头一个季度，我的农场开支，比方说，农具、种子和用工等，是十四块七角二分钱。玉米种子是人家送给我的，这实在也值不了多少钱，除非你种得太多。我收获了十二蒲式耳①豆子，十八蒲式耳土豆，此外还有一些豌豆和甜玉米。黄玉米和萝卜种得太晚了，一无所得。我的农场全部收入是——

	23.44	元
扣除支出费用	14.725	元
结余	8.715	元

除了我消费掉的和手头还存有的农产品以外，当时估算约值四

---

① 英美容量单位，在英国为 36.238 升，在美国为 35.238 升。

块半——我手头的这笔钱，已超过了没有种植的那一点菜蔬。经过全面考虑，那就是说，我考虑到人的灵魂和今天的重要性，尽管我的实验只占用了很短时间，不，也许正是由于时间很短，我相信，我当年的收成要比康科德任何一个农场主的都好。

第二年，我干得更欢了，我把所需要的土地全给铲平了，约摸有三分之一英亩。我压根儿没有被好多有关耕作的名著吓倒，其中包括亚瑟·杨①的著作，我从两年来的经验中认识到，一个人要是简朴地过日子，只吃自己种的粮食，而且吃多少种多少，不拿粮食贪婪无餍地去交换更奢侈、更昂贵的物品，那么，只消种一两平方杆②的地就够了。这么一点地，用铁锹翻要比用牛耕地更便宜，每次可更换一块新地，省得给旧地不断追肥，所有必要的农活，只要在夏天抽空干一点就得了。这么一来，他就不会像今日那样被一头公牛、一匹马、一头母牛或一头猪拴在一起了。我希望就这个问题说话力求不带偏见，因为不管成功也好、失败也好，我对目前的经济和社会措施都不感兴趣。我比康科德任何一个农人更要特立独行，因为我好歹没有被锁定在哪一所房子里头或哪一个农场上，我能随着自己悟性行事，而悟性是瞬息万变呢。再说，我的日子已经比他们好多了，万一我的房子着火了，或者我歉收了，反正还可以像往昔一

---

① 亚瑟·杨（Arthur Young, 1741—1820）：英国农业科学的先驱，著有许多关于农耕的书。
② 度量单位，1 平方杆等于 $30\frac{1}{4}$ 平方码。

样过得很不赖。

我常常这样想，不是人在放牛，而是牛在牧人，反正前者有更多自由。人与牛是在交换劳动。如果我们考虑的只是必不可缺的劳动，那么，牛就具有很大优势，它们的农场也大得多。人做的一部分交换劳动，就是在六个星期里割草晒干，这可不是儿戏。当然，没有一个生活全面简单的民族，亦即没有一个贤哲民族，会犯下如此大错，竟让牲畜去劳动。说真的，过去从来没有过，将来也未必很快有那么一个贤哲民族，就算有了，是不是令人满意，我可说不准。不管怎么说，我断断乎不会驯养一匹马或一头牛，让它替我干任何它可以干的活儿，唯恐自个儿成为一名马夫或牛倌；如果这样做了，社会好像成了赢家，难道我们能如此肯定， 个人是赢家，不就意味着另一个人是输家吗？小牛倌会跟他的主人一样有理由感到满意吗？就算有些公共设施没有牛马的帮助便完不成，还让人们与牛马一起沾沾自喜，难道我们可以从此得出结论，人们就不可能做出更令人称道的事情来吗？人们在牛马的帮助下开始从事不仅毫无必要或毫无艺术感，而且奢侈懒散的工作，那就有少数人不可避免地去跟牛马交换劳动，换句话说，少数人便成了最强者的奴隶。就这么着，人不仅给他内心的兽性工作，而且作为这方面的一种象征，还要给他身外的兽性工作。虽说我们已经有了许多砖块或石块砌成的房子，但一个农人的殷富与否，仍然要看他的谷仓在多大程度上盖过了他住的房子。据说，这一带最大的房子都辟为耕牛、奶牛和马

匹的厩舍，而且比起城镇里头的公共建筑，也毫不逊色；这个县里
可供信仰自由或言论自由的厅堂却绝无仅有。国家缘何偏偏不是用
抽象的思维能力，而是要靠大兴土木来给自己竖立纪念碑呢？一部
《福者之歌》①比东方各国的所有废墟还要令人赞叹不已！一颗单纯的
独立的心灵不会听从任何王孙公子的旨意去干苦活。天才不是给予
任何皇帝的定金，连那有形的金子、银子或大理石也不是，即使是，
也是微乎其微。请问，开凿这么多的石头到底是为了什么？我在奥
卡狄亚②就没有看到有任何人在开凿岩石。好多国家都像疯了似的痴
心妄想，要留下大量石雕，让自己永垂不朽。要是他们付出同样的
心血来打磨自己的风度，那又会是什么样呢？理智要比一座高得可
攀月亮的纪念碑更值得流传下去。我偏偏喜欢岩石就留在原地不动。
底比斯③的宏伟是一种庸俗的宏伟。一座有一百个城门的底比斯城，
早就远离了人生的真正目标，远不如围绕老实人田地的一堵长石头
墙那么合情合理。野蛮的异教徒的宗教和文明修建了许多华丽的寺
院；被我们称之为基督教的却没修建些什么。一个国家所开凿的岩
石，十之八九只供它的坟墓使用，它把自己给活埋了。说到金字塔，
原本说不上是什么奇迹不奇迹，令人吃惊的倒是在于：有那么多人

_____

① 《福者之歌》：印度古代叙事诗《摩诃婆罗多》中的一部分，以对话形式
  阐明印度教教义。

② 奥卡狄亚：古希腊一高原地区，后来在诗歌中常比喻为简朴的田园牧歌
  式生活。

③ 底比斯：埃及尼罗河畔一古城，以石雕闻名，是世界著名古迹之一。

竟然如此忍辱负重，不惜耗尽自己的性命，为某个野心勃勃的傻瓜蛋修造坟墓，其实，这个傻瓜蛋还不如淹死在尼罗河里，随后把他的尸体喂狗，反而显得更聪明、更有几分须眉汉子气派。也许我还可以给他们和他寻摸一些借口，可惜我没有这闲工夫。至于那些建筑师的宗教信仰和艺术爱好，全世界倒是都一样，不管修造的是埃及的神庙，还是美国的银行，成本总是超过实用价值。主要动力是虚荣，对大蒜、面包黄油的热爱则出力相助。年轻有为的建筑师巴尔科姆先生，悉心追随维特鲁威①，用硬铅笔和直尺设计了一张图纸，随后把它交给多布森父子采石公司。当三十个世纪开始俯视它时，人类就开始仰视着它。说到那些高楼和纪念碑，这个镇上有过一个疯疯癫癫的家伙，要开挖一条通往中国的隧道，他已挖得很深很深，据他所说，他已经听到了中国的水锅和茶壶里煮沸的响声；反正我想，我可不会一反常态地去赞赏他挖的那个窟窿眼儿。许多人都关注着东方和西方的那些纪念碑——想知道是谁造的。而我呢，倒是很想知道当时是谁不肯造的——是谁不屑于这般区区小事。不过得了，还是回到我的各项统计上来吧。

当时，我在村子里又搞测量，又做过木工和各种各样打杂的活儿，反正干过的行当跟我的手指头一样多，就这么着，我总共挣到了十三块三角四分钱，八个月的伙食费。就是说，从七月

---

① 维特鲁威（Marcus Vitruvius，前 1 世纪）：古罗马著名建筑师，他的著作《建筑十书》对文艺复兴时期、巴洛克与新古典主义时期均产生了影响。

四日到翌年三月一日，根据这八个月的时间估算的，尽管我在那儿住了两个多年头——至于我自己种的土豆、一点嫩玉米和豌豆都不算在内——结账当天留在手上的存货的价值也不算在内，合计：

大米	1.735 元	
糖蜜	1.73 元	最便宜的一种糖精
黑麦	1.0475 元	
印第安粗玉米粉	0.99 元	比黑麦便宜
猪肉	0.22 元	
面粉	0.88 元	

比印第安粗玉米粉贵，而且麻烦

糖	0.80 元	
猪油	0.65 元	
苹果	0.25 元	所有实验
苹果干	0.22 元	均告失败
甘薯	0.10 元	
一只南瓜	0.06 元	
一只西瓜	0.02 元	
盐	0.03 元	

是的，我总共吃掉八块七角四分钱；不过，如果我不知道读

者里头有大多数人是跟我自己也有同样罪过，他们的行为公之于众，恐怕还不见得会比我的好，我不应该这样没羞没臊地公布我的罪过。第二年，我有时就逮几条鱼来充当正餐，有一回我甚至还宰了一只糟蹋过我豆子地的土拨鼠——就像鞑靼人所说，它的灵魂正在转世——我却把它吃掉了，部分是为了加以验证；尽管它有一股麝香味道，还是让我瞬间一饱口福；不过，我知道，哪怕请村子里的厨师将土拨鼠加工成一道珍馐，长期享受这种野味是不可取的。

同一时期内，衣服和其他零星费用，尽管数目不大，却有：

	8.4075 元
油和一些家庭用具	2.00 元

除了洗衣和缝补费用，因为这些活儿多半到外头去请人代劳，账单还没有收到——这些费用都是世界上必须开支的（即使稍微有些超支）——全部钱财支出是：

房子	28.125 元
农场的一年开支	14.72 元
八个月内食物	8.74 元
八个月内衣服及其他开支	8.4075 元

八个月内油及其他开支	2.00 元
总计	61.9975 元

现在，我跟那些要谋生的读者说几句话。为了支付以上开销，我把农场上的产品出售了，收入计有：

	23.44 元
打短工挣得	13.34 元
共计	36.78 元

从支出中减去此数，还剩余二十五块两角一分又四分之三——这跟启动时的那点钱相差无几（原本准备开支的金额），这是一方面——而另一方面，我从中获得闲暇、独立和健康，此外还拥有一座舒适的房子，我乐意住多久就住多久。

这些统计资料，看上去未免琐碎，好像没有多大意思，不过因为相当完整，也就有了一定价值。但凡开支过的，我全都入了账。从上述账目中可以看出，单是食物一项，每星期就要花掉我大约两角七分钱。在此之后近两年里头，我的食物不外乎是黑麦和不发酵的印第安粗玉米粉、土豆、大米、少量的咸肉、糖蜜、盐和饮用水。像我这种对印度哲学精神情有独钟的人以大米为主食，自然非常合适。为了应对一些净爱吹毛求疵的人的反对，我也不妨在此声明，要是我偶尔在外头用餐——正如过去常常在外头用餐那样，相信以后有机会我还会外出用餐——那往往有损于我的家用开支安排。但我已经说过了，在外头用餐是常有的事，对这么一个相对的声明丝毫不发生影响。

我从两年的经历中知道，即使在这个纬度上，获得一个人所必需的食物一点也不费事。真是令人难以置信，一个人饮食可以像动物一样简单，但仍然保持健康，孔武有力。我只是从玉米地里摘来一些马齿苋（拉丁文学名 Portulaca Oleracea）煮熟加盐，权当一顿正餐，方方面面都让我感到满意。我之所以附上它的拉丁文学名，是因为它名字虽俗，味道可不错。请问，在和平的岁月里，日常的中午时分，除了品尝相当丰盛的煮熟加盐的嫩甜玉米，一个通情达理的人还会要求什么？就算我稍微变换一些花样，也不外乎迁就一下口味，并不是为了健康。但是，人们免不了经常挨饿，不是因为短缺必需品，而是因为缺乏奢侈品；我还认识一个心地善良的妇人，她认为自己儿子一命呜呼乃是他只喝白水的缘故。

读者也许会看出来，我是从经济的视角，而不是从美食的视角来处置这个问题。读者也不会贸然拿我这种节食方法来做实验，除非他是个肥佬。

最初我用纯质印第安粗玉米粉加盐做面包，做成地地道道的"锄头玉米饼"①，我把它们置放在一块墙面板上，或者一根我造房时锯

---

① 因原先将饼摞在锄头烤熟而得名。

下来的木棍上，然后移到户外的火堆上烘烤；但时常烤煳，还带着一股松树味儿。我也使用过面粉，到头来却发现黑麦掺上印第安粗玉米粉一起烘烤最方便，口味也最好。天冷的时候，连续烘烤好几个这样的小面包，就像埃及人小心翼翼地一边侍候、一边翻转正在孵化中的鸡蛋一样，不失为一件趣事。它们是我烘烤成熟的真正谷物果实，在我的五种官能中，它们如同别的高贵果实具有一种芳香，我用一块布把它们包起来，尽可能长时间地保存着这种芳香。我研究了不可或缺的古代面包的制作工艺，向有关权威人士求教，一直追溯到原始时代首次发明未经发酵的食品，那时人类从啖食坚果生肉的野蛮状态，首次达到面包这种食物的味淡和优雅境界，随后，我在循序渐进的研究中，了解到据说就是那个偶然间发酵的面团教会了人们发酵过程的故事，自此以后经过各种发酵作用，我终于读到了"优质、味甜和有益于健康的面包"这一生命的支柱。有人认为酵母是面包的灵魂，填充面包细胞组织的精神，像女灶神维斯太的圣火一样被虔诚地保存下来——我揣想，好几瓶珍贵的酵母最初还是"五月花"号①带来的，为美国立下了大功，至今它的影响仍然在上升、膨胀，波及四方，就像这片国土上的麦浪在起伏荡漾——这酵母起子，我是村子里定期而又准确可靠地取得的，有一天早上，我不知怎的把惯例给忘了，用开水烫坏了我的酵母；从这个意外事

——————

① "五月花"号：最早前往北美殖民地的英国清教徒所搭乘的船名。

故中，我发现，其实酵母有没有也无所谓——因为我的发现是分析的经过，而不是综合的过程——自此以后，我就干脆把酵母省掉了，尽管大多数主妇满怀热忱地劝说过我，不经过发酵，恐怕面包不太安全，还不利于健康；老人们则预言说体力很快会衰退。可我发现，酵母并不是必不可缺的成分，不用酵母，我也这么着过了一年，如今还不是好端端地活在这块充满活力的土地上？我很高兴，总算用不着口袋里老装着一只瓶子，有时，它砰的一声爆裂了，里头的东西全给抖搂出来，让我好不尴尬。省掉了酵母，这样就更简便，质量反而更好。人这种动物与别的动物相比，更能适应各种各样的气候和环境。我也没给面包里放过什么盐、苏打，或者别的酸性和碱性的东西。看来我是根据基督出生前大约两个世纪的马库斯·波修斯·卡托 ① 的配方做面包。"Panem depsticium sic facito. Manus mortariumque bene lavato. Farinam in mortarium indito, aquae paulatim addito, subigitogue pulchre. Ubi bene subegeris, defingito, coquitoque sub testu." 这段拉丁文，我的理解是："揉面制作面包是这样的。洗净你的手和揉面长槽。把粗面粉投入长槽。逐渐加水，揉得要透彻。揉好后捏成面包的形状，最后盖上盖子烘烤。"也就是说，在小烘锅里烘烤。全文没有一个字提到"发酵"。不过，我也不老是使用这"生命的支柱"。有过一阵子，由于囊中羞涩，我有个把

① 卡托（Marcus Porcius Cato，前234—前149）：古罗马政治家、作家，著有《史源》和《乡村篇》等，为拉丁文散文的开创者。

多月没有见到过面包。

在这块适宜种植黑麦和印第安粗玉米的土地上，每一个新英格兰人都可以毫不费劲地生产出自己所需的面包原料，而不依靠价格波动的远方市场来获取原料。无奈我们如今生活既不简朴，又缺乏独立性，在康科德商店里，新鲜香甜的玉米粉几乎很少出售。玉米片和更粗一点的玉米差不离没人食用了。农场主把自己生产的一部分谷物都用来喂牲畜和猪，自己却出了高昂的代价，到商店里购买未必有益于健康的面粉。我想，我可以毫不费劲地种上一两蒲式耳黑麦和印第安玉米，因为，前者在最贫瘠的地里都能生长，后者也用不着呱呱叫的土地。只要用手磨把它们碾碎了，没有大米，没有猪肉，也照样过日子。如果我一定要用一些浓缩的甜味素，通过实验，我发现从南瓜或甜菜里头就可以熬出一种非常好的糖蜜来；我还知道，只要栽几棵槭树，就更容易得到这种糖蜜；哪怕这几种菜蔬还在生长期间，我也可以利用各种替代品，取代上面提到的那些东西。"因为"，有如祖先们歌唱的——

> 我们可以用南瓜、防风和核桃树叶，
>
> 酿成美酒，滋润我们的双唇。①

---

① 据称选自约翰·华尔纳·巴伯尔的《历史诗选》（1839年版）。

末了，说到盐，杂货里头的大路货呗。要想寻摸到盐，不妨借此机会到海边去走走，或者完全不用盐，也许我还好少喝点水哩。反正我可没有听说过，印第安人会煞费苦心地寻摸盐。

就这么着，我避免一切买卖与物物交换，至少食物一项是这样。好在我已有了一个安身之处，剩下来的就是穿着和燃料这两项了。我现在穿的这条裤子，是在一个农人家里织成的——谢天谢地，人身上依然还有那么多的美德，因为我觉得，农人一下子降为技工，就像人降为农人，两者同样伟大，令人难忘。初来乍到乡间，燃料是一件够伤脑筋的事。至于栖息之地，如果不让我继续住在可以依法占用的公地，那我不妨按耕种过的那块土地出让价格——八块八角钱，另外购置一英亩地。事实上，我倒是觉得，我在这儿居住后，反而使这块土地增值了。

有一拨不肯轻信的人，有时会问过我诸如此类的问题，比方说，我是不是觉得自己光吃蔬菜就能活下去；为了立时揭示事物的实质——因为实质就是信念——我惯常这样回答："我指靠木板上的钉子，照样也能活下去。"他们如果连这话都听不懂，那不管我该说多少，反正还是听不懂。就我而言，我很高兴听说有人在做这种实验。比方说，有个年轻人做过半个月实验，拿他的牙齿当研钵，光啃连皮带穗的玉米过日子。松鼠族做过同样的实验，获得了成功。人类对此实验很感兴趣，虽然有少数几个老妇人对此类实验力不从心，换句话说磨坊拥有三分之一产权，但她们说不定也会让人大吃一惊。

我的家具——一部分是自己打造的，其余部分没花过多少钱，所以也没有记账——包括一张床，一只桌子，一张写字台，三把椅子，一块直径三英寸的镜子，一把火钳，一个壁炉柴架，一把水壶，一个长柄平底锅，一个煎锅，一把长柄勺，一个脸盆，两副刀叉，三个盘子，一只杯子，一把勺，一个油罐，一只糖罐，以及一盏涂上日本油漆的灯。没有人会穷得只好坐在一只南瓜上，那就是苟且偷生了。村子里的阁楼上有许许多多我最喜欢的椅子，只要有人喜欢，尽管拿走就得了。家具！谢天谢地，我能坐，我也能站，用不着家具公司来帮忙。可有人看见自己的家具——不外乎是一些少得可怜的空箱子——装在马车上，串乡走村，暴露在光天化日、众目睽睽之下，除了圣哲，谁不会羞惭得无地自容呢？这莫非是斯波尔丁①的家什吗？看过这么一车家具，我断断乎看不出它是属于所谓富人的，还是属于穷人的。这些家具的主人仿佛老是穷困潦倒。说真的，反正这样的劳什子你越多，你就越穷。每一车装的好像都是十几个窝棚里头的东西，如果一个窝棚是穷的，那它岂不是十几倍的穷？我们既然老是在搬家，干吗不甩掉我们的家什，甩掉我们的蜕皮；最后离开这个界域，到另一个置备新家具的界域，把老家具通通给烧掉呢？这就像有人把所有圈套都扣在自己腰带上，只要搬家经过撒下绳索的荒野时，不能不拽动那些绳索，从而被拽进自己的圈套里去。他是一只"走运"的狐狸，

① 斯波尔丁（Gilbert R.Spaulding，1811—1880）：美国某著名马戏团班主，他在美国率先带领马戏团坐火车四处演出。梭罗本人家具简陋，所以调侃那些家具就像马戏团变戏法的箱子。

尾巴被掐断在陷阱里。麝鼠为了逃命，就会咬断自己的第三条腿。难怪有的人已失去了自己的灵活性，他有多少回走上了绝路啊！"先生，恕我太孟浪，可你说的'绝路'是什么意思？"如果你是一个预言家，不管什么时候碰到一个人，你都会看出他所拥有的一切，还有好多他佯装不是自己的东西，甚至厨房里的用具和破烂的零星杂物，他都要留着，舍不得烧掉，仿佛他被拴在它们的轭上，使劲地拖着它们往前赶路。有一个人从一个节孔或一道门穿过去，他身后的一车子家具却穿不过去，我认为，此时此刻，这个人就是走上绝路了。我听说有个衣冠楚楚、外表壮硕的人，看上去很自由，万事齐备，没承想他说到自己"家具"不知道是否保了险，就在这时，我不由得怜悯他。"可我的家具该怎么办呢？"就这么着，快活的蝴蝶被蜘蛛网纠缠在一起了。甚至还有这样一些人，多年来好像并没有什么家具，不过你要是细问一下，就会发现，他在某某人家的谷仓里头储存着好些家什。我看当今英格兰就像一位垂垂老矣的绅士，带着许许多多行李外出旅行，全是长年累月节俭持家积下来的破烂玩意儿，就是没有勇气把它们给烧掉：大箱子，小箱子，手提箱，还有大大小小的包裹，至少前头三样东西该扔掉。今日里，就算身体不错的人，恐怕也不会拿了裤子①到处转悠，因此，我当然要劝告有病的人不妨丢下裤子，一溜小

---

① 此处出典，详见《圣经·新约全书·马太福音》第9章6节：有人用褥子抬着一个瘫子让耶稣治疗。耶稣对瘫子说道："起来，拿你的裤子回家去吧。"

跑吧。我碰到过一个移民，扛着他那全部家当的包裹——看上去好像脖子根后头长出来的大巨瘤——跌跌撞撞地走着。我觉得他怪可怜的，倒不是因为他总共只有这么一丁点儿，而是因为他还得扛着那个玩意儿。如果我也非得拖着圈套走路不可，那我就会小心留神，拖一个轻一点的，别让它夹住我的要害部位。但是，千万别让手掌进入圈套，也许这才叫做最乖觉。

顺便提一下，我可不会花钱去买什么窗帘，因为除了太阳和月亮，我觉得不需要把喜欢偷窥的人都挡在屋子外头，我倒是乐意他们往里头看一看。月亮不会使我的牛奶发酸，也不会让我的肉发臭，而太阳也不会损坏我的家具，或者使我的地毯退色，如果这两位朋友有时候太热情了，那我觉得躲到大自然提供的帘子后头去，从开支上来说倒是更划算，不必在家用账上另添一笔费用。有一次，有位太太要送给我一块草荐，无奈我屋子里头找不到让它铺开的空间，也没时间屋里屋外去打扫它。我只好谢绝了，宁可在我前的草地上擦擦自己的鞋子底。最好是邪恶一露头就避而远之。

不久，我参加了一次教会执事动产的拍卖，因为他的生命并没有白活——

人们做了恶事，死后免不了遭人唾骂。[1]

---

[1] 引自莎士比亚的名剧《裘力斯·恺撒》第三幕第二场。朱生豪译《莎士比亚全集》第 8 卷，第 262 页，人民文学出版社。

大部分东西照例都很寒碜，从他父亲在世时就积存下来，里头居然还有一条干绦虫。在他的阁楼和别的垃圾堆里躺了半个世纪之后，这些东西并没有被烧掉，非但没有付之一炬，或者火化销毁掉，如今还拿过来拍卖，换句话说，让它们的生命得以延续下去。街坊四邻急吼吼地聚拢来看这些玩意儿，一股脑儿全买了下来，随后，把它们小心翼翼地搬进自家的阁楼和垃圾堆，让它们躺在那儿，直到各自家产进行清理时，它们又开始了另一次搬家。人死了，不外乎复归尘土罢了。

我们不妨学一学某些野蛮民族的风俗，也许大有裨益，因为他们至少每年从表面上看总要搞蜕皮求新似的活动；这是他们处世理念，不管实际上有没有做到。正如巴特拉姆①描述穆克拉斯族印第安人的风俗那样，我们倘能也有类似除旧祭祀活动，或者举办第一批果实节②，岂不是很好吗？"一个小镇节庆活动，"巴特拉姆这么说，"大家早就给自己准备好新衣服、新壶、新罐、新盘子，以及别的家用器皿和家什，把穿过的旧衣服和别的废物通通收拢来，打扫和清理他们的房子、广场和整个小镇，把这些旧东西，包括所有余粮以

---

① 巴特拉姆（William Bartram, 1739—1823）：美国博物学家，著有《南北加洛拉纳旅行记》。
② 第一批果实节：指一个季节中最早成熟并收获的农产品，尤指用来祭神的瓜果。

及其他旧物，一股脑儿扔到一个公共的堆物垛上付之一炬。随后大家服药禁食三天，全镇禁绝烟火。禁食期间，他们清心寡欲。这时大赦令宣布，所有罪犯都可以回到小镇上来——"

"到了第四天早上，大祭司两手摩擦着干燥的木头，在公共广场上燃起新的火焰，镇上每户人家都从这里取得了新生、纯洁的火种。"

随后，他们品尝新的玉米和水果，一连三天载歌载舞，"后两天，他们接待邻镇上的朋友来访，共庆节日，因为这些朋友也按同样的方式净化自己，并且准备就绪"。

墨西哥人每过五十二年也会进行一次同样的净化活动，他们相信大千世界每过五十二年就会告一段落。

我从未听说过比这更真诚的圣礼，也就是说，如同字典上厘定的，"一种内在的心灵美转为外在的可见的神迹"。我一点都不怀疑，他们这种做法原先是由天意直接传授，虽然没有一部《圣经》那样的书籍来记述这种启示。

五年多来，我就这么着光靠双手劳动，养活了自己，我还发现，一年里头只要工作六个星期，就足够支付我所有的生活开支。整个冬天还有大部分夏天，我自由自在，安心读书。我全力以赴地办过私学，发现我的各项支出与收入基本相抵，或者略有超支，因为我不得不穿衣服、坐火车，更不用说还得有相应的思考和信仰，结果我的时间都被耗掉了。我教书不是为了让我的同胞受益，而是为了自己谋食，所以，这次办学失败了。我还试过做生意，但发现，要想经商发财，就得花上十年时间，到了那时，也许我正在赶去见魔鬼的路上呢。说真的，我发愁的是，到了那时候，我也许正在做所谓的"好生意"。从前，我在到处寻摸谋生之道时，依照朋友的愿望，脑海里不时浮现一些可悲的经历，已使我殚精竭虑，于是，我常常想还不如去捡捡浆果，反正这活儿我管保干得了，而且，那一点蝇头小利对我也已足够——因为我的最大本领是需求很少——只需要一丁点儿资金，我素常的情绪又极少抵触，我就这么冒傻气地思考着。我的朋友毫不犹豫地"下海"或者就业，而我想自己这个职业倒是酷似他们从事的行当。整个夏天，我漫游于群山之间，路见浆果就拣了起来，稍后又漫不经心地把它们扔掉，好像在看守阿德墨托斯①的羊群。我还梦想自己不妨采集野草，或者用干草车辆运些常青树给喜爱树木的村民，甚至运到城里去。但从这以后，我才明白，商业诅咒它经管的每一件事，就算经营的是天堂的福音，还是躲不开商业对它的全部诅咒。

由于我酷爱某些事物，特别珍视个人自由，而且，我吃得起苦，又能获取成功，所以，我并不希望浪掷时光去赚取华丽的地毯或者别的优质家具，或者味美可口的烹调术，或者修造一幢古希腊式或者哥特式的房子。要是有人居然唾手可得这些东西，得到之后还懂得如何使用，那干脆让他们去追求得了。有些人是"勤劳的"，似

---

① 古希腊神话中的塞萨利国王，曾去海外寻找金羊毛的伊耳戈英雄之一，阿波罗替他看管过羊群。

乎天生热爱劳动，或许因为劳动使他们避免去做更要不得的坏事来。对诸如此类的人，目前我还是无话可说。至于那些有了比现在更多的闲暇却不懂得如何安排的人，也许我会奉劝他们要比过去加倍努力地工作——一直工作到他们能养活自己，获得自由的资格。至于我自己，我发现，所有职业中，打短工的人是最独立不羁。特别是短工这个职业，一年里头只要三四十天，就可以养活自己。夕阳西下时，打短工的活儿也告结束，随后他就自由自在，专心从事自己喜爱的但跟白天劳动毫不相干的事儿；他的雇主却要做投机买卖，从这一个月到下一个月，反正一年到头连气都喘不过来。

总之，根据信仰和经验，我确信，一个人在这个世界上谋生，只要生活得简朴和聪明，并不是一件苦事，而是一种消遣，有如生活较为简朴的民族追求至今还是不大自然的体育运动。一个人要谋生，其实用不着汗流浃背，除非比我还容易出汗。

我认识一个继承好几英亩地的年轻人，他跟我说如果他有办法，他觉得自己应该像我这样生活。我并不愿意有人采用我的生活方式，不管出于什么理由；因为在他还没有学会我的生活方式前，我也许已经寻摸到另一种生活方式；我倒是希望，在这个世界上，各不相同的人越多越好；可我又希望，每个人要谨小慎微，寻摸和追求自己的方式，而不是他父亲的、他母亲的或他邻居的方式。年轻人可以造房，可以种植，可以航海，只要不阻挠他去做喜欢做的事就得了。仅仅从精确的视点来看，我们是聪明的，如同水手或逃亡的奴隶两眼盯着北极星；这一点就足以引导我们一辈子，也许在预定期间我们到达不了我们的港口，可断断乎不会偏离正确的航线。

在这里，但凡适用于一个人的，无疑更适用于一千个人。比方说，一所大房子，按比例来说，并不比一所小房子造价更昂贵，因为一个屋顶可以覆盖好几个房间，底下合用一个地窖子，一堵墙可分隔出好几个房间。不过，我个人偏爱离群索居。再说，与其说服别人相信合用一堵墙的好处，还不如自己动手造房，通常会更便宜。要是跟别人合用一堵墙，固然更便宜，但合用的这堵隔墙一定很薄，说不定你的邻居人品不好，到时候他那半边墙坏了，也未必去修缮。通常可行的那种合作也极其有限，而且是表面上的。就算有那么一点真正的合作，表面上也看不出来，要有一种听不见的和谐。如果一个人有信心，那他无论到哪儿都会跟同样有信心的人合作；如果他没有信心，那他会像世界上其他一样，继续过自己的日子，不管跟什么人做作。合作，就是让我们生活在一起。最近我听说，有两个年轻人打算结伴环球旅行，一个人没钱，一路上就在桅杆前和犁耙后头挣钱，而另一个人口袋里装着一张旅行支票。他们不管结伴、合作，一眼就能看出来，都不会持久，因为里头有一个人压根儿什么事都干不了。果真，路上他们碰到第一个有趣的危机时就散伙了。最重要的是，我在上面说过的，单独出行的人今天说走就走，结伴旅行却要等到别人准备就绪，也许还得等上老长时间才能上路。

不过，这一切都非常自私，我就听到过镇上有一些人这样说。

我承认，直到现在为止，我很少致力于慈善事业。我有一种责任感，为此作出了一些牺牲，包括行善乐趣。有人使尽所有花招，劝我资助镇上一些穷困人家。如果我没有什么事可做——因为魔鬼净给闲人找事做——也许我会试着做诸如此类的"娱乐消遣"。可是，每当我想到自己要大肆从事这方面活动，让某些穷人在各方面过得像我自己过的日子一样舒适，把他们享受天堂般的生活作为一种义务，甚至已经向他们提供了帮助，没承想他们毫不犹豫地一致表示，他们宁愿继续贫困下去。我们镇上的男男女女已在想方设法、竭力为自己的同胞们谋福祉，我相信，这至少可以使人不去做没有人情味的事情。从事慈善事业，如同从事别的事情一样，非得具备天资不可。至于"做好事"，那是一种充满激情的职业，况且，我好歹也尝试过。看来也许挺奇怪，这种事不合我的脾性，因此，我倒是对自己觉得很满意。也许我不应该故意回避自己这种特殊的职责，社会却要求我去做拯救宇宙、使它免遭毁灭的好事。我相信，不知在别的什么地方，确实有一种类似的却无限坚定的力量，至今仍在保护这个宇宙。不过，我断断乎不会阻拦任何一个人去发挥他的天才。这种事我自己不做，但有人全心全意，终其一生地去做了，我就会对他说，哪怕世人很可能会有这样看法，管它叫做坏事，可你们也一定要坚持下去。

　　我断断乎不是说我的情况特殊。毫无疑问，我的读者里头有许多人都会作出类似的辩白。在做某件事的时候——我不敢保证我的左邻右舍会管它叫做好事——我会毫不犹豫地说我是一个一流的雇工。但我为什么是一流的雇工，这就要我的雇主去发现。我做的好事，对"好"这个字儿的通常理解来说，一定是我的分外事，而且十之八九是我无意中做的。人们几乎都这样说，你就照现在样子，从自己身边开始，别指望成为更有价值的人，首先要有一颗善心，才会去做好事。如果我完全仿效这种论调说教，还不如干脆这么说："去吧，先开始做个好人吧。"好像太阳用自己的火焰照亮了月球或一颗六等星后，应该停下来，如同罗宾·古德费洛①一样，窥探每个村舍的窗子，使人疯疯癫癫，叫肉食变味，使黑暗变得可以看得见东西；而不是渐渐增加它那宜人的热量和恩泽，直到如此光芒四射，没有人能够仰望它的脸，与此同时，行走在自己的轨道上，绕着地球做好事，或者更确切地说，正如一种更为真实的哲学思想发现的，地球绕着太阳周转，从而得到了恩泽。法厄同②一心想证明自己乃是天神出身，惠泽世人，就驾着太阳神的四马金车出游，仅仅走了一天，就越出轨道，把天堂下面市街上好几排房子烧掉了，烤焦了大地表层，烧干了每个春天，打造了撒哈拉大沙漠，直到最后朱庇特③一声霹雳将他击毙在地上，而太阳为他的死哀恸逾恒，

① 古德费洛：英格兰民间故事中净爱恶作剧的小精灵。
② 法厄同：古希腊神话中太阳神赫里阿斯的儿子，驾着其父的太阳车狂奔，差点焚烧整个世界，幸亏宙斯见状，用雷将他击毙，世界才幸免于难。
③ 朱庇特：古罗马神话中主宰一切的主神，统治众神，其地位相当于古希腊神话中的宙斯。

整整一年没有发光。

行善走了味儿，那才是奇臭难闻。有如人的腐尸，神的腐尸一样。如果我确实知道有人特意要到我家来为我做好事，那我管保要逃命了，就像躲避非洲沙漠里所谓西蒙风①，那种风干热灼人，刮得嘴巴里、鼻子里、耳朵里全是沙土，直到把人窒息至死，我唯恐他冲着我做起好事——它的病毒会跟我的血液掺杂在一起。不——要真的是这样，我宁可遭灾受难，反而来得自然。就有这么一个人，在我看来算不上好人，哪怕我肚子饿了，他来喂饱我，我快冻死了，他来捂暖了我，我要是掉进水沟，他会把我拉上来。我不妨就找一条纽芬兰狗给你看，它样样也做得到呢。从广义上说，慈善并不是泛爱同胞。霍华德②从个人作为来说，无疑是极其善良而备受尊敬的，他的善行也已得到了善报，但是，如果用比较法来说，在我们最值得接受帮助的时候，"霍华德们"的慈善行为要是落实不到我们拥有最好的财产的这些人身上，对我们来说，就算有上百个霍华德，又有什么用处？我可从来没有听说过有哪个慈善大会真心实意地提议过，给我或像我这样的人做点好事。

耶稣会会士已被印第安人所挫败，这些印第安人在被绑着活活烧死之际，竟向行刑者提出了一些新的折磨方式。他们虽然肉体受

————

① 西蒙风；非洲和阿拉伯沙漠的干热风。

② 霍华德（John Howar，1726—1790）：英国慈善家，因倡导监狱改革而闻名。

苦但并不屈服，对传教士所给予的安慰也无动于衷。应该奉行的法则是，行刑时在他们耳边少说规劝之类的话，至于如何被折磨至死，他们自己倒是并不在乎。不知怎的，他们反而用一种新的方式去爱仇敌，对后者所作的一切罪恶几乎全部宽赦了。

穷人远远地落在你们后面，对你们来说是一种儆戒，因此，你务必给穷人觉得最需要的帮助。如果你给钱，那你还得拿钱跟他们一块花掉，切不可把钱一扔给他们就完事了。有时候，我们会犯一些莫名其妙的错误。穷人尽管邋里邋遢，衣衫褴褛，举止粗俗，但有时候不见得都是处于饥寒交迫的境况，这多半由于他个人爱好，并不单单是他的命途多舛所致。如果你给了他钱，也许他会拿这钱去买更多破烂衣服。我素常怜悯那些笨手笨脚的爱尔兰劳工，他们在湖上凿取冰块，身上穿着破衣烂衫，真的寒碜极了，而我尽管穿着比较干净、好歹入时的衣服，还是给冻得瑟瑟发抖。后来，在一个砭人肌骨的大冷天，一个落水的爱尔兰人来我家里取暖，我看到他脱下了三条裤子、两双袜子，这才见到了皮肤，一点没错。尽管这些裤袜肮脏破烂极了，可他还是拒绝了我要送给他的额外衣服，因为他已有那么多里头穿的衣服。他求之若渴的正是这次落水啊！于是，我开始可怜自己，我觉得如果送给我一件法兰绒衫，倒是要比送给他一家廉价成衣店更功德无量。有上千个人在砍罪恶的枝杈，只有一个人把罪恶之根给砍掉了。也许就是这个在穷人身上花时间和金钱最多的人，通过他的生活方式造的孽也最多，虽然他千方百计地想要加以补救，但还是徒劳。正是假虔诚的蓄奴主拿出奴隶创造的利润的十分之一，给别的奴隶购买星期日的自由；有的人雇穷人帮厨，来显示自己对穷人的慈悲心。要是他们亲自下厨房干活儿，岂不是更有慈悲心吗？有的人夸口说把自己收入的十分之一捐给慈善事业，也许更应该捐出收入的十分之九去行善，善始善终嘛。即使这样，社会收回来的也只有财富的十分之一。这归咎于财富占有者的慷慨大方，还是公正的官员们的粗心大意？

　　慈善事业几乎可以说是人类赞赏备至的唯一美德。不，这委实对它估计过高了，而正是我们的自私才对它估计过高了。一个阳光灿烂的日子里，有一个粗壮的穷人，在康科德向我夸赞镇上一个市民，因为正如他所说，这个市民对穷人很善良，而这个穷人就是他自己。人类里头善良的大伯大婶们，要比真正的圣灵父母更受尊敬。有一次，我听到一位才学兼优的英格兰牧师在话说英国，他先是列举了英国的科学、文学和政治领域的伟大人物，比方说，莎士比亚、培根、克伦威尔、弥尔顿以及牛顿等，随后，说到了英国基督教的英雄们，好像他的职业要求他务必如是说，他一个劲儿抬高基督教的英雄们，使他们凌驾于上述所有伟人之上，成为"伟人中的伟人"。这些基督徒英雄就是佩恩、霍华德和弗莱夫人。人们一定都会觉得他在胡扯淡。最后三位并不是英国的最佳男人和女人，只能算做英国的最佳慈善家罢了。

　　至于慈善事业应该得到的赞扬，我是不会加以贬损的，我仅仅是要求把公正给予所有用自己的生命和劳动为人类造福的人。我器重一个人并不是以他的正直与善行为主要依据，因为两者不外乎是他的枝枝叶叶。我们拿绿叶枯干后的草木做成药茶给病人喝，效用可说微乎其微，大抵被江湖医生所利用。我要的是好比让一个人能开花结果，让芳香从他那里向我飘过来，成熟果子就在我们的交往中芳香四溢。想必他的善良不是局部的、短暂的，而是持久的、绰绰有余，对他丝毫无损，也是下意识的，这是一种掩盖万恶的善行。慈善家总是念念不忘，要把自己一文不值的悲悯给芸芸众生营造一种氛围，美其名曰"同情心"。我们应该广泛施与人们的是我们的勇气，不是我们的绝望；是我们的健康和安适，不是我们的病恙，还要小心莫让疾病通过感染四处蔓延。是从哪些南方平原上传来了号哭声？我们会给住在什么纬度上的异教徒送去光明吗？谁是我们会去救赎的纵欲无度又残暴的人呢？如果有人得了病，他就不能履行自己的职责，如果他还感到肠里疼痛——这可很值得同情——那他就要着手改造这个世界。作为宇宙的一个缩影，他发现，这是一个真正的发现，而且就是他发现的——这个世界一直在吃青苹果。事实上，在他的眼里，地球本身即是一只巨大的青苹果，想想该有多吓人，人类的孩子在苹果还没成熟前就去啃它多悬乎。他那个雷厉风行的慈善团体径直找到了爱斯基摩人和巴塔哥尼亚人①，还体察了

---

① 居住在阿根廷中部、南部潘帕斯草原和巴塔哥尼亚高原的印第安人。

人口稠密的印度和中国的村舍；就这么着，经过好几年慈善活动，有权有势的人物利用他达到他们自己的目的。毫无疑问，他治好了消化不良症，地球的单颊或双颊都泛着淡淡的红晕，好像正在开始成熟，而生活的粗鄙状态也已消失，重新恢复和美健康的原貌。可是，他从来没有梦见过比自己所犯更大的罪孽。他从来没见过，今后也不会见到比自己更坏的人。

我相信，令改革家如此这般悲伤，并不是他对苦难中的人们表示同情，而是他自己心存愧疚，尽管他是最神圣的上帝儿子。让这一切纠正过来吧，让春天来到他身边吧！曙光在他的卧榻上升起来，他将毫无歉意地抛弃他慷慨的朋友们。我不反对嚼烟叶的原因，是我从来不嚼烟草，嚼烟草的人终究会自食其果，哪怕他已经戒嚼；尽管我自己尝过别的东西也够多的，我还是可以表示反对。如果你不慎干过一些慈善活动，那就别让你的左手知道你的右手干过些什么，因为，就算知道了也没有意思。救起溺水的人，系好你的鞋带，你还是悠着点，去做一些自由的劳动。

我们的举止言谈因随圣者交游而被毁掉了。我们的赞美诗中悦耳地发出亵渎上帝和永远容忍他的回响。也许有人会说，即使先知和救世主，也只是抚慰人们的恐惧，而不是肯定人们的希望。哪儿都没有对生命礼物表示简单而由衷地满意，以及令人难忘的赞美上帝的记载。所有的成功和健康使我受益，尽管它看上去多么遥远而不可企及；所有的失败和病恙使我悲伤，让我遭殃，尽管说不定它很同情我，或者我很同情它。如果我们真的采用印第安人的、自然成长的、有魅力的，或者合乎人性的方式来振兴人类，那么，先让我们自己简朴和美如同大自然一样，驱散悬在我们额头上的乌云，给我们体内毛孔注入一丁点儿生命活力。再也不要做济贫院里的教会执事济贫助理，要努力成为一个值得世人敬重的人。

　　我在设拉子①谢赫·萨迪②所写的《蔷薇园》里读到，有人问一位哲学家：主造了那么多最好的果树，为什么单把不结果实的柏树称为"自由树"呢？他回答说：每一种树都有一定的季节，到了那季节，才会茂长，过了那季节，便会凋落。唯有柏树，不为时间所限，四季常青，所以叫做自由。

　　　　暂存的一切不要贪求。

　　　　哈里发的光荣已成虚无。

　　　　巴格达城外的江水万古长流！

　　　　你应像枣树一样慷慨大度。

　　　　即使你是贫无所有，

---

① 设拉子：伊朗南部城市，古波斯文化中心，有许多大诗人陵墓，东北60公里处有举世闻名的波斯帝国国都城波斯波利斯遗迹。

② 萨迪（Saadi, 1213—1292）：波斯著名诗人，代表作有《果园》与《蔷薇园》，含有精深哲理性，在国内外产生深远影响。此处借用著名翻译家水建馥译文，详见《鲁达基·海亚姆·萨迪·哈菲兹作品选》，潘庆舲、水建馥、邢秉顺译，人民文学出版社1998年版，第338页。

也应像柏树一样无拘无束。

补充诗篇

贫穷的托词

可怜巴巴的穷鬼，你实在太放肆，

要求在苍穹底下有一席之地，

你的破棚屋或你的木桶

培养出一些懒惰或迂腐的德行，

在廉价的阳光下，或阴凉的泉水边

啃野菜和须根；在那儿你的右手

从心坎上扯去人类的热情，

美德之花在热情中灿然开放，

你贬损了大自然，又让感官麻木不仁，

像蛇发女妖^①那样，将活人化成顽石。

我们并不需要这个沉闷的社会

你在那儿务必自我克制，

我们也不需要那种不自然的愚蠢

不知欢乐与悲伤；也不知道

你被迫使虚假消极的韧劲凌驾于

积极的韧劲之上。这低贱的一拨人

---

① 古希腊神话中三个蛇发女妖之一，即戈耳工（译音），面目狰狞，谁见到
她，立即化成顽石。

把他们的位置固定在平庸之辈，

成为你的奴性的心灵，可我们

推崇这样的美德，承认节制，

勇敢慷慨的行为，庄严宏伟，

纵览一切的审慎，无边无际的

宽宏大度，还有那种英雄的美德

自古以来没有留下一个名称，

只有一些典型，比如赫拉克勒斯，

阿喀琉斯①，忒修斯②。回到你可憎的陋屋；

你看到了文明的新天地时，

仔细研究会知道最有价值的是什么。

T. 卡鲁③

---

① 阿喀琉斯：希腊神话中英雄人物之一，出生后被其母手握脚踵，倒提着
　浸在冥河水中，除脚胂外，浑身刀枪不入。
② 忒修斯：希腊神话中罗马国王，以杀死牛首人身的怪物米诺陶洛斯而闻名。
③ 卡鲁（Thomas Carew, 1595—1645）：英国骑士派诗人，著有长诗《狂
　喜》和爱情诗《诗集》等。此处题名是梭罗添加的。

我的住地，我的生活探索 ✺

　　到了一生中的某个时期，我们惯常把可以安家的选址，一处一处地来加以考虑。就这么着，我把住地方圆十二英里内的乡村通通考察过了。我在想象中已经接二连三地把那儿的农场通通买下来了，因为所有的农场都得买下来，反正我心里对它们的价值一清二楚。我到过每一个农场主的场址，品尝过他的野苹果，跟他交谈过庄稼，由他开出个价钱，把他的农场买下，稍后心里随便走下什么价钱，把农场再抵押给他，价钱甚至不妨定得高一些——通通都买下来，只是没有立契约（把他的话权当契约，因为我平素最爱闲扯）。我开耕了这些土地，从某种程度上说，也算是跟他培养感情呗，我想，等我闲扯得够了就离开，让他继续种下去。这番经历使朋友们都把我看成了某种地产经销商。其实，不管我坐在哪里，我都可以过日子，那里的风景因此还会为我熠熠生辉。何谓家宅，乃是拉丁文 Sede，意即邸宅、别墅——如果是一座乡村别墅就更好。我发现好多宅子的选址似乎不大可能很快加以改进，也许有人会觉得它离村子太远，可我觉得倒是村子离它太远了。得了，我说，我就不妨住在那里，而且，我果真在那里住过一个钟头、一个夏天和一个冬天，眼看着我让岁月如何流逝而去，熬过了严冬，转瞬间春天就到了。这个地区的未来居民，不管他们住房造在哪里，都可以肯定已有人捷足先登了。只消一个下午，管保把这块地辟成果园、林地和牧场，决定门前应该留下哪些优良的橡树或松树，这么一来，从哪一个角度来看，每一棵枯萎的树木都会显得最美。然后，我暂且放下不管，让它闲置着，间或让它休耕，因为一个人总有许许多多事情，反正越是放得下来，也就越是富有。

我由于神思逸飞未免太远，乃至于被好几个农场主拒绝了——拒绝正是我求之不得呢——但我从来没有让现实占有灼伤过自己的手指头①。迹近现实占有的那一次，是我购买霍尔维尔乡间住宅的时候。我已开始选种，还备好打造一辆手推车的材料，打算将此事继续下去，殊不知还没等到业主将契约交给我，他的妻子（每个男人照例都有这样的妻子）忽地变卦了，打算给自己留着，而他违了约就赔给我十块钱。说真的，当时我身上竟然只有一角钱，这可叫我算不上来、闹不清楚，我自己真的有一角钱，还是有一个农场，还

---

① 此处喻指因为管闲事而吃苦头。

是有十块钱，还是拥有了这一切？不管怎么说，我退回了他的十块钱，连农场也还给他了，因为这事我已经做得十分到家了，换句话说，我做得很漂亮大方，我还按照买入价把农场卖给他了。因为他不是很富裕，我还送给他十块钱，但照旧拥有我的一角钱、种子以及打造手推车的木料。因此，我发现自己一直手头从容，这么做也无损于我的贫穷。但我留住了那里的风景，而且打这以后，我每年都把它生产的果实带走，用不着手推车。至于风景——

> 我是眺望全景的皇帝，
>
> 我的权利毋庸争议。[①]

我经常看到一个诗人，欣赏了农场里令人叫绝的风景就离去了，而脾气急躁的农场主还以为他拿走的只是几个野苹果。殊不知诗人已写了诗吟咏他的农场，而农场主多少年来还蒙在鼓里呢！这么一道令人艳羡的无形栅篱已经把农场圈了起来，把它的牛奶挤了出来，取其精华——奶油，然后通通拿走，留给农场主的是撇去了奶油的奶水。

依我看，霍尔维尔乡间住宅的真正魅力在于它是全然遁世隐退之胜地。离村子有两英里远，最近的邻居也在半英里开外，好大的

---

① 据考证，此处引自英国诗人考珀（William Cowper，1731—1800）的《也许是亚历山大·塞尔柯克所写的诗》。

一块地把它和公路隔开了。它以一条河划界，据农场主说，春天里河面上升起了大雾，霜冻也就不见影子，不过，这可跟我完全风马牛不相及。农舍和谷仓都灰不溜秋、破败不堪；倾塌失修的栅篱，仿佛在我和早先的居民间相隔了如此悠久岁月；那些苹果树早已中空，长满苔藓，还被兔子啃咬过；由此可见，与我比邻而居的将是何许人也。不过，最主要的是我回忆到早岁溯河而上时，望见那华屋依稀掩映在茂密的红枫树丛里，还听得到从那儿传过来的家犬的吠声。我急吼吼地把它买下来，等不及农场主把那些石块搬走，把树身早已中空的苹果树砍掉，把牧场上长出来的小白桦树连根铲掉，总之，等不及农场主进一步收拾停当了。为了享有上述那些优点，我就索性一不做二不休，如同阿特拉斯①一样，把整个世界扛到我肩膀上——我从没听说过他得到了什么回报——一切全由我自己操办，自然没有什么别的动机和借口，只等钱款付清、平安无事地拥有霍尔维尔乡间别墅。因为，我一直知道，只要我让它自由发展，它就会带来预期的最丰美的收成。结果呢，如同我在前文所说的一样。

因此，有关大规模耕作一事（至今我一直在侍弄着一个园子），我所能说说的仅仅是种子，早已准备好了。很多人以为种子也会与时俱进，我并不怀疑时间是能分得出好与坏的，到了最后真的要下

---

① 阿特拉斯：古希腊神话中用肩膀扛着天的大力神，意喻身负重担的人。

种时，我想总不至于让我大失所望吧。但是，我要一劳永逸地告诉我的伙伴们：要尽可能长时间地生活得自由自在、无牵无挂。把自己捆在农场上，无异于将自己投进大牢里。

老卡托——他的《乡村篇》乃是我的"栽培者"——我见到他的唯一译本把以下这段话译得简直不知所云。其实，他是这样说的："你想要购置一座农场，脑子里务必多想想，切莫急吼吼地就买下；也不要怕累、怕麻烦，不去多看看，更不要以为绕着它转了一圈儿就够了。如果农场真的不错，那里你去得越是勤，你就会越是喜欢它。"我想，我是不会急吼吼地买下来，反正我能活多久，就绕着它转多久，即使一瞑不视了，也要先掩埋在那儿，说不定最终它会使我获得更多乐趣。

现在谈的是我又一个实验，我打算描述得更加详尽；为了方便起见，我把这两年的经验合二为一地来写。我已说过，我无意写一首闷闷不乐的颂歌，可我要像破晓晨鸡在栖木上引吭啼唱，只要能唤醒我的左邻右舍就好①。

我住进树林子的第一天（也就是说，开始日日夜夜地在树林子里过日子）碰巧正是独立日，亦即一八四五年七月四日，当时我的房子还没有竣工，自然抵御不了严冬，只好凑合着遮挡一下风雨，

---

① 梭罗意在说明不愿做什么闷闷不乐的哀叹，他要使自己写出的感受能对他人多少有点益处。作为全书的宗旨，梭罗《瓦尔登湖》首次问世，这一题词即被印在卷首扉页，以警示世人。

既没有抹泥灰，也没有砌烟囱。墙壁采用的是饱经风雨侵蚀过的粗木板，缝隙很大，入夜以后就让人感到冷飕飕的。经过劈削后的笔笔直直的白色立柱，以及刚刚刨过的门窗的框架，使小屋子显得洁净，又有一点透风。特别是大清早，木头都吸足了露水，我老爱浮想联翩，莫非到了正午时分，一些鲜美的树胶会从木头里渗出来？屋子里整整一天或多或少都保留着黎明时那种氛围，让我回想到前年观光过的一间山上小屋。那间小屋通风良好，又没有抹过泥灰，适宜接待一位云游四方的神仙，在那里女神也可以拖曳长裙。从我的屋顶吹过的风，有如横扫山脊的风发出时断时续的音调，或者就是人间乐曲从天上落下的几个片段。晨风永不停歇地吹拂，《创世记》的诗篇从来没有间断过；可惜听者寥寥无几。奥林帕斯山①到处都有，能悟出个中奥妙之人却屈指可数。

过去，除了一条小船，我拥有独一无二的"房子"只是一顶帐篷，夏日出游时我还偶尔使用过，如今已经卷好，仍然放在阁楼上；但那艘小船几经转手，早已沉没在时间的溪流里了。今日有了这个颇具质感的栖身之处，我定居在人世间也算有了很大改善。这小屋虽说有点单薄，却有一种赛过晶体的氛围环绕着我，而且跟我这个营造师息息相通。它还使人联想到有点像一幅素描轮廓图。我不必到门外去呼吸新鲜空气，因为屋子里的空气新鲜如故，坐在门后与

---

① 奥林帕斯山（又译奥林匹斯山）：据传是众神之家，意谓天堂乐园。

置身门外都差不离，即使在阴雨天也一样。哈利梵萨①说："居无鸟，犹如食无味。"诚然，我的住所并非如此，因为我发现自己突然与鸟儿们比邻而居；这可不是捉来一只鸟儿，把它幽禁起来，而是我让自己关在屋子里与鸟儿做伴。我最最接近的，不仅有常在花园和果园里飞来飞去的鸟儿，还有更富有野趣、更扣人心弦的林中鸣禽——比方说，画眉、鸫鸟、红莺、田雀、三声夜鹰，以及许多别的鸣禽，它们从来没有过，就算有过，也极其难得向村民们吟唱过什么"小夜曲"。

　　我住在一个小湖边上，离康科德村以南约莫一英里半，地势比它稍高些，位于它和林肯②之间那一大片树林子里，往南再走两英里，乃是我们唯一的遐迩闻名的胜地——康科德战场③；不过，我这儿的位置在树林子里比较低，半英里开外的湖岸如同别的地方一样，都被树木所掩盖，却成了我看得到的最遥远的地平线。在头一个星期里，不管什么时候，我凝望小湖，在印象中都觉得它是一个山中之湖，高踞在山的一侧，它的湖底远远高于别的湖泊。太阳冉冉升起时，我依稀看见它正在蒙蒙夜雾中"卸妆"，湖面上这里那里渐渐

① 印度成书于公元五世纪的古代梵文叙事诗《摩诃婆罗多》的附录，记述毗湿奴（Vishnu）的化身克利希那（Krishna）的事迹和教义。
② 美国有好多个以林肯命名的村镇。此处指马萨诸塞州的林肯镇，在康科德东面不远。
③ 独立战争中，北美人民第一次与英国交战的战场。此战役发生于1775年4月19日。

看得见微波粼粼或晶莹如镜的景象。这时，雾气幽灵似的悄无声息地四处旁逸，消失在树林子里，如同夜间秘密集会正在散场一样。雾水悬挂在树梢头，如同悬挂在山的两侧，到了比往日更晚的时分，仿佛还迟迟不肯消退。

八月里，和风细雨停歇时，小湖就成了我最珍贵的邻居，这时，空气和湖水平静极了，天上却乌云密布，下午才过了一半，俨然傍晚时分的寂静，画眉在四下里啼唱，隔岸隐约可闻。这样的小湖，从来没有比这个时刻更平静了；小湖上空部分清朗的氛围很稀薄，被乌云遮掩而黯然无光；水中却浮光闪闪，倒影绰绰，自成一片下界天国，更值得珍视。从刚被砍掉树木的附近一个小山上，举目眺望小湖的南岸，端的是景色宜人；山与山之间有一处凹口；挺开阔，于是形成湖岸，两座小山坡向下倾斜，使人联想到仿佛有一条溪涧，穿过树木茂密的峡谷，朝那个方向倾泻而下，其实，那里并没有什么溪涧。就这么着，我从邻近碧绿群山之间和之上，眺望地平线上呈现天蓝色的远方崇山峻岭。真的，踮起了脚尖，我能望得到西北角一些更蓝、更远的山脉上顶峰，那些纯蓝色恐怕都是浑然天成的吧。此外，我还望得见村子里区区一隅。但换个方向，即使还是这个视角，因为被四周树木围住，我就什么也看不到。最好住地附近有水，因为它有浮力，使地面浮了起来。哪怕是小小的一口水井，也有这么一点好处，当俯瞰水井时，会发现地球并不是连绵的一大片，而是孤立的岛屿。这一发现和井水可以冷藏黄油一样重要。我从这个山巅举目眺望小湖对岸，萨得伯里草地在发大水期间，我分明看得出草地骤然升高了，也许是云蒸霞蔚的峡谷所呈现的"海市蜃楼"吧，犹如盆底一枚硬币，小湖那一边的大地看上去赛过薄薄的一层外壳，因为有一小片横穿而过的涧水而形成孤岛似的漂浮起来。这时，我才恍然大悟，我的住地原来就是干旱地区。

从我的门口抬眼望去，视野虽窄，但我都没有一丁点儿逼仄之感，我想象的骏马仍有任意驰骋的天地。长满低矮的橡树丛的高地从小湖对岸升起，一直逶迤到西部的原野和鞑靼人①的大草原，给所有流浪人家提供了广阔的天地。"人世间再也没有比自由地欣赏一望无际的地平线的人更快活。"——达摩达拉②就这样说过，当时他的牛羊需要更大的新牧场。

地点和时间都已变换，我住的地方离宇宙的那些区域更近了，离历史上最吸引我的那些时代也更近了。我住的地方跟天文学家夜间观测的许多区域一样遥远。我们习惯于想象：在天体的某个遥远而神圣的角落，仙后座五亮星后面，远离喧哗和烦恼，总有一些罕见的令人愉快的地方。我发现，我的小屋实际上就是这么一个遁世

---

① 鞑靼人：泛指欧亚两洲之间鞑靼人居住地区，但无一定区域，因为鞑靼族属游牧民族。

② 达摩达拉：亦即克利希那的别名，印度神话中三大神之一，毗湿奴的第八化身。梭罗这段话引自印度叙事诗《哈利梵萨》。

之地，属于万古常新、没有被玷污过的宇宙的一部分。如果定居在这些地方，靠近昴星团或毕星团，靠近牵牛星或天鹰星，颇有意思，那么，说真的，我住的这种地方，如同那些星座一样，远离我早已抛在后面的浊世尘俗，有如一缕微光闪烁不定，照着我最近的邻居，仅仅在没有月亮的夜晚方才看得见。我住的地方就是宇宙万物中的一隅——

> 世上有过一个牧羊人，
> 他的思想就像高山那样。
> 他在山上的一群羊，
> 时时刻刻把他来喂养。①

如果牧羊人的羊群总是游荡在比他的思想还要高的牧场上，那么，我们对牧羊人的生活该作何感想呢？

每一个早晨都是一份令人愉快的"邀请书"，使我的生活与大自然本身一样简朴，也许我可以说，跟大自然本身一样纯真。我一直崇拜曙光女神奥罗拉，论虔诚不让希腊人。我起身很早，在湖中洗澡；如同洗涤灵魂一样，也是我做得最好的一件事。据说，成汤王

① 这是英国詹姆斯一世时期一位无名诗人所写的诗。梭罗可能引自托马斯·伊万斯（Thomas Evans）所编《古民谣》（*Old Ballads*，1810）一书。

的浴盆上刻着如下文字："苟日新，日日新，又日新。"[①]我懂得个中深意。黎明带回来了英雄时代。天刚蒙蒙亮，我坐在敞着的门窗边，一只蚊子在我屋子里看不见也想不到地飞呀飞，它那微弱的嗡嗡声就像那歌颂美名的喇叭声一样，使我有了好大感动。这是荷马的《安魂曲》，本身乃是人们感悟中的《伊利亚特》和《奥德修斯》，吟唱着它的愤怒与漂泊四方。其中不乏气凌宇宙的情怀，总是宣扬着世人的无穷活力与生生不息。早晨是一天中最耐人寻味的时段，是一觉醒来的时刻。那时候，我们一点没有睡眼惺忪的样子，至少在个把钟头里，我们不管白天黑夜里常有昏昏沉沉的部分感觉也都苏醒过来了。如果不是由我们自己的守护神唤醒的，而是由某个仆从呆板地用肘子捅醒的，如果不是由我们自己的新生力量与内心的渴望，以及天上的仙乐与空中的芳香，而是被工厂的上班钟声所唤醒——反正没有灵感的白昼不会把我们带到比睡前生活层次更高些的地方去；那么，这样的白昼即使美其名曰"白昼"，也不会有多少期盼可言。倒是黑暗会结出果子来证明自己有能耐，一点也不比白昼逊色。一个人如果不相信每一天都有一个他还没有滥用过的、更早更神圣的黎明时刻，那他对生命早已绝望，正在寻摸一条沉沦黑暗的道路。感官的生活部分间歇后，人的灵魂，或者更确切地说，是人的器官每天都会散发出新的活力，他的守护神又会试探他能打造出何等高

---

① 我国商代成汤王，又称武汤，商代开创者。据《礼记·大学》记载，成汤王曾将上文刻于浴盆，用以自戒。也有人说出自汤之《盘铭》。

贵的生活。我敢说,凡是令人难忘的事情都在黎明时刻的氛围里发生。《吠陀经》①里说:"万知醒于晨。"诗歌与艺术,以及最优美、最难以忘怀的人类行为,都来自这样一个时刻。所有的诗人和英雄,如同门农②一样,都是曙光女神奥罗拉的儿子,常在日出时分弹奏着他们美妙的音乐。对那些与太阳同步的、富于弹性和生气勃勃的思维的人来说,一天之中的任何时间都是早晨。这跟座钟报时、人们持什么态度和干什么活儿都毫不相干。早晨就是我醒来时,心里不觉有了一个黎明。德育改良就是力戒倦意。倘若人们不是昏睡不醒,那他们何至于如此一事无成呢?可他们全都是精明人。他们要是没有昏睡不醒,本来会做出一些事情来的。好几百万人能非常清醒地从事体力劳动,但一百万人里头只有一个人能非常清醒地从事有成效的知识劳动,一亿人里头只有一个人能欢度富有诗意或神圣的生活③。清醒才是真正活着。我还从没见到过一个非常清醒的人。如果见到了,我又该如何正视他呢?

我们必须学会自己苏醒,使自己保持清醒,不靠机械的帮助,而是寄厚望于黎明,就算我们在酣睡之际,黎明也不会抛弃我们。

---

① 《吠陀经》:印度婆罗门教的经典,共四卷。"万知醒于晨。"意谓早晨是一天之中的最佳时辰。犹如我国谚语:"一日之计在于晨。"

② 门农:古希腊神话中的人物,曙光女神奥罗拉的儿子,在著名的特洛伊战争中被浑身刀枪不入的阿喀琉斯所杀害,宙斯却又赐予他永生。

③ 这么一大段话,意谓普天之下净是为生活而生活的人,而真正领会生活意义的人寥寥无几。

通过有意识的努力，人们毫无疑问有能力提高他们的生活质量，我没有看到比这更令人振奋的事实。能绘制某一幅画，或者塑造一座雕像，或者美化几个物什，都很了不起；不过，要是能塑造和描绘出那种恰到好处的艺术情调，可以使我们赏心悦目，那就更值得称道。能影响当今上流人士，乃是艺术的最高境界。每个人都应该使自己的生活、乃至于它的细节，跟他在最庄严紧急之际的深思熟虑相匹配。如果我们拒绝了，或者耗尽了我们所得到的这样微不足道的信息，那么，神谕就会清清楚楚地告诉我们如何把这事做好。

我到树林子去，是因为希望自己有目的地生活①，只面对生活中的基本事实，看看能不能学会生活要教给我的东西，免得在弥留之际觉得自己虚度了一生。我不希望过算不上生活的那种"生活"，因为生活是那么珍贵；我也不希望自己与世无争，除非出于万般无奈。我想深入地生活，汲取生活中的全部精髓，坚强地生活，像斯巴达人②一样，摒弃所有一切算不上生活的东西，开辟一块又宽又长的地，精心地侍弄着，让生活处于区区一隅，使生活条件降到最低限度，如果它被证明毫无价值，那么就要弄清楚整个毫无价值的真相，随后昭告世人；如果它是崇高的，那就以亲身经历去了解它，在我的下次出游时能对它作出真实的描述。因为，在我看来，大多数人对生活都吃不准，

① 意谓不要庸庸碌碌地虚度一生。
② 斯巴达：古希腊奴隶制城邦，古代斯巴达人素以生活简朴、严谨、刻苦、耐劳而著称。

弄不清楚是属于魔鬼还是属于上帝，却又颇为草率地下了结论，认为人生的主要自的，乃是"永远崇拜上帝，热爱上帝"①。

可是，我们的生活仍然毫无价值，好像蚂蚁似的，虽然古代寓言告诉我们，我们早已变成人了②；我们好像侏儒俾格米人一样在跟天鹤③打仗；这真是错上加错，越抹越脏了。我们最优美的德行，这时却成了多余的本可避免的讨厌鬼，我们的生活已被琐碎事儿消耗掉了。一个诚实的人除了数数自己的十个手指头，几乎用不着再计算更多数字，或者，在极端情况下至多再加上他的十只脚趾头，其余算统账就得了。简朴、简朴、简朴！④我说，最好事情只有两三件，而不是一百件或一千件，数到半打即可，干吗非要一百万呢，不妨在你的大拇指甲上记账。在这文明生活大海的惊涛骇浪中，一个人要想生存，就得应对如此的乌云密布。暴风骤雨、流沙险滩、一千零一件⑤事通通要考虑到，如果他不是让船沉没，自己潜入海底，不通过船位推算抵达目的港；而一个事业有成的人，必定是一个了不起的精明人。简化，简化吧！用不着一日三餐，必要时一餐就够

① 引自《新英格兰初级读物》（*The New England Primer*）的宗教教义部分。这一段表达了梭罗对生活的看法及其进入树林子的目的。
② 在希腊寓言中有一个故事讲到审判阿依库斯曾劝他父亲——主神宙斯把蚂蚁变成人。
③ 荷马在《伊利亚特》第三卷中，把特洛伊人比喻为与俾格米人作战的天鹤。
④ 这是梭罗的一句名言，强调生活不要奢侈，不要多为琐碎事所累。
⑤ 此处意谓许许多多的事情要考虑。"一千零一"源自《一千零一夜》书名，形容数量极多。

了；用不着上一百道菜，五道菜足矣；余下的事按比例递减。我们的生活像德意志联邦，由许许多多大小公国组成，相互之间的边界永远在变动，即使德国人也不能把准确的界限随时告诉你。顺便说一下，全是外露的和肤浅的，它本身就是这么一个难于操作、过分臃肿的庞大机构，里头塞满了附属单位，从而落入了自己设置的陷阱，因为缺乏计算和崇高的目标，都被奢侈和挥霍毁掉了，就像国内上百万人家一样；对于一个国家，如同上百万人家一样，唯一疗救的办法就是推行严格的经济措施，过一种比斯巴达人更简朴的生活，并且提高生活的质量。当今生活太浪费了，人们以为国家必须有商业，出口冰块，通过电报对话，一小时驱车三十英里，毫不怀疑是否都做得到。至于我们的生活过得应该是像狒狒呢，还是像人一样，那反而说不准。如果我们不是打造枕木①、锻造钢轨、夜以继日地工作，而是徒劳无益地空忙活来改善生活，那么，有谁会去修造铁路呢？如果铁路没有造好，我们又如何能及时到达天堂呢？不过，如果我们守在家里，只管自己的事，那么，又有谁需要铁路呢？我们并没有乘坐铁路，倒是铁路在乘坐我们。难道你们没有想到过那些躺在铁路底下的枕木是些什么吗？每一根枕木就是一个人，一

---

① 此处"Sleeper"系双关语，意指"枕木"，又比喻那些为修造铁路卖命而又昏睡不醒、毫无觉悟的人。由此可见，梭罗对铁路这一资本主义物质文明的标志所怀有的不满情绪，在本书中多处表达出来。同时，他对修造铁路的劳工深表同情。

个爱尔兰人，或者一个北方佬，铁轨就铺在他们身上，他们身上又被黄沙覆盖，列车平平稳稳地从他们身上疾驶过去。我告诉你，他们可睡得很甜。每隔几年，又一批新的枕木铺在铁轨底下，火车却在上面奔驰；因此，如果一些人乐呵呵地乘坐火车在铁轨上驶过，那肯定有另一些人不幸地在下面被碾压过去。要是他们碾过一个梦游者——一根错位的多余枕木——把他给吵醒了时，他们会突然停车，为此大声嚷嚷起来，仿佛在法庭上表示反对。我很高兴地了解到，每隔五英里铁路就有一队养路工，这个事实本身说明，这些枕木（亦即昏睡不醒的人）终将松动，并醒悟过来。

我们为什么要生活得如此匆忙，如此浪费生命呢？还不如在挨饿之前干脆饿死得了。常言道，及时缝上一针，日后省缝九针。可今天我们就缝了一千针，只是为了省缝明日的九针[①]。这么做，我们可得不到任何效果。我们得了圣·维特斯[②]的狂舞病，不可能使头脑保持清静。我要是在教区钟楼下拉了几下绳子，好像报火警似的，就是说，钟声还没有大响起来，在康科德郊外农家的任何一个人——尽管今儿个早上说过多少回如何忙得不可开交的借口——或者还有孩子、妇女，我敢说，管保撂下手头的活儿，循着钟声一溜小跑过来，说实话，他们跑来的主要目的，不是从大火中抢救财物，

① 意请事倍功半。喻人们从事无谓劳动，对人的精神毫无裨益。
② 圣·维特斯：古代西西里岛上的一个贵族之子，患有狂舞病，后被奉为这些疯症的救主，并把这些疯症称为"圣·维特斯狂舞病"。

八成儿是来作"壁上观"，因为大火早已烧起来了，反正大家心里知道这火不是自己放的——干吗不来看看大火如何被扑灭，如果不用费什么劲儿，那就帮个忙救救火；是的，哪怕教区礼拜堂本身着了火，恐怕也是如此。一个人吃过午饭，刚睡过半个钟头午觉，醒来后抬头就问："有什么消息没有？"仿佛别人都在给他站岗放哨似的。有的人吩咐每过半个钟头把他叫醒，毫无疑问，也并没有什么别的目的；稍后，作为回报，他们把自己做的梦胡扯给别人听。睡了一夜醒来，新闻之须臾不可离，如同早餐一样。"请告诉我，这个地球上某某地方发生过有关某某人的新闻，好吗？"——他一边喝咖啡、吃面包卷，一边看报纸，得知这天早上瓦奇托河①上，有一个人的眼睛被挖掉了；可他从来不想一想，此时此刻，他就生活在世界这个深不可测的大黑洞里，自个儿的一只眼睛也早已瞎掉②了。

就我来说，没有邮局，我觉得也能凑合。我想，只有极少的重要信息需要邮局传递。说得更确切些，我一生中至多只收到过一两次信是值得邮递的——这还是我多年前写过的话。通常，一便士邮资的制度，其目的是你正经八百地给一个人一个便士就会得到他的想法，结果呢，得到的往往是一个玩笑。我敢说，我从来没有在报

---

① The Wachito River，又名 Ouachita，红河的一条支流，源自阿肯色州，流入路易安斯纳州。

② 传说在美国肯塔基州的大山洞里发现过无视力的鱼类，梭罗在此将世界比喻为这种尚未探明的黑山洞，把这种人比喻为洞中的盲鱼，含有极大讽刺挖苦之意。

纸上读到过任何难以忘怀的新闻。如果我们读到有一个人遭到拦劫了，或者被谋杀了，或者死于非命了，或者一幢房子给火烧了，或者一条船沉没了，或者一艘轮船爆炸了，或者一头母牛在西部铁路上给撞死了，或者一只疯狗被杀掉了，或者入冬后出现一群蝗虫——那我们就不用再读别的什么玩意儿了。其实，有一条新闻就够了。如果你对原则早已了如指掌，干吗还要去管多如牛毛的实例及其应用呢？在哲学家看来，所有被称为"新闻"的，全是闲扯淡，编辑新闻和阅读新闻的都是一些喝茶闲聊天的老妇人。然而，不少人对这种"闲扯淡"乐此不疲。前几天，我听说有那么多人蜂拥到一家报馆，想打听最新收到的国外消息，把报馆的好大几个玻璃窗都挤碎了——那条消息，我倒是认真地琢磨过，脑筋活泛一点的人管保在十二个月前或十二年以前就准确无误地写好了。比方说西班牙，只要你知道如何将堂·卡洛斯和公主 ①，堂·彼得罗和塞维利亚和格拉纳达这些字眼儿不时地、恰如其分地写上去就得了——自从我读报以来，这些字眼儿也许有了一点变化——如果没有别的乐事可供报道时，不妨扯一扯斗牛吧，这可是千真万确的新闻，把西班牙的现状或衰敝现象向我们作了出色的报道，如同报上这个标题底下那些最简洁明了的报道一模一样。至于英国呢，来自那个地方的最新要闻，几乎还是一六四九年的革命；如果你早已知道英国谷物

---

① 1839 年，西班牙斐迪南国王去世，堂·卡洛斯和堂·彼得罗二人为王位展开了竞争，结果伊莎贝拉公主于 1843 年被封为西班牙女王。

每年平均产量的历史，那再也用不着关心这类事了，除非你仅仅为了做投机生意赚大钱。如果有人不看报就能下断语，那么，说真的国外没有发生过什么新鲜的事儿，即便是法国革命也不例外。①

何谓新闻！要知道什么是万古长青的事情，那才是最重要的。"蘧伯玉使人于孔子。孔子与之坐而问焉。曰：夫子何为？对曰：夫子欲寡其过，而未能也。使者出。子曰：使乎，使乎。"②在周末，昏昏欲睡的农夫们休息日里——星期日正是含辛茹苦一周的结尾，不是新的一周崭新壮观的开始——传教士偏偏向他们耳朵里灌输的不是冗长乏味的布道，而是一个劲儿发出惊雷般的吼声："停——停住！干吗看上去很快，其实慢得要死呢？"

伪善和谬见被推崇为最健全的真理，现实却成了虚悬幻象。如果人们都尊重现实，不为幻梦所欺，那么，我们的生活与现在的相比，将是其乐无穷，犹如《天方夜谭》。如果我们只尊敬那种不可避免的和有权利生存的事物，那么，音乐和诗歌将会在街头激起回响。只要我们从容和聪明就会看出，唯有伟大而优秀的事物方可永久而绝对地存在——些微的恐惧和些微的乐趣只不过是现实的影子罢了。现实总是令人振奋、令人崇敬。人们闭目微睡，任凭各种假象欺骗，到处确立和巩固日常生活的例行习惯，其实后者仍然建立在纯粹虚

---

① 意指对一个不看报的人来说、国外并无什么新闻，连法国革命也等于没发生过似的。
② 引自《论语·宪问》。

幻的基础之上。儿童模仿成年人活动做游戏，比成年人更加清楚地认识到生活的真正规律与关系，成年人虚度一生，但自以为比儿童聪明得多，因为他们有经验，就是说，他们有过失败的经验。我在一本印度的书里头读到："有一位王子从小被赶出了出生的城市，由一个樵夫收养，就在这样的环境里长大成人，一直自以为属于他生活中的化外之民。他父亲手下的一个大臣发现了他，把他的身世告诉了他。他对自己出身的错误想法终于得以冰释，知道自己原来是一个王子。所以，"这位印度哲学家接下去说，"由于身处的环境，这个人对自己出身产生了误解，直到某个圣洁的老师向他说明真相，他方才知道自己是婆罗门①。"我发觉，我们新英格兰的居民过着这种中不溜儿的生活，是因为我们的视野还穿透不了事物的表象。我们把似是而非的东西当做真实的东西。如果有一个人走过这个村镇，看到的只是现实，那么，你不妨想一想，米尔德姆街②将会走向何处？如果他给我们描述在那儿看到的种种现实，那么，我们恐怕认不得他描述的那个地方。瞧一瞧礼拜堂，或者县府大楼，或者监狱，或者商店，或者住宅，在真正凝视它们之前，你倒说说看，它们真的是什么样儿，反正在你的描述中它们都会化为乌有。人们尊重遥

---

① 印度教有三位主神，梵，或梵天（Brahma），又译婆罗门，是创造之神，亦指众生之本，或智慧的象征；毗湿奴（Vishnu）是保护之神，湿婆（Siva）是毁灭之神。
② 米尔德姆街：当时康科德镇上的商业中心。

远的真理，是在现成体制之外，在最遥远的星辰后面，在亚当之前，在最后那个人之后①。永恒中确实存在真理和崇高。然而，所有这些时代、地点和事件，都在此时此地②。上帝之伟大已在此时此刻达到极致，断断乎不会随着时代消逝而显得更神圣。我们只有永不间断地融入和开挖周围的现实，才能懂得什么是崇高，什么是高贵。宇宙经常顺应我们的观念；不管我们走得快还是走得慢，反正已给我们铺好了道轨。让我们毕生怀有这种设想吧。诗人或艺术家曾经有过美好高尚的设想，至少有一部分人会将它付诸实现。

让我们像大自然那样从容地度过一天，莫因掉在道轨上的硬果外壳和蚊子翅膀而出了轨。让我们黎明即起，用或者不用早餐，心平气和，泰然自若；让人来人往，让钟声响起，孩子们啼哭——决心好好地过日子。为什么我们要认输，随波逐流呢？让我们不要饮食无度，佳肴珍馔就像浅滩，有着可怕的激流和旋涡。闯过了这一险关，我们就平安无事，剩下的是下山的路了。莫让神经松弛，借助黎明的活力，朝另一个方向起航，就像尤利西斯③一样，把自己

① 上帝创造了亚当和夏娃之后才开始有了人类。因此，亚当是人类的先祖。此句用亚当（Adam）指人类诞生之前，用"the last man"指人类消亡之后，旨在说明当今人们只重视远古和遥远的将来，而不重视现在。

② 意指不必到过去或将来去寻求真理，真理就在眼前。

③ 荷马史诗《奥德修斯》里的英雄人物奥德修斯，罗马神话中称为尤利西斯。为了抵制海上女妖塞壬（Siren）美妙歌声的引诱，让人把自己绑在桅杆上，避免了上当受骗、人船俱亡的惨局。此处梭罗告诫人们要像尤利西斯抵制塞壬一样，不为七情六欲所动。

绑在了桅杆上。如果火车头拉响了汽笛，就让它拉响吧，直到它的响声沙哑。如果钟声响起，我们干吗要拔脚就跑？我们还要琢磨琢磨，听听它们像是什么乐曲。让我们安下心来工作，涉足于全球泛滥的污泥浊水一般的舆论、偏见、传统、谬见和表象之间，穿越巴黎、伦敦、纽约、波士顿、康科德、教堂、国家、诗歌、哲学与宗教，一直来到了一处坚硬的底层和牢固的基石，我们管它叫做现实，稍后说，现实就在这儿，没错；可以在这个支点[1]之上，在山洪、冰霜与火焰之下，开始在这个地方建造一道墙，或者建立一个国家，或者安全地竖起一根灯柱，或者一台测量仪器，不是尼罗河水位测量仪器，而是一台现实测定器[2]，让未来各个时代可以知道，虚假和表象有如山洪般积聚下来，该有多么深。如果你直立着，面对事实，你就会看到事实的两面都闪烁着阳光，好像是一柄古代阿拉伯人使用的双刃短刀，感觉到那利刃正在剖开你的心脏和骨髓，于是你欣然告别人生[3]。生也好，死也好，我们渴求的仅仅是现实。如果我们真的一瞑不视了，就让我们听听自己喉咙里发出的格格声，感觉到四肢冰冷吧；如果我们还活着，就让我们忙自己的事儿去吧。

时间只是可供我垂钓的小溪流。我饮用的是小溪里的水；但我一边饮用，一边看见小溪底层的沙土，发觉它是那么浅。溪水悄悄

---

① 原文为法文 point d'appui。
② 这是作者根据前者类比臆造的词，意为"现实测定器"，用来鉴别真伪。
③ 告别人生，意即一旦真理在握，死也甘心。

流去，然而永恒长存。我会尽情痛饮；我会寻摸到布满鹅卵石般星星的苍穹。我连"一"都数不出来。我不认得字母表的第一个字母。我常引以为憾，觉得自己还不如初生时聪明了。智力是一把刀；它能洞察缝隙，剖开万物的奥秘。我不希望自己双手忙于可有可无的事情。我的头脑是手和足的象征，我觉得自己最佳才能都凝聚于此。我的本能告诉我，我的头脑是一个开挖的器官，就像有些动物用它们的鼻嘴和前爪挖洞，我要用它去挖自己的洞，穿过这些山峦，开辟出自己的道路来。我想，最富有的矿脉埋藏在这儿附近的地方，因此，利用占卜杖①，根据升腾的雾气，我做出断定：就在这里我着手开矿②。

---

① 占卜杖：据称可以用来探寻矿脉或水源等的一种叉形木杖。
② 此处表明作者隐居林湖之间的目的以及探求生活真谛的信念。

阅读

　　择业时如果考虑得周全一些，也许所有的人大抵会做学生和观察家，因为不消说，大家对两者的性质和命运都感兴趣。为我们自己或后代积累财富，成立家庭或创建国家，甚至沽名钓誉，凡此种种。我们毕竟都是凡夫俗子，但在探究真理时，我们是不朽的，也不必害怕变故或意外。最古老的埃及或印度的哲学家，给神像撩开了一角面纱，那颤悠悠的衣饰至今还往上撩着。我凝视着它如同当初那样灿然荣光，因为当初显得如此勇敢是附在他身上的我，而如今回顾这一幻觉的是附在我身上的他。衣袍上一尘不染，从神灵被显示以来，时间并没有流逝而去。我们真正在改进的，或者可以改进的那个时代，既不是过去，又不是现在，也不是未来。

　　跟一所大学相比，我的住地不仅更适宜于苦思冥想，而且更适宜于认真阅读。尽管我阅读的书都在图书馆一般流通范围外，但我受到在全世界流通的图书的影响，比以往任何时候更多，那些书最早是写在树皮上，如今时不时地抄在亚麻布纸上。诗人米尔·卡玛·乌丁·马斯特[①]说："静心打坐，任凭神思驰骋在心灵世界；我从书中得到了莫大好处。一杯美酒足以使人陶醉，我读深奥学说如饮玉液琼浆，其乐无比。"整个夏天，我将荷马的《伊利亚特》放在桌子上，只是偶尔看过几页。起初，我手上有忙不完的活儿，既要把房子造好，又要锄豆子地，不可能读更多的书。但赶明儿可以读得更多些的前景，始终支持着我。我在工作之余读过一两本浅显的谈旅行的书，后来自己都脸红了，我不禁反躬自问，此时此刻，我究竟置身在何方？

学生可以阅读希腊文的荷马或埃斯库罗斯[②]的原著，不会有放荡或奢侈的危险，因为学生读了原著多少会仿效诗篇中的英雄人物，把他们的清晨时间奉献给他们的诗章。这些英雄诗篇，即使用我们的母语印出来，在当前日渐衰退的时代，也常常会变成一种僵死的文字；因此，我们必须孜孜矻矻于每一个词儿、每一个诗行的原意，以我们固有的智慧、胆识和气量细心琢磨出它们的弦外之音。现代

---

① 马斯特：据说是 18 世纪波斯诗人。

② 埃斯库罗斯（Aeschylus，前 525 ？—前 456）：古希腊三大悲剧作家之一，据说写过八十多个剧本，现存仅七个，其代表作是《被缚的普罗米修斯》和《阿伽门农》。

廉价而多产的印刷业尽管出版了那么多翻译作品，却一点也没有使我们更接近那些古代的英雄作家。他们看上去依然寂寞，被印出来的文字跟从前一样稀奇古怪。年轻时花珍贵的光阴去学一种古代语言，哪怕学到几个词语，也是值得的，因为它们是从街头巷尾的俚俗生活里提炼出来的，具有恒久的联想和激励作用。农夫听了几个拉丁文词语，就记在心上，时常念叨着，并非徒劳。有时候，人们说过，古典作品的研究好像最终会让位于更现代化的实用研究；但是，富于进取心的学生始终不渝地研究古典作品，不管它们是用什么文字写出来的，也不管它们是如何古老。古典作品乃是人类最高贵的思想的记载，舍此以外，还能是什么？它们是唯一的不朽的神谕，对大多数现代质询都会作出是德尔斐①和多多那②也从没给予过的解答。我们不妨暂且不去研究大自然，因为她毕竟太老了。读好书，就是说，要读名至实归的理想的书，这是一种高尚的锻炼，这种累得读者精疲力竭的锻炼，超过当今任何时尚的运动锻炼。它要求读者如同运动员经受过的训练那样，几乎毕生矢志不渝、苦心修炼。书本是经过审慎思考后写出来，所以阅读原著如同写作原著一样，务必审慎、含蓄。即便能说原著所用的那个国家语言也还不够，因为口语与书面语（亦即听到的语言与阅读的语言）两者有显著的差异；口语通常都是瞬息万变，仅仅是用一种声音，一种俚俗方言，几乎

①② 古希腊两城市，前者有阿波罗神示所，后者有宙斯神示所。

有点野腔野调，我们多少就像野兽似的，不知不觉地从母亲那儿学会这种口语。至于书面语呢，它是在口语的基础上渐臻成熟的经验总结；如果前一种是我们的母语，那么后一种就是我们的父语，一种含蓄而又洗练的词语，它的含义光靠耳朵还听不出来，为此，我们必须重新投胎才能学会这种词语。在中世纪，仅仅会说希腊语和拉丁语的老百姓，由于出身的偶然因素没有资格读天才们用这两种语言写成的作品；因为这些作品不是用他们知道的希腊语或拉丁语写成的，而是用洗练的文学语言写成的。他们还没有学会希腊和罗马更高贵的语言，在他们看来，这些高贵的语言写出来的书只不过是一堆废纸，他们反而看重廉价的当代文学。但是，到了欧洲好几个国家获得他们自己虽然粗俗但很鲜明的语言后，达到他们的文学崛起的目的已是绰绰有余，始初的学问也随之复兴，学者们能够鉴别遥远的古代珍藏了。过去罗马和希腊的群众不能听懂的作品，经过好几个世纪之后，已有少数学者在阅读，而且至今也只有少数学者在阅读。不管演说家偶尔迸发出令我们赞赏不已滔滔不绝的辩才，但最高贵的书面语，通常隐藏在转瞬即逝的口语之后，或者凌驾于转瞬即逝的口语之上，如同繁星闪烁的苍穹隐藏在转瞬即逝的浮云后面。繁星就在那里，能看到的人就可以识读它们。天文学家始终不渝在解释它们，观察它们。它们不会散发出像我们日常口语和模糊词语的气息。演讲台上的所谓"辩才"，一般来说就是文学习作中的修辞。演说家凭借转瞬即逝的灵感，向他面前的听众和那些能够倾听他的人演讲；作家需要更宁静的生活，那些激发演说家灵感的人群和事件反而使他分神，所以，他是向着人类的心智说话，向着任何时代一切能理解他的人说话。

难怪亚历山大大帝①远征时，还要在他的宝匣里带上《伊利亚特》。书面文字是文物珍遗中的精品，比其他艺术品更与我们亲密，也更具有普遍性。它是最贴近生活本身的艺术作品。它可以翻译成各种文字，不仅供人们阅读，实际上还可以朗诵，朗朗上口——不仅描摹在画布上或镌刻在大理石上，而且从生活本身的话语中脱颖而出。古代人思想的象征变成了现代人的言语。两千个盛夏就像赋予希腊的大理石雕刻品一样，已赋予希腊文学的丰碑更加成熟的金灿灿的秋天色彩，因为它们将自己的静谧、圣洁的氛围遍及世界各地，保护它们不受时间的侵蚀。书是世界的珍宝，各个国家都可以世代相传。最古老、最优秀的书，自然应当置放在每户人家的书架上。它们可没有什么理由求情，当它们开导与激励读者时，读者却通情达理，不会拒不接受。它们的作者无论在哪个社会，都成了富有魅力的天然贵族，对人类产生的影响远远超过国王和皇帝。目不识丁、也许还瞧不起别人的商人，由于苦心经营获得了垂涎已久的闲暇和独立，跻身于富有和时尚的阶层，最后，他不可避免地会转

---

① 亚历山大大帝（Alexander the Great，前356—前323）：古代马其顿国王（前336—前323），继位后先征服希腊、埃及和波斯，后入侵印度，建立亚历山大帝国。

向更高级却又高不可攀的天才和知识精英的世界，此时此刻，他才感到自身文化底气不足，自己的全部财富无非显示了虚荣和缺憾；于是，为了进一步证明自己还算头脑清醒，他煞费苦心地让子女们获得他深感匮乏的知识文化，这么着，他却成了一个家族的始祖。

那些还没有学会阅读古典作品原著的人，人类的历史知识肯定非常欠缺。显而易见，这些古典作品一直没有现代语的译本，除非我们的文明本身可以当做诸如此类的译本。荷马至今还从来没有用英文印行过，埃斯库罗斯也没有过，甚至维吉尔①也都没有——这些大师的作品，写得这么优雅、这么坚实、这么壮丽，宛若晨曦；后来的作家，尽管我们赞赏他们的天才，但不能与这些古典作家笔下精美、完整、不朽的英雄诗篇相媲美，就算有，也是寥寥无几。那些从来不知道它们的人，谈的只是莫要再提到它们。等我们有了学问和才识，能够阅读、欣赏它们时，也就很快忘掉了这些话。当我们称之为古典作品的遗产，以及比古典作品更古老、更古典却又鲜为人知的各国经典著作积累得越来越多时，梵蒂冈教廷里堆满了《吠陀经》、《阿维斯塔古经》②和各种《圣经》，以及荷马、但丁和莎士比亚作品，而且后继的世纪不断将它们的胜利纪念品提供机会给世人

---

① 维吉尔（Virgil，前70—前19）：古罗马诗人，作品有《牧歌》十九首，《农事》四卷，代表作是《埃涅阿斯纪》。他的作品对欧洲文艺复兴和古典主义产生了巨大影响。
② 阿维斯塔古经：古波斯琐罗亚斯德教（我国古籍中称祆教，俗称拜火教）的圣书。

公开讨论，到了此时此刻，那个时代才真的是富丽辉煌。有了这么一大堆精品，也许我们就有最终登上天堂的希望。

伟大诗人的作品，迄今人类还没有读懂呢，因为，唯有伟大的诗人才能读懂它们。阅读这些作品的水平，只是像众人观望星辰，至多是从星象学的角度，而不是天文学的角度去观察研究。大多数人学会阅读，仅仅为了得到一丁点儿方便，有如他们学会阿拉伯数字只是为了记账，免得做生意时上当受骗；对于阅读作为一种高尚的智力练习，他们就知之甚少，乃至于一无所知；但是，从高尚的意义上来说，唯有这样才算是阅读，断断乎不是像奢侈品那样吸引我们的阅读，也不是使我们更高贵的官能昏昏欲睡的阅读，恰恰相反，我们不得不踮起脚尖去阅读，把最警觉、最清醒的时光奉献给阅读。

我想，我们认识字母以后，就该阅读最好的文字作品，而不是像四五年级的小学生永远重复念叨 a—b—ab，以及单音节的词儿，一辈子坐在最低年级最前排的座位上。大多数人只要自己能够阅读，或者听别人阅读，就心满意足了，或许他们还坚信有了一本好书《圣经》里的智慧也差不离，于是，在生命的剩余岁月里所谓"轻松阅读"中浪费自己的才能，无所事事。我们的流通图书馆里，有一部多卷本的作品，名叫"小读物"，我想恐怕是我没有去过的一个小镇的名字。有那么一些人，就像鸬鹚和鸵鸟，各种各样食物都能消化，甚至在暴食一顿荤菜之后，照样也消化得了，因为他们不让东西白白浪费掉。如果别人是供应这种饲料的机器，那么，他们就是阅读这种饲料的机器。他们读过了九千个关于西布伦和赛弗罗尼亚的传说故事，说他们如何相爱，过去从来没有人像他们那么相爱过，而且他们真正相爱的过程不是一帆风顺——不管怎么说，他们如何相爱，绊倒在地，再站起来，继续相爱！某个可怜的倒霉鬼如何爬到了教堂的尖顶上，但愿他从来没有爬到钟楼高头就好了；现在，既然毫无必要地让他爬到了尖顶那儿，这位兴高采烈的小说家却使劲儿敲起钟来，让全世界的人都赶过来听，哦，老天哪！瞧那个小子如何下来！依我看，全球小说世界里有的是这类向上爬的英雄人物，他们还不如把这些人物写成风信子鸡好了（如同他们过去常把英雄人物置身于星座中一样），让风信子鸡在那里不停地旋转，直到生锈为止，莫让它们下地来胡闹，打扰老实人。下一回，这位小说家敲钟时，就算那座礼拜堂烧掉了，我也照样岿然不动。《踮起脚尖单足跳》，"一部中世纪传奇故事，写《铁特尔—托尔—谭》的著名作者的新著，按月连载；购者摩肩接踵，欲购从速"。读着这一切，有人满怀有如原始人的好奇心，眼睛睁得像盘子似的，而且胃口特别好，也用不着担心有损胃壁，犹如一个四岁大的小伢儿坐在板凳上，看两美分一本烫金封面的《灰姑娘》——可是，他们读后，反正我看得出，在发音上、语气上、重音上，都没有什么长进，在题旨的提炼或修饰上也没有学到什么技巧。阅读的结果是视力模糊，生死攸关的循环凝滞，一切智能衰退，仿佛蜕了皮。这类"姜汁面包"差不离每天每个烤箱里都在烤出来，而且烤得比纯正小麦面粉或黑麦加粗玉米粉做的面包更卖力，也更加适销对路。

即使是所谓的"好读者"，也不阅读那些最好的书。我们康科德的又算是什么？甚至英国文学中最优秀的作品或顶呱呱的好书，尽管作品里头的单词大家都能读懂，也能拼写，可是，这个小镇上除了极少例外，人们对这些好书就是没有兴趣。就是在大学里读过书、算得上受过所谓文科教育的人，不管在这里或者别处都一样，对英国经典作品实际上也是知之甚少，或者一无所知；至于记载人类智慧的书籍，比方说，古代经典著作和各种《圣经》，只要愿意了解它们的人都很容易得到，可惜只有极少数人肯下力气去阅读它们。我认识一个中年伐木工，他订阅了一份法文报纸，说不是为了看新闻（因为他对新闻不屑一顾），而是为了"让自个儿不断练练法语"，因为他出生在加拿大。我问他，在这个世界上，他觉得自己能做的最好的事儿是什么，他回答说，此外还得下工夫，把英语也学好。受过大学教育的人，一般说来，所做到的或者想做的，也就是如此，他们订阅英国报纸就是出于这种目的。一个人刚刚读过一本也许是最好的英文书，可他能寻摸到几个可以一起对这本书交谈交谈的人吗？或者假定说，他刚刚读完一部希腊文或拉丁文的经典作品，即便所谓的文盲都知道要对它赞扬一番，他却寻摸不到一个可以一起聊聊的人，就只好对它保持沉默了。一位大学教授如果擅长破解希腊文中各种疑点，也就相应地擅长破解一位古希腊诗人的才智和诗篇中深奥之处，并且相应地将这种情投意合的同感传授给那些灵敏和满怀豪情的读者，可惜这样的教授在我们的大学里确乎绝无仅有；至于神圣的经文，或者人类的各种《圣经》，这个镇上又有谁能把它们的名字向我一一道来？大多数人都不知道，唯独希伯来这个民族拥有一部经文。任何一个人，为了拾到一枚银币该有多费劲儿，可这儿有的是赛过黄金的文字，那是古代最聪慧的人说出来的，其价值是历代智者都向我们证实过的——殊不知我们学的不过是一些简易读物、识字课本和班级点名记分册，离校后读的是"小读物"和专门给孩子和初学者看的故事书；我们的阅读，我们的交谈和思想，水平之低，跟"小人国"里的侏儒倒是很般配。

我倒是巴不得结识一些在康科德本土出生的更聪明的人，他们的名字在这儿几乎都没听说过。难道我会听到过柏拉图的名字，却从来不去读他的书吗？好像柏拉图是我的同乡，我却从来没见过他——好像他跟我比邻而居，我却从来没听到过他说话，或者从来没有倾听到他那智慧的隽语。但实际情况又如何呢？柏拉图的《对话录》，包含着他的不朽思想，就搁在书架上，可我还从来没有读过它哩。我们是教养不良、粗俗无知的文盲。文盲有两种：一种是我镇上目不识丁的老乡，一种是只读过儿童作品和适合阅读极低智力读物的老乡，这两种文盲究竟有什么显著区别，我承认，我还看不出来。我们应该像古代圣贤一样优秀，但我们首先要知道他们是如何优秀的。而我们是一群小山雀，在智力的飞跃上只比日报专栏稍微高出一点。

并不是所有的书都像它们的读者一样愚钝。书里头的文字也许就是针对我们的境况而说的，我们要是果真倾听到了，并且有所感悟，那么，它们会比清晨或春天更有利于我们的生活，而且还有可能使我们为之面目一新。既能解释我们的奇迹，又能向我们揭示新的奇迹，这本书也许就是为我们而存在的。眼下好多说不出来的事情，我们也许会发现在别处已经说出来了。这些问题使我们感到困惑和不知所措，也同样让所有聪明人碰到过；一个问题都没有漏掉，每一个人都要根据自己的能力，用自己的话和自己的生活，对这些问题——一作出回答。再说，有了智慧，我们将学会宽宏大量。康科德郊外某农场有一个孤独的雇工，曾有过第二次出生和特殊的宗教经历，他相信自己由于信仰，进入了静穆庄重和遗世独立的境界。也许他会觉得上面的话是不真实的，但好几千年以前，琐罗亚斯德[①]就走过了同样的道路，也有过同样的经验。琐罗亚斯德很有灵性，知道这是普遍现象，因此善待众邻居，据说甚至还在人间发明并首创了拜神活动。那么，就让那位孤独的雇工谦逊地与琐罗亚斯德亲密交谈吧，并在所有圣贤的宽容思想影响下，与耶稣基督本人亲密交谈吧，让"我们的教会"垮掉吧。

---

① 琐罗亚斯德（Zoroaster，前 628 ？—前 551 ？）：在我国古籍中称"苏鲁支"，古波斯琐罗亚斯德教（亦即祆教）创始人，据传他二十岁时离家隐修，后对波斯多神教进行改革，创立祆教。

　　我们夸口，我们属于十九世纪，正在迈着比哪个国家都要快的步子前进。可是，想一想这个村镇为自己的文化所做的又何其微不足道！我可不想去恭维镇上的乡友们，也不想他们来恭维我，因为这样一来，我们谁都不会有长进。我们应当像公牛那样需要刺激——受驱赶——才会快快跑。我们已有一个相当像样的公立学校①的体制，可惜仅仅为婴儿开设；不过，冬天就有个处于半饥饿状态的吕克昂学府②，近来还有根据政府建议开办的一个小小图书馆，除此以外，没有我们自己的学院。我们花在肉体的食粮或病患上的钱，要比花在精神食粮上的钱多得多。现在该是我们创办不同凡响的学校的时候了，一个个村子应该都成为大学的时候了，村子里老年居民（如果他们确实那么富裕）就有闲暇成为各大学里的研究员，可以在晚年进行大学文科研究。难道世界上永远只有一个巴黎（大学）或一个牛津（大学）吗？难道学生们不可以寄宿在这里，在康科德的蓝天底下接受文科教育吗？难道我们不可以出资聘请某个阿伯拉尔③来给我们讲学吗？天哪！我们净是忙于喂牛、开店，好长好长时间没上学校了。我们的教育挺惨地未被妥善照管好。我国的村镇在某些方面应该取代欧洲的贵族的地位，应该是美术的赞助人，它

----

① 美国公立学校，一般包括中、小学部，但有时也仅有小学幼儿部。

② 古希腊亚里士多德在雅典创办的学府，现在一般指讲演场所。

③ 阿伯拉尔（Pierre Abelard, 1079？—1144）：中世纪法兰西经院哲学家、逻辑学家和神学家，他的《神学》一书被指控为异端而遭焚毁。

可富得很。它欠缺的就是宽宏大量和优雅。在农场主和商人觉得重
要的那些事情上，它肯一掷千金，而对知识人认为更有价值的事，
如果要它出钱，它却认为那是乌托邦的空想。感谢好运或政治，这
个村镇花掉一万七千块钱造了一幢市政厅，但要培育生动活泼的风
趣就宛如贝壳里头的蚌珠，哪怕过了一百年，它也不肯花这么多的
钱。为了冬天开办吕克昂学府，每年募捐一百二十五块钱，其实比
镇上同样数目的任何筹款都要花得更有意义。我们生活在十九世纪，
为什么不该享受十九世纪提供的种种好处呢？我们的生活为什么还
过得如此乡里乡气呢？如果我们看报纸，为什么不跳过波士顿的闲
谈，马上订阅世界上最好的报纸呢？——不要吮吸"中立派系"报
纸的奶头，或者咀嚼新英格兰这儿的"橄榄枝"①。让各种学术团体来
我们这儿作报告吧，我们将要看看他们是不是真的知道点什么。我
们为什么要让哈珀兄弟图书公司和雷丁出版公司②代替我们选择读
物呢？这就好比趣味高雅的贵族，在他周围的一切必然有利于自己
的文化修养——比方说，天才——学问——风趣——书籍——绘画
——雕塑——音乐——哲学的工具，等等。那么，让村镇也就这么
着吧——不要只请一名教师，一名牧师，一名司事，不要只办一个
教区图书馆，不要只选三名市政委员就算万事大吉了，因为我们清

---

① 一份卫理公会周报（名字）。
② 此处指设在纽约和波士顿两地的出版商。

教徒前辈移民①就是仰仗以上这些人物，在荒凉的岩石上挨过了寒风凛冽的冬天。集体行动是符合我们制度的精神，我坚信，随着我们经济状况日益兴旺发达，我们的财力一定会比贵族更雄厚。新英格兰可以出资聘请世界上的哲人贤达来教育开导她，要他们膳宿在这里，让我们完全摒除粗野的乡气。这就是我们想要的不同凡响的学校。让我们拥有高贵的村镇居民，而不是贵族。如果有必要，我们宁可河上少造一座桥，绕着多走一些路，但在周围黑暗无知的深渊上，至少架起一座拱桥吧。

---

① 指 1620 年到达北美创立普利茅斯殖民地的英国清教徒。

闻籁[1]

　　然而，我们所谈的不出书本范围，尽管这些书是经典精品；我们读的只是一种特殊的书面语言，它们本身无非是方言土话；我们险些把另一种语言给忘掉了，那是一种所有事物不靠比喻就能说出来的语言，唯独它最丰富，也最标准。发表的东西倒是很多，印出来的却很少，从百叶窗里透进来的亮光，只要百叶窗全打开了，就再也没人记得了。任何一种方法或训练，都无法替代永远保持警觉的必要性。一门历史，或者哲学，或者不管选得如何之精的诗歌，或者是顶呱呱的社会，或者是最令人艳羡的生活常规，如果跟永远着眼于可预见之物的准则相比，又都算得了什么？你乐意仅仅做一个读者，或者是一个学生，还是做一个预言

---

① 籁：此处指自然界发出的声音。我国古诗中有"万籁此俱寂，但余钟磬声"句。亦可参见《庄子·齐物篇》。

家？不妨预测一下你的命运，看一看你的面前是什么，就径直迈向未来吧。

第一个夏天，我没有读书，锄豆子地去了。不，我做的常常比这个还好哩。有时候，我真舍不得把眼前美好的时光奉献给任何工作，不管是脑力工作，还是体力工作。我喜欢给自己的生活留出更多空间。夏天一清早，惯常洗过澡之后，有时我独坐在洒满阳光的门口，从日出一直到正午，出神冥想，置身于松树、山核桃树和漆树丛中，四下里一片孤寂和宁静，唯有鸟儿在近处歌唱，或者悄没声儿地掠过我的小屋，直到夕阳余晖照在西窗上，或者远处公路上观光客车马的辚辚声隐约可闻，我才不禁想起了流光易逝。在这些季节里，我就像夜间的玉米一样在成长，它们比任何手干的活儿都要神妙得多。事实上，不但无损于我的生命健康，反而使我延年益寿。我才悟出了东方人所谓玄思和赋闲是什么意思。其实，我并不在乎韶光的流逝。白昼走在前头，仿佛为了照亮我的工作；刚才还是早上，可是瞧吧，一晃眼就是晚上，令人难忘的事儿并没有完成。我可不是像鸟儿似的歌唱，我是在默默地笑看着自己的好运纷至沓来。麻雀落在我门前的山核桃树上一个劲儿啭鸣，而我呢，有时也会暗自发笑，要不然就遏制住自己的笑声，生怕它也许会从我的巢中听到。我心目中的日子，并不是指一个星期里头的哪一个日子，没有用异教徒的神祇来命名的^①，也没有被分割成一小时一小时，让座钟的滴答声使我烦躁不安。因为我的生活就像普里^②印第安人，据说普里人的"昨天，今天和明天只用一个词儿，他们用手所指的方向来表示三者的不同含义，比方说，用手指向后面表示昨天，指向前面表示明天，指向头上表示今天"。这在我镇上的乡友们看来，毫无疑问，纯属无稽之谈，但是，如果让花鸟按它们的标准来估量我，那我应该说是无懈可击的。人必须寻找自我需求，信哉斯言。顺应自然的日子是非常平静的，很少会被指责为好逸恶劳吧。

有一些人为了娱乐消遣，只好外出上剧院，与人交际应酬，相形之下，我在自己的生活方式里至少就有这么一点好处：我的生活本身已成了我的娱乐，而且历久常新。它是一部多幕剧，没有结局。如果我们确实想要过上好日子，按照我们学到的最新最佳的方式来管理生活，那么，我们断断乎不会被百无聊赖所困扰。紧紧地跟随天赋，它会时时刻刻给你展示一个崭新的前景。在家里干活儿是一种令人愉快的消遣。屋子里地板脏了，我就起个早，把家具一股脑

---

① 英文中一个星期里的每一天，都是以某个神的名字演变而来的，比如，星期二，Tuesday 由 Dayday 演变而来，是阴暗神提尔（Tiu）的名字；又如星期三，Wednesday 由 Weden's day 演变而来，是战神瓦丹（Woden）的名字，等等。总之，除了星期六来自古罗马农神萨图恩（Saturn）以外，星期二、三、四全部来自古代斯堪的那维亚神话，故被梭罗称之为异教徒。

② 此处指巴西印第安人，附录引文摘自菲菲夫人的《一位女士周游世界》。

儿地搬到屋外草地上，床和床架码成一堆，往地板上一洒水，再撒上一些湖里的白沙，稍后用一把扫帚擦洗得白白净净；村民们一吃过早饭，太阳已经把我屋子里晒得干透时，我就可以把家具搬回去，而我的沉思默想几乎没有中断过。我喜滋滋地看到，我的全部家当在草地上很抢眼，码成了一个小垛堆，活像吉卜赛人的行李；而我的那张三条腿桌子，置放在松树与山核桃树底下，上面的钢笔和墨水我全都没有取走。它们看样子也高兴到屋外去，还不乐意被搬回去哩。有时候，我心里真巴不得在它们上头支起一顶帐篷，我就安坐在那儿，看着太阳映照，听听微风吹拂，真的太有意思了，熟稔的家什在屋外看上去要比屋子里更加耐人寻味。小鸟落在附近的树枝上，永久花①长在桌子底下，黑莓的藤蔓缠绕着桌子腿；松果、栗子以及草莓的叶子俯拾即是。仿佛它们这些形态就这么着转化为我们的家什、桌椅、床架子——因为我们的家什原先就来自这些草木之间。

我的小屋坐落在一个小山坡上，紧挨着一大片树林子的边缘，四周长满幼小的北美油松和山核桃树，离湖大约六杆②远，有一条狭仄的小路从山脚下直通湖边。我的前院里，长着草莓、黑莓、永久花、狗尾草、一枝黄花、矮橡树、沙樱、乌饭树和落花生。临近五月底，沙樱（拉丁文学名 cerasus pumila）在小路两侧缀满了娇嫩

① 永久花：花朵干枯后色状均不变的植物，尤指某些蜡菊属植物。
② 杆：美国长度单位。一杆约有五码半。

的花朵，短短的花梗周围宛如一簇簇伞状花丛，入秋后沉甸甸地垂着个儿大又好看的樱桃，花环似的在闪闪发光。感谢大自然的恩赐，我品尝过它们，尽管它们并不好吃。漆树（拉丁文学名 rhus glabra）在我屋子周围疯长，第一季度就长高了五六英尺，把我砌好的一堵矮墙都给拱了起来。它那阔大的羽状热带树叶子，望过去尽管有点怪，但还是招人喜爱。暮春时节，硕大的蓓蕾突然从仿佛死掉的枯枝上冒出来，像变魔术似的长成了淡雅嫩绿的柔软枝条，直径倒有一英寸；有时候，我坐在窗子跟前，由于它们漫不经心地猛长，树杈不堪重负，我会听到咔嚓一声，一根鲜嫩的树枝有如一把扇子冷不丁坠落，其实这时一丝儿风都没有，是被它自己的重量压断了。八月间，漫山遍野的浆果在它们的开花时节，吸引了许许多多野蜜蜂。浆果渐渐也染上了鲜艳的天鹅绒般的深红色，同样因为不堪重负，它们柔软的枝条也都被压断了。

今年夏天的一个午后，我坐在窗子边，一群鹰在我的林中空地上空来回盘旋；野鸭子一个劲儿地疾飞，三三两两地映入我的眼帘，或者闲不住地落在我的屋子后头白皮松枝头上，当空叫唤；一只鱼鹰在波平似镜的湖上啄了一圈涟漪，叼走了一条鱼；一只水貂从我门前的沼泽地悄悄地溜出来，在湖岸边逮住了一只青蛙；芦苇鸟常在这里那里飞落，莎草实在不堪重负，也都被压弯了；在未了的半个钟头里，我听到了火车轰隆轰隆响声，一会儿沉寂下去，一会儿又响了起来，就像鹑鸡在扑棱着翅膀似的，把观光客从波士顿带到乡间来。我可不像那个孩子与世隔绝，听说，那个孩子被送往这个村镇东头的一个农夫家里，但他委实太想家，没多久就出逃了，又回到自己家里，这时他的鞋后跟都磨破了。他从没见过如此沉闷而又偏僻的地方，那里的老百姓全跑光了，老天哪，甚至连口哨声都听不见！我怀疑马萨诸塞州眼下还有没有这么一个的地方——

> 我们的林子真的成了一个靶子，
>
> 被飞箭似的铁路击中，
>
> 宁静的平原上和谐之音，
>
> 原来就是——康科德。①

菲奇伯格铁路离我住地南边大约一百杆处，与湖边毗连。通常我沿着它的堤道走到村里去，在某种程度上说，我就是通过这条线路才跟社会有了联系。货运列车上来回跑全程的那些人常常向我点头打招呼，仿佛我是他们的老相识，毕竟过往看见我的次数太多了，他们显然以为我是个雇工；那得了，我就算是个雇工吧，反正我也很乐意在地球轨道上的某个路段当一名养路工。

不管寒冬酷暑，火车头的汽笛声穿过我的树林子，好像一只盘旋在农夫院子上空的苍鹰在尖声叫唤，告诉我有许多浮躁不安的城

---

① 在英文中和谐之音和康科德是同一个单词——concord，端的是一语双关，由此可见梭罗写书的初衷。引诗作者为梭罗好友诗人小钱宁。

市商人正来到这个村镇的周围，或者有富于冒险精神的乡村商人正从相反方向来到这里。它们来自同一条地平线，于是彼此大声发出警告，让对方闪开让道，这种警告声音有时候两个村镇都听得到。乡村啊，瞧，你们的杂货已送到；老乡啊，你们的粮食已送到！如今没有哪个农人还能独立地生活，敢对它们说一个"不"字。于是，乡下人的哨子叫起来了，这就是你们付给它们的代价！像长长的攻城槌①的原木，以每小时二十英里的速度向城墙冲过去，里面坐椅多得不计其数，疲惫不堪、负担沉重的城里人都可以入内就座。乡村置备了如此巨大笨重的厚礼，向城市送去了坐椅。印第安人山上长满浆果的乌饭树被采伐殆尽，盛产越橘的草地也被耙平，果实都运到城里去了。棉花上来了，布匹下去了；丝上来了，毛织品下去了；图书上去了，写作的智力却下降了。

我看到那火车头拖着一长溜车厢，像行星运转似的往前驶去，或者不妨说，像一颗彗星，看上去它的轨道不像可以转回来的曲线，观看的人不知道它按照哪种速度、朝着哪个方向驶去，还会不会再折回到这轨道上来；火车头喷出的水蒸气如同一面旗帜，缀着金环银环，飘浮在后面，就像我看到过好多悬浮高空的羽绒般的云朵，一大块、一大块地徐徐舒展，熠熠生辉——仿佛这个周游四方的半人半仙、吞云吐雾的怪物，马上会把夕阳西沉时的天空当做火车的

---

① 古代西方一种攻城的兵器，此处原木比喻早期火车车厢均用原木制成。

号衣似的。我听到这匹铁骑吼声如雷，使群山响起了回声，它的铁蹄震撼着大地，鼻孔里不时喷火吐烟（我可不知道，在新的神话中，人们会收进什么样的飞马与火龙），看来大地终于添了新的一族，不愧为大地的居民。如果这一切确实都像看上去的那样，人们通过役使风、土、水、火四大要素，达到崇高的目的，该有多好！如果飘浮在火车头上空的云是英雄创业绩时洒下的热汗，或者像悬浮在农田上空的云一样惠及苍生，那么，四大要素和大自然本身都会乐意为人类效劳，做人类的护卫者。

我远望清晨时分列车通过时的心情，如同眺望日出时一模一样。日出倒也不见得会比列车更准时。火车正在驶往波士顿，长长的一条云带在它后面延伸，越升越高，升上苍穹，刹那间遮住了太阳，并让我远处的田野隐没在一片阴影中，俨然一列天上火车，而近旁那列拥抱大地的小不点儿的火车，只不过是矛枪上的小小倒钩罢了。今年冬季里有一天早上，那匹铁骑的厩主起身挺早，借着山间星光给它喂料，开始套车，而且那么赶早地升起火来，给它体内供热，让它及时上路。反正干这种事儿像老八辈时一样简单就得了！赶上积雪很深时，人们给它穿雪鞋，用巨大的铁犁在群山之间辟开一条路，直达沿海地区；而在上面行驶的列车就像一台播种机，把所有浮躁不安的人们和价格浮动的商品当做种子撒在乡间。这匹火驹整天价在乡间飞驶，只有主人歇息时才停下来。子夜时分，我也会被它的铁蹄声和哼哧哼哧不服的喷气声所惊醒，这时，它正在远处森林峡谷里碰到了冰雪交加等险情，直到晨星初现时才回到马厩，殊不知既没有休息，也没有打个盹儿，又马不停蹄地上路了。要不然在傍黑时分，我听见它在马厩里释放出白昼过剩的精力，使自己的神经松弛下来，肝脑也静下来一两个钟头，好让那铁骑合眼迷睡了。但愿这项事业能持之以恒。毫不疲倦而又英姿勃勃、威风凛凛、该有多好！

　　一些远离城镇、人迹罕至的森林，过去唯有猎户大白天才进入过，如今那些灯火辉煌的特等客车却在漆黑的夜里风驰电掣般驶去，里头的人们一无所知；此时此刻正停靠在村镇或者城市的某个灯光灿烂的火车站，有上流社会人士云集在那里，下一站却停靠在迪斯默尔沼泽①，把猫头鹰和狐狸都吓跑了。列车的离站、到站，如今成了乡村日常生活里的头等大事。它们来来去去，既定期又准时，汽笛声打老远就听得见，农夫们常常据此来校准钟表，这么一来，一个管理完善的机制使整个国家井然有序。自从发明了火车，人们在遵守时刻方面不是有所改进吗？人们在火车站里说话和思想的节奏，不是比在驿站里头更快了吗？火车站里仿佛有着通了电流的氛围。火车站所创造的种种奇迹，使我感到惊奇。原先我满以为，我的一些邻居断断乎不会搭乘如此快捷的交通工具到波士顿去，可是现在，钟声一响，他们管保都到了站台上。仿照"铁路方式"办事儿眼下

---

① 迪斯默尔沼泽：位于弗吉尼亚州东南部和北卡罗来纳州东北部沿海平原上，几乎无法越过，逃亡的奴隶经常藏身此地。

已成了口头禅；有关权威机构屡屡提醒人们不要挨近铁路道轨，这种真心诚意的告诫还是值得记取。这种事既不能向闹事群众宣读《取缔闹事法》勒令散去，也不能向骚乱群众朝天开枪。我们已经创造了一个命运女神阿特洛波斯①，那是永远不可逆转的（不妨给你的火车头命名为"阿特洛波斯"号吧）。人们一看公告就知道，几点几分将有哪些弩箭射向罗盘上某一个具体地点；反正它从不干预别人的事，而孩子们上学走另一条专线。因此，我们生活得更笃悠悠了。我们就这么着，人人都可以培养成退尔②的儿子了。空中有的是看不见的弩箭。每一条路都是通向命运之路，只有你自个儿的路例外，那就得了，还是走自个儿的路吧。

我之所以对商业啧啧称赞，是因为它有进取心、有勇气。它不会两手十指交错地紧握着向朱庇特③祈祷。我看见这些人每天在忙着做生意，好歹都是有胆识和满足的表现，干得比他们想象的多得多，说不定比他们精心设计的还要出色呢。在布埃纳维斯塔④前线能坚守半个钟头的那种英雄气概，固然我也觉得很感动；但是，让我深深地为

① 阿特洛波斯（Atropos）：古罗马神话中的命运三女神之一，司职剪断生命之线。
② 退尔（William Tell）：瑞士传说中反抗奥地利统治的英雄人物，为争取民族独立而斗争，被迫用箭射放在他的儿子头上的苹果，结果获得成功，儿子安然无恙。
③ 朱庇特：古罗马神话中的众神主宰，相当于古希腊神话中的宙斯。
④ 布埃纳维斯塔：墨西哥一地名，1847年曾经是战场。

之感动的，还是在铲雪机里过冬的人们那种坚定、愉快的精神；他们不仅具有拿破仑认为最难得的凌晨三点钟打仗的勇气，而且断断乎不肯早早休息，硬要顶到暴风雪停住，要不然在他们的铁骑的筋骨都给冻僵之后，他们这才躺下睡觉。这天大清早，特大风雪还在肆虐，简直冷得人们的血液快冻结，我从他们呼出的水汽冻结后形成的雾堤里，听到火车头发出被蒙住了的钟声，宣告列车开来了，没有误点，根本不管来自新英格兰北部的暴风雪百般阻挡；我看到了那些铲雪人浑身披雪挂霜，正低着头仔细察看那铲雪板底下翻起来的，可不是雏菊和田鼠洞穴，而是像内华达山脉的巨砾，堪称天外之物。

商业是出乎意料的自信、安详、机灵、有进取心，而且压根儿不知疲倦。它所采用的方法都很自然，乃是许多充满幻想的事业和感情用事的实验所不可企及的，因此获得出色的成功。一列货车从我身边轰轰隆隆地驶过，我不由得心旷神怡，我闻得到从长码头到香普兰湖一路上货物散发出来的气味，想起了异国他乡，想起了珊瑚岛、印度洋、热带地区，乃至于广袤无垠的环球世界。我看到了棕榈叶，来年夏天，不知有多少新英格兰浅黄色发丝的头上会戴着它；我还看到了马尼拉的大麻、椰子壳、旧绳索、黄麻袋、废铁和锈钉子，就在此时此刻，我觉得自己更像一名世界公民了。要是这一车子的破船帆拿去造纸，印书，也许会使阅读更加容易，也更为有趣呢。有谁能够像这些破船帆所经历过的险情那样，把自己经历过惊风骇浪的历史如此绘声绘色地写下来了呢？它们就是压根儿不用改正的校样。缅因州森林里的木材从这里运走，因为有些木材已经运走了，或者被锯成板料，上次发大水时没有出海的木材，每一千根涨了四块钱，松木、云杉和雪松——质量分为一等、二等、三等和四等，可前不久木材总共只有一个质量标准，价格常在熊、驼鹿和北美驯鹿的价位之上波动不定。稍后，轰隆轰隆驶过的是托马斯顿①石灰，第一流货色，将被运往遥远的山区让它逐渐熟化。至于这一袋袋的破布，真可以说五颜六色，质地好坏都有，乃是棉花和亚麻落到了最惨的境地，也是衣着穿戴的最末下场——它们的图案时下再也没人啧啧称赞了，除非是在密尔沃基②，因为那些色彩抢眼的衣物，英国的、法国的，或者美国的印花布、方格布、平纹细布等，既有富人家的，也有穷人家的，都是从四面八方集拢来，将要变成一种颜色的纸或色彩深浅不一的纸，说不定在那纸上面会写出一些真实生活的故事，有的写上层社会，有的写底层社会，不过全是根据事实来写的！这一节闷罐车散发出咸鱼的腥味、强烈的新英格兰商业味道，让我回想到大浅滩③和渔业的情景。咸鱼——谁没有见过？彻头彻尾是为了芸芸众生腌制的，断断乎不会使它变质，让持续蒙恩④的圣人们都感到脸红。有了咸鱼，你可以扫街，铺路，

---

① 托马斯顿：地名，位于南缅因州。
② 密尔沃基：美国威斯康星州东南部一港口城市，临密歇根湖。
③ 大浅滩：北美纽芬兰岛东南广阔的大西洋浅滩，为世界大渔场之一。
④ 加尔文神学所谓持续蒙恩，指上帝的预定选民注定会持续蒙受恩典直至得救。

砍劈柴；卡车司机本人与他的货物也好拿它来遮阳避雨——还有商人在铺号开张时把一条咸鱼悬挂在店门上当招牌，正如某个康科德商人做过的一样，到头来连老主顾都说不准它究竟是动物、菜蔬，还是矿物，可它依然洁白得像雪花呢。要是把它放入锅里煮，煮出来的准是一条味道好极了的咸鱼，可供周末晚餐时品味。接下来是西班牙的皮革，依稀可辨那牛尾巴举向空中还在旋转，有如这些公牛当初奔驰在西班牙本土大草原一模一样——一种执拗的典型，证明一切与生俱有的缺憾是如何没希望和不可救药啊！说实话，在我了解一个人的脾性后，我承认，在目前生存状态下，我并不指望它变好或者变坏。正如东方人所说的："一条狗尾巴可以加热、烫平，用带子绑住，花费了十二年精力，到头来它的本性还是改不了。"类似牛尾巴这样根深蒂固的本性，唯一的根治办法，就是把它们制成胶汁，我相信，通常它们都可派这样的用场，发挥黏性的作用。这里有一大桶糖蜜或白兰地，即将运往佛蒙特州卡廷斯维尔市，交给约翰·史密斯先生，格林山区的商人，他是给邻近本人林中空地的农夫们来办进口货的，也许此刻他站在舱壁高头，心里捉摸着近期到岸的几批货物会如何影响他的货价，眼下告诉他的顾客们，说他巴望下一趟火车会运到第一流货色，其实，这话在今儿个早上前，他就给他们念叨过已有二十遍呢。甚至还在《卡廷斯维尔时报》上登过广告。

　　这批货物运走了，另一批货物运来了。我被一阵飕飕声惊醒，于是放下书本，抬眼只见一些长长的松树，好像插上翅膀飞过了格林山区和康涅狄格州。这些松树是在遥远的北方砍下来的，飞箭似的在十分钟内穿过了城镇，人们还来不及看上一眼。

　　　　它就成为一根桅杆。

　　　　*竖立在大旗舰上。*①

　　听吧！运牲畜的车开来了，装着千山万岭的牛羊。什么天上的羊圈啦，马厩啦，牛栏啦，什么手持牧杖的放牧人啦，赶着羊群的小羊倌啦，除了山里牧场以外，全都来了，好像被九月里秋风从山上吹下来的落叶在打旋儿。空中充满牛羊的咩咩声，公牛们在猛撞乱挤，仿佛正在驶过的是一座放牧牛羊的山谷。那只老的带头羊只要铃铛一响，高山真的像公牛似的在欢跃，小山冈有如小山羊在蹦跳。列车有一节车厢都是放牧人，此刻和他们放牧的牛羊几乎平起平坐，他们虽然下了山冈，可还是手持那根没有用处的牧杖，好像它就是他们司职的标志。但是，他们的牧羊狗上哪儿去了？这对牧羊狗来说，可是大溃散呀，它们完全被甩掉了，它们的嗅觉也不灵了。我仿佛听到它们在彼得博罗山后头汪吠不已，或者在格林山区西坡上气喘吁吁地奔走呢。它们不会跟着牛羊一块被宰割。它的职

---

① 引自英国著名诗人约翰·弥尔顿（1608—1674）的《失乐园》。

责也到尽头了。它们的忠诚和机灵眼下不管用了。它们灰溜溜地回窝去了，也许干脆豁出去，与狼和狐狸结盟。牧羊人生涯就这么着随风而去了。但是，钟声响了，我可得离开道轨，让列车驶过去——

铁路依我看是什么呢？
我断断乎不去张望
它的尽头在何方。
它填高一些沟壑，
又给燕子筑好堤岸，
它让黄沙满处飞扬，
又叫黑莓随地生长。

可是，我穿过铁路，就像我走过树林子里的小道。我断断乎不会让火车的黑烟、蒸汽和嘶嘶声污染了我的眼睛与耳朵。

如今，列车已经远去了，躁动的世界也随之远去了，湖中的鱼儿再也不感觉到火车的隆隆声，我却感到了分外孤寂。漫长的午后，偶尔从远处公路上隐隐约约传来一辆车或一组车马的轻微响声，也许我的沉思就不大会受到干扰了吧。

有时，赶上星期天，我听到钟声。顺风的时候，来自林肯、阿克顿、贝德福或者康科德的钟声，听起来柔和悦耳，俨然是自然的

旋律，回荡在旷野上，端的是美极了。在遥远的树林子上空，这种
旋律平添了一种颤动的微弱声响，仿佛地平线上的松针就是竖琴上
的琴弦正在轻轻地拨弄着似的。凡此种种音响，哪怕在最远处，只
要听得见，都有一种同样的效果，赛过七弦琴上的颤音，就像迢迢
远方的山脊，由于大气介于中间，被抹上了淡蓝色，望过去格外令
人悦目。我觉得这次传来的是一种在微风中越传越悠扬的旋律，与
树林子里每一片叶子和松针喁喁私语后，风儿又吸收部分声音，经
过变调在一座山谷回响之后又传到了另一座山谷。这种回响在某种
程度来说，就是初始的声音，具有神奇的魅力。它不仅仅重复了钟
声里值得重复的部分，而且部分还有着树林子里的声音；以及林中
仙子低吟的昵语和乐音。

　　傍晚，树林子尽头、远处的地平线上，传来了牛的哞哞声，很
甜美动听，开头我误认为是某些滑稽说唱团①在演唱，因为有时我听
到过他们唱的小夜曲，也许此刻他们正好吟游在山谷之间；可听着
听着，我很快失望了——失望之余，我还是略感欣慰——因为那声
音渐渐地拖长，变成了那种酷肖牛叫的廉价、原始状态的音乐。我
这样说绝不是在挖苦那些年轻人，而是表示我对他们的歌唱很欣赏。
我是说，我分明听得出来他们的歌声与哞哞声差不离，不过，说到
底，两者无疑都是天籁，你说是不是？

---

① 在美国，有些白人饰黑人作滑稽演唱活动。

　　夏天有过一些日子，每天傍晚七点半，火车很准时驶过后，三声夜莺唱过半个钟头的"晚祷曲"，就落在我门前树桩上，或者落在我的屋脊上。每天晚上，日落以后，在某个特定时间五分钟内，它们就开始鸣叫，几乎跟座钟一样准确。真是机会难得，我渐渐地熟悉了它们的习惯。有时，我听到有四五只三声夜莺在树林子各个不同地点同时啼唱，偶尔一只鸟儿唱的比另一只鸟儿差了一小节，离我又是那么近，我不仅听得出每一个音符后的咯咯声，而且时常听到一种独特的嗡嗡声，就像一只飞蝇落进了蜘蛛网，只不过比飞蝇的响声稍微高一些。有时候，一只三声夜莺会从好几英尺远的树林子飞过来，绕着我飞来飞去，就像被一根绳子拴住了似的，说不定是我挨鸟蛋太近了吧。它们时断时续地彻夜啼唱，常在黎明前和黎明即将来临之际，它们的歌唱跟过去一样富于极大乐感。

　　别的鸟儿静下来时，叫枭开始鸣叫，像哭丧妇似的发出老八辈子的"呜——噜——噜"。那种凄叫声颇有本·琼生的遗韵[①]。聪明的子夜女巫！它不像诗人们笔下 tu — Whittu — who 那么真实和呆板，不过，正经八百地说，那是一支异常肃穆的墓畔小曲，像一对自杀的恋人在阴曹冥府的树林子里，不知怎地想起了生前恋爱的苦与乐，少不得彼此安慰一番。然而，我特别爱听它们的哀鸣，那阴惨惨的应答，沿着树林子一侧不停地啭鸣；有时，让我联想到音乐和鸣禽，

---

① 本·琼生（Ben Johnson，1572—1637）：英国著名诗人与剧作家。

仿佛那就是音乐的饱含泪水的阴暗面，不得不歌吟的悔恨和哀叹。它们都是一些堕落者的幽灵，低落的情绪，忧郁的预感，以前它们有过人的模样儿夜游四方，净干黑暗勾当，如今它们早已罪孽昭彰，就吟唱哀歌，祈求赎罪。它们使我全新地感觉到，我们共同居住的大自然真是丰富多彩、兼容并包。哦——喔——哟——哟——哟——我压根儿还没出生——生——生——生——过！湖的这一边，有一只夜莺哀叹道，在焦灼的绝望中来回盘旋，在灰溜溜的橡树上寻摸到新的栖息处。稍后，湖的另一边，传来了回响：我压根儿还没出生——生——生——生——过！那发颤的回响充满真挚的感情。甚至从遥远的林肯那边的树林子也隐隐约约传来回响——还没有出生——生——生——生——生过！

此外，还有一只哑哑鸣叫的猫头鹰冲着我唱小夜曲哩。在近处听，也许你会觉得这是大自然中最忧郁的鸣叫声，仿佛它想让这种声音使人们临终前的呻吟固定不变，并使它永远留在它的歌吟中——这是凡人弥留之际留下可怜而又微弱的遗音，他把希望留在了身后，在进入黑黝黝的幽谷时却像动物一样在号叫，还带着活人的抽泣声，由于某种咯儿咯儿声挺动听，但听着听着更可怕——我想模拟那种声音时，不觉发现自己一开口念出了这种咯字音，正好表明：一切健康的勇敢的思想都已坏疽时，一个人的心灵也达到了胶凝似的发霉变质阶段。它使我想起了盗尸鬼、白痴和疯子的号叫。可此时此刻，从远处的树林子传来了一声回应，由于离得远些，听起来倒真的是挺悦耳——呼——呼——呼——呼啦——呼；说实话，那种声音只会给人带来许多愉快的联想，不管听它的时候是白天还是夜晚，是夏天还是冬天。

可喜的是我这儿有猫头鹰。让它们为人们做些白痴般的疯狂号叫吧。这种声音最适宜于昼光照不到的沼泽地和幽暗的树林子，使人联想到大自然中还有一个幅员辽阔而尚待开发的领域，人类至今没有发现。它们代表全然的朦胧状态和人人都有的未满足的思想。太阳整天照在一些原始的沼泽表面上，这里只见云杉林立，松萝地衣长满树身，小鹰在上空来回盘旋，黑头山雀在常春藤里头唧唧喳喳，野鸭子和野兔子则在底下潜行；可此时此刻，一个更阴郁、更合适的白昼来临了，一种不同的生物已经苏醒过来，在那里允分表达了大自然的意图。

夜深以后，我听见远处车辆从桥上轰隆地开过——这种声音在夜间听起来显得格外遥远——我还听到了犬吠声，有时我能听到远处牛棚里传来一头母牛忧郁的哞哞声。与此同时，环湖岸边回荡着牛蛙的叫声，它们是冥顽不灵的古代酒鬼和纵酒欢闹之徒的精灵，依然不知悔改，在它们冥河般的湖上放声轮唱——但愿瓦尔登湖上的凌波仙子们原谅我作这样的比喻，因为，这里尽管没有水生植物，但青蛙遍地都是——它们倒是乐于遵循古老宴席上狂欢乱叫的规则，虽然它们的声音越发沙哑了，显得一本正经，于是，嘲笑欢乐，美酒也失去了醇味，仅仅成了灌饱它们腹部的液体，朦胧醉意断断乎不会淹没往昔的记忆，只会使它们肚子里胀饱，顿觉沉甸甸、胀鼓鼓的。那个大佬儿牛蛙，下巴颏儿支在心形叶子上，好像在垂涎的嘴角底下挂了一块餐巾，它在北岸底下豪饮了一口过去瞧不起的水酒，就把酒杯向后头传递，同时一迭连声地吆喝道："特尔——尔——尔——乌恩克，特尔——尔——尔——乌恩克，特尔——尔——尔——尔——乌恩克！"这一声口令马上从远处的水面重复后又传了过来，那是另一只地位稍低的牛蛙满意地喝下一口酒后发出同样的口令；这一声酒令在湖边绕了一周，司酒令的牛蛙很满意，大声喝道：特尔——尔——尔——乌恩克，于是，每一只牛蛙依次重复着同样的声音，一直传递给那只喝得最少、漏水最快、肚子最瘪的牛蛙，传递中一点没出错。稍后，酒碗又一遍遍地往下传递，直到太阳将晨雾驱散时为止，这时，只有那只长老牛蛙还没有喝醉跌进湖里①，而且时不时喊着"特尔——尔——尔——乌恩克"等待回应，但到头来还是徒劳。

我可说不准，在我的林中空地上听到过公鸡报晓，我觉得养只小公鸡还是值得的，哪怕仅仅把它当做鸣禽、听听它的打鸣儿也好。公鸡从前是印第安人的野鸡，在所有的鸟类中，它的鸣叫声当然最出色，要是它们还没有被驯养成家禽，它们的鸣叫声会很快成为我

---

① 梭罗在本书中常用一语双关手法，使文章更加生动，富有活力。此处仿英文成语 under the table（意为烂醉，或醉后不省人事），所以说，既有烂醉状态，兼有跳入湖里的动感。

们森林中最有名的声音，胜过鹅的嘎嘎声和猫头鹰的哀鸣声；然后，想一想母鸡吧，公鸡嘹亮的啼唱停歇时，母鸡就会咕咕地欢叫着来填补这个空当！难怪人类将这种鸟儿列入家禽类呢——更不必提鸡蛋和鸡腿了。冬天的早上，漫步在群鸟繁衍生息的树林子里，听听野公鸡在枝头打鸣儿，那么清脆又嘹亮，方圆好几英里以内大地为之震响，把别的鸟儿微弱的鸣叫声通通淹没了——你就可想而知！它会使整个国家处于戒备状态。谁不会早早儿起床，一天比一天地起得更早，直到变得说不出来的健康、富有与聪明呢？全世界的诗人在赞美他们本国鸣禽的同时，全都赞美过这种异国他乡鸟儿的乐音。全世界无论哪个地方对勇敢的雄鸡全都相宜。它甚至比本地产的禽鸟要略胜一筹。它历来体质很好，音色洪亮，精神永不衰萎。即使航行在大西洋和太平洋上的水手，也都会被它的啼唱声所惊醒；殊不知它那嘹亮的啼唱声，从来没有使我从睡梦中醒来。我没有养狗、猫、牛、猪，也没有养母鸡，也许你会说我这儿缺失家畜的声音；其实，我这儿也没有搅拌奶油的声音，没有纺车的声音，甚至没有水壶煮沸时的声音，没有咖啡壶的咝咝声，更没有孩子们的哭闹声等给我一些慰藉。一个守残抱缺的人，很可能就这么着发了疯，乃至于郁郁闷死。墙里头连耗子都没有，因为它们通通饿死了，或者宁可说，从来就没有被诱饵吸引过——只有松鼠在屋顶上和地板底下走动，三声夜莺落在屋脊上，蓝色的樫鸟在窗下尖叫，兔子和土拨鼠在屋子底下窜动，叫枭或猫头鹰栖在屋子后头，野鹅或爱笑的潜水鸟掠过湖面，此外还有狐狸会在夜间吠叫。甚至云雀或黄鹂，这些温和的鸟儿，从来都还没有造访过我的林中空地。院子里没有公鸡的啼唱，也没有母鸡的聒噪。你会说，那压根儿不像个院子！但一无遮拦的大自然，直接延伸到了你的窗子跟前。一片新生的树林子在你的窗下，野黄栌树和黑莓藤蔓爬进了你的地窖子；挺拔的北美油松因无生长空间，触碰到屋子的木板而嘎吱嘎吱作响，它们的根须也延伸到宅基地下头。大风刮来的，不是天窗或者窗帘，而是屋子后头松树的残枝断杈，或者连根拔起的松树，可供燃料之用。大雪中不是没有通向前院大门的小路——而是压根儿没有门——没有前院——没有通往文明世界的路！

～⊙ | 离群索居

　　这是一个多么美的傍晚，浑身感觉到每一个毛孔都浸透着喜悦！我以怪得出奇的自由，在大自然里走来走去，已与大自然浑然一体。我脱去外衣，只穿衬衫，漫步在多石的湖边，天气虽有凉意，多云又有风，可我并没有发觉有什么特别诱人的景物，周围一切于我来说异常相宜。牛蛙的聒噪迎来了黑夜，吹皱了湖水的微风传来了三声夜莺的啭鸣声。桤木和杨树枝叶摇曳多姿，我岂能无动于衷，几乎连气都喘不过来；然而，就像湖水一样，我心中宁静，只有一些涟漪，而没有激起波涛。晚风吹起的一些微波依然像波平似镜的湖面一样，离暴风雨还远着哩。虽然天色已黑，风还在树林子里呼呼作响，波浪还在拍岸，一些动物还在用自己的乐音，为另一些动物催眠。没有十全十美的宁静。野性十足的动物并没有安歇下来，这时正在捕捉猎物呢；狐狸、臭鼬、兔子，这时也在田野上、森林里游荡着，无所畏惧。它们是大自然的巡夜人——是联结生机盎然的白昼的一个环节。

我回到屋里，发现已有好几位访客来过，都留下了自己的"名片"，有的是一束鲜花，有的是一个常春藤编的花环，有的是用铅笔在一片黄色胡桃木叶子上或小木片上留下的名字。他们难得入林一游，常把树林子里的小玩意儿拿在手里一路把玩，有时故意，有时出于偶然，就留在了寒舍。有一位把柳树皮剥了下来，编成了一枚戒指，丢在我的桌子上。我外出时访客有没有来过，我总能知道，不是折断树枝或青草弯斜了，就是地上有他们的鞋印，一般来说，根据他们留下的一些"雪泥鸿爪"，比方说，有的丢下一朵花，有的抓来一把青草却又扔掉了，哪怕是远到半英里开外的铁路边上才扔掉呢；有的人抽雪茄或烟斗，人去了烟味儿还不散，根据烟斗的香味，反正我都能说出他们的性别、年龄甚至性格。不但如此，我往往能推断出，六十杆开外的公路上，准有一个观光客从那里经过。

我们周围的空间，一般来说很宽敞。我们的视域断断乎不会就在咫尺之间。茂密的树林子并不是就在我们家门口，湖泊也是如此，通常都间隔着一块空地，由于我们经常使用，对它很熟悉，我们还好歹将它占有，用栅篱围了起来，仿佛向大自然要求收回来似的。如此浩瀚无比、好几个平方英里内人迹罕至，但被人类遗弃的大森林，我凭什么要据为已有呢？我最近的邻居离我也有一英里之遥，而且，除非登临小小山顶上，在我住地方圆半英里以内，不管从哪个方向看，都看不见一所房子。我的视域全给树林子包围起来了；抬眼远望，只见一边是与湖接界的铁路，另一边是一道沿着林地公路的围栏。但从大体上说，我住的地方就像在大草原上一样孤独。这个地方离新英格兰，委实就像离亚洲或者非洲一样遥远。实际上，我倒是有我自己的太阳、月亮和星星，还有一个完全属于自己的小小天地。入夜以后，从来不会有观光客从我房子跟前经过，或者叩响我的门，我端的就像混沌初开时最早的那个人或最后的那个人；除非到了春光明媚的季节，经过漫长的严冬间隔，有些人会从村子里来这儿钓条鳕——说白了，在瓦尔登湖里，他们钓得更多的是自己的天性，不外乎用黄昏给鱼钩权当诱饵罢了——不料他们很快就开溜了，通常鱼篓子里几乎一无所获，却"把整个世界留给了黄昏与我"①，而夜晚的黑色核心还从来没有被任何人类邻居亵渎过。我相信，人们一般说来还是有点害怕黑夜的，即便巫婆全被吊死，基督教和蜡烛也都引进过来了。

不过，有时候，我会切身感受到，在大自然中不论任何场合，都能跟最甜蜜、最温柔、最天真和最鼓舞人的朋友结交，甚至对愤世嫉俗的可怜人和最忧郁的人也不例外。凡是生活在大自然之中，心智还健全的人，就不可能会有极度的忧郁。对于健康而无邪的耳

---

① 源自英国诗人格雷（Thomas Gray，1716—1771）的名诗《墓园挽歌》。此处引用著名学者卞之琳先生译诗，详见王佐良编《英国诗选》，上海译文出版社1988年版。

朵，暴风雨无非是风神埃俄罗斯①式的音乐罢了。任何事情确实无法迫使一个简单勇敢的人产生一种低俗的悲哀。在享受四季给予的友情时，我相信，不管什么事情都不能使生活成为我的累赘。蒙蒙细雨滋润了我的豆子地，让我今天待在家里，但我并不因此感到讨厌、发愁，反而还觉得很好呢。下雨天，固然不能下地锄豆子，可是，下了雨远比我锄地更有价值。如果雨老是下个不停，使地里种子和低洼地的土豆都烂掉了，但话又说回来，下雨对高地上的草还是有好处的，既然如此，岂不是对我也有好处？有时候，我常拿自己跟别人作比较，看来天上诸神对我特别垂青，比我注定得到的还要多呢；仿佛我有一张证书和保单在他们手上，别人却没有，因此，我得到了上天特殊的指引和保护。我可不是在恭维自己，很可能倒是他们在吹捧我。过去我从来没有感到孤独，或者丝毫没有被孤独感压抑过，不过有一回，那是在我进入树林子几周之后，我有过一阵子怀疑，对于一种宁静而健康的生活来说，有个近邻相互交往是否须臾不可离？其实，独处并不令人愉快。与此同时，我又意识到自己的情绪有一点失常，但好像我也预知自己会恢复正常。正在冥思苦想之际，纷纷细雨飘落下来了，我猛地意识到，与大自然默默地一来二往，没承想会如此甜美、如此友好，在淅沥的每一滴雨声中，在我屋子周围每一个声音和每一个景点中，都有一种无穷无尽和难

---

① 埃俄罗斯：古希腊神话里的风神。

以表述的友情，有如一种支援我的气氛，使我原想与人毗邻而居一说已一无可取，打这以后，我也断断乎不会再有那种想法了。每一根细小的松针都富有同情心，仿佛渐渐长大，成了我的朋友。我清晰地意识到，即便在我们通常称之为野蛮、沉闷的地方，都有某种与我有缘的感觉，而且，与我最亲近的血缘、最富有人情味的，并不是一个人或一个村民，因此，从今以后，不管身在何方，我断断乎再也不感到陌生了——

　　悲恸使哀伤的人过早衰竭；

　　生者在尘世间，来日无多，

　　托斯卡的美丽女儿啊！　①

　　我曾经有过最美好的时光，是在春秋两季持续暴风雨时，上午或午后，我坐在屋子里听着暴风不停地咆哮和大雨瓢泼之声，却有了些微慰藉；暮色早早四合，迎来了一个漫漫的长夜，其间就有千丝万缕思绪仿佛及时生根，徐缓舒展开来。来自东北角的滂沱大雨使村子里每一幢房子都经受了考验，女仆们手提拖把和水桶，站在门口拦截大水进屋，这时我坐在小屋门背后，那是唯一的一道门，至此才深深地体会到它有力地保护了我。在一场大雷雨中，闪电击

----

① 引自詹姆斯·麦克弗逊的《奥西安》（1762）中的诗句。

中了湖对岸一棵高大的北美油松，自上而下劈出一道螺旋形状的凹槽，很显眼而又匀称，有一英寸多深，四五英寸宽，就和在手杖上开的凹槽一模一样。前天，我从它那儿经过，一抬眼就看到了那个标记，不禁大吃一惊，那是八年前一个吓人的、不可抗拒的霹雳留下来的痕迹，现在看上去比从前还要清晰。人们常跟我念叨："我想，你在那里准会感到很孤独，总想和人们更接近一些吧，特别是在下雨、下雪的日日夜夜里。"我按捺不住，很想就这么着回答——我们居住的整个地球，充其量只不过是宇宙中小小的一个点儿。那边的天空那颗星星，连我们的天文仪器都压根儿估量不出它有多大，你想想，它上面两个相距最远的居民又能有多远的距离呢？那我怎么会觉得孤独呢？我们这个地球难道不也是在银河系吗？你提的这个问题，我觉得，并不是最重要的问题呀。一种什么样的空间，才能把人与人们隔开，让他感到孤独呢？我发觉，两条腿不管怎么使劲儿走，也不能让两颗心挨得更近些。我们的住地最想靠近的是什么地方？当然不是人多的地方，什么车站啦，邮局啦，酒吧啦，礼拜堂啦，学校啦，杂货店啦，烽火山啦，五点区啦①，因为这些地方人群杂沓——而是更乐意接近我们生命不竭之源泉——大自然，我们从自己全部经历中发现，我们的生命源自大自然，就像长在水边的柳树，它的根须也向水边延伸一样，人的天性不同，因此情况也殊

_____

① 烽火山在波士顿，五点区在纽约，都是人口密集的居住区，前者为富人区，后者为穷人区，但人口拥挤是共同特点。

异，不过，聪明的人就是在这样的地方挖他的地窖子……有一天晚上，在去瓦尔登湖的路上，我赶上一位镇上乡友，他已积攒了所谓的"一笔很可观的资产"——虽然我对此从来没有正面地了解过——他赶着两头牛到市场去，问我怎么会心血来潮，把生活中那么多的安逸全放弃了。我回答说，我非常确信，我真的很喜欢这样的生活。我说这话可不是闹着玩儿的。就这么着，我回家上床安歇了，撇下他在黑暗泥泞中朝着布莱顿走去——或者，朝着光明城①走去——说不定他在清晨某个时刻就会赶到那儿了。

对一个死者来说，任何觉醒或复活的前景，在什么时间、什么地点，都是无足轻重。也许会发生这种情况的地点总是相同的，对我们的感官来说有着难以形容的欢欣。我们大多数人都把一些无关的、倏忽的枝节当做大事去做，实际上，它们才是使我们分心的原因。离万物最近的是创造一切的力量。其次挨近我们的是最庄重的法则，在不断起作用。再次挨近我们的是那个把我们创造出来的工匠②，而不是我们雇用的工匠，虽然我们特别喜欢跟他唠嗑。

　　"鬼神之为德，其盛矣乎！"

　　"视之而弗见，听之而弗闻，体物而不可遗。"

---

① 此处又是一语双关，因为布莱顿（Brighton）和光明城（Bright）在拼写与发音上相近之故。
② 此处意指上帝。

"使天下之人，斋明盛服，以承祭祀，洋洋乎如在其上，如在其左右。"①

我们都是一种实验的对象，我对这种实验还颇感兴趣呢。在这种情况下，为什么我们干脆不要这个流言飞语的社会——用自己的思想来鼓舞自己就不行吗？孔子说："道不孤，必有邻。"诚哉斯言。

有了思考，我们就会心智健全、欢欣若狂。通过心灵有意识的努力，我们就可以超然独立于各种行动及后果之外；世间万物，不管好坏，都像激流似的从我们身边逝去。我们还不是浑然一体地融于大自然中。也许我是急流中的一块散流板，或者就是从高空俯瞰它的因陀罗②。看一场戏很可能感动我；另一方面，一件看似与我更休戚相关的真事，却未必感动我。我只知道自己是作为一个有实体的人而存在的，也可以说，就是反映我的思想和情感的舞台；我很清楚自己有一种双重性，因此，我可以远远地看待自己，就像看待别人一样。不管我的经验该有多么生动有力，我都意识到自我的一部分的存在及其批评，在某种程度上说，却又不是自我的一部分，而是一个旁观者，并不分享我的经验，至多只是注意到我的经验；这就像他再也不是你，也不可能是我。等到人生的戏（也许是一出悲剧）一演完，观众也就散场了。就观众来说，它是一种虚构，仅

---

① 详见《中庸》。
② 古代印度神话中大地之神和风景之神，司雷雨，战胜敌人。

仅是一件充满想象力的作品。有时候，这种双重性极容易使别人很难跟我们做邻居，交朋友。

我发现，一天之中大部分时间独处，是有益于身心健康的。有人做伴儿，就算是最好的伴儿，没多久也会感到厌倦、无聊。我爱独处。比孤独更好的伴儿，我从来还没有发现过。我们到了国外与人交往，大抵比待在自己家里更孤独。一个人在思考或者工作的时候，总是独个儿的，让他乐意在哪儿就在那儿。孤独不能用一个人跟他的同伴们隔开多少英里来衡量。在剑桥学院①拥挤的小屋里，真正勤奋学习的学生就像在沙漠里的游方者一样孤独。农夫可以整天价在田地里或树林子里独个儿干活，要么锄草松土，要么砍伐树木，丝毫不感到孤独，因为他有干不完的活儿；但等到晚上回到家里，他不会独个儿待在屋子里任凭自己胡思乱想，而是非得上"看得到老乡"的地方去乐一乐，而且，照他的想法，那是补偿他一整天的孤独；因此，他暗自纳闷，学生夜以继日地独个儿待在屋子里，一点都不觉得烦闷和"忧郁"？可他并没有懂得，尽管学生待在屋子里，却是在自己的田地里干活儿，在自己的树林子里砍树呢，有如农夫在他的田地和树林子里一模一样；随后，学生也要寻求同样的娱乐消遣，寻求同样的社交活动，尽管这些活动形式也许会更浓缩些。

有时社交活动没有多大价值。我们相聚时间十分短暂，还来不

---

① 剑桥学院，即今日哈佛大学前身。

及从对方那儿获得什么新的有价值的东西。我们每日三餐会面时，只不过彼此之间重新尝尝我们固有的那种陈旧发霉的奶酪味道。我们不得不同意这么一套规则，亦即所谓的礼仪和礼貌，务使这种经常的会晤彼此都能包涵，以免发生公开冲突。每天晚上，我们相聚在邮局、在交谊会、在篝火周围；我们住得太挤，相互干扰，彼此说话吞吞吐吐，我想，就这么着，我们相互失去了一些敬意。当然，所有重要而开心的聚会，倒也不见得非要天天举行不可。想想工厂里那些女工——她们断断乎不会独处，就是做梦，她们也不孤独呢[①]。如果一平方英里以内只有一个居民，正如我住的地方一样，那也许就会好得多呢。一个人的价值并不在于他的地位，论地位，我们没法跟他相比。

我听说过，有一个人在树林子里迷了路，又饿又累，倒在一棵树底下快要咽气了，由于极度虚弱，他那病态的想象力让他看到周围全是奇形怪状的幻象，还都信以为真，这么一来，他的孤独也就随之消失了。同样，只要身心健康、孔武有力，我们可以从类似的、更正常、更自然的社交活动中不断获得欣慰，从而知道我们断断乎不是孤独的。

我屋子里就有好多好多伴儿，特别是在早晨，还没有人来探访的时候。让我先作几个比较，也许可以描述出我的一些境况。我并

[①] 当年麻省不少纺织厂雇用一些女孩子，让她们住在工厂集体宿舍，拥挤不堪。

不觉得比湖中大声喧笑的潜水鸟更孤独，我也不觉得比瓦尔登湖本身更孤独。我倒想问问，那孤独的湖又有谁做伴？水天一色的湖，并不是蓝色的魔鬼，而是蓝色的天使。太阳是孤独的，除非天上乌云密布，有时候看上去好像有两个太阳，不过有一个是假的。上帝是孤独的——但魔鬼呢，他倒是一点也不孤独；他就有好多哥儿们；他还有大队人马。我不见得比牧场上一朵毛蕊花或蒲公英更孤独；换句话说，我也不见得比一片豆叶子、一棵酢浆草、一只马蝇，或者一只大黄蜂更孤独。我也不见得比磨房溪、风信鸡、北极星、南风、四月间的阵雨、一月里的融雪，或者新居第一只蜘蛛更孤独。

在漫长的冬日夜晚，满天飞雪、大风在林中呼啸时，早年开拓者、原先的主人，偶尔会过来看看我，据说当年他开挖过瓦尔登湖，并用石头围起来，环湖还栽上了松树；他给我讲过往昔逸闻，以及新近的永生的故事；就这么着，我们俩度过一个欢乐的夜晚，倾心交谈，挺开心，而且愉快地交换了一些看法，即使没有苹果和苹果酒助兴——这个绝顶聪明而又幽默的朋友啊，我可非常喜爱他，他知道的秘密甚至比戈菲或华莱①还要多哩。虽然人们都说他们已死，可谁也说不出掩埋在哪儿。还有一位老太太，住在我处附近，人们八成儿都见不到她，有时候，我倒是喜欢上她那座芳香四溢的百草

----

① 戈菲（William Goffe）与华莱（Edward Whalley）均为审判并对查理一世行刑的法官。在英国大革命中，他们是克伦威尔的得力将领，后逃往美国新英格兰。

园去散步，采撷一些药草，听听她讲述的寓言故事，因为她具有举世罕见的禀赋，她的记忆可以追溯到远比神话更悠久的时代。她善于引经据典，说出每个寓言，是根据哪一件事实而来的，因为这些事儿一件件、一桩桩都在她小时候发生过的。这位脸色红润、精力充沛的老太太，不管什么天气、什么季节，总是兴高采烈，说不定她会比她的子女们活得还要长哩。

太阳、风雨、夏天、冬天——大自然的纯真和恩惠是难以描述的——它们永远提供这么多健康、欢乐，还有这么多同情——它们始终给予我们人类。如果有人为了正当理由而感到悲伤，那么，整个大自然都会为之动怜：太阳就会黯然无光，风会像人一样呜咽叹息，云端会凄然落泪，树木会在仲夏季节枯萎凋落，披上丧服。难道我不该和大地心灵感应吗？难道我自己的一部分，不也是滋长绿叶和菜蔬的土壤吗？

是什么药丸使我们保持健康、宁静和满足的呢？不是我的或你的曾祖父的药丸，而是我们的曾祖母——大自然的万能草药，她仰仗这些草药而青春永驻，寿命比同时代那么多"老派尔"①都长，她靠消灭脂肪维持健康。我们有时看到浅长的黑色大篷车上拉来好多药瓶子，里头装的是江湖郎中蘸着冥河水和死海的水泡制而成的药水；而我的灵丹妙药当然不是这样的，说白了，就是让我深深吸上

---

① 全名托马斯·派尔（Thomas Parr，1483—1653），据说是英国的老寿星，活了三个世纪，以"老派尔"著称于世，诗人约翰·泰勒曾写诗赞美过他。

一口清晨的纯净空气。清晨的空气啊！如果人们在一天的源头喝不到这种泉水，得了，那我们就得把它们灌装在瓶子里，拿到店铺里去，卖给这个世界上那些早上来不及订购的人们。但请记住，就算在最冷的地窖子里，它也只能保存到正午，你还得早早地把瓶塞打开，然后随着曙光女神奥罗拉的脚步西行。我并不崇拜健康女神许革亚①，在纪念碑上，这位老草药医神埃斯科拉庇俄斯的女儿总是一只手抓住一条蛇，另一只手拿着一只杯子，那条蛇有时候会喝杯子里的水。我宁愿崇拜朱庇特的司酒赫柏②，她是朱诺③和野莴苣的女儿，能使天上诸神和人类返老还童，也许她是地球上唯一健壮、健康、健全的少女，无论走到哪里，哪里就是明媚的春天。

---

① 许革亚（Hygeia）：古希腊神话中的健康女神。
② 赫柏（Hebe）：古罗马神话中的青春和春天女神。
③ 朱诺（Juno）：古罗马神话中的天后（赫拉），主神朱庇特之妻。相传她吃了过量野莴苣后，就生下了赫柏。

来客 ｜ ☙

　　我想，我跟大多数人一样很喜欢交际，而且随时作好准备，像水蛭一样吸引住任何一位血气方刚的上门人客。我自然不是隐士，我要是有事去酒吧，很可能比那些泡酒吧的常客待的时间还要长哩。

　　我的屋子里备有三把椅子：一把独处时用，两把给友人来访时坐，三把交往活动时用。要是来客很多，始料不及，也还是三把椅子招待，不过，通常他们都在屋子里站着，节省空间。巴掌大的一个小房间居然能容纳那么多男男女女，端的令人吃惊。有一回，在我的屋顶下，来了二十五个或三十个灵魂，外加他们的躯体，可我们在分手时，往往不觉得相互挨得那么近。我们有许许多多房子，不管公产的还是私产的，照例都有多得几乎数不清的房间，宽敞的厅堂和储藏名酒与和平时期军需品的地窖子，依我看，里头的人只不过是寄生在屋子里一些蛀虫。我吃惊地看到，在特雷蒙、阿斯托，或者米德尔塞克斯酒店①门前，侍应生通报来客时，活像一只滑稽可笑的耗子，从宾客们经过的游廊那儿爬出来，眨眼间又钻进了过道上一个窟窿里去。

　　我的屋子这么小，有时也有一些不便之处，那就是说，我们高谈阔论重大思想时，客人和我之间很难保持适当距离。思想需要足够的空间，方可准备扬帆起航，按照一两条航线航行，最后到达目的港。那思想的子弹万万不可打偏、跳飞，这样方能稳准地直达听者的耳朵里，要不然它就会从听者的脑袋一侧擦过。再说，我们的句子也需要空间，便于渐次展开、排列成行。个人就像国家一样，必须有合适的、宽阔的天然边界，乃至于有一个相当大的中立地带。我发现，跟友人隔湖交谈，端的是一种奢华的享受。在我的屋子里，我们挨得太近，反而听不清楚说话——可我们又不能让话音压得太低，要不然别人就听不到；这就像把两颗石子扔进了平静的水面，因为石子挨得太近，彼此的涟漪都搅乱了。如果我们仅仅是惯于大声聒絮的人，那么，不妨站得更近些，紧紧地挨在一起，感受到彼此的呼吸，倒也没有什么；可是，如果我们讲话很含蓄，富于思想性，那么，最好还是相互隔开得更远一点，以便我们的活力和朝气有机会散发出去。我们中每一个人都有一些不可言传、只能意会的话语，要是喜欢与之进行最亲密的交流，那么，我们不仅要默不做声，而且身体往往要隔开得远些，使我们怎么也听不到对方的声音

---

① 它们分别是位于波士顿、纽约、康科德的有名酒店。

才好。按照这个标准，大声说话只是为了方便那些耳朵背的人；但有好多美好的事情，如果大声嚷嚷，那我们就怎么也表述不出来。只要谈话的声调开始越发崇高、庄严时，我们就会把椅子渐渐往后挪，挪得远远的，挪到对面屋角落的墙根前，到了那时候，就觉得房间不够大了。

话又说回来，我"最好"的房间，就是屋子后面那片松树林，随时准备接待来客，而且太阳几乎很难照到地毯上。入夏以来，贵宾来访时，我就带他们上那儿去。那儿有一位不可多得的管家早已打扫过地板，还给家具掸去了尘土，样样东西都拾掇得井然有序。

如果来客只有一位，有时跟我共进便餐，我们一边交谈，一边搅动玉米粥，或者瞧着一块面包在火上渐渐膨胀、渐渐烤熟，反正两人话语声不绝于耳。万一客人来了二十个，就只在我的屋子里歇息，用餐一事只好免谈，也许我有足够两个人吃的面包，无奈这时候吃饭仿佛成了一种禁忌，我们自然而然地实行禁食了。这断断乎不会使人觉得怠慢客人，反倒是不失为最妥当、考虑最周到的一种办法。物质生活受到耗损，通常急需加以补救，在那时却出奇地滞后了，好在生命的活力还能挺得过去。就这么着，不管来二十个人，还是一千个人，我照样都能接待。如果有人看到我正好在家里，离开我屋子时却饿了肚子，不免十分扫兴，那么有一点他们会肯定，我也是爱莫能助。建立新的更好的风俗习惯取代旧的风俗习惯，原本一点不难，尽管许多管家对此表示怀疑。一个人的声誉好不好，并不取决于是否请客吃饭。就我来说，我不时拜访人家，从来都没有被什么克耳柏洛斯①吓住过，倒是设宴款待我的人反而使我退避三舍；我想，这是一种非常客气兜着圈子的暗示，要我往后再也别去麻烦他。我想，赶明儿我断断乎再也不去这些地方了。我引为自豪的是，有一位客人在一张权充名片的黄澄澄胡桃木叶子上，留下了斯宾塞②的几行诗，我不妨拿它来做我的《陋室铭》——

　　到了那里，他们挤满了小屋子，

　　不寻求那里原来没有的娱乐；

　　休息赛过宴会，一切悉听尊便。

　　崇高的心灵就是最能心满意足。

　　后来担任普利茅斯殖民地的总督温斯洛③，偕同一个伙伴，安步当车穿过森林，对马萨索伊特④作礼节性的访问。他们到达马萨索

---

① 古希腊神话中，保卫冥府入口处，有三个头的猛犬，名叫克耳柏洛斯。
② 斯宾塞（Edmund Spenser, 1552—1599）：英国著名诗人，以长诗《仙后》著称于世，他诗歌艺术的卓越成就对后世英国诗人产生了深远影响。
③ 温斯洛（Edward Winslow, 1595—1655）：1620年乘"五月花"号船移居新英格兰，为英国清教徒移民领袖之一。北美普利茅斯殖民地的开拓者，后来连任三届该殖民地总督。
④ 马萨索伊特（Massasoit, 1580—1661）：北美万珀诺亚格印第安人首领，各部落的大酋长，1620年白人乘"五月花"号船抵达普利茅斯后，他与移民订立和平协议，彼此友好相处，直至他逝世。

伊特的棚屋时又累又饿，受到马萨索伊特酋长的热情款待，那一天却只字未提进餐一事。黑夜来临，不妨援引他们自己的话来说："他让我们睡在他自己与妻子的床上，他们睡在一头，我们睡在另一头，这床仅仅用木板搭成，离地一英尺高，上面铺了一条薄薄的席子。他手下两个部属因为没有地方睡，也挤在我们身边；本来我们一路上已经够劳累，没承想下榻在这儿让我们更劳累不堪。"转天一点钟，马萨索伊特"带来两条给他逮住的鱼"，个儿有鳊鱼的三倍那么大；"两条鱼就放在水里煮，至少有四十个人在等着分而食之。好歹大多数人都吃到了。两夜一天，我们只吃上这么一顿饭；要不是我们俩中的一个人买到了一只鹁鸡，那么我们一路上风尘仆仆，几乎都在禁食"。他们一来没食物可吃，二来因为"野人们的野蛮歌声（他们经常就这样唱着歌儿不知不觉地睡着了）"也睡不好觉，生怕自己也可能会晕倒，因此，他们趁自己还有点力气走路时就动身，好赶回家去。说到住宿，确实亏待了他们，虽然他们所碰到有诸多不便，但无疑已属款待贵宾的礼遇；不过，就吃食一事来说，依我看，印第安人所做的真是极妙的一招。他们自个儿也是一点吃的都没有，倒是很聪明，知道向客人一再道歉也代替不了食物，所以，他们干脆勒紧裤带，只字不提了。后来，温斯洛又去拜访了他们，真巧，赶上他们的丰收季节，再也不存在食物匮乏的问题了。

至于人，到哪儿都有。我在林中居住期间，接待过的客人比一生中任何时候还要多；我的意思是说，我虽然独居深林，但依然不乏知音。我在林中接待过好几位朋友，林中的环境比任何地方要好得多。不过，很少有人是为了一丁点儿的小事来找我，在这方面，由于我住得离镇很远，仅仅这一段距离就把我的朋友筛选了出来。如今，我已退隐到孤独的汪洋大海深处，虽然还有好多社会河流汇合入海，但就我的需求来说，只有最优良的沉积物才麇集在我周围。此外，还有地球另一面尚待探索。尚待开化的各种证物，也随之漂流到了我跟前。

今儿个早上，要不是一位真正的荷马式的或帕菲拉格尼亚①式的人物，还会有谁光临我的小屋呢？他的名字，端的是名如其人、富有诗情画意，可惜我不能如实写在这里——一个加拿大人，专门伐木，制造标杆，一天能给五十根标杆凿出洞眼儿来；他的狗逮住了一只土拨鼠，于是，他拿它来做"最后的晚餐"。他也听说过荷马其人其诗，而且，"要不是因为有了那几本书"，他可真"不知道怎么个把下雨天打发过去"，尽管好多个雨季过去了，也许他压根儿还没有读完一本书。他那遥远的老家教区内有一个牧师懂得希腊文，曾经教过他读《圣经》里头的诗篇，现在我就得给他翻译《荷马史诗》了。他手里拿着那本书，阿喀琉斯在责备愁容满面的帕特洛克勒斯②："帕特洛克勒斯，你干吗哭得泪汪汪，像一个小姑娘似的？"

① 古希腊的一个边区村落，临黑海，小亚细亚北部。
② 古希腊神话中人物，在特洛伊战争中被赫克托耳所杀害，后阿喀琉斯为他复仇。底下引用的是荷马《伊利亚特》中的一段诗。

是不是你从毕蒂亚那儿听到什么消息？

据说阿克托之子麦诺提俄斯还活着，

爱考斯之子帕琉斯也在密耳弥冬人那里，

他们不论谁死了，我们都会心痛如绞。

　　他说，"写得真棒"。他腋下夹了一大捆白色橡树皮，是他这个星期天早上替一个病人捡的。"我想，今儿个做这种事，总不会有什么坏处吧。"他说。他觉得，荷马是一位大作家，尽管荷马的诗里写了些什么，他并不知道。恐怕很难觅到比他更简单、更本色的人了。罪恶与疾病，已给世人思想上投下如此阴暗的色彩，但在他看来，仿佛压根儿不存在似的。他二十八岁左右，十二年前，他离开加拿大和他父亲的家到美国工作，想挣点钱买个农场，也许是在他老家买吧。他是从最粗糙的模子里铸出来的：身材壮实而不太好动，但举止还算文雅，粗脖子晒得黑黝黝的，头发也乌黑而又乱蓬蓬，蓝眼睛有些昏昏欲睡、没精打采，不过偶尔会发出富有表情的闪光来。他头上戴着一顶扁平的灰色布帽子，身上披着一件肮脏的本色羊毛大衣，脚蹬一双长筒牛皮靴。他是"吃肉大王"，经常用一个铁皮桶带上他的午饭，走过我的屋子，到两英里开外去干活儿——因为他整个夏天都在砍伐树木——他带的都是冷肉，常常是冷土拨鼠肉；他的腰带上用绳子挂着一听粗制陶罐头，里头装上咖啡，有时还会让我喝一口。他很早就过来了，穿过我的豆子地，不紧不慢、笃悠悠去干活儿，逼肖北方佬。他不想干活儿伤了自己元气，即使挣到的钱只够吃住，他也满不在乎。他经常把饭菜撂在灌木丛里，万一他的狗在半路上逮住一只土拨鼠，他就往回走一英里半路，把土拨鼠煮熟，放在他借宿的房子的地窖子里。不过在这以前，他曾经捉摸过半个钟头，想一想能不能把土拨鼠浸在湖里，万无一失地浸到天色黑下来——反正对于这一类问题，他就是喜欢长时间来回捉摸。一大早，他路过的时候总会说："这儿有的是鸽子啊！赶明儿我不用每天去打工啦，那我光打猎，管保想吃肉就有肉吃啦！——什么鸽子啦，土拨鼠啦，兔子啦，鹑鸡啦——我的天哪！一星期的肉食，我管保一大内搞定。"

他是一个熟练的伐木工，整日价痴迷于砍伐树木这门子工艺。他贴着地面将树木齐根砍倒，这么一来，日后新长出来的树苗会更加苗壮，雪橇也可以从树茬上头滑了过去；他不是把树根先砍去一大半，再用绳子将整棵大树拉倒，而是把大树砍到只剩下细细的一根，或者薄薄的一片，最后只消用手一推，大树就倒下了。

他之所以使我感兴趣，是因为他是那么安静，那么孤寂，而内心又是那么快乐，两眼流露着喜悦和满足的神情。他的欢声笑语中没有掺杂别的成分。有时候，我看到他在树林子里砍伐树木，他会笑吟吟跟我打招呼，那种高兴劲儿简直没法形容。尽管他英语讲得也很好，但他跟我打招呼时用的是带着加拿大腔调的法语。我走到

他身边时，他会撂下手头的活儿，好容易抑制住内心的喜悦，躺在
被他砍倒的松树边。他把松树里层的树皮剥下来，卷成小球儿，把
它放在嘴里，一边咀嚼，一边说说笑笑。他浑身真有使不完的劲儿，
有时想着想着，碰到不知怎的引他发笑的事，他就会哈哈大笑，倒
在地上连着打滚儿。眼看着周围的树木，他会大声嚷道："我的天哪！
在这儿砍砍树，我已开心死啦；天底下最棒的乐子我也不稀罕。"有
时候，他闲下来了，就会带着小手枪，整天价在树林子里，一边溜
溜达达，一边时不时鸣枪向自己致敬，净给自己寻开心。入冬以后，
他生了火，中午时分就在火上用小壶热他的咖啡。他坐在一根原木
上头吃午餐时，无冠山雀有时会飞过来，落在他的胳臂上，啄着他
手里的土豆，他说他"很喜欢身边有些小东西"。

　　在他身上最发达的乃是阳刚之气。论体力和满足，他可以跟
松树和岩石称兄道弟。有一回，我问他溜溜儿干了一天活儿，到
了夜里觉不觉得很累，他露出一本正经的神情，回答："天知道，
我活了大半辈子，从来就没觉得累过。"反正在他身上，智力亦即
所谓的"灵性"还在沉睡中，就像婴儿时一样。他接受过只是采
用天真的、无效的方式下进行的教育，天主教神甫就是采用这种
方式来开导土著；而采用这种方式，小学生永远达不到有自我意
识的境界，仅仅达到了信任和崇敬的程度，这个孩子并没有经过
培养而长大成人，他依然是个小伢儿罢了。大自然创造他时赋予
他健壮体魄，使他乐天知命，并在方方面面尊敬他，信任他，做

他的后盾，这样，他就可以像孩子一样，一直活到七十岁。他生性是如此率真，不谙世事，因此，就用不着正经八百地来介绍他，犹如你大可不必向邻居介绍土拨鼠一样。他得慢慢地认识自己，就像我们得慢慢地认识自己一样。他可不会装腔作势。他干了活儿，人家给他钱，这就帮助他不愁温饱，但他从来不跟人们计较。他是那么单纯，而且天生卑微——如果胸无大志的人可以叫做卑微——这种卑微在他身上既不是明显的品质，也不是他自个儿能意想得到的。在他心目中，聪明一点的人几乎成了天上诸神。如果你告诉他一个大人物正要驾到，那么，他会觉得如此至关紧要的事肯定跟他不搭界似的，用不着自己去瞎操心，还不如干脆忘掉就得了。他从来没有听到人家赞扬过他。他特别尊重作家和传教士，他们的言传身教使他惊叹不已。我告诉他我写过不少作品，他想了好半天，以为我是在说写字，因为他自个儿也能写一手好字。有时候，我看见他把老家教区的名字写在公路旁雪地上，字体挺漂亮，还标上正确的法语重音符号，由此才知道他曾经从这里走过。我问他是不是想过把自己心里的感想写下来。他说他倒是给不识字的人念过和写过一些来往信件，但从没试过写自己的感想——不。他写不了，他可不知道开头应该先写点什么，真的要他的命，写的时候还得留意切莫把单词拼错了！

　　我听说，一个知名的聪明人兼改革家问过他乐意不乐意这个世界发生改变，不料，他惊讶地咯咯大笑，因为这个问题他从来都没有考虑过："不，这个世界我可喜欢来着。"哪个哲学家跟他闲扯一下，准会受到许多启发。在陌生人看来，他仿佛对人情世故一窍不通；有时候，我在他身上却看到了一个前所未见的人，我真不知道，他是像莎士比亚那样聪明，还是像小伢儿一样单纯天真；我也不知道他是富有诗人的才气呢，还是愚笨透顶？一个镇上的乡友告诉我，看见他头戴一顶紧绷绷的小帽儿，笃悠悠地穿过了村子，还独自吹着口哨，就不由想起了活脱儿一个乔装打扮的王子呢。

　　他只有一本历书和一本算术书，他特别擅长算术。前一本书在他看来乃是一部大百科全书，那里头包含了人类知识的精华，事实上也确实如此。我喜欢问问他对当前种种改革问题有何看法，对此他从来都能作出最简单、最实际的回答。反正这样的问题，他过去从来没有听说过。没有工厂，他行不行？我问他。他一直穿的就是家庭手工织的佛蒙特灰布，他说，还不是挺好吗？那么没有茶和咖啡，他行吗？除了水，这儿还提供什么饮料？他说，他常常把铁杉叶子泡在水里，他觉得热天喝上它，可比水还要好哩。我问他没有钱，行不行？他举例说明钱给人带来的便利，他的表述富于哲学意味，竟然跟货币起源和"Pecunia"①词源不谋而合。如果他的家产是一头牛，现在他想到商店里买些针线，可每次买这么一点针线，都

---

① 拉丁文 Pecunia 意谓"金钱"，词根 Pecus，原意是"牛"，作者由此引发出以下例子。

要拿牛的一部分抵押，他就觉得既不方便，又很难办到。他可以替许多制度作辩护，这可比哲学家还高明，因为他的说法都跟本人直接有关，他指出了它们如何盛行的真正理由，并没有胡思乱想出什么别的理由。有一回，听了柏拉图关于人的定义——没有羽毛的两足动物——还听说，有人拿来一只公鸡，把毛全给拔掉了，管它叫做"柏拉图的人"，他当即说明，公鸡膝盖的弯曲方向不一样，这可是人与公鸡的一个重大区别。有时，他会大声嚷道："我可喜欢侃大山呢！天哪，我可以侃上溜溜儿一天呢！"有一回，我已有好几个月没见过他了，见到他，问他对今年夏天有没有新的想法。"老天，"他说，"一个可得像我这样干活的人，要是他有过一些想法，而且能念念不忘，那他就一定干得不赖的。也许跟你一起锄地的人想和你比试一下呢，天哪，那你就得一门心思扑在锄地上，心里只想着杂草。"在这种场合，有时候他会抢先问我有没有什么改进。入冬后有一天，我问他是不是常常感到自我满足，希望在内心能有一种东西来取代外部的牧师，达到更高的生活目的。"满足啦！"他说，"有人满足于这件事，有人满足于另一件事。有人已经要啥就有啥，也许只满足于背烤着火，肚子顶着餐桌，打坐一整天，我的天哪！"可是，哪怕我使尽花招，也没找到他看待事物时所持的教会观点。仿佛在他心目中的最高境界，就是简单方便，有如指望野蛮人会觉察到的那样；实际上，这一点，大多数人都是如此。如果我建议他不妨改进一下生活方式，那他只回答："太晚了，来不及啦。"毫无遗憾的

///

表情。但是，他全心全意地信奉忠诚，以及诸如此类美德。

从他身上可以觉察到某种确实存在的独创性，不管多么微乎其微，而且，我偶尔还发现过他在独自思考、表达自己的意见，真是难得。我非常乐意在哪天跑上十英里路去观察这种现象，这无异于重温一下许多社会制度的起源。虽然他有时迟疑不决，也许还不能有棱有角地表达他自己，但是，他在话语间常常隐含一种不俗的见解。话又说回来，他的思想非常原始，又沉浸于他那粗犷不羁的生活中，尽管要比仅仅有学问的人的思想更有出息，但还是没有成熟到值得报道的程度。他说过，在生活的最底层，不管他们出身低微，又目不识丁，说不定也不乏天才人物，他们总是有自己的见解，从不装作什么都知道的样子。人们都说瓦尔登湖深不见底，而他们就像瓦尔登湖一样，也许显得有些浑浊不清。

许多观光客偏离游览路线，特意过来看看我和我的室内摆设，还为登门造访找个借口，说是要讨一杯水喝。我告诉他们，我喝的是湖里的水，用手指着湖，还借一把舀水勺给他们。我虽然离群索居，但每年仍免不了有人来看我，我想，大抵是在每年四月一日，人人都想出门踏青吧；我好歹交了好运，尽管来客里头有一些稀奇古怪的人物。来自济贫院或别处的弱智族也跑来看我，不过，我总是竭力使他们的智力都施展出来，向我说说心里话；在这种场合，智力往往成了我们谈话的主题，我也从中获益匪浅。说实话，我发现他们里头有些人倒是怪聪明的，一点不比所谓教会执事济贫助理或市镇管理委员会成员逊色；我觉得，现在该是他们相互易位的时候了。说到智力，我认为"弱智"与"大智"并没有多大区别。有一天，一个头脑简单但很随和的贫民特地过来看看我，过去我倒是常常见到他和别的一拨人仿佛栅篱一样，要么站在地头上，要么坐在栲栳①上，照看着牛和他自个儿不至于走失，这一回，他却表示自己要像我一样生活。他流露出非常单纯、真实，以及远远超出了或者还不如说低于一般的所谓的"自卑"的神情，告诉我他自己"缺乏才智"，"缺乏才智"就是他说的原话。上帝把他打造成了这副德行，可他认为上帝关心他，就像关心别人一样。"我一向就是如此。"他说，"从我小时候起，我就是这个样子；我脑瓜儿从小就不管用，我跟别的孩子不一样；我的脑子可不灵啦。这是上帝的旨意，我想。"而他就在我跟前证实了他说的话没错。我觉得，他是一个很玄乎的谜。我难得碰上一个这样大有希望的人——他说的话儿都是那么单纯，那么诚恳，那么真实。说真的，他越是显得谦卑，越是高贵。起初我并不知道这是一种聪明策略取得的结果。这么看来，在这个弱智贫民所建立的真实又坦率的基础上，我们的交谈倒是可以达到比跟智者交谈还要好的效果。

我还有一些来客，通常也算不上什么城市贫民，其实，他们应

---

① 原文为蒲式耳（译音），谷物容器，与我国旧时农村栲栳大致相似。

该都算是贫民，不管怎么说，他们理应称为"世界贫民"：这些来客吁求的不是你的殷勤好客，而是你的乐善好施；他们急巴巴地期盼着你的帮助，一开头就说明来意，他们已经发了狠，就是说，他们断断乎不帮助自己了。但我要求来客可别饿着肚子来看我，虽然说不定他们有世界上最好的胃口，也不管他们是如何得来的。慈善事业的对象，可不是来客。尽管我又开始张罗自己的事儿，回答他们的问话不免越发冷淡，越发怠慢，殊不知有些客人还是不明白他们的访问早已结束了。候鸟迁移的季节，来我这儿访问的，几乎有各种智力程度殊异的人。有些人智力较高，就是不知道该如何加以运用。一些逃亡的奴隶，一举手、一投足，活脱儿仍在种植园里似的，有如寓言中的狐狸时时听到猎犬在追踪，苦苦哀求地直瞅着我，仿佛在说——

哦，基督徒，你会把我送回去吗？

这些人里头，有一个真正逃亡的奴隶，我引导他朝北极星的方向逃去。有的人只有一个心眼儿，就像带着一只小鸡的母鸡，或者像带着一只鸭子的母鸭；有的人私心杂念特别多，脑子里乱糟糟，就像那些要照料上百只小鸡的老母鸡，个个都在追逐一只小虫子，每天在晨露中管保丢失一二十只——到头来都变得羽毛蓬乱、遍体疥癣；有的人光有想法而没有长腿，像一条智力不俗的蜈蚣，使人浑身起鸡皮疙瘩。有人建议不妨置备一本签名簿供来访者留下自己的名字，就像怀特山①那儿一样；可是，天哪！我的记性非常好，用不着那个玩意儿。

　　我不能不注意到我的来客的一些特点。少男少女和少妇好像都挺喜欢到树林子里去。他们看湖水，看野花，消磨时光。一些商人，乃至于农场主，想到的只是孤独和"生意经"，认为我住得不是离这儿太远，就是离那儿太远，实在诸多不便，尽管他们说过偶尔也喜欢到树林子里溜达溜达，其实，一望可知，他们并不喜欢。那些焦灼不安的人，他们的时间通通拿去谋生或维持生活；那些"上帝"不离口的牧师，仿佛把这个话题当成他们的专利品，因此对所有别的意见也难以容忍；医生、律师，以及那个不安分的女管家，在我外出时，她会窥探我的碗橱和床铺——要不然某某太太怎么会知道，我的床单就没有她家的床单干净呢？还有那些"年轻人"，也不算年轻了，却认为跟着各行各业的老路走才最保险，他们都说我当前的生活境况不会有多大好处。得了！问题正好在这里。年弱多病的以及胆子小的人，不管年龄、性别如何，想得最多的是疾病、意外和死亡，在他们看来，生活似乎充满了危险——其实，只要不去想这想那，又哪来危险不危险呢？他们认为，一个谨小慎微的人应该精

---

① 怀特山：美国阿巴拉契亚山脉的一部分，位于新罕布什尔州北部，其主要山峰以美国历届总统的名字命名，故有"总统之峰"的美誉。

心选择最最安全的地区，因为在那里，有一位 B 大夫 [①] 可以随叫随到。在他们看来，"村子"按字面来讲，就是一个 Com-munity[②]，意谓"共同抵御的联盟"，不妨想一想，他们连去采摘乌饭树浆果时都要带着医药箱。这就是说，一个人活着总会有死亡的危险，只是由于此人活着跟死去无甚差别，这种死亡的危险也就相对地减少了。其实，一个人在家中闭门打坐，跟外出跑步一样，都有危险。最后，还有一种人，他们自命为改革家，所有来客里头就数他们最最讨厌，他们还以为我是一直在歌唱——

> 这就是我亲手修造的屋子；
>
> 这就是住在我造的屋子里的人；
>
> 可是他们并不知道第三行诗是——
>
> 正是这些家伙烦死了
>
> 住在我造的屋子里的人。

我不怕捉小鸡的凶鹞，因为我没有饲养小鸡，但我怕捉人的凶鹞。

撇开最后这种人，我还有一些更令人愉快的来客。孩子们来这

---

① 此处指康科德的一位名叫约西亚·巴特利特（Josiah Bartlett）的医生。

② 英文 Community，意为村子或社区，有时也译"共同体"。在拉丁文里，com 意为"共同"，munity 意为"抵御"。

儿采摘浆果，铁路工人穿着干净的衬衫，星期天早上来遛弯儿，渔夫和猎户、诗人和哲学家，总而言之，一切老实巴交的朝圣者，为了自由，全都来到树林子里，他们真的把村子甩在了身后。我已准备好欢迎词："欢迎，英国人！欢迎，英国人！"[1]因为过去我跟这一个民族打过交道。

---

[1] 据说这一欢迎词，就是当年英国清教徒移民抵达普利茅斯时，萨莫塞特部落印第安人所说的。

种豆 | ⟳—

这时，我种下的豆子一排排地加在一起就有七英里长，急待锄草松土，因为最末一批还没有播完，头一批种的豆子却长势喜人，的确是不好再延宕下去了。这种在赫拉克勒斯看来纯属区区小事，干得如此投入，如此富有自尊心，究竟有什么意义，我可不知道。久而久之，我爱上了种下的一排排豆子，其实，我也要不了那么多。它们让我眷恋着大地，因此我有无穷的力量，就像安泰①一样。可是，我干吗要种豆子呢？只有老天爷知道。整个夏季，我就这么着出奇地忙活——在这个大地表层的地块上，原先只长委陵菜、黑莓和狗尾草之类，还有味甜野果子和好看的花儿，现在却只长豆子了。我从豆子那儿学到了些什么，而豆子又从我这儿学到了些什么呢？我珍爱它们，给它们

---

① 安泰（Antaeus）：古希腊神话中的人物，力大无比，只要身体不离开土地，就能百战百胜，后被赫拉克勒斯识破，将他举至空中掐死。

锄草松土，从早到晚照看着它们，这就是我在白天的工作。它们的叶子宽大，挺好看。我的助手就是滋润这片干旱地块的露水和雨水，地块本身含有一定的肥力，但大部分是贫瘠和枯竭的。我的敌人是虫子，在冷天，八成儿是土拨鼠。土拨鼠把我一英亩四分之一的豆子都给吃光了。可是，我又凭什么权利铲掉狗尾草，毁掉它们自古以来的百草园呢？反正剩下的豆子过不了多久就会茁壮成长，足以应对新的敌人了。

　　如今，我还清晰地记得，四岁那年从波士顿迁移到我这个家乡，穿过这些树林子和这个地块，来到了这个湖边，这是铭刻在我记忆里最久远的景象之一。今儿个晚上，我的笛子唤醒了荡漾在这个湖上的回声。松树林依然屹立在那里，都比我岁数要大得多哩；或者，有的松树已被砍掉了，我就用它们的根茬来煮饭，新的松树却在四周长出来，在"新生儿"眼里则别有一番景象。在这片牧场上，从同一丛多年生根部长出了几乎清一色的狗尾草，甚至我最后还给儿时梦境中神话般的风景披上了盛装。想知道我来到这里后所产生的影响，看看这些豆子叶、玉米大叶子和土豆藤蔓就得了。

　　我种了大约两英亩半高地。由于这个地块树木约莫在十五年前被砍伐过，我自个儿挖出了两三考得①的树桩，也就没有施过任何肥

---

① 考得（译音）：木材的计量单位，通常为 128 立方英尺，约 3.6246 立方米。作者在书中多处使用英制，以此说明美国受英国殖民地影响很大，同时告诫国民应尽快建立本国计量制度。

料。但在夏天，我锄地时挖出一些箭头来，由此可见，远在白人开垦土地之前，一个已经消失了的民族曾经定居在这里，而且种植过玉米和土豆，因此，为了好收成，他们已经在某种程度上使地的肥力消耗殆尽。

土拨鼠和松鼠还没来得及蹿过大路，太阳也还没有冉冉升上那片矮橡树林前，我就开始在我的豆子地里除掉那些高傲的杂草，并用泥块压在它们上头，尽管农夫们反对我这么做——但我还是奉劝诸位，赶在晨露未消去之前，尽可能把所有活儿干完。大清早，我光着脚丫子干活儿，像一个雕塑家在沾满晨露的碎沙土里摆弄着泥巴，可到了后半晌，太阳直晒得我脚上起了水泡。太阳照着我给豆子锄草松土，在黄澄澄的沙砾构成的高地上，在长十五杆的一排排绿油油的豆苗里，慢悠悠地来回走动，一头连着一片矮橡树林，到时我会在那儿歇一会儿凉，另一头通向一块黑莓地。我每锄一个来回，青翠的浆果不知怎的颜色就会变得更深一些。锄掉杂草，给豆秆周围培上土，鼓励我种下的豆苗儿快点生长，让这块黄土地是以豆叶和豆花，而不是以苦艾、芦管、狗尾草来表达它那夏日情思——这就是我的日常工作。因为我既没有牛马相助，也没有雇短工或者童工帮忙，更没有采用改良农具，所以我干活儿非常慢，这么一来，我就跟豆子相处格外亲呢。反正用手干活，哪怕到了做苦工份上，也许断断乎算不上赋闲的最坏形式吧。它含有一种万古不灭的真谛，对学者来说，乃是一种堪称典范的成果。对那些走过林

肯和韦兰德一路西行、不知去向的观光客来说，我就是一个劳苦的
农夫[1]；他们悠闲地坐在马车上，两个肘子搁在膝盖上，缰绳松散地
下垂像花饰一样；我呢，是株守家园、净跟泥巴打交道的乡巴佬。
但用不了多久，他们既不会看到，也不会想到我的家园了。大路两
旁有很长一段路，只有这块地才是耕地，因此，他们特别留意。有
时，在这块地里干活的人会听到观光客更多说三道四的话，其实并
不是存心说给他听的，他们评头论足："豆子种晚了！豌豆也种晚
了！"——因为别人已开始锄地了，我还在下种——可我这个"牧师
下乡种地"的人，压根儿还没想到过这些呢。"玉米嘛，我的伙计，
只能算饲料；玉米只能算饲料呗。""他住在那儿吗？"那个身穿灰
色上衣、头戴黑色圆顶礼帽的人说。于是，那个脸相难看的车夫喝
住他那听蹓的老马问道："犁沟里没有肥，你在这儿干什么？"他建
议我不妨撒一点烂泥屑粒，或者废料，或者草木灰，或者灰泥都行。
可是，眼前有两英里半长犁沟，只有一把锄头替代马车，用两只手
在干活儿——说到别的什么车和马，我从心里就反感——而烂泥屑
粒离这儿很远才有呢。车辚辚，马萧萧，观光客从这儿经过，扯高
嗓门儿拿我的豆子地和他们一路上所见过的庄稼来比较，这才让我
知道我在农业世界中的地位了。原来这块地没有列入科尔曼先生[2]的
报告。不过，顺便说一下，大自然在更荒凉的、未经人类改良的地

---

① 原文为拉丁文 agricola laboriosus。
② 亨利·科尔曼（1785—1849）：当时麻省农业专员。

头上所产出的谷物，有谁去估算出它们的价值呢？英格兰干草的收成，倒是有人细心地称过重量，乃至于它的湿度、硅酸盐和碳酸钾，也都一一计算过；但是，在所有的山谷、林中洼地、牧场和沼泽地里，都生长着丰富而又多种多样的谷物，只不过人们还没有去收割罢了。我的豆子地，仿佛介于野地与被开垦的土地之间；犹如有的国家是开化了，有的国家是半开化，还有的国家是蛮荒或野蛮的，我种的地块堪称半开化，虽然这不是从坏的意义上来说的。那些豆子乐呵呵地回到了我栽培它们的野生的原始状态，我的锄头还给它们演奏了一支瑞士牧歌①。

离这儿不远，有一棵白桦树，树顶上有一只棕鸫——有人喜欢管它叫红歌鸫——在歌唱，溜溜儿唱了一早上，很高兴跟你做伴，要是你的地块不在这儿，它就会飞到另一个农夫的地头上。你在下种时，它就会给你助兴，唱道："点种，点种——盖土，盖土——往上拽，往上拽。"反正这儿种的不是玉米，就算有像它这样的敌人在一旁，也还是挺安全的。也许你会暗自纳闷，它这一连串绕口令，它这个业余的帕格尼尼②在单弦或者二十根弦上演奏的曲子，跟你的种豆子又有什么关系？可是，你宁愿听他唱下去，也不去滤掉灰烬或灰泥，这是一种最便宜的顶级肥料，我完全信得过。

---

① 原文为法文 Rans des Vaches。
② 帕格尼尼（Niccolo Paganini，1782—1840）：著名意大利小提琴家和作曲家，其创作与演奏艺术举世闻名。

　　我用锄头在地头上翻出新土时，不知怎的把远古时代在这一片蓝天底下居住过、却没有历史记载的民族所遗留的灰烬也翻出来了，他们打仗和狩猎时用过的小型器具，都在当今盛世重见天日。它们和别的天然石块掺杂在一起，有些石块上留有印第安人用火烧过的痕迹，有些是烈日暴晒留下的，还有一些陶器和玻璃碎片，是近代的拓荒者带来的。我的锄头碰撞石块时会叮叮当当作响，这怪好听的响声在树林子和半空中回荡，有它跟我做伴，我的劳动即时产生了无法估量的收获。我锄的不再是豆子，锄豆子的也不是我。当时我不免为之动怜而又骄傲地记起——如果我还记得不错——我的朋友们都到城里听清唱剧去了。在那阳光灿烂的下午，夜莺在我头顶上空盘旋——有时，我的活儿会溜溜儿干上一天——它好像是我眼里的一粒沙子，或者是天空眼里的一粒沙子，它时不时哗的一声尖叫，向下俯冲，仿佛天空一下子被扯破了，最后被扯成了碎布一样，苍穹却依然天衣无缝似的；只见满天空都是这种"小精灵"，它们在光秃秃的沙土地上，或者在山顶的岩石上产卵，却很少有人看见它们；它们优美、纤长，好像湖上皱起的涟漪；又像被风一吹、飘浮在空中的树叶子；大自然里有的是如此的亲缘吧。鹰是波浪的空中兄弟，它在波浪之上一边掠飞，一边察看，它那翩翩空中的翅膀，像在酬应着大海那原始的还不会飞的翼尖。有时候，我看见一对鹞鹰在高空盘旋，一上一下交替翻飞，一近一远如影随形，仿佛它们是我自己思想的化身。或者我被一群野鸭子吸引住了，眼看着它们从这座树林子飞向另一座树林子，带着一点嗡嗡响的颤音，急匆匆地飞去；有时候，我的锄头从腐烂的树根底下挖出了一条花斑蝾螈①，瞧它那样蔫不拉叽的、又古怪、又丑陋，颇有埃及和尼罗河的痕迹，却又跟我们是同一个时代。我倚着锄头歇息时，不管在地头上哪个地方，我都听得到、看得见这些天籁美景，乃是乡间独特的无穷乐趣的一部分。

赶上节庆日，城里礼炮齐鸣，传到树林子里如同打气枪似的，一些军乐声偶尔也会这么传过来。远在城外的豆子地里，在我听来，那大炮的响声仿佛马勃菌在爆裂；万一有军队出动，而我又一无所知，有时我整日价恍然若失，感到地平线那儿在发痒，像得了病似的，仿佛马上会发疹子，要么是猩红热，要么是马蹄疮，直到后来和风吹过田野，吹到韦兰德公路，很快给我捎来了"民兵"的信息。远处隐隐约约传来了嗡嗡声，听上去好像谁家的蜜蜂在倾巢而出，邻居乡友们依着维吉尔②的办法，拿出家里头最响亮的器皿叮叮当当敲了起来，一个劲儿召唤它们回蜂房去。直到那叮当之声听不见了，嗡嗡声也随之消失，最宜人的和风也不会再捎来什么好消息，我才知道他们已把最后一只雄蜂安全地引回米德尔塞克斯蜂房，此时此刻他们就一门心思扑在蜂房里头满满当当的蜂蜜上了。

我感到骄傲，知道马萨诸塞州的自由和我们国家的自由已是安

① 古代西方神话中的火怪形象，又称火蜥蜴、火蛇、火精。
② 维吉尔（前70—前19）：著名古罗马诗人。

如磐石；于是，我回过来去锄地时，怀着一种难以表述的自信，继续愉快地干我的活儿，泰然自若地对未来充满了希望。

可是，有好几支乐队同时在演出，那听起来仿佛整个村子成了一只大风箱，所有房舍交替地在喧嚣之中，好像一会儿鼓了起来，一会儿却又瘪掉了。有时候，传到树林子来的乐曲是真正崇高和激动人心的，还有那歌颂英名的喇叭声，而我不知怎的觉得自己仿佛真的要捅死一个墨西哥人①过把瘾呢——这些区区小事，我们为什么总要容忍呢？我在四处寻摸土拨鼠和臭鼬，很想显一显我的骑士精神。这些军乐的旋律听上去好像远远地在巴勒斯坦，我想起了十字军在地平线上行进，村子上空的榆树梢头都被震得微微摇曳和颤动。这是了不起的一天，尽管我林中空地上空和平日里一样，还是一望无际的苍穹，反正我看不出有何差别。

我种下豆子后，老是跟豆子打交道，久而久之，就积累了不俗的经验，不外乎是下种啦，锄地啦，收割啦，挑拣啦，扬场啦，出售啦，等等——所有活儿就数最末一种棘手——也许我还要加上一个吃，因为我先得尝尝豆子的味道。我下了决心，要把豆子了解透彻。豆子正在生长的时候，我常常从清晨五点钟开锄，一直干到中午收工，这天剩下的时间，一般就忙别的事儿去了。不妨想一想，一个人与各种杂草打交道，相互间居然会如此亲密，你说怪不

---

① 由此可见，作者虽然离群索居，但依然关心天下大事，写这段话时，很可能在美国侵略性的墨西哥战争期间。

怪——这类事说起来怪麻烦的，反正干活的时候，不消说，麻烦多多——毫不留情地捣毁杂草的纤弱组织；用锄头仔细区分出良莠；先把这一种草通通除掉，然后小心翼翼地去培养另一种草。那是罗马苦艾草——那是猪猡草——那是酢浆草——那是芦苇草——揪住它，往上拔，然后把根须翻过来，在烈日之下暴晒，别让根须留在阴凉处，要不然它就翻个身竖立起来，过不了两天又会长得碧绿，活像韭葱似的。一场持久战。对方不是鹤，而是杂草，这些特洛伊人①有太阳和雨露给它们助阵。豆子每天看见我肩扛锄头来救它们，痛歼它们的敌人，让战壕里头填满了枯死的杂草。而许许多多身强力壮、趾高气扬、比战友们高出整整一英尺的"赫克托耳"②，全都倒毙在我的武器跟前，滚进尘土里去了。

夏日里，我的同时代人里头有一些人在波士顿或罗马献身于美术，另一些人则在印度苦思冥想，还有一些人在伦敦和纽约做生意，我却跟其他新英格兰农夫们在一起致力于农事。这倒不是说我想要吃豆子，因为我这个人天性上属于毕达哥拉斯③派，至

① 古希腊神话，描写特洛伊城被埃及人围攻，埃及人因久攻不下，就将一木马弃于城外，特洛伊人误以为围兵撤走便把木马拖进城内，木马肚子里的埃及士兵乘夜跳出袭击特洛伊城成功。
② 古希腊神话中英雄人物，即是上面译注中的围攻特洛伊城的英雄，后被阿喀琉斯所杀。
③ 毕达哥拉斯（Pythagoras，前582—前507）：古希腊哲学家、数学家和毕达哥拉斯教团的创始人，提倡禁欲主义，认为数为万物的本原，促进了西方数学和理性哲学的发展。据说毕氏本人是不吃豆子的。

少在种豆一事上确实如此，休管这些豆子能煮成粥、或者用于投票①，或者拿去换大米；也许将来有一个寓言作家用得着，哪怕仅仅是为了比喻和表达……得了，反正总得有人在地里干活儿。总的说来，这是一种难得的娱乐消遣，要是持续时间太长，也许就会浪掷时光了。虽然我没有给豆子地施过肥，也没有把周围杂草全部锄掉，但我在锄草松土上总是很卖力气，到头来也得到了回报。"说真的，"正如伊夫林所说，"任何混合肥料或是别的什么肥料，都比不上不停地用铁铲锄草松土。""土地，"他还在别的地方找补着说，"尤其是新鲜的泥土，里头有某种磁力，可以吸引盐、能量或美德（你管它叫别的什么也无妨），赋予土地以活力，因此，我们就靠围绕土地的一切劳动来养活我们自己；一切粪肥和别的秽物只不过是这种改良的替代品罢了。"再说，这是一块闲置的土地，早已耗尽肥力，变得非常贫瘠，正在享受"安息日"；或者就像凯内尔姆·迪格比爵士②想到过的，它已从空气中吸收了"生命的元气"。我收获了十二蒲式耳豆子。

不过，人们抱怨科尔曼先生的报告主要谈乡绅农场主的昂贵实验。为了更详尽起见，我就把我的开支列表如下——

————————————

① 没想到一个半世纪前北美，也像我国旧时农村选举时让选民们用豆子来投票，计算出候选人获得选票数。

② 迪格比爵士（Sir Kenelm Digby, 1630—1665）：英国海军军官和作家，宫廷大臣，曾率领私掠船在今土耳其伊斯肯德伦击沉法国船只，著有《论肉体的本质》等哲学著作。

锄头一把	0.54 元
犁地、耙地、开沟	7.50 元　费用太贵
豆种子	3.125 元
土豆种子	1.33 元
豌豆种子	0.40 元
萝卜种子	0.06 元
栅篱白线	0.02 元
耕马和三小时短工	1.00 元
收获时雇用车马	0.75 元
共计	14.725 元

我的收入（Patrem familias vendacem，non emacem esse oportet[①]）
来自：

售出九蒲式耳十二夸脱豆子	16.94 元
五蒲式耳大土豆	2.50 元
九蒲式耳小土豆	2.25 元
草	1.00 元

---

① 原文为拉丁文，源自卡托《乡村篇》，意谓一家之主应善于销售，不该只
　顾进货。

茎	0.75 元
共计	23.44 元
盈余（就像我在别处说过）	8.715 元

以上就是我种豆经验的结果。大约在六月一日，种下那种常见的小小的白色豆子，每行长三英尺，间距十八英寸，排列成行。都是精心挑选新鲜的、浑圆的、没有掺杂的种子。首先要注意提防虫害，没有出苗的空当要补种。然后注意提防土拨鼠，因为要是地头上没遮没挡，嫩叶子一长出来，土拨鼠一到，那里就会被啃得精光；再说，娇嫩的卷须一蹿出来，土拨鼠马上注意到，就像松鼠一样笔直地坐在那儿，把蓓蕾和嫩豆荚一股脑儿啃光。不过，最最要紧的是，如果你想躲开霜冻，使作物能卖个好价钱，那么，你就得尽量早点收割，这样一来，你就不会受到很大损失。

我还获得以下更多的有益经验。我自言自语，下一个夏天，我可不想费那么大的劲儿去种豆子和玉米，而是要播种诸如诚实、真理、简朴、信仰和纯真这一类的种子，只要这些种子还没有失落，我就要看看它们会不会在这片土地上生长，能不能以较少的劳力与肥料来养活我自己，因为它的肥力肯定没有消耗到长不好这些庄稼。唉！我就是这么着跟自己说的；可是，眼下又一个夏天过去了，而且一个又一个夏天全都过去了，我不得不告诉你读者啊，我所播种的种子，如果它们确实是那些美德的种子，却通通被虫子吃光了，或者丧失了活力，所以没有抽芽生根。一般来说，人们只能像他们的父辈一样勇敢，或者一样胆怯。这一代人务必在新年来临时种下玉米和豆子，就像印第安人好几个世纪前所做的，同时教会了第一批移民那样做的一样，仿佛这是命里注定。前几天，我看见一位老人正在用铁锹挖洞，少说也挖了七十次，可他自己并不打算躺在里头，真让我大吃一惊！新英格兰人为什么不可以尝试一下新的生意，不该过分看重他的谷物、他的土豆和草料，还有他的果园——何不去种植别的作物？我们为什么偏要如此关心豆种，而压根儿不关心一代新人呢？我前面提到过那些品德，我们都认为要比别的产品更为珍贵，但它们大部分已经烟消云散了。如果我们看到一个人，发现那些品德却在他身上扎根、生长，这时我们真的应该感到满意和欢欣呢。如今沿着大路来了这么一些深奥莫测又不可言喻的品德，比方说真理或正义，尽管它们数量极少，品种却是新的。我们的驻外大使们应该奉命把诸如此类种子寄回国内，而我们的国会应该帮着把它们分发到全国各地去种植。我们对真诚千万不要拘礼。我们千万不要用卑劣的行为来相互欺骗、相互凌辱、相互排斥，如果已有了高贵与友谊的核心。我们相见时不应该就这样忙忙叨叨。大多数人我压根儿没见过，因为他们好像没时间，他们在为自己的豆子忙乎呢。我们可不要跟这种单调乏味的人打交道，他们歇乏时靠在锄头上或铁锹上，仿佛是一根拐棍而不是一只蘑菇，但仅有一部分破土而出，有点竖立起来，像燕子飞落、在地上行走似的——

> 说话时，他不时将翅膀舒展，
>
> 展翅欲飞时，却又收拢起来。[1]

这么一来，我们怀疑莫不是在跟一个天使对话？面包不见得总是给我们滋养；但面包对我们总是有好处，让我们的关节不会僵硬，使我们肢体柔软，心情活泼，乃至于不知道受到什么病痛时，认识到人类或大自然的宽宏大量，分享到各种纯净和崇高的欢乐。

古代的诗歌和神话，至少使我们联想到农事曾经是一种神圣的艺术；可惜我们往往操之过急、掉以轻心，乃至于大不敬。我们的目标不外乎拥有大农场、大丰收。我们没有节庆日，没有列队祈祷，没有庆典仪式，乃至于我们的耕牛展示大会以及所谓的感恩节也不例外。本来农夫就是通过这些形式来表示他这个职业的神圣意义，或者借以追溯农事的神圣起源，现在引诱他的却是酬金和酒宴了。他供奉祭品的神祇，不是谷神刻瑞斯[2]和尘世的主神朱庇特，而是阴曹冥府的财神普路托斯[3]。我们谁都摆脱不了贪婪、自私和卑劣的习惯，把土地视为财产，或者换句话说，视为获得财产的主要手段，

---

[1] 诗句引自英国宗教诗人夸尔斯（Francis Quarls，1592—1644）的《牧羊人的神示》第五首颂歌。

[2] 刻瑞斯：古罗马神话中的人物，为谷物和耕作的女神。

[3] 普路托斯：古罗马神话中的财神。

因此，风景变得寒碜，农事跟我们一起被贬损。农夫们过着最卑微的生活，他对大自然的了解，跟强盗对大自然的了解如出一辙。卡托说，农业的利润是特别虔诚和正当的（Maximeque Pius Quaestus），按照瓦罗①的说法，古罗马人"以同一个名字称呼地母和刻瑞斯，认为从事耕作的人过着一种虔诚和有益的生活，认为唯有他们才是农神萨杜恩王②的遗民"。

我们常常忘了，太阳照在我们的耕地上，跟照在草原和森林上毫无二致。它们都反射和吸收太阳的光线，前者只是太阳每日运转时看到的美妙图画中的一小部分。在太阳看来，大地全都耕耘得如同花园一样。因此，我们就得相应地满怀信任和宽宏大量，接受它光与热的恩泽。我珍视种豆和当年的秋收，那又怎么样呢？这一片宽阔的土地，我守望了这么长时间，宽阔的土地并不认为我是主要的耕作者，而是撇开我，目光转向给它浇水、让它发绿、对它很近乎的各种要素。这些豆子结出的果实，并不是由我一人收获。它们有一部分不就是为土拨鼠生长的吗？麦穗儿（拉丁文学名 Spica，古拉丁文里是 Speca，源自 Spe，意谓"希望"），不应该仅仅是农夫的希望；它的核儿或谷物（Granum，源于 Gerendo，意谓"生产"），

---

① 瓦罗（前116—前27）：古罗马学者和讽刺作家，著作甚丰，现仅存《论农业》等书。

② 萨杜恩王（Saturn）：古罗马神话中的农神，相当于古希腊神话中的克洛诺斯。

也不是产出的全部。那么，我们的庄稼怎么会歉收呢？难道我们不应该为杂草的丰盛而感到高兴吗？杂草的种子不也是鸟儿的食粮吗？至于大地的产出能不能填满农夫的谷仓，相对地说，也是无伤大雅。真正的农夫犯不着焦灼不安，就像那些松鼠对今年树林子里结不结栗子压根儿不放在心上一样；真正的农夫每天完成自己的劳动，并不要求地里产出的成品一股脑儿归他所有，他心里想的是，他奉献出的不仅是他第一个果子，还有他最后一个果子。

村子 | ⟳

锄草松土之后，我上午也许看看书，要不然写点什么，通常我在湖里再洗个澡，游过一个小水湾，好歹洗掉干活后一身污垢，或者消去了读书留下的最后一道皱纹；下午我就绝对自由了。每天或隔天，我就溜溜达达到村子里去，听听那些没完没了的闲言碎语，有些是口口相传的，有些是各报相互转载的，如果采用"顺势疗法"小剂量接收，端的令人耳目一新，有如枝叶萧瑟，青蛙啾鸣。正如我漫步在树林子里，爱看鸟儿和松鼠一样，我也爱看大人小孩；可我在村子里头听到的不是阵阵松涛，而是车辚辚的喧嚣声。从我的小屋朝一个方向看去，只见河边草地上有块地方，麝鼠在那儿出没无常；在那边地平线上，榆树和悬铃木树荫下，有一个村子，那儿都是忙人，怪得出奇的是，仿佛他们原本就是草原犬鼠，要么各自蹲在洞穴口，要么蹿到邻家去闲扯淡。我经常到村子里去观察他们的生活习俗。依我看，这个村子活像一个庞大的新闻编辑部；在村子的一边，给它撑门面的，就像当年斯达特街①上的里丁出版公司，人们经营干果或者葡萄干，或者食盐和粗面粉，以及其他杂货。有些人对头一种商品，亦即新闻，胃口特别大，消化器官特别棒。他们可以一辈子坐在通衢大街上一动也不动，听那些新闻慢慢地沸腾起来，然后变成窃窃私语，像地中海的季风冲着他们吹过去，或者好像吸入了乙醚，只管产生局部麻醉，对疼痛全无感觉——要不然有些新闻听起来总是让人觉得怪痛苦的——对人们意识还是毫无影响。我在村子里四处转悠时，一排排这样的"活宝"屡见不鲜，或者坐在梯子上晒太阳，身子稍微前倾，两眼时不时色迷迷的，一个劲儿在东张西望；要不然两手插在口袋里，身子靠在谷仓墙头上，有如女像柱似的，仿佛就靠它来支撑那座谷仓。他们老是待在户外，这阵风里头有些什么都听得出来。这些个人都是头一道辗磨得最粗糙的"磨坊"，所有的闲言碎语首先在里头粗粗地消化一遍，方可倒入室内比较精细的"给料漏斗"里。我观察到，村子里最富有活力的是食品杂货店、酒吧间、邮局和银行；此外，就像机器中必不可缺的配件，摆在适当的地方，照例有一座钟、一尊大炮和一辆救火车；为了充分发挥男人们的潜力，村舍全是面对面地按巷子排列，

① 斯达特街（译音）：美国波士顿的金融中心，有时也译州府街。

这样一来，每一个观光客势必受到夹道"鞭打"，村子里男女老少都好"揍"他一顿。那些住在离巷口最近的人们，最先看到别人，也最先被人看到，又是第一个出手揍观光客的，不消说，为了他们的地段付出了最高昂的代价；住在村外的零散人家，在他们那儿开始出现一段段很长的豁口，观光客可以越墙而过或者踅进小道，就这么着溜之乎也，因此，这些人家付的土地税和窗户税 ^①微乎其微。为了招徕观光客，四下里都悬挂着幌子；有的幌子一看就大吊人胃口，比方说，小酒店和酒窖里边的吃食店；有的幌子迎合顾客喜好，比方说，绸布衣装店和珠宝店；还有一些幌子，专门瞄准头发，或者脚丫子、或者裙子，比方说，理发店、鞋子店或裁缝店。此外更吓人的是，他们老是邀请你挨门逐户地家访，在这些场合，少不了有一大拨看热闹的人。在大多数情况下，我都能奇迹般地化险为夷，或者冷不丁勇往直前，毫不犹豫地冲着目的地走去，这一招真值得向那些受到夹道"鞭打"的人推荐；或者我一门心思扑在崇高的事儿上，就像奥菲士 ^②，"弹着他的七弦琴，高声歌唱天上诸神的赞美诗，将塞壬 ^③的声音都淹没，从而转

---

① 窗户税：英王威廉三世创设，将巨大战争开支转嫁于民，当时北美移民常为抗税泥封窗户，反对宗主国敛钱苛政。

② 奥菲士：古希腊神话中的人物，诗人和歌手，善弹七弦琴，弹奏时，猛兽俯首，顽石点头。

③ 塞壬：古希腊神话中的人物，半人半鸟的女海妖，以美妙的歌声蛊惑过往的海员，让驶近的船只触礁沉没。

危为安"。有时候，我突然出走，谁都不知道我上哪儿去了，因为我平素不大拘礼，在围栅的豁口前断断乎不会老是迟疑不决。我甚至还习惯于突然间闯到别人家里去，别人家照例会很好招待我，就在了解一些要闻以及最新精选的新闻后，知道某些已经平息下去的事态、战争与和平的前景，以及世界各国能不能持久地团结一致，等等，我便抄后面的小路滑脚溜掉，又遁入树林子里去了。

每当我在城里待得很晚了，才又动身回到黑夜中，特别是在漆黑一团、风暴骤起的夜晚，我从一个明亮的乡间客厅或演讲厅"扬帆起航"，肩上扛着一口袋黑麦或印第安粗玉米粉，直奔在树林子里温馨的港湾。外头一切都扎得挺紧实，脑子里装满欢乐的思想，径直来到了甲板下，只让那个外部的我掌着舵，赶上一帆风顺的时候，我干脆连舵也全拴住了。"我在航行的时候"，在船舱的火炉边，不知怎的心中涌起许多令人欣慰的思绪。虽然我遇到过好多次骇人的风暴，但不管是什么天气，我从来没有失事过，也从来没有泄气过。就是在平常的夜晚，树林子里也比大多数人所想象的更黑暗。在伸手不见五指的夜晚，我不得不经常抬起头来，看看小路上头树与树之间的缝隙，以便认清我走的路径；走到了没有车辙的地方，我还得用两脚来探索我刚踩出来的模糊不清的小道，要不然用双手摸一摸我所熟稔的树木来辨别方向，比方说，从两棵松树之间穿过，它们的间距就不会超过十八英寸。有时候，赶上黑咕隆咚而又闷热潮湿的夜晚，我就这么着老晚才回到家。两眼看不见的道路，只好用脚丫子来探，一路上懵懵懂懂，仿佛做梦似的，直到我伸出手去打开门闩，才算清醒过来，却怎么都回想不起来这一步一步自个儿怎么走回来的。我想，也许我的身子，在它的主子丢弃它后，还会寻摸到回家的路，好像用不着帮忙手总是摸得到嘴巴一样。有好几回，有个来客很难得地待到了晚上，赶上那天夜色黑得出奇，我不得不领他到屋子后头那条车道上，指给他看他要去的方向，并且关照他，给他领路的是他的脚，而不是他的眼睛。一个黑黝黝的夜晚，我就这么着指点过两个湖上垂钓的年轻小伙子上路。他们俩住在离树林子大约一英里开外，不消说，熟门熟路呗。殊不知，过了一两天，他们里头的一个人告诉我，他们在自己的住所附近转悠了大半夜，直到天光大亮才回到了家，这当间下了几场大雨，树叶子都湿透了，他们自然被淋得浑身湿透了。我听说，有好多人就算行走在村里小道上也都会迷路，因为那天夜里特别黑，像一块黑布，正如俗语所说，可以用刀子一块一块割下来。有些人住在郊区，赶着马车到城里去采购，只好在城里投宿过夜了；有些绅士和女士们出门访客，才走了还不到半英里路，只好用他们的两脚来探路，什么时候该拐弯全不知道。不管在什么时候，在树林子里迷路，都是一种惊人、难忘的宝贵经历。暴风雪刮起时，哪怕是在大白天，走在一条熟稔的老路上也会晕头转向，闹不清哪条路通往村子。尽管他知道自己在这条路上不知走过了成千次，可路上的特征就是一点都不记得，反而觉得怪陌生，好像是一条西伯利亚的路呢。入夜以后，困惑当然更是说不尽、道不完。我们平日里随意溜达时，经常地（虽然又是无意识地）像领航员一样，根据某些熟悉的灯塔和海角往前驶行；万一偏离了自己惯常的航线，我们脑海里仍然留下了邻近某些海角的印象；除非我们完全迷路了，换句话说，转了个身——因为你在这茫茫大地上，只要闭上眼睛转一个身，管保迷失方向——我们这才领略到大自然的浩瀚和奇诡。不管是睡着了，还是心不在焉，每一个人醒来时，都得不断地了解罗盘上指针的方向。除非我们迷了路，或者除非我们失去了这个世界，我们这才开始发现自己，认识到我们的处境，以及我们各种联系的无限内涵。

头一个夏季快要结束时，有一天下午，我到村里鞋匠那儿取一只鞋子，我被捕了，坐了大牢，因为正如我在别的地方说过的①，我没有缴税，换句话说，不承认这个国家的权威，因为这个国家在参议院门前把男人、女人和儿童当做牛羊一样买卖。我是为了别的事才到树林子里去的。可是，不管一个人走到哪里，那些肮脏机构就跟到那里，追踪他，抓住他，只要它们能够做到，总要强制他回到属于他们那个绝望的共济会式的社会中去。诚然，我本来可以进行激烈抵抗，多少会有些效果，我本来也可以"像杀人狂似的"反对

———————
① 此处指梭罗的著名文章《消极反抗》，该文曾产生过极大反响。

社会；但我宁可让这个社会"像杀人狂似的"来反对我，反正这个社会已是绝望的一方了。不过，第二天我就被释放了，拿到了我那只修补过的鞋子，及时返回林中住地，还在美港山上大啖一顿乌饭树紫色浆果。我从来没有受到过任何人骚扰，只有那些代表国家的人除外。除了那张存放我文稿的写字台，我既不上锁，也不上闩，更没有给门闩和窗户钉上过一颗钉子。反正不管白天，还是黑夜，我从来不锁门，即使我有时出门一连好几天；乃至于第二年秋天，我去缅因州树林子里住上两个礼拜也没有锁门。但是，我的小屋子备受人们尊敬，胜过有大队士兵守卫在四周。疲惫的漫游者可以上我这儿休息，围着火炉取暖，文学爱好者不妨翻看我桌子上的几本书，聊以自娱，要不就是那些富有好奇心的人会打开我的碗橱，看看我的午餐剩下些什么，预测晚餐又将如何。虽然有很多各个阶层的人都来过瓦尔登湖，可我并没有因此感到诸多不便，什么东西也没有丢失过，只缺了一本小书，那是一卷荷马的作品，也许这书皮烫了金令人眼红，我相信，这是我们兵营里一个大兵拿走的。我深信，如果人人都像我当时那样过简朴的生活，那么，偷窃和抢劫不会发生。之所以发生这样的事，盖因社会上存在贫富不均。蒲柏①翻译的荷马作品，会很快得到适当传播——

---

① 蒲柏（Alexander PoPe, 1688—1744）：英国著名诗人，擅长讽刺，善用英雄偶体，尤以翻译荷马史诗《伊利亚特》和《奥德修斯》著称。

Nec bella fuerunt,

Faginus astabat dum ante dapes.

世人只要山毛榉碗时

就不再会有战事。

子为政，焉用杀。子欲善，而民善矣。

君子之德风，小人之德草。草上之风，必偃。[1]

---

[1] 引自《论语·颜渊》。

湖 ⟳

　　有时候，我对人际交往和闲言碎语，乃至于我所有的乡友都腻透了，于是，我去比我惯常的住所更远的西边漫游，进入这个乡镇人迹更罕至的地域"新的树林子和新的牧场"。要不就是夕阳西沉时，在美港上以黑果和乌饭树蓝色浆果充当晚餐，再捡起来一些浆果，以备好几天食用。这些果实的真正美味，是采购它们的买主和出售它们的种植者断断乎不会品尝到的。要想品尝它们真正的味道，只有一个办法，可惜很少有人采用过。要是真想了解黑果的美味，不妨问问牧童或鹑鸡。从来没有采摘过乌饭树蓝色浆果的人，自以为品尝过它们的美味，这可是一种常见的错误。正宗的黑果从没到过波士顿，尽管它们都长在波士顿的三座山上，但在当地鲜为人知。在运往集市时，这种果子的芳香和精髓连同那鲜艳色泽一起耗损殆尽，成了人们果腹的食品。只要永恒的正义还在人世间，地地道道的黑果断断乎不会从乡村的山上运到城里去。

干完一天的锄地活儿后，我偶尔也会跟某个"无耐性"的朋友做伴。此人一早就来湖边垂钓，静悄悄的一动也不动，像一只鸭子或一片漂浮的树叶子，而且，实行过形形色色的人生哲学后、并在我来到之前，他大抵已作出了结论：他属于老派的修道院住院修士①。有一位岁数稍大的人，是个顶呱呱的渔夫，各种木工活儿样样精通，他见到我搭建的房子给渔民提供方便，觉得很高兴；我看见他坐在我们门口打理钓丝，同样很高兴。我们偶尔会一起泛舟湖上，他坐在小船的这一头，我坐在小船的另一头；无奈我们之间很少说话，因为近年来他耳朵聋了，可他偶尔冷不丁哼起一首圣诗来，却与我的人生哲学不谋而合。我们的"神交"完全是一种扯不断的和谐融洽，回想起来比真的用话儿交谈更令人神往。我在找不到人说话的时候，照例用桨把扣打自己的船舷，发出阵阵回响，在周围的树林子里激起一圈圈传得越来越远的声浪，好像动物园里管理员激起野兽吼叫声一样，最后，每一个树木葱茏的峡谷和山坡全都发出咆哮似的。

在暖洋洋的傍晚时分，我常在小船上吹笛子，看见鲈鱼一直在我周遭游来游去，仿佛被我的笛子声迷住了。月光在螺纹条状的湖

---

① 此处也是梭罗惯用一语双关的手法。英文为 coeno bites，意谓修道士，如果我们稍加注意这字的发音，就会发现"See, no bites"意谓"你看，没有鱼来上钩"。

底徐缓移动，湖底山林的残缺倒影隐约可见。早先，我不时有点猎奇地来到这湖上，都是在夏天黑幽幽的夜间，跟一个朋友在水边生了一堆篝火，认为火光也许会吸引住鱼群，我们又用挂满诱饵的钓线逮了好些条鳕；我们就这么着钓呀钓的直到夜深时分，把燃烧中的木头高高地抛向天空，它们像冲天焰火，从高头坠落湖里，哐一声巨响就熄灭了，一瞬间我们就完全处于黑暗中，只好摸索着行走。就这么着一边摸黑行走，一边吹吹口哨，我们终于又来到人们三五为群的地方。可现在，我在湖岸上已有了自己的家。

有时候，我就在村子里某个客厅待到这家人都歇息去了，方才返回树林子。多半是为了第二天的饭食问题，因为深更半夜我常在小船上、月光下垂钓好几个钟头鱼，听猫头鹰和狐狸唱它们的小夜曲，还不时听到近处不知名鸟儿的尖叫声。这些经历对我来说弥足珍贵、难以忘怀——在水深四十英尺处抛了锚，离岸约莫有二三十杆远，有时好几千条小鲈鱼和银色小鱼团团围住了我，在月光下用它们的尾巴使湖面上出现了涟漪；于是，我用一根亚麻钓线，跟深居在四十英尺水下、常在夜间出没的神秘鱼儿默默传神；有时候，我乘着夜间轻柔的微风在湖上漂游，小船后头拖上六十英尺长的钓线，时不时感到它在轻轻抖动，表明一个生命正在钓线那端觅食，浑然摸不清楚这个愣头愣脑的玩意儿的目的何在，所以也不能立时让自己拿定主意。到了最后，慢慢地把钓钱往上拉，两手交替地拉呀拉的，瞧，一条鮰鱼①一边吱叫着，一边全身扭动着被拉到了半空中。特别是在漆黑的夜间，正当神思驰骋、漫无边际之时，却感觉到了这微弱的颤动，打断了梦想，把人和大自然又连在了一起，岂不怪哉！那就像我接下来会把钓线甩向空中去，和我将钓线往下甩向密度并不比空气更大的水里去一样，这么一来，我仿佛用一个钓钩却逮到了两条鱼似的。

瓦尔登湖的风景只能算粗线条，尽管很美，还是说不上很壮观；不经常光临或不在湖边居住的人对它也不是特别关注；不过，瓦尔登湖以它的深邃纯净著称于世，值得对它详尽描述一番。原来它是一口清澈而黛绿的井，半英里长，周长一又四分之三英里，面积约有六十一英亩半。松树和橡树林中央有一股终年井喷的泉水，除了云雾和蒸发外，压根儿看不到它的入水口和出水口。周围的山峦陡然耸立，高出水面四十到八十英尺，在东南角高达一百英尺，在东端更是高达一百五十英尺，绵延大约四分之一英里或三分之一英里。它们清一色都是林地。我们康科德境内的水域至少有两种颜色，一种打老远就望得见，而另一种更接近本色，在近处才看得出。第一种更多取决于光线，随着天色而变化。在天气晴朗的夏天，从不远处看去，湖面呈蔚蓝色。特别在水波荡漾的时候，从很远的地方望过去，全是水天一色。赶上暴风雨天气，水面有的时候呈现深石板

---

① 此处尤指盛产于美国东部的云斑鮰。

色。不过，据说海水在大气层中看不出有什么变化的情况下，是今天蓝，明天绿。白雪皑皑时，我看到过我们这儿河里，水和冰几乎都是草绿色。有人认为蓝色是"纯净水的颜色，不管它是流动的水，还是凝固的冰"。反正直接从小船上看湖面，倒是看得出非常不一样的颜色。哪怕是从同一个视角看过去，瓦尔登湖一会儿蓝，一会儿绿。瓦尔登湖位于天地之间，自然兼具天地之色。从一个山顶上望过去，它映现出蓝天的色彩，从连岸边的沙子都看得到的近处看，它却呈现出先是淡黄色，继而淡绿色，同时逐渐加深，终于变成了全湖一致的黛绿色。在有些时候的光线下，哪怕是从山顶上往下俯瞰，毗邻湖岸的水色也是鲜灵灵的绿色。有人认为，这是草木青葱返照的缘故，但在铁路道轨沙坝的映衬下，湖面依然是绿油油的；待到春天还没有叶茂成荫，这时湖光山色也不外乎是天上的湛蓝色与沙土的黄褐色掺在一起的结果，堪称彩虹般的色彩。入春以后，湖上冰层因受从湖底折射上来的、又透过土层传来的太阳热量而变暖，于是首先被融化，在中间仍然冻结的冰凌周围形成了一条狭窄的小河。正如我们的其他水域一样，每当天色晴朗、水波潋滟之时，水波表面会从合适的角度映出蓝色的天空，或者由于糅合了更多亮光，如果稍微远点望过去，湖面仿佛呈现比天空本身更深的湛蓝色；此时此刻，泛舟湖上，从各个不同的视角观看水中倒映，我发现了一种无与伦比的不可名状的淡蓝色，有如浸过水的或闪闪发光的丝绸和利剑青锋，却比天空本身更具天蓝色，它与水波另一面原有的黛绿色交替闪现，只不过相对来说后者显得有点浑浊罢了。那是一种类似玻璃的绿里泛蓝的色彩，跟我记忆里的一样，有如冬日夕阳西沉时从云层里呈现出的一片片蓝天。反正举起一玻璃杯水，往亮处看，里头好像装着空气，一样没有颜色。众所周知，一只大玻璃盘子是略带一点绿色的，据制造玻璃厂商说，是玻璃"体厚"的缘故，但同样都是玻璃，块儿小的就没有颜色了。至于瓦尔登湖该有多少水量才会泛出绿色，我倒是从来没有验证过。人们直接俯视我们的河水，河水是乌黑或深棕色，而且如同大多数河里的水一样，会给洗河浴的人蹭上一丁点儿淡黄色；但瓦尔登湖水是如此纯净、赛过水晶，使洗湖浴的人躯体洁白有如大理石一般，而且怪得出奇的是，此人的四肢被放大了，同时也被扭曲了，产生了一种骇人的效果，值得米开朗琪罗① 好好研究哩。

　　湖水如此晶莹剔透，一眼就看得到二十五或三十英尺深的湖底。光脚踩水，可以看见好多英尺深水下有成群的鲈鱼和银色小鱼，它们也许只有一英寸长，但前者一道道的横着花纹倒也很容易辨认出来，让人觉得，它们必定是苦行修炼的鱼种，才到那里寻摸生计。好几年前的冬天里，有一回，我在冰层上凿洞钓狗鱼，上岸时把我的斧子扔回冰层去，不料，仿佛神差鬼使似的，只见那柄斧子在冰层上滑出去了四五杆远，正好掉进一个冰窟窿里头去了，那儿水深

────────

① 米开朗琪罗（Michelangelo，1475—1564）：意大利文艺复兴时期雕塑家、画家、诗人、建筑学家，代表作有《大卫》《摩西》等。

二十五英尺。我出于好奇心，伏倒在冰层上往那个冰窟窿里头瞧一瞧，只见那柄斧子侧向一边，斧柄朝天竖起，随着湖水的脉动来回摆动，要是我不去"打扰"，它说不定就这么着在那儿直立下去，晃呀晃呀，随着时光流逝，直到斧柄烂掉为止。我就在斧子的上方，用带来的冰凿子又凿了一个窟窿眼儿，用我的刀子砍下在近处寻摸到的最长的一根白桦树枝，枝头上打了一个活结套，随后小心翼翼地把它放下去，套住斧柄上凸起的一块疙瘩，用一根系住白桦树枝的绳子往上拉，就这么着，把那柄斧子给拉上来了。

湖岸是由一长条好似铺路用的滴溜滚圆的白色石子筑成的，除了一两处小小沙滩外，许多地方都非常陡峭，纵身一跃就好落到没顶深的湖水中；要不是湖水精光锃亮得出奇，断断乎也看不见湖底，除非湖底在对面升了起来。有人认为，瓦尔登湖是湖深没有底的。湖水不论在哪儿也不浑浊，偶尔观湖的人还以为湖底连水草都压根儿没有，至于看得见的草木，除了不久前被水淹过的、原本不属于湖的那些小小草地，哪怕是再仔细地查看，也确实看不到菖蒲或灯芯草，连一朵百合花都没有，不管是黄色的还是白色的，至多只有一两片心形叶子和河蓼草，说不定还有一两片眼子菜；反正置身水中的人压根儿都看不出来；这些水生植物，好像如同它们赖以生长的湖水一样洁净、晶莹透亮。岸石延伸入水有一两杆远，湖底就是清一色的沙子了，通常只有在最深的地方会有一点沉积物，也许是历经好多个秋季树叶飘落、沉淀腐烂的缘故，甚至在仲冬时节，鲜绿色的水草也会随着铁锚一起浮出水面。

往西大约两英里半，我们还有一个类似这样的湖，那就是白湖。虽说方圆十几英里内的湖泊十之八九我都很熟稔，可我还没有见过第三个湖具有如此纯净赛过井水的水质。也许这湖水古往今来各民族全都饮用过，赞赏过，测量过，随后就相继消失了，唯有这湖水依然碧绿澄清。一个春天都没有间断过！说不定在亚当和夏娃被逐出伊甸园的那个春天早晨，瓦尔登湖早就存在了，甚至就在那个时候，随着薄雾弥漫和南风拂面而来的是一场蒙蒙的春雨，打破了湖上的平静，飞来了成群的鹅和鸭子，它们全然不知道亚当和夏娃被逐出伊甸园一事，觉得能有如此纯净的湖水，它们早就心满意足啦。即使在那个时候，这个湖已开始时涨时落。湖水碧绿澄清，呈现出今日的色彩，仿佛具有蓝天的特征，成为世上独一无二的瓦尔登湖和天上露珠的蒸馏器。谁知道，有多少种无人记得的民族文学作品把这个湖称为卡斯塔利亚泉①？要不就是在古代神话中的黄金时代，又有多少山林水泽的仙女们曾在这里居住过？这就是康科德冠冕上的第一颗滴水宝石。

不过，率先来到瓦尔登湖的人，说不定留下了他们的足迹。我很惊讶地发现，陡峭的山坡上有一条逼仄的小路环绕湖边，甚至还通过湖边被砍伐过的茂密树林。这条小路走势有时忽上忽下，有时

① 古代神话传说中位于帕纳萨斯山的一座泉，被认为是诗歌艺术灵感的源泉。

跟湖沿却又若即若离，也许和这儿的人类一样古老，是由当地土著猎户一步一步踩踏出来；此后，今日里这块土地的居住者就不知不觉地时不时在那上面行走。入冬以后，刚下过一场小雪，站在湖中央望过去，这条小路显得特别清晰，犹如一道连绵起伏的白线，不但没有被杂草和枝条遮盖住，哪怕在四分之一英里开外的好多地方，还是呈现得特别显眼。可一到夏天，就算你站在近处，也不见得能看清楚。在某种程度上，看上去好像白雪用清晰的白色隆雕把它翻印出来了。说不定有一天这儿会兴建别墅装点庭院，但愿类似这样的一些痕迹能保留下去。

湖水时有涨落，但不管有没有规律或周期，都是无人知晓，尽管有好多人惯常都会不懂装懂。一般说，湖水冬天高，夏天低，这和大气的潮湿干燥并没有相应关联。倘若跟我住在湖边时相比，我仍记得湖水什么时候落下去一两英尺，什么时候涨上去一两英尺，什么时候又会涨上去至少五英尺。有一条狭长的沙州径直延伸到湖中，沙洲一边的湖水非常深，离主岸六杆远，大约在一八二四年，我在这沙洲上煮过一锅海鲜杂烩浓汤，时隔二十五年，要想再煮也是不可能了；另一方面，我已告诉过我的朋友们，说几年后，我常驾着小船到隐蔽在树林子幽深处的小湾里钓鱼，离他们知道的湖岸才不过十五杆远，可现在那儿早已变成了一片草地。他们听后老是不大相信，可湖水两年来不断在上涨；现在，一八五二年的夏天，比我住在那里时高出了五英尺，换句话说，相当于三十年前的水位高度，岂不是又好到那块草地上钓鱼了？从外表看，水位落差有六七英尺；但从周围群山流下来的水量并不大，水位上涨一定是跟影响深处泉源的原因有关。就在同年夏天，湖水又开始回落了。引人注目的是，湖水这种时涨时落，不管它有没有周期性，好像都需要好多年方能完成。我曾经观察到一次湖水上涨和两次湖水部分回落，我估摸，再过十二年或十五年，湖水又会回落到我过去所了解的低水位了。东端一英里的佛林特湖因湖水流入和流出而时有涨落，那些介于两者之间小湖，则和瓦尔登湖的水情大致相仿，近来也和后者一样涨到了它们最高水位。根据我的观察，白湖的水位也是如此。

瓦尔登湖时涨时落，间隔时间很长，至少起到这样一种作用：湖水处于这种很高的水位已有一年左右，尽管环湖行走不易，但从上次涨水来，沿湖长出来的灌木丛，以及诸如北美油松、白桦树、桤木、大桦杨等树木通通给冲走了，等到水位再次回落时，就留下光秃秃的湖岸；因为瓦尔登湖跟许多湖泊和每天水位有涨落的河流不一样，水位最低时，湖岸偏偏最干净。临近我住房的湖边，一长溜高达十五英尺的北美油松全被冲走，好像用杠杆掀翻似的，从而止住了它们向湖岸的扩展。这些树木躯干的大小，表明上次湖水上涨到这种高度以来已有多少个年头了。通过这种涨落，瓦尔登湖对湖岸拥有了主权，因此，湖岸上的"胡子"仿佛通通被刮光似的，使那些树木不能凭借所有权来侵占湖岸。这些瓦尔登湖的嘴唇上的胡子一茎也都长不出来。湖水时不时地舔着自己的下巴颏儿。湖水涨高时，桤木、柳树和槭树淹没在水中的树根周围，都浮起大量纤维似的红色根须，长达好几英尺，高出地面三四英尺，一个劲儿来保护它们自己。我知道，湖岸那一带有一些高高的乌饭树灌木丛，通常不结果子，在这种条件下倒是会结出丰硕的浆果来。

　　这湖岸怎么会被铺砌得如此齐齐整整，难免有人百思而不得其解。我镇上的乡友们都听说过这么一个传说，岁数最大的人们也告诉过我，他们年轻时就听说过，古时候印第安人曾在这儿一座小山上举行一次帕瓦仪式①，那座小山一下子升高，耸入苍穹，有如现在这湖深深地沉入大地一样；根据他们的说法，他们做了许许多多亵渎神灵的事，尽管这些罪行印第安人从来都没有做过，可正当他们这么着闹得来劲的时候，这座小山东摇西晃起来，突然下沉，只有一个上了年纪的女人逃了出来，她的名字叫做瓦尔登，于是，瓦尔登湖照她的名字叫开了。有人推想，小山撼动时，这些山石从山坡上滚落了下来，形成了今日里的湖岸。反正有一点完全可以肯定，早先这儿没有湖，而现在有了一个湖；这个印第安人的传说，与我前头提到的那位古代原住民的说法并不矛盾，因为此人清晰地记得，他初来该地时，带着一根神杖，只见一片薄薄的雾气从草地上升腾

---

① 北美印第安人祈求神灵治病或保佑战斗、狩猎等胜利而表示庆贺举行的
　 一种仪式，通常伴有巫术、盛宴、舞蹈等。

起来，那根榛木神杖自始至终指着下方，于是决定在这儿挖一口井。至于那些岸石，好多人仍然认为，倘若归诸群山波动的原因，也未必能解释清楚；不过据我细心观察，这同一种石头在周围的山上显然俯拾皆是，因此，人们不得不用这些石头在离瓦尔登湖最近的铁路两侧筑起护墙。再说，湖岸越陡峭的地方，石头也越多；可惜的是，这对我来说再也不是什么神秘兮兮了，反正我已寻摸到了铺砌石头的人。如果瓦尔登湖这个名字不是来源于某一个英国地名——比方说，萨夫伦·瓦尔登①——那么，就不妨揣想，这个湖原来叫"围而得"湖②。

这个湖依我看就是一口现成的井。一年之中有四个月，湖水冰冰冷，如同湖水一年到头纯净一样；我揣想，这时候湖水就算不是镇上最好的，少说也得跟别的湖一样好。入冬后，凡是暴露在空气中的水，都要比避寒保暖的泉水和井水更冷些。我从下午五点钟一直坐到转天中午，亦即一八四六年三月六日，寒暑表上温度有时是华氏六十五度，有时是华氏七十度——部分是照在屋顶上的阳光的缘故吧——湖水放在我屋子里的温度是华氏四十二度，或者比从村中最冷的一口井里刚汲取上来的水还低一度呢。同一天，沸泉的水温是华氏四十五度，亦即经测试过的各种水中最最暖和的度数，其

---

① 萨夫伦·瓦尔登（Saffron Walden）：英国名城剑桥以南一城镇。

② 此处原文 Walled-in，意为"用墙围起来"，发音与 Walden 相似，故中译文湖名亦按音译。

实，到了夏天，我知道沸泉的水是最最冰冷的，因为这时候浅层的不流动的地表水并没有和它混合在一起。再说，在夏天，大多数暴露在阳光下的水都很暖和，可是，瓦尔登湖因为很深，从来不像前者那样变得很暖和。在最热的天气里，通常我把一桶水放在地窖子里，让它在夜里冷却下来，一直继续保持到转天，尽管有时我也到邻近的泉水去汲水。过了一个星期，水还像刚舀上来时一样好，一点水泵的气味都没有。要是有人夏天到湖边露营一周，只消在他帐篷的阴凉处把一桶水深埋几英尺，管保用不着冰块这类奢侈品了。

人们在瓦尔登湖里逮住过一些狗鱼，有一条重达七磅，姑且先不谈另有一条鱼飞快逃跑时把一卷钓线都给捎走了，渔夫没有看到它，估摸少说也有八磅重。逮住过的还有鲈鱼和条鳕，有的每条重两磅以上；还有银色小鱼、鳊鱼（拉丁文学名 Leuciscus Pulchellus）或者太阳鱼，数量很少的欧鳊，以及一两条鳗鱼，有一条重达四磅——我之所以说得特别详细，是因为一条鱼的身价通常只好指靠它的重量，而这两条鳗鱼是我在这儿听人说过的独一无二的鳗鱼——此外，我还模模糊糊地记得一条小鱼，长五英寸，两侧银灰色，脊背泛绿，从它的特征上看有点像鲦鱼，我在这里提到它，主要是为了把事实和寓言联系起来。不过，这个湖里并不盛产鱼类。狗鱼虽说不算多，却成了这个湖的一大骄傲。有一回，我趴在冰层上，看到狗鱼至少有三种类型：一种又长又扁，铁灰色，酷肖从河里逮住的那样；一种金灿灿的，泛着绿色闪光，在很深的水域里，乃是这儿最常见的鱼；还有一种是金黄色，形状和前一种相似，只是两侧有深褐色斑点或黑色斑点，间杂着一些淡淡的血红色斑点，活脱脱像鲑鳟鱼。这种鱼按拉丁文学名为 Reticulatus（网状）不够贴切，还不如管它叫做 Guttatus（斑斓）为好。这些鱼全是肉头结实，看上去比它们的模子要重得多。银色小鱼、条鳕和鲈鱼，还有所有栖息在这个湖里的鱼类，确实要比生长在别的江河湖泊里的鱼类更干净、更漂亮、更结实，因为这里的湖水更纯洁，人们一眼就能把它们区别开来。也许很多鱼类学家可以利用它们来培育新的品种。这个湖里还有一些品种干净的青蛙和乌龟，以及数量极少的淡菜；麝鼠和水貂也在这儿留下了它们的痕迹，偶尔一只周游四方的香龟都会到此一游。有时候，我一人早推船离岸时，不知怎的把夜间藏身在船底下的大香龟给惊动了。春秋两季，鹅鸭成群，在这儿出没无常；白肚皮的燕子（拉丁文学名 Hirundo bicolor）在湖上轻轻地掠过，还有一些斑鹬（拉丁文学名 Totanus macularius）整个夏天净在石头湖岸上"晃来晃去"。有时候，我还会惊起了栖息在湖边白皮松枝头上的一只鱼鹰；可我不知道海鸥有没有来过这儿，如同它们常去美港一样。潜水鸟到这儿来至多每年一次。现在常到这儿来的，全是一些不同凡响的动物。

赶上风平浪静的天气，坐在小船上，可以看到，湖的东头沙滩附近那一带，水深八英尺至十英尺。在湖的别处，也可以看到一些圆形堆垛，高约一英尺，直径六英尺，由比鸡蛋个儿还小的圆石子码成，周围全是光溜溜的沙子。起初让人纳闷这是不是印第安人故意在冰层上堆叠这些圆石，待到冰层融化时，就一块儿沉到了湖底；可是，这些圆石码得太齐整匀称，里头有些圆石显然也太新鲜，不像人工堆叠，它们与河里找到的石子一模一样。反正这儿既没有胭脂鱼，也没有七腮鳗，我可闹不清楚那些圆石堆是由哪些鱼码起来。也许它们就是银色小鱼的窝儿吧，这些圆石堆给湖底平添了几分喜人的神秘感。

湖岸错落有致，一点都不单调。在我的心目中，西岸是犬牙交错的深水湾，北岸较为险峻，而南岸呈扇贝形，很漂亮，一连串岬角相互交叠，不由想到岬角间还有好些人迹罕至的小水湾。湖水边沿耸立的群山间有一个小湖，从小湖中央放眼四望，会欣赏到在森林衬映下从来没有过的绝妙的美景；因为森林映在湖面的倒影，不但形成了最佳的前景，而且，由于迂回曲折的湖岸，也成为它的最自然、最宜人的边界线。这儿与板斧砍出来的林地不一样，与毗邻湖边的耕地也不一样，既无斧凿的痕迹，又无不完美之感。树木享有充分的空间可向水边扩展，每一棵树都冲着这个方向伸展出最富有活力的枝杈。在这儿，大自然编织了一道天然的花边，一眼望去，从湖边低矮的灌木丛蜿蜒向上，一直可以望到那些参天树木。在这儿，你看不见有什么人工痕迹。湖水冲洗堤岸，和一千年前一模一样。

湖——在天然景色中最美、最富有表情的就数它了。它是大地的眼睛；人们观湖，可以揣量出自己天性的深浅。湖畔水生树木，是仿佛给它镶边的修长的睫毛，而四周树木葱郁的群山和峭壁，则是它悬挑的浓眉了。

九月间的一个下午，风平浪静，薄雾迷蒙，湖对岸的轮廓显得模模糊糊，此时此刻，站在湖的东头平坦的沙滩上，我方才恍然大悟"湖面如镜"这种说法究竟是从何而来。要是把头倒转过来看，湖就像一条最精致的薄纱悬挂在峡谷上空，在远方松林的映衬下闪闪发光，把大气一层一层地分隔开来。你会觉得，你可以从它底下衣不沾湿地走了过去，一直走到湖对面的群山那里，而掠过湖面的燕子也可以在湖上栖息。有时候，那些燕子果真向它俯冲下来，好像一时失误，稍后才恍然大悟。你朝西头湖岸抬头望去，不得不举起两手遮住自己的眼睛，挡开地地道道的阳光和从水中反射上来的阳光，因为这两种阳光同样亮得令人耀眼；你要是用挑剔的眼光，在这两种亮光之间审视湖面，就会看到它端的是波平如镜；此外只见一些贴水掠飞的昆虫，遍布整个湖面，彼此错开相同间距，在阳光下飞来飞去，在水面上产生了可以想象到的最精美的闪光来；也许间或还有一只鸭子在梳理自己的羽毛，或者，正如我前面说过的，有一只燕子贴水低飞，快要碰到水面似的。也许从远处望去，一条鱼儿在半空中画出了一道三四英尺的弧线，在它跃出水面时映出一道闪光，在它钻进水里时又映出了一道闪光；有时候，这一道银光闪闪的弧线还会整个儿显现出来；要不然，也许有一根蓟草漂浮在湖的什么地方，鱼儿冲它一跃，湖面上也会激起一圈圈涟漪。这时，湖面像熔化的玻璃，冷却了但还没有凝结，里头绝无仅有的尘埃也显得纯洁而优美，可谓白璧的微瑕。你经常会看到一片更光滑、更幽暗的水域，仿佛有一张看不见的蜘蛛网，把它和别的水域截然分开，成为水中仙子在那儿憩息的水栅。你从山顶上可以俯瞰到，几乎所有的水域都有鱼儿在跳跃；在这波平似镜的水面上，只消一条狗鱼或银色小鱼在捕食一只小虫子，就会把整个湖面的平静给搅乱了。真是神奇极了，这么简单的一件事，却显现得这么精巧——这种鱼类伤生害命的事终必败露——我打老远高头就清晰地看到一圈圈直径为六七杆的波浪形在四周围扩散。你还会看见一只水蜰（拉丁文学名 Gyrinus）在平滑的水面上不停歇地滑过去了四分之一英里；它们轻轻地在水面上犁出了波纹，两道分叉线形成了明显的涟漪，长足昆虫在水面上滑行，却不会留下看得见的涟漪。湖面上一掀起了波浪，长足昆虫和水蜰连影儿都见不着了。但是，赶上风平浪静的日子，它们就会离开自己的"避风港"，好像探险似的，凭着一时冲动从湖边出发，一个劲儿往前方滑行，直到滑完全程。入秋后晴朗的一天，坐在高高的山头的树桩上，沐浴在温煦的阳光里，俯瞰瓦尔登湖景，仔细捉摸那一圈圈涟漪，一刻不停地雕刻在有着天空和树木倒影的水面上，要不是这些涟漪在晃动，连水面也都看不见呢——这真的是令人松心的快事啊！在这么浩渺的水面上，什么干扰都没有，即使有一点，很快就会缓解消失，让人安静下来，好像在湖边汲取一壶水，颤动的水波流到了岸边，一切复归平静。鱼儿从水中跃起，小虫子落到了湖里，不外乎通过一圈圈涟漪和优美的线条表述出来，好像这是泉水不断地在向上震颤、井喷，是它的生命在轻轻地搏动，是它的胸脯在上下起伏。那是欢乐的激动，还是痛苦的战栗，全都说不清楚。湖上好一派安谧的气象！人类的劳动如同在春天里，又在闪闪发光。是啊，每一片叶子、每一根枝条、每一颗石子、每一张蜘蛛网，到了午后时分都在闪闪发光，宛如春天早晨它们身上沾满的露珠。船桨或小虫子的每一个动作，也都会发出闪光；听那船桨的欸乃声，该有多美啊！

赶上九十月里这么一天，瓦尔登湖俨如十全十美的森林明镜，四周镶上圆石子，依我看，这些圆石子十分珍贵，可谓稀世之宝。说不定地球上再也没有一个湖，会像瓦尔登湖这样纯美，又这样浩渺。邈邈乎来自天上的水啊！它不需要护栏。多少个民族来了又去了，都没有玷污过它。它是一面石头砸不碎的镜子，它的水银永远不会消退，它的镶边金饰大自然还在不断修补呢；风暴、尘垢，都没法使它永远光鲜的表面黯然失色——这一面镜子，凡是不洁之物落在上头立时会沉下去，被太阳底下的雾气掸去尘埃，刷洗干净——这是一块拂尘布——往上面呵一口气也都留不住，只管自己直升到高空，宛如悬浮在湖上的朵朵白云，又清晰地倒映在湖面上。

泱泱的湖水，让空中的精灵出没无常。它不断从天上接受新的生命和旨意。它实质上在天地之间充当媒介。大地上只有草木随风摇曳，而水自身却被风儿吹起一圈圈涟漪。从一缕或者一片闪光里，我看得出风儿在轻轻地吹拂。我们能够仔细俯视湖的表面，真是匪夷所思。说不定我们将来终究也会像这样仔细俯视天空的表面，发觉一个更玄妙的精灵从它上面掠过呢。

　　十月的后半个月，严霜降临，长足昆虫和水蟒终于销声匿迹；再往后到了十一月，风平浪静的日子里，通常湖面上绝不会被什么玩意儿激起涟漪来。十一月的一个下午，持续好几天的暴风雨终于停了下来，但天上仍然阴云密布，雾气迷蒙。我观察到瓦尔登湖上光溜溜得出奇，连湖面都很难辨认出来；它虽然反射不出十月里光艳艳的色彩，却映照出了周围群山在十一月间的暗淡色调。我尽可能轻轻地划着小船过湖，可我的小船激起的波纹一直扩散到我看不见的远方，使湖里的倒影泛出弯弯曲曲的形状。我抬眼观望湖面，隐隐约约看见远处星星点点的微光闪烁不定，就像一些在水上掠过的虫子躲过严霜之后却在那儿扎起堆来了，也许湖面过于光溜溜，连泉水从湖底往上井喷，也依稀可见。轻轻地荡起双桨，来到了那些地点，我吃惊地发觉，四周全是数不尽的小鲈鱼，大约有五英寸长，在碧绿的湖水里呈深铜色，它们在湖中嬉戏，经常跃到水面上来，激起一圈圈涟漪，有时还会留下一些小小泡沫。在如此透明好像无底、映现云彩的湖水中，我好像乘着气球悬浮在空中，鲈鱼们则游来游去，依我看，如同飞翔或盘旋，它们俨然是一群鸟儿从我的下方或左或右穿过，它们的鳍有如全部撑开的风帆。瓦尔登湖就有好多这样的水族，显然它们要在严冬还没有落下冰帘、遮住它们头上广阔的天光之前，充分利用一下这个短暂的季节；有时，它们给湖面呈现出些许细纹模样儿，好像只是一丝微风拂过湖面，或是洒下几滴雨点罢了。我漫不经心地渐走渐近时，它们大吃一惊，猛地拍击湖水，甩着尾巴激起了水花来，好像有人拿着一根刷子似的枝条在击水。眨眼间它们都躲到湖水深处去了。最后，湖上一起风，雾霭渐浓，浪儿开始翻滚，鲈鱼们比前时蹿得更高，半拉鱼身一下子蹿出了水面，形成上百个黑点子，三英寸长。有一年，即使迟至十二月五日，我还看到水面上有一些水花，以为一眨眼就要下大雨了，空中雾气弥漫，我急吼吼坐到划桨的位置上，冲着家径直划去；这时好像雨已经越下越大了，虽然我脸颊上还丝毫没有感觉到，可我估摸自己管保会淋成落汤鸡了。殊不知突然间那些水花连影儿都看不见了，原来是鲈鱼们激起来的，我的划桨声吓得它们潜入深水里去了，我目睹它们成群消失得渺无影踪。就这么着，我衣不沾湿地度过了这天的下午。

将近六十年前，每当森林四周围已是黑咕隆咚的时候，有一位经常光临湖边的老人告诉我说，那些年头他有时还看到湖上挺闹猛的，鸭子和其他水禽在湖中戏水，有好多老鹰在来回盘旋。他是来这里钓鱼的，划着一只在岸边寻摸到的破旧小划子。这小划子是由两棵白皮松中间凿空，打造在一起，首尾两端都砍得方方正正。它那个样式很难看，但是管用，已有好多个年头了，后来进了水才泡烂，也许就沉到湖底去了。他可不知道那小划子是哪一家的，那得了，它就算瓦尔登湖的吧。老人常常把山核桃树皮绞在一起，当做他的锚链。还有一个在革命前就住在湖边的老人跟他念叨过，这湖底有一只铁箱子，老人还看见过呢。有时候，那只铁箱子还会漂浮到岸上来；不过，要是一挨近它，它就又下沉到深水里去，立时杳无影踪。听到那只破旧的小划子的来历，我很高兴，它替代了那种印第安人的小划子，尽管两者木材相同，但前者做工稍微好看一些；说不定原先只是岸边的一棵树，后来倒伏在湖水里，漂浮过二三十年，成为最适合在这湖里行驶的船只了。记得我开初观察湖水深处时，就看到湖底隐隐约约躺着好多好多巨大树干，也许是从前被大风刮倒，要不然是最末一次砍伐后给扔在了冰层上，因为反正那时节木材很不值钱；殊不知如今这些树干十之八九都不见影儿了。

我头一次在瓦尔登湖上划船时，环湖全是茂密、高大的松树和橡树林，在湖的一些小水湾里，葡萄藤蔓爬过了湖沿的树木，形成了一个个凉亭，小船可以从它底下穿过。形成湖岸的那些群山很陡峭，那儿有很多参天树木，要是从西头往下俯瞰，那里看上去就像一座圆形剧场，可供某些林中仙子演出。年轻的时候，我就在那儿消磨过好多时光，我像风儿一样随心所欲，漂浮在湖面上，把我的小船划到湖中央，自己仰卧在座位上，在一个夏天的上午，似梦非梦，半眠半醒，待小船撞着了沙滩，我方才惊醒过来，于是站起来，看看命运之神将我推向什么样儿的湖岸；在那些日子里，赋闲乃是最诱人的事业，它的产出也最丰富。我让好多个上午都悄悄地溜过去，觉得还是把一天当中最珍贵的时间就这么着消磨掉为好；因为，就算我没钱，但富有阳光明媚的时光和凉爽歇夏的日子，供我尽情享受；我没有把时光更多地浪掷在工场里或在教师的讲台上，对此我并不后悔。可是，自从我离开湖岸后，伐木者对树木越发乱砍滥伐，往后好多岁月里，再也不能在林间小道上徜徉了，也不可能偶尔从枝杈间看到湖水了。我的缪斯女神①要是从此沉默了，谅她也是情有可原。树林子全给砍光了，还能指望鸟儿们歌唱吗？

湖底的树干、古老的独木舟和环湖的幽深的树林子，如今都见不着了，村民们就连湖坐落在哪儿也不知道，他们想的不是来这湖里沐浴和掬饮，却要把它的水——这少说也该像恒河一样圣洁的水啊——通过管道引进到村子里去，好让他们洗碟刷盘！只消拔去一个软塞，或者拧一下龙头，就用上了瓦尔登湖水！这酷肖魔鬼的铁马，它那震耳欲裂的巨响，整个村镇上都听得见，它的脚丫已经把沸泉搅浑了。再说，也正是它，把瓦尔登湖畔所有树林子都吞噬了。这匹特洛伊木马肚子里藏了成千个人，全是经商的希腊人琢磨出来的！这个国家的勇士，摩尔府上的摩尔②在哪

---

① 古希腊神话中掌管文学艺术，特别是诗歌的女神。
② 据传，摩尔是古代英国传说中的屠龙英雄人物。

儿？应该迎头赶到"底普卡特"①，将复仇的长矛对准这个骄横的害人精的肋骨直捅进去吧。

不过，据我所知，各种特色中，或许就数瓦尔登湖的特色最好，保持它的纯洁性也是令人叫绝。许多人都被比喻为瓦尔登湖，但这一美誉只有少数人受之无愧。尽管伐木者把环湖的树木先后都给大片大片地砍光了，爱尔兰人在湖边搭建了他们的陋屋，铁路已经侵占了湖的边缘地带，冰商还来这儿凿取过冰块，但瓦尔登湖本身并没有变化，依然是我年轻时目睹的湖水，变化的反而是我自己。瓦尔登湖里有过数不尽的涟漪，恒久不变的波纹却一道也都没有。瓦尔登湖永远年轻，我可以伫立在湖畔，看一只燕子分明俯冲下来，将一只小虫子从湖面上叼走，同往日里一模一样。今夜，我不禁又触景生情，仿佛我没有跟它朝夕相见长达二十多年之久，这就是瓦尔登湖。好多年前我发现的那同一个林中之湖；去冬在湖边砍掉了一个树林子，今春又一个树林子就会傍湖拔地而起，依旧生机勃勃；同样的思绪如同在往日里一样从湖面上喷涌上来——这对湖本身与湖的创造者来说，也是源源不绝的欢乐和幸福，是的，对我来说可能也是如此。不消说，瓦尔登湖是一位勇士的杰作，他断断乎不会要狡狯！他亲手把这湖水围住了，在他的思考中使湖水得以深化和澄清，并在他的遗嘱中将它传给了康科德。我从它的湖面上看到了

---

① 底普卡特（音译）：意为深深地砍下去。

同样的倒影活灵活现；我差不离要说：瓦尔登，是你吗？

> 我断断乎不会梦想
>
> 去雕饰一行诗；
>
> 唯有住在瓦尔登湖旁，
>
> 我方可走近上帝和天堂。
>
> 我是圆石堆砌的湖滨，
>
> 在它高头轻轻吹过的风；
>
> 在我的掌心里
>
> 是湖里的水和沙，
>
> 湖的最幽深的胜地
>
> 高卧在我的思绪里。

    火车从来没有停下来观赏一下瓦尔登湖光山色。不过，我揣想，火车上的司机、司炉和司闸员，还有那些持有月季票的旅客，他们倒是常常看在眼里。其实，观赏瓦尔登湖景色，就数他们最地道。司机在夜间开车并没有忘记它，或者司机的天性并没有忘记它，而在大白天，司机至少会对静谧的纯洁的湖光山色投以一瞥，就算仅仅是惊鸿一瞥，也足以把斯达特街①和发动机上

---

① 参见前注，即麻省首府波士顿市内一条大街，以金融中心著称于世。

的污垢冲洗得干干净净。有人提议不妨管瓦尔登湖水叫做“圣水一滴”。

我已说过，瓦尔登湖的进水口和出水口都是看不见的，但它一边和佛林特湖遥相呼应，间接地连在一起，佛林特湖水位比较高，有一连串小湖从那儿流过来；它另一边又显然直接和康科德河连在一起，而康科德河水位较低，也有一连串类似的小湖当间穿过，也许在某个地质时期河水泛滥过，只消稍微开挖一下——无奈上帝禁止开挖——它还是可以流到这儿来。如果瓦尔登湖像林中隐士一样如此庄敬自重地生活了那么长时间，从而获得如此神奇的纯洁性，那么，佛林特湖较为不洁的湖水一旦和瓦尔登湖水搅浑在一起，换句话说，瓦尔登甘美的湖水被白白地浪费掉，流入了海洋，谁能不为之惋惜呢?

佛林特湖，或称沙湖，位于瓦尔登湖以东一英里的林肯附近，是我们这儿最大的湖和内海。佛林特湖面浩瀚，据说占地一百九十七英亩，湖中渔产也更丰富；不过，水位比较浅，水质也不太纯。穿过树林子溜溜达达上那儿去，常常是我的一大消遣。哪怕仅仅是感受一下那好不痛快地吹拂在脸颊上的清风，仅仅是看一看此起彼伏的水波，仅仅是追怀一下海员们的生活，那也不虚此行吧。入秋后起风的日子里，我去那里拾过栗子，那时坚果都掉在水里，又被水波冲到了我脚跟边；有一回，我正沿着芦苇丛生的岸边爬行，鲜活的浪花飞溅在我脸上，我碰见了一条破船的残骸，船舷没有了，在灯芯草丛里几乎给人留下只有一个平底的印象；不过，船的模型轮廓分明，仿佛是一大块烂透了垫板，依然有棱有角。这是人们在海岸上可以想象到的令人印象深刻的船骸，里头还包含耐人寻味的寓意。这个时节，湖岸上不外乎是腐质土壤，很难看出真面目来，到处长满了灯芯草和菖蒲。这个湖北端的湖底沙滩上涟漪留下的痕迹，常常使我赞赏不已；湖底受到水的压力变得异常坚硬，涉水者走在上面就更有具体感受；单行生长的灯芯草呈现波浪形条纹，跟湖底的涟漪痕迹合辙儿，一排又一排，仿佛是波浪栽植的。在那里，我还发现好多奇形怪状的球体，分明是由细草或根须，也许还有谷精草组成的，其直径从一英寸半到四英寸，倒是很完美。这些球体在湖底沙滩浅水里来回冲荡，有时还被湖水卷到湖岸上。它们要么是铁硬的草团，要么就是中间带着一点沙子。开头，你也许会说，它们是被波浪冲击而成的，同鹅卵石一模一样；最小的球体仅有一英寸半长，尽管质地粗糙跟大的球体相同，但它一年之中只要一个季度就长大成形了。再说，我还怀疑波浪所起的作用，不是在打造，而是在损坏早已抱成团的物体。这些球体一旦干透了，它们的形状依然可以保存相当长的时间。

佛林特湖！我们给它起的名字，没承想会如此寒碜呀。遴里遴遢、傻里傻气的农夫，竟然在这水天一色的湖中开垦农场，恶狠狠地把湖岸糟蹋得不堪入目，他有什么权利用自己的姓氏给它命名？好一个刮皮的吝啬鬼，天底下他最爱的是一块美元或一枚分币的反光，从中他可以看到自己那张厚黑的脸；他甚至把栖息在湖上的野鸭子都看成入侵者；由于长期惯于贪婪掠夺，他的手指已经变得弯曲而尖硬，就像哈比①的鹰爪——因此，这个湖名我觉得挺别扭。我上那儿去，断断乎不是去看他，也不是去听人念叨他；他从来没有看见过这个湖，也没有在这个湖里洗过澡；他从来没有喜爱过这个湖，从来没有保护过这个湖，从来没有说过这个湖的一句好话，更没有感谢过创造了这个湖的上帝。给这个湖命名，还不如干脆采用在湖中戏水的鱼儿的名字，在湖上出没无常的飞禽或者走兽的名字，或者傍湖生长的野花的名字，或者用一个他们的身世和湖的来历交织在一起的野人，乃至于野孩子的名字；断断乎不要采用他这个人的姓氏，因为除了同他意气相投的邻居或立法机构发给他一张契约，他对这个湖并没有所有权——他这种人心里想的只是这个湖值多少钱；他在湖上的出现，说不定只会使环湖滩地横遭灾祸，他这种人只会使湖周围的土地潜力全被耗尽。他这种人唯一感到遗憾的是，这儿不是盛产英格兰干草或越橘的草场——在他的眼里，这确实没什么可找补的——所以，只要湖底的淤泥可以卖钱，他觉得即使把湖水排干也行。反正湖水再也不会叫他的水磨转动，他也并不觉得观赏湖上景色是一种莫大的荣幸。对他的活计，以及他那个样样东西明

① 哈比（音译）是古希腊、古罗马神话中一怪物，它的脸及身躯似女人，而翼、尾、爪似鸟，残忍、贪婪、掠夺成性。

码标价的农场，我是不屑一顾的；他这种人会把风景，甚至还有他的上帝，通通拿到市场上去拍卖，只要从中有利可图；其实，他到市场上去，说白了，就是为了他的那个上帝。在他的农场上，什么玩意儿都不会长出来；他的地里长不出谷物，他的草场上见不到花儿，他的果树上不结果实，反正长出来的是金元；他喜爱的并不是果子的美；他认为，他的果子只有变成了美元，这才算成熟了。得了吧，反正我安于穷虽穷其实真富的生活。农夫们越是贫困，越是得到我的敬意和关注——贫困的农夫们。亏它还是个模范农场！农场里的房子，就像粪堆上长出来的真菌，住房啦、马厩啦、牛棚啦、猪圈啦，不管是干净的，还是不干净的，全都连在一起！人就像畜生似的挤在里头！赛过一大块油渍，散发出粪肥和奶酪掺和在一起的气味。在一个高度文明的社会里，连人的心脑都沤成了粪肥！仿佛上教堂墓园去种土豆！原来模范农场就是这个德行。

不，不，如果最优美的景点要冠以人名，那就不妨采用最高贵的精英人物的名字。让我们的湖拥有真正的名字，至少要像伊卡罗斯海①那样，在那里，一次"勇敢的尝试"至今仍在海上回响着。

鹅湖，湖不太大，坐落在我去佛林特湖的路上；美港是康科德河的一个大水湾，据说面积有七十英亩，在西南角一英里处；白湖，

————————

① 古希腊神话中一人物，雕塑家代达罗斯的儿子，与其父双双以蜡翼粘身飞离克里特岛，因为飞得太高，惜被阳光融化，坠落爱琴海而死。

约莫有四十英亩，离美港有一英里半之遥。这些就是我的湖乡。这几个湖，连同康科德河，成了我的"水上特区"，夜以继日，年复一年，它们把我送去的那些谷物都给碾成了粉。

自从伐木者、铁路和我玷污了瓦尔登湖后，在我们这儿所有的湖里头，最诱人的湖，哪怕不是最美丽的湖，堪称林中瑰宝，也许就数白湖了——好一个可怜巴巴的湖名，由于它太平凡吧，它的得名是源于水质极其纯洁，还是源于沙子的颜色。反正不管从哪个方面来说，白湖与瓦尔登湖乃是孪生兄弟，只不过稍微小一些。它们相似之处非常多，你会说它们在地底下一定是连在一起的。白湖也有同样的圆石湖岸，湖水也是同样的颜色，正如瓦尔登湖。赶上热得邪门的酷暑大气，透过树林子，俯瞰湖中一些水湾（它们虽然算不上很深，但因湖底的反光染上了一层色彩），白湖的水也平添了一种雾蒙蒙的淡绿的，抑或是海绿的色彩。好多年前，我常去那里采沙，用小车运回来做砂纸，后来我还不断地去过那里。有一个常去白湖的人提议，不妨管它叫做"绿湖"。也许还可以称它为"黄松湖"，理由如下。大约在十五年前，你会看到一棵油松的树梢头，不断往外伸向深水的上空，离湖岸竟有好多杆远呢。这种松树并不是什么名贵品种，但在这附近一带都称之为黄松。有人甚至还认为白湖原先下沉过，从前在这里有过一片原始森林，这棵黄松就是其中的一棵。我发现，甚至远在一七九二年，在马萨诸塞州历史学会藏书馆里，就有一位公民写过一部《康科德地形图志》，这位作者谈到了瓦尔登湖和白湖，找补着说："白湖的水位很低时，在湖心那里可以看到，有一棵树，树根虽然在离湖面有五十英尺的深处，但看上去仿佛生长在眼下所在的地点；树梢头已被摧折殆尽，据测算被摧折之处直径有十四英寸。"一八四九年春天，我和一个住在萨德伯利、离湖最近的人闲聊，他告诉我，正是他在十年或十五年前把这棵树拽了出来的。就他记忆所及，这棵树离湖岸有十二杆或十五杆远，那儿水深约莫有三十英尺或四十英尺。正是严冬季节，他上半天在湖上凿冰，决定午后请邻居们帮忙，把这棵老黄松拽出来。他先在冰层上锯开了一条渠道，径直通向湖岸，随后用一头牛把它拔起来，再拖到了冰层上；殊不知这活儿还没有多大进展，他大吃一惊地发现，这棵树是树根朝天，枝条的根荏反而朝下，那小的一头牢牢地在沙质的湖底扎了根，那大头的直径约莫有一英尺。他原先指望能寻摸到一根可开出上等锯材的原木，没承想它已腐烂透顶，如果拿它来做燃料，只配劈柴生火，当时，他的披屋里头还有一点木头。那上头还有斧痕和啄木鸟的啄痕呢。他认为，那可能是湖岸上的一棵死树，后来被大风刮倒在湖里，树顶被水浸透了，树底部分还是很干燥的，分量又很轻，因此浮上水面，倒栽着沉了下去。他父亲年届八旬，记不起来那棵树什么时候就不见影儿了。也许可以看到湖底还有一些好粗的原木，由于湖面上水波在不断荡漾，它们看上去就像硕大无朋的水蛇在游动似的。

　　白湖很少让船只玷污过，因为湖里可引诱渔夫的生物少得可怜。既没有洁白的睡莲（因为它需要污泥）；也没有多少常见的菖蒲。在纯净的湖水中，稀稀落落地点缀一些蓝幽幽的菖蒲（拉丁文学名 Iris versicolor），它们都仿佛是从沿岸四周湖底石滩上一跃而起似的。到了六月间，蜂鸟就来这儿探访，那蓝幽幽的叶片和蓝幽幽的花朵，特别是它们在湖中的倒影，与海蓝色的湖水显得格外和谐。

白湖与瓦尔登湖是大地上的两大块水晶，"光之湖"。如果它们是永远凝固的、小得可以拿捏的东西，也许它们早被奴隶们带走，如同宝石一样，点缀在帝王的头上了；殊不知它们是液体，烟波浩渺，永远惠及我们和我们的子子孙孙。可惜我们并不赏识它们，却去追求什么科依诺尔①大钻石。它们端的是太纯洁，断断乎没有市场价值，而且不含污垢。倘若跟我们的生命相比，它们不知道该有多美！倘若跟我们的性格相比，它们还要透明得多呢！我们从来没听说它们有过什么微瑕。倘若跟农家门前鸭子在戏水的池塘相比，它们不知道该有多美！瞧，洁净的野鸭子上这儿来了。大自然啊，还没有一个居民能欣赏她呀。鸟儿连同它们的彩羽和歌喉，与鲜花可谓琴瑟和谐，但是，又有哪个少男少女能与大自然粗犷华丽之美心心相通呢？大自然远离尘嚣，独自欣欣向荣。你玷污了大地。还胡扯什么天堂！

---

① 原产自印度的一颗大钻石，重 191 克拉，1849 年后被英国夺走，成为英王王冠上的宝石。

贝克农场

　　有时，我漫步到松树林，松树林像寺院耸立着，或者像海上装备齐全的舰队，树枝像波涛起伏，又像涟漪闪闪发光，看到那么柔和苍翠的浓荫，德鲁伊特们[①]也会摈弃他们的橡树林，专程来到这些松树林下顶礼膜拜了；有时，我漫步在佛林特湖畔的雪松树林，那些参天大树上挂满了灰白色的蓝莓，树干越长越高，移植到瓦尔哈拉殿堂[②]前倒是十分相宜；而杜松的藤蔓盘绕交错，果实累累匝地；有时，我信步来到沼泽地带，只见白杉上倒悬着花彩似的松罗地衣，满地都是伞菌，它们是一张张沼泽地众神的圆桌子，而分外美丽的香菌点缀在树根周围，像蝴蝶、像彩贝，也像植物峨螺；那儿长着

---

① 古代凯尔特人中有一批有学识的人，担任祭司、教师、法官或巫师、占卜者等。据说，他们崇拜橡树林。
② 北欧神话中诸神兼死亡之神奥丁接待战死者英灵的殿堂。

石竹和山茱萸，红色的桤木浆果活像小精灵的眼珠子；就算是最坚硬的树木，也会被蜡蜂啃成累累凹痕而毁掉；可野冬青的浆果端的是美极了，令人看了流连忘返；还有好多好多别的不知名的野生浆果，也都是光艳夺目，挺诱人，味儿太美了，凡夫俗子是断断乎没尝过的。我一次又一次地去访问的，不是哪一位学者，倒是这一带十分罕见的一棵棵不同凡响的树木，它们远远地耸立在牧场的中央，或者生长在树林子、沼泽地的深处，或者生长在小山冈顶上。比方说，我们就有一些漂亮的黑桦木标本，直径达两英尺。与黑桦木同一纲目的，还有黄桦木，披着宽大的金色外衣，跟黑桦木一样散发着香味儿。还有山毛榉，长得那么洁净脱俗，周身呈现靓丽的地衣色彩，所有细部全臻完美无缺，这一种树，除了散在各处的标本，我知道在这一带唯有这样一片小小的树林子，树身倒是相当可观，据说还是那些被附近山毛榉坚果引诱过来的鸽子播下的种子呢；一劈开这种树木，只见银色的颗粒闪闪发光，煞是好看。此外，还有椴树、鹅耳枥树。拉丁文学名为 celtis occidentalis，亦即假榆树，这儿只有一棵树生长得很好。还有一些可以做桅杆的高耸的松树，以及一棵可以做木瓦的树；一棵不同凡响的铁杉，矗立在树林子里宛如一座宝塔。我还可以列举出好多各种各样的树木。不管严冬酷暑，这些都是我必去朝觐的圣地。

有一回，说来也真巧，我站在一道彩虹的拱座上，只见这条彩虹贯通大气的底层，给周围的草叶点染了色彩，使我一下子眼花缭乱，仿佛正在透视一个五彩缤纷的水晶体，这儿旋即成了一个光之湖，刹那间，我活脱儿一头在虹光之湖里的海豚。那彩虹要是持续的时间长一些，说不定会使我的事业和生命异彩纷呈吧。我行走在铁路堤道上时，常常对我影子周围那个光轮感到惊讶，自以为是上帝的一名选民了。有一位来访者告诉我，他面前的那拨爱尔兰人，他们的影子周围就没有光轮，只有生于斯、长于斯的土著才有哩。本梵努托·切利尼①在他的回忆录里告诉我们，他在圣安琪罗城堡囚禁期间，做过一个可怕的噩梦或幻觉之后，无论在早上和晚上，都有一团灿烂的光芒出现在他的头影上，不管他是在意大利，还是在法国，而且，要是草上有露珠时，那光轮也就更加明显，说不定这跟我说起过的如出一辙，在大清早显得尤其清楚，不过，在别的时间，乃至于在月光之下，也是如此。这固然是一种常见的现象，但很少被人注意到，而像切利尼那样惊人的想象力就足以构成迷信的基础。此外，他还告诉我们，他只是指点给极少数人看的。话又说回来，那些意识到自己条件得天独厚的人，难道真的是卓荦冠群吗？

有一天下午，我穿过那片树林子去美港钓鱼，以弥补一下光吃蔬菜所引起的营养不足。我路上穿过快乐草地，它隶属于贝克农场，从前有个诗人就歌唱过这么一块隐退胜地。诗的开头是——

① 切利尼（Benvenuto Cellini, 1500—1571）：意大利文艺复兴时期雕塑家、作家，他的回忆录是一部名著。

> 入口是一片宜人的田野，
>
> 在长满苔藓的果树之间，
>
> 一条泛红的小溪在涓涓地流
>
> 麝鼠却在水边忽闪忽现，
>
> 还有鲜蹦活跳的鳟鱼，
>
> 也尽情在水中游来游去。

　　我在入驻瓦尔登湖前，倒是考虑过去那里居住。我曾经在那里"钩过"树上的苹果，还纵身跃过那条小溪，把麝鼠和鳟鱼都吓跑了。那些个下半天，时间好像长得不得了，赛过我们寿命的一大半，其间会发生许许多多事情。可就是这么一个下半天，时间早已过半，我才动身呢。走到半路，碰到一场大雨，我只好在一棵松树底下站了半小时，头上堆满树丫枝，再用一块手绢来遮挡雨水；到最后，我已站在齐腰深的水里，就拿眼子菜来碰碰运气，突然间，我发现自己置身于一块乌云底下，雷声开始轰隆作响，我别无选择，只好听天由命了。我想，天上诸神定然自以为了不起，居然用如此的叉形闪电，来打击一个手无寸铁的可怜巴巴的钓鱼人。于是，我赶紧直奔最近的那个小屋去躲一躲。那小屋离哪一条大路都有半英里路远，离湖倒是近得多了，何况很久以来都没有人在那里住过——

　　这里是一位诗人所造，

　　在他的风烛残年，

　　眼看这简陋的小木屋，

　　也有坍塌的险象。①

　　缪斯女神讲过的寓言就是这样。但我发现个爱尔兰人当下住在这里，名叫约翰·菲尔德，还有他的妻子和好几个孩子；那个脸儿大的男孩子已能帮父亲干点活儿，此刻跟着父亲从沼泽地奔回家躲雨。来到那个脸上有皱纹、像先知一样的圆锥体脑袋的婴孩跟前，那婴孩坐在父亲的膝盖上，就像坐在贵族的宫殿里，从他那个潮湿而又挨饿的家里好奇地直望着陌生人，不消说，这是婴孩的特权，他却不懂得自己是贵族世家的最后一代，是当今世界的希望、引人瞩目的中心，而不是什么约翰·菲尔德可怜的、挨饿的小伢儿。我们一块儿坐在漏雨最少的屋顶底下，而屋外，雷声咕隆，大雨滂沱。从前，我在这里坐过不知有好多回了，那时节，载着他们一家子漂洋过海到美国来的那艘船恐怕还没有造好吧。一望可知，约翰·菲尔德是个诚实、勤劳，但又无可奈何的人；他的妻子倒是很泼辣，总是忙不迭地在高高的炉子那儿做饭。瞧她那张脸儿圆乎乎、油腻

---

① 以上两处诗句转引自美国作家钱宁（W.E.Channing, 1780—1842）的《贝克农场》，钱宁系美国基督教公理会自由派牧师，主张神学人文化，反对蓄奴、酗酒、贫困和战争。

腻的，露着胸脯，仍然在梦想总有一天改善一下她的境遇；尽管她手里一刻儿不离小拖把，可在哪儿都看不出它有什么效果。鸡群也进了屋子来躲雨，好像家里人一样在屋子里头走来走去，反正它们太酷肖人类，我想，就算烤熟了，味儿也不见得好极了。它们站在那儿，直盯住我的眼睛，或者故意来啄一啄我的鞋子。就在这时候，我的主人把自己的身世说给我听，说他如何在"沼泽地"里给邻近的一个农场主干活，用铁锹（或者沼泽地专用的铁锄）翻耕一片草地，报酬是每一英亩地十块钱，并且可使用施过肥的土地一年；又说他那脸儿大、个子小的儿子，一直在父亲身边乐呵呵地干活儿，一点儿也不知道他老爸这一笔买卖该有多么亏。我试图用个人经验帮助他，告诉他，他是我的紧邻之一，我也不外乎来这儿钓钓鱼，看上去是个流浪汉，和他本人一样自谋生计；我还告诉他，我住在一个逼仄却明亮、洁净的屋子里，屋子的造价一点也不比他每年租用这种陋屋的租金高，如果他愿意，他也可以在一两个月以内，给自己造一座宫殿；我平素不喝茶，不喝咖啡，不吃黄油，不饮牛奶，也不吃鲜肉，因此，我就用不着为了得到这些去干活儿；再有，我干活儿不太吃力，用不着吃得很多，所以，我的吃食费用也微不足道。可他呢，因为他一开始就要茶、咖啡、黄油、牛奶、牛排，那他就不得不拼命干活儿，来偿付这些吃食开支，而且，他越是拼命干活儿，就不得不越拼命吃喝，以弥补体力上的消耗——结果呢，他的开支越来越大。长此以往，确实难以承受，因为他总是设法得到满足，结果就这么着他的一生在这笔买卖中耗掉了；殊不知他还是认为，到美国来赚头可不小，在这里，每天可以吃到茶、咖啡和肉类呢。其实，那唯一真正的美国是这样一个国家：在这里，可以自由地追求一种生活模式，即使没有这些饮食照样也行，而且，在这里，国家并没有强迫你去支持蓄奴制，去供养战争，以及为了间接或直接地用于诸如此类的事儿而付出额外费用。原来我是有目的地跟他说这些话，好像他就是一个哲学家，换句话说，他愿意成为一个哲学家。我倒是很乐意让地球上所有草地依然处在荒芜状态，如果那就是人类开始为自己赎罪的结果。一个人不见得读了历史，才悟出什么东西对他自己的文化最有裨益。可是，老天哪！从心理上来说，一个爱尔兰人的文化，就是用一种沼泽地专用的锄头去开创自己的事业。我告诉他，既然他在沼泽地里干活儿，他就需要加厚靴子和牢实的衣服，要不然这些衣靴一下子就弄脏了、磨烂了；可我穿着轻便的鞋子和薄薄的衣服，还不到他所花的钱的一半，说不定他认为我穿扮得活像一个绅士（其实并非如此）。我倒是可以在一两个钟头内，不费吹灰之力，仅仅是作为一种消遣，就能钓到很多的鱼儿，够我吃上两天，或者挣到够多的钱，可供养我个把星期。如果他和他的一家子愿意过简朴的生活，夏天他们全家可以去拾乌饭树浆果，好歹也是个乐子呗。听了我这番话，约翰长叹了一声，而他的妻子双手叉腰，两眼直瞪着，两个人看上去都在思忖有没有足够的资金开始过这么一种生活，或者，有没有足够的运算能力使它付诸实施。

在他们看来，这好比张帆航行少不得航位测算，但闹不清楚该怎么着才能到达他们的港口。因此，我估摸，他们仍然会按照他们的方式生活，勇敢地直面生活，竭尽全力应对着。他们没有能耐采用最精锐的楔子，自然也楔入不了生活的巨大立柱，将它一一劈开，然后精细地刻上花纹——他们想到的是凑合着应对生活，就像人们应对棘手问题一样。可是，他们在极端不利的条件下拼搏——过日子，约翰·菲尔德，天哪！不会算计，注定一败涂地。

"你钓过鱼吗？"我问。

"哦，钓过，我休息的时候，倒是常常钓过一些；我还钓到过很棒的河鲈鱼呢。"

"你用的什么鱼饵呢？""我用鱼虫子钓银色小鱼，再用银色小鱼作诱饵来钓河鲈。"

"得了吧，你现在就去钓鱼，约翰。"他的妻子说，脸上露出希望的闪光，约翰却迟疑不定。

这时，阵雨已经过去了，东边树林子上空映现一道彩虹，预示着一个美好的夜晚，于是，我起身告别。到了门外，我又转过身来，向他们要一杯水喝，希望看一看他们这眼井的底里，完成我对周近住家的调查。可是，天哪！这井底竟然是个浅滩，里头净是流沙，绳子扯断了，水桶也坏得没法修补。就在这时候，好歹找出来了一个灶间用的杯子，杯子里头的水好像蒸馏过了，经过一番磋商，拖了好长时间，才传递到了那口渴的人手上——还没有凉下来，更没有澄清哩。我想，这儿的人就是靠这样的稀汤光水来活命的。于是，我巧妙地将尘埃抖落在水底，为了主人真诚的殷勤招待，我闭上眼，一饮而尽，在诸如此类的场合，我可一点也不拘礼的。

雨后，我离开了爱尔兰人一家，大步流星地向湖边走去。我涉水走过一些僻静的草地，泥坑与沼泽地的洞穴，也走过不少荒野的地块。对我这个读过中学、上过大学的人来说，我那种急吼吼去钓狗鱼的心情一下子显得可有可无；不过，我一下了山，直奔一抹红霞的西边，一道彩虹悬在我两肩之上，隐隐约约有一种叮当声透过洁净的空气传入我的耳际，这时，我又不知道从什么地方，听到我的守护神好像在跟我说话——你要天天去远处钓鱼打猎——越远越好，地域越广越好——你就在许多小溪边休息，在许多人家的围炉边休息，莫要担惊受怕。你在花样年华时，要感念你的造物主。你要在黎明前就一无牵挂地起来，冒险去吧。正午时，看见你在别的一些湖边，入夜后，你就四海为家。天底下没有比这里更开阔的田野，也没有比这里更珍贵的猎物。按照你的天性，粗犷地成长吧，就像那些莎草和欧洲蕨，它们断断乎不会变成英格兰的干草。让雷声咕隆吧，它要是毁掉农夫们的庄稼，那又怎么样？那并不是派给你的苦差使。别人逃到车子里和披屋里躲雨，你不妨躲在乌云底下吧。你要谋生，靠的不是自己的手艺，而是自己的消遣。尽情享受大地的乐趣吧，可千万不要占有大地。人们由于缺乏进取心和信心，势必依然故我，一辈子就像奴隶那样被买进卖出。

啊，贝克农场！

大自然中最艳丽的景观

是一线天真无邪的阳光……

农场周边都围上了栅篱，

谁也不会跑去纵情欢乐……

你平素从不跟人们争辩，

没有哪个问题难得倒你，

你身穿朴素的褐色工作服，

像头一次见到时一样驯良……

来吧，你们爱也好，

来吧，你们恨也好，

圣鸽的子女们，

和州里的盖伊·福克斯①

还有种种阴谋诡计

悬挂在粗硬的橡木②上！

---

① 福克斯（Guy Faux，1570—1606）：英国天主教徒，为英国火药阴谋案（1605）的主犯，在直通英国议会大厦的地下室埋下炸药，阴谋炸死詹姆士一世，事败后被处死。英文中 Faux，意谓"假的"、"伪的"，此处又是梭罗善于惯用一语双关的事例之一。

② 此处暗喻绞刑架，因绞刑架全由粗硬原木制成。

只有入夜以后，人们才乖乖地从毗邻的地头上，或者市集上回到家里，听听家里耳熟能详的回声。他们的生命力日渐脆弱，这是因为没有吐故纳新吧；晨昏时分，他们的影子到达比每天的脚步还要远的地方。我们每天都应该从远方、从奇遇、危险和发现中，带着新经验和新性格回家。

我还没有到达湖边，没承想约翰·菲尔德在新的冲动之下赶过来了。他的脑瓜儿已开了窍，太阳落山前不去沼泽地干活儿了。他，这个可怜虫，只钓到一两条鱼，我却钓到了一长串鱼儿，他说这就是他的运道呗；可是，我们互换了在小船上的座位，运道也跟着易了位。可怜巴巴的约翰·菲尔德啊！我相信，他是不会读到这些话儿的，除非他读过后会有长进——他想在这个原始的新国家里，按照缺乏独创性的古老乡村模式来生活——用银色小鱼作诱饵把鲈鱼钓上来。有时候，这是很棒的鱼饵，我承认。他还是一个穷人，生来就穷，继承了爱尔兰的贫困和贫困生活，继承了他那亚当的老奶奶和沼泽地耕作方式，因此，凭他自己所有的见识，不管是他还是他的子孙后代，在当今世界里都无法崛起，除非他们泡在沼泽地里的蹼足后跟穿上一双有翼凉鞋。

更高的法则 ｜ ❧

　　我手里提着一串鱼，拖着钓竿，穿过树林子回家的时候，天已黑下来了，我瞥见一只土拨鼠从我的小径溜过去，顿时感到一阵野性喜悦的刺激，恨不得将它生擒活捉，一口吞了下去。这倒不是当时我饥肠辘辘，而是不外乎它所代表的那种野性罢了。我在湖上生活时有过一两回，我发觉自己像一只半饥半饱的猎犬，在树林子里头狂奔，放纵得出奇，在寻摸一些我可以吞食的野味，不管是哪一种野味，反正我都吞得下去。就算最野蛮的场景，我都莫名其妙地熟稔起来。我发现，至今仍然发现，自己内心深处有一种本能，想过一种更高级的生活，亦即所谓精神生活，对此大多数人都有同感；但我还有另一种本能，想归入原始阶层，过一种野性的生活。我对这两种本能都很尊重。我之热爱野性，并不亚于热爱善良。对我来说，钓鱼寓有野性和历险，至今仍然情有独钟。有时候，我喜欢能过上一种粗犷的生活，就像动物似的度过自己的一生。也许正是因为我年纪很轻的时候就钓鱼打猎，我才和大自然有了最亲密的交往。渔猎很早就把我们引进大自然，让我们置身于大自然景色中，要不然，就凭那个年龄，我们很难对大自然熟稔起来。渔民、猎户、樵夫等人在田野和森林里度过他们的一生，从某种特殊意义上说，他们本人已成了大自然的一部分。他们在工作之余，经常观察大自然，其心情之乐观，甚至超过那些企盼接近大自然的哲学家和诗人。大自然并不害怕把自己展现给他们看。旅行者到了大草原上，自然成了猎人，在密苏里河和哥伦比亚河上游，就成为一名捕兽者；在圣玛利亚大瀑布，则成了一个渔民。说穿了，他们只不过是一个旅行者，学到的也仅仅是二手货，一知半解，算不得什么权威。我们最感兴趣的是，科学报告里已向我们阐明了通过实践或本能所发现的一切，因为唯有这样的报告才具有真正的人性，才是人类经验的记述。

有人以为北方佬很少娱乐，因为他们的公众假期不太多，大人和孩子的游戏也不像英国玩的那么多。这种看法就错了，因为在我们这里有着更为原始但又独一无二的娱乐，比方说，打猎和钓鱼等，还没有让位给前者呢。跟我同时代的几乎每一个新英格兰孩子，在十岁和十四岁间，肩上都扛过猎枪；跟英国贵族的专有保留地不一样，他们打猎和钓鱼的地域不受限制，有的甚至比野蛮人的还要辽阔无边。所以，北方佬不经常到公共场所去玩乐也就不足为奇。但是，当前正在发生变化，倒不是因为人们日益有人性，而是因为猎物在日益锐减，说不定猎户才是猎物们的最最了不起的朋友，保护动物协会也概莫能外。

再说，我在湖边时，间或钓钓鱼，不外乎换换我的口味罢了。其实，就像世间最早捕鱼为生的人们一样，我真的是出于需要才去钓鱼的。如果以人性的名义反对捕鱼，那都是虚假的，涉及更多的是我的哲学思考，而不是我的感情问题。现在我只谈捕鱼问题，因为我对打鸟早就有不同的看法，来这树林子之前，我索性把猎枪卖掉了。倒不是我比别人缺失多少人性，而是因为我一点儿都意识不到自己有什么恻隐之心。我既不怜悯鱼儿，也不怜悯诱饵，这已是习以为常了。说到打鸟，在最后几年里，我扛着猎枪打猎去，我的借口是在研究鸟类学，我寻摸的也仅仅是新的或珍稀鸟类。但是，我承认，现在我开始觉得，要研究鸟类学，还有比这更可取的方式。这就需要更仔细地注意观察鸟类的生活习惯，就凭这么一个理由，我也心甘情愿放下猎枪。尽管有人从人性视角出发如何加以反对，我还是不得不怀疑，有没有同样有价值的娱乐可以取代打猎这些活动？我的一些朋友地对他们的孩子特别操心，焦灼不安问我是不是应该让他们的孩子去打猎，我的回答是：应该——我记得这是我所受教育中最好的一部分——让他们成为猎人，虽然他们早先只是运动员，如果可能，到头来也许会成为一名身强力壮的猎人，这么一来，赶明儿他们会知道，在这里或在任何一个莽原上都没足够的猎物可供他们捕杀了——得人如得猎物和鱼 ① 一样。因此，迄至今日，我倒是赞同乔叟笔下的那个修女的看法，她说：

> 还没有听到老母鸡说过
>
> 猎人并不是圣洁之人。②

在个人和种族的历史上，都有过这么一个时期，猎人成了"最好的人"，阿尔贡金人 ③ 就是如此称呼过他们的。对于从没打过枪的孩子，我们不能不表示怜悯，因为他的教育不幸被忽视了，他已不再富有人情味。对于那些痴迷于打猎的青年人，我也说过与此相同的话，相信赶明儿他们长大成熟后也就不再乐此不疲了。没有人在度过他那没头没脑的童年之后，还会滥杀任何生物，因为生物跟人类一样，也具有生存的权利。兔子陷入绝境时，会大声呼喊，就像一个孩子似的。我就警告你们，母亲们，我的同情并不总是具有通常那种仁慈的特征。

---

① 参见《圣经·新约全书·马太福音》第 4 章 19 节：耶稣对他们说："来跟从我！我要叫你们得人如得鱼一样。"

② 乔叟（Geoffrey Chaucer, 1340？—1400）：英国诗人，用伦敦方言写作，使其成为英国文学的语言，代表作为《坎特伯雷故事集》，反映 14 世纪英国社会生活面貌，体现了人文主义思想。此诗句引自该集，但梭罗说错了，这两行诗是教士说的，并不是修女说的。

③ 阿尔贡金人，居住在加拿大渥太华河河谷地区，属阿尔贡金语族的印第安人。

以上就是年轻人如何通过打猎接近森林，以及他们身上最富有本色的最常见一部分。他们到森林去，开头是一个打猎和钓鱼的人，到后来，如果他心里已萌生仁慈种子，他总会发现自己正确的目标，也许他会做一个诗人，或者成为一个博物学家，将猎枪和钓竿置诸脑后。在这方面，芸芸众生还很稚嫩，而且一直很稚嫩。在有些国家里，爱打猎的牧师并不是罕见之事。诸如此类的牧师，说不定会成为一只好的牧羊犬，但断断乎成不了好牧人①。我很惊奇地仔细琢磨过，如今唯一平淡无奇的行当——先撇开伐木、凿冰等行业不谈——能使我镇上的众乡友，不管是在镇上做老爸的还是当儿子的，在瓦尔登湖上流连了整整半天的，显然只有钓鱼这一项，概莫能外。一般说来，他们并不认为他们是很幸运的，他们也不枉来此一游，除非钓到了长长一串鱼，虽然他们借此机会，还可以尽情欣赏湖上景色。也许他们还得去湖上垂钓一千次，这种对钓鱼的陋见才会沉到湖底，让他们的目的得以净化，但是，毫无疑问，这样一种净化过程还得无时无刻不在继续进行。州长和他的议员们对瓦尔登湖的记忆已是模糊不清，因为他们还是在童年的时候去湖上钓过鱼，如今，他们岁数太大，身价又高，不好再去钓鱼了，因此，永远不会领略到垂钓的乐趣了。不管怎么说，反正最后他们还是指望到天堂去哩。如果他们要立法，那大抵是对湖上准予垂钓的鱼钩数目作出

---

① 好牧人，即基督耶稣的称号。

规定，他们不知道，这么一来却使湖光山色大杀风景，立法反而成了鱼饵呢。由此可见，即使在文明社会里，处于胚胎状态的人也得需要经过一个渔猎者的发展阶段。

近年来，我不止一次地发觉，只要一去钓鱼，我的自尊心就减少一点。我试过了一次又一次。就像我的伙伴们一样，我有钓鱼技巧，这是我生来就会的本能，殊不知这种本能在我心中时不时复苏。等我钓过鱼后，我却又后悔，早知道还是不去钓鱼的好。我认为我的想法并没错。这是一种隐隐约约的暗示，就像黎明前的曙光。毫无疑问，我的这种本能，是属于造物中层次较低的一种。反正我对钓鱼的兴趣在逐年锐减，虽然人性乃至于智慧不见得有所增加，如今，我压根儿就不去钓鱼了。可是，我知道，如果我生活在荒原上，我还会抵御不住诱惑，变成一个正经八百的渔人和猎手。再说，这种饮食和所有的肉类基本上是不洁净的。我开始懂得，哪儿来的那么多家务活儿，哪儿来的那么多苦差使。每天要穿戴整洁又体面，保持居室温馨，没有恶臭脏乱景象，那开支不知该有多大！好在我一身数役，既是屠夫、杂役、厨子，又是大啖一道道菜的爷们，所以，我说的这些话，全都来自异常完整的经验。其实，我之所以反对吃兽肉，是因为它不干净；再说，就算我自己钓到的鱼儿，经过清洗、烹煮，并且吃过，好像也并没有给予我很多营养，反正是微不足道，又没有必要，当然，得不偿失啦。一小块面包和几片土豆就足以果腹，既不麻烦，又无污物。我就像许许多多同时代人一样，好多年来已很难得吃荤腥，或茶，或咖啡等，这倒不是因为我已找出了它们的负面影响，而是因为它们跟我的想象力格格不入。我对荤腥的反感并不是经验引起的，而是出于一种本能。在许多方面看来，粗茶淡饭①的生活反而显得更美，虽然我从来没有做到这样，但至少也做到了使我的想象力满意。我相信，每一个人要是真心实意使自己更高级的或者富有诗意的官能保持最佳状态，那就特别要自我克制，戒绝荤腥与暴食豪饮。昆虫学家认为这是一个意味深长的事实，我在柯尔比和斯彭塞②的著作里读到："有些昆虫处于完美状态，虽有进食器官，却从来没有使用过。"他们把它概括为"一个普遍的法则，几乎所有处于这种状态的昆虫进食要比它在幼虫期少得多。贪食的毛虫变成了蝴蝶……贪婪的蛆变成了苍蝇"，只要得到一两滴蜂蜜，或者一点别的甜汁就满足了。在蝴蝶翅膀底下的腹部，它的幼体形状至今还依稀可见，这就是诱发它以虫为食的奥秘所在。大肚汉乃是还处于幼体状态的人。有一些国家整个儿还处于幼体状态，是一些没有幻想或没有想象力的国家，只要看一看他们的大肚子，全都暴露无遗。

　　饮食烹制既要如此简单、清洁，而又不拂逆想象力，这可真不

———————

① 拙译"粗茶淡饭"不外乎顺应我国习惯说法，意谓饮食宜粗淡，忌精细，事实上，梭罗说过自己不饮茶，让读者见谅。

② 柯尔比（William Kirby, 1759—1850）、斯彭塞（William Spence, 1783—1860）：均为英国昆虫学家，两人合著《昆虫学概论》（共四卷），举世闻名。

容易，不过，我想，我们体内固然需要滋养，想象力同样需要滋养，所以说，这两者应该兼顾。这也许是不难做到。适量吃些水果，我们不必因此使自己的胃口感到难堪，也不会阻挠我们最有价值的追求。但是，餐盘里要是添加了额外作料，对我们来说无异于毒药。锦衣玉食的生活是毫无意义的。大多数人要是在亲手精心烹制主餐（不管是荤腥还是素食）时给人看到，不免会感到难为情，其实，像这样的主餐，每天人家都给他们准备好了。反正这种情况不改变，我们哪有什么文明可言？就算是绅士淑女，也不是地地道道的男人女人。当然，这使人联想到应当有所改变才好。为什么想象力与肉类和脂肪是不可调和的？这用不着多问，反正心里有数就得了。说人是一种食肉动物，难道这不就是一种谴责吗？没错，指靠猎取别的动物活下来，实际上的确也活下来了，但这是一种挺惨的方式——也许任何一个逮过兔子、宰过羔羊的人都知道这一点——如果有人能教导人类只吃不是杀生荤腥但又更有利于健康的食物，那他就会被尊称为人类的救星。不管我个人实践的成果如何，我一点都不怀疑：这是人类命运的一部分，在人类发展循序渐进过程中，必然戒除食用荤腥的习惯，就像野蛮人与较文明的人交往频繁后，逐渐戒除各部落间人吃人的习惯一样。如果有人听了他的天良发出的最微弱却持续不断的暗示（当然，都是真实可靠的），那也未必看得清楚这暗示会把他引向什么样的极端，乃至于发疯状态，但是，随着他的毅力与信念越发增强，他要走的路就在眼前了。一个健康的人觉得，要反对的理由虽然很微弱，却又充满自信，最终一定会战胜人们的种种争论与习俗。通常人们从来不会听从自己的天良，除非那天良将他引入歧途的时候。虽然造成的结果是体质衰弱，但是，也许谁都不会说，这样的结果是令人遗憾的，因为这样一种生活符合了最高原则。如果你满怀喜悦之情迎接白昼与黑夜，生活就像鲜花香草一样芳香四溢，而且更有弹性，更像繁星，更加不朽——那就是你的成功。于是，整个大自然都向你表示庆贺，而你一时也有理由为自己祝福。收益和价值越来越大，就越难使人们领情。我们很容易怀疑它们是不是真的存在。我们很快就把它们忘掉了，它们是极高级的现实。也许最惊人、最真实的各种事实，在人与人之间从来就没有交流过。我日常生活中的真正收获，好比晨昏之时天上色彩，触摸不到，难以言传。我得到的是一丁点儿尘埃，我抓住的仅仅是一段彩虹罢了。

　　然而，就我来说，我从来不是特别过于拘谨；必要的话，有时候，一只油炸耗子我也会津津有味地吃下去。我很高兴自己好长以来一直喝白水，要问原因嘛，这就像我最喜欢的是大自然的天空，而不是大烟鬼的天堂。我愿意始终保持头脑清醒，而醉酒的程度却是无穷无尽。我相信，水是聪明人的唯一饮料，酒并不是什么高贵的饮品。不妨想一想，一杯热咖啡毁掉一个早晨的希望，一杯茶毁掉一个温馨的傍晚！啊，我受到咖啡和茶诱惑后，竟然一落千丈，不堪回首！甚至音乐也可以使人痴迷沉醉。就是诸如此类显然小小不言的原因，毁掉过希腊和罗马，赶明儿也会毁掉英国和美国。一切醉人佳品之中，谁不愿意舒一口气，陶然自得，借酒浇愁呢？我觉得，我之所以极力反对长时间玩命地干活，乃是因为像这样干活儿逼得我也会玩命地吃、喝。可是不瞒你说，如今我在这些方面也不如从前那么顶真了。我很少将宗教气氛引向餐桌，我也不祈求什么保佑来着；倒不是因为我比从前更聪明了，不管这是该有多大遗憾，我还是不得不坦白承认，随着岁月流逝，我已变得更加粗俗而又冷漠了。也许这些问题，就像大多数相信诗歌的人一样，只是在年轻时才会考虑到。我的实践"哪儿都看不见"，可我的意见写在这儿了。我并不自以为我是《吠陀经》里所说的那种特权人物，"凡是笃信无所不在的天神之人，都可以食用一切生存之物"，这就是说，用不着问他吃的是什么，又是谁给他准备好的；从《吠陀经》所说的情况中，也可以看到，就像一个印度的诠释家所说的，吠檀多将这种特权限定在"危难之时"。

有时候，虽然胃口没上来，却照样大快朵颐，这种经历谁没有过呢？由于通常所说的味觉，我在思想上得到了感悟，于是，在味觉的启发之下，我坐在小山坡上吃过一些浆果，以便滋养天性，一想到这些，我就觉得激奋不已。曾子曰："心不在焉，视而不见，听而不闻，食而不知其味。"①能品味出食物的真正味道的人，断断

---

① 详见《礼记·大学》。

乎不是一个老饕；反过来说，一个老饕也断断乎品味不出食物的真正味道。也许一个清教徒吃起黑面包屑粒来，胃口之特棒，就像一个市政委员在大嚼甲鱼一模一样。玷污他的倒不是入口的食物，而是进食时的胃口。要害不在于质量，也不在于数量，而是在于贪图口腹之乐。如果进食不是为了维持我们的生命，也不是为了激发我们的精神生命，那就仅仅是为了养活我们体内的馋虫罢了。如果猎人爱吃香龟、麝鼠以及其他类似野味，那么，靓女酷爱小牛蹄冻肉或来自海外的沙丁鱼，他们可以说都是半斤八两，不分轩轾呢。猎人到他的磨坊湖边去，靓女去拿她的冻肉罐头。令人惊讶的是：他们，或者说你和我，怎么会过这种卑鄙的畜生般的生活，只会吃吃喝喝？

我们的整个一生惊人地注重道德。善与恶之间，从来都没有过瞬间的休战。善是独一无二的、永远不亏本的投资。竖琴音乐在全世界奏响，它因坚持弹奏以善为主题的乐曲而激动人心，竖琴仿佛成了宇宙保险公司的旅行推销员。虽然年轻人到最后变得漠不关心，但宇宙的规则是不会漠不关心的，而是永远站在最敏感的人这一边。听一听西风中的谴责之声吧，因为里头肯定有谴责的，听不到谴责的人才是不幸的。我们只要拨动一根琴弦，移动一个音栓，那迷人的寓意就会渗透到我们的心灵中去。许多不堪入耳的声音，传开去特别远，听上去有一点好像音乐吧，对于我们卑贱的生活来说，不啻是一种傲然绝妙的讽刺。

我们意识到，我们体内有一种兽性，崇高的天性正在昏昏欲睡之际，它就会醒过来了。它是一条贪图感官享受的爬行动物，也许没法全部彻底清除干净，好像一些虫子，哪怕在我们生活安康时，它们也会钻入我们体内。也许我们可以躲开它，但断断乎改变不了它的本性。我们担心的是，说不定它也相当健康，也许我们还可以说很健康，但未必不纯洁。前几天，我拾到一块野猪的下颚骨，雪白壮实的牙齿和獠牙，可以看出动物也有它的健康和活力，与精神上的截然不同。这种兽类之兴旺发达，靠的不是节制和纯洁，而是其他的方式。孟子曰："人之所以异于禽兽者几希，庶民去之，君子存之。"① 如果我们已经达到了至纯境界，有谁知道那会导致何种生活方式呢？如果我知道有这么一个绝顶聪明的人，能教给我至纯之道，那我一定即刻就去找他。"控制好我们的情欲和身体的外在器官，多多行善，就像《吠陀经》上所说的，乃是心灵上接近天神所必不可少的。"不过，这种精神暂时能够渗透和控制体内的每一种器官和每一种功能，将外部最粗俗的感官享受转化成为至纯与虔诚。生殖能力一放纵，就会淫靡成风，使我们很不洁净，如果加以节制，却会使我们精力旺盛而受到激励。贞洁是人类绽放中的花朵，所谓天赋、英雄主义、神圣等等，不外乎是它开花后结出的果实。至纯之道一旦开通，人们马上有如潮涌，奔向上帝。我们时而受到至纯鼓舞，

---

① 详见《孟子·离娄下》。

时而又因不洁感到沮丧。确信自己体内的兽性一天天地在消亡，神性一天天地却在增长的人，就是福分不浅。也许人人只好引以为耻，因为他身上还掺杂着低劣的兽性。我深恐我们只不过是一些神或者半神，就像农牧之神福纳斯和萨梯①那样，是神与兽的结合，贪婪好色的生物，而且，在某种程度来说，我们的生命本身就是我们的耻辱——

> 他呀多开心，分派群兽各得其所
>
> 心中尘念全无，就像砍伐后林地
>
> 他能驱使马、羊、狼以及一切兽类，
>
> 在兽类跟前，他自己还不算蠢驴，
>
> 不然，人不仅无异于群猪倌，
>
> 而且，要充当那妖魔鬼怪，

使它们狂妄肆虐，越来越坏。②

所有的淫荡，尽管形式各异，都是一样东西；所有的至纯，也都是一样东西。一个人不管是吃吃喝喝，男女同居，睡觉淫荡，其

---

① 福纳斯：农牧之神，古罗马神话中一个半人半羊的形象。萨梯：森林之神，古希腊神话中，具人形而有羊的尾、耳、角等，性嗜嬉戏，好色。

② 多恩（John Donne, 1572—1631）：英国诗人，是玄学派代表人物，上述诗句引自他所写的《致爱·赫伯特爵士》一诗。

实都是一回事。它们只有一个欲念，而我们只要看到一个人在干这里头的一件事，管保知道此人是怎样一个了不起的好色之徒。不洁与至纯是断断乎不能平起平坐。蛇在洞穴的这一头挨了打，就会在洞穴的另一头露面。你要保持贞洁，那就必须节制。什么是贞洁呢？一个人如何才知道他是不是贞洁？反正他是不会知道的。我听说过这种德行，但不知道它究竟是些什么。我们只是道听途说、人云亦云罢了。智慧和至纯源自力行，愚昧和淫荡则源自懒惰。就学生来说，淫荡乃是一种智力上懒惰的陋习。一般说来，一个不洁的人，就是一个懒鬼，他坐在火炉边取暖，俯卧着晒太阳，一点也不累，却老是歇着。若要避免不洁和一切罪孽，就得使劲干活儿，哪怕是打扫马厩都行。本性是很难克服的，但本性必须克服。如果你并不比异教徒更纯洁，如果你再也不能否定自己，如果你还不够虔诚，那你就算是个基督徒，又管什么用呢？我知道，有许多被认作异教的宗教制度，他们的清规戒律使读者感到羞愧，激励读者做出新的努力，说白了，只不过是奉行仪式罢了。

其实，我压根儿不想说这些事儿，这倒不是因为这个话题难于启齿——我可并不在乎我使用了淫词秽语——而是因为我一讲这些事儿，无异于使我的不洁曝了光。有时，我们会毫无忌惮地谈论淫欲的这一种形式，对另一种形式却缄口不语。我们生怕有失自己的身份，所以简直不能谈论人类天性的必要功能。在更早的那几个时代，在某些国家，谈到每一种功能都是令人肃然起敬，而且每一种功能都由法律规定。印度的立法者甚至对待区区小事也照样不厌其烦，虽然这样做法也许跟现代人的趣味大相径庭。他教人如何吃，如何喝，如何同居，如何出恭，如何小解，如此等等，将这些猥陋的事儿档次提高了，不再视为过于琐碎而装模作样，避而不谈。

每一个人都是一座寺院的建筑师，这寺院就是他的身体，按照纯属他自己的方式向神顶礼膜拜，即使他去雕琢大理石，也离不开自己的寺院。我们都是雕刻家和画家，使用的材料就是我们的血肉和骨骼。崇高的品行使人的风貌立时变得高雅，而卑劣或淫荡又会使人立时沦为禽兽。

九月间的一个夜晚，约翰·法默干了一天累活儿后，坐在自己家门口，脑子里多少还在惦念着他的工作。洗澡之后，他坐了下来，让自己脑瓜儿好歹休息一会儿。那天夜晚相当冷，他的左邻右舍都担心没准会有霜冻来着。他刚开始琢磨还没有多久，就听到了有人在吹笛子，那笛子的声音跟自己的心情倒是很和谐。这时，他心里仍然在惦念自己的活儿，不消说，他思虑重重；尽管他一直在动脑筋，而且在违心地构想和策划之中，但他觉得已经无关紧要了，充其量不过是他肌肤上的碎屑不时往下脱落。然而，他听到的那笛子吹的乐曲，来自跟他干活那儿截然不同的环境，传入了他的耳际，使他身上某些沉睡着的官能苏醒过来。那笛子声轻柔悠扬，仿佛使他所居住的市街、村子和国家不翼而飞了。有一个声音对他说——既然你有可能过上一种顶呱呱的生活，缘何还待在这儿，过这种低贱的苦日子？同样的星星照耀的不是这儿，而是别处的田野——话又说回来，问题是如何走出这种困境，真的移居到那儿去？尽他所能想到的，不外乎是新的苦行修炼，让他的心灵融入自己的肉体，再来救赎它，而且对待自己越来越尊敬。

鸟兽若比邻

　　有时候，我常跟一个朋友 ① 结伴去钓鱼，他从城的那一头过来，穿过村子，来到我屋里，我们俩一块儿钓鱼去，这倒赛过请客吃饭，是一种交际应酬吧。

　　隐士：我暗自纳闷，当今世界在干些什么？三个钟头里，连香蕨木上知了叫，我都没有听见。鸽子都在鸽棚里打盹儿——扑棱声也没有。此刻，在树林子外头吹响的，是不是农场主的午休号角声？雇工们收工回来，吃煮熟的咸牛肉、苹果酒，还有玉米粉面包。人们为什么要这样自寻烦恼呢？人不吃不喝，也就用不着干活儿。我不知道他们的收成有多少。谁会住到这种地方来，那狗汪汪叫得人压根儿不好想心事呢。哦，还有，家务活儿！在这么明亮的大白天，要把该死的门上铜把手擦亮，还要擦浴缸！看来还是干脆没有家的

_____
① 此处指诗人小钱宁。以下对话中，隐士指梭罗本人，诗人即指小钱宁。

好。得了，不妨住在一棵空心树洞里，那么一来，晨访和晚宴通通给免掉了！住在树洞里，反正只有啄木鸟的啄木声啦。哦，那儿人群杂沓；那儿太阳暴晒，热得邪门；依我看，他们这些人世故太深了。我从泉水边打水喝，橱架上还有一块焦黄的面包——听！我听到树叶子在沙沙作响。莫非是村子里哪头饿狗在四处乱转觅食？要不然就是那只迷了路的猪，据说还在树林子里，反正雨后我还看见过它的爪印。它急吼吼奔过来了，连我的漆树和多花蔷薇都颤动起来了——哦，诗人先生，是您吗？您觉得当今世界怎么来着？

诗人：请看这些云，悬浮长空，多美！这可是我今天看到的最最顶呱呱的景致。像这样的云彩，古画里没有，在异国他乡也没有——除非我们到了西班牙海岸观景。那才是地地道道的地中海蓝空。我想，我好歹总得过日子吧，今儿个肚子里也还没有填补过，那我就不妨钓鱼去。这才是诗人的真功夫呢，也是我学到家的唯一手艺。来吧，我们俩一块儿钓鱼去。

隐士：恭敬不如从命。我那块焦黄的面包很快就要吃完了。我乐意马上跟您一块儿走，不过，我那苦思冥想正在结束之中。我想，反正我快要接近尾声了。得了，让我独处一会儿吧。不过，为了两不误，您不如先去挖挖鱼饵，好吗？这儿附近很难挖到蚯蚓，因为这儿的地块从来没上过肥，蚯蚓一族眼看着都快绝种了。只要您的胃口不要太出格，挖蚯蚓这玩意儿几乎跟钓鱼一样有劲儿，今儿个你就可以独享了吧。我奉劝您带上铲子，到那边花生地里挖，您看，那边狗尾草在摇摆吗？我想，我敢向您担保，只要在草根底下好好找一找，就像除杂草一样，每翻起三块草皮，管保挖到一条蚯蚓。要不然，您干脆走远些，那也不算是不聪明，因为我发现，好的鱼饵越多，几乎跟距离越远成正比。

隐士独白：让我想想看，我想到哪儿去了？窃以为，我已接近心智的这个框架；这个世界处在这种角度。我是应该上天堂呢，还是去钓鱼？要是我的苦思冥想马上结束了，难道还会有这么一个美妙的机会吗？刚才我差不离已经和万物的精髓浑然一体了，那是我辈子都还没有过的呢。我生怕自己的思想不会回来了。只要管用，我也乐意吹吹口哨，把它们召回来。当初思想向我们泉涌而至时，却说我们会想到它，这算聪明吗？我的思想一点痕迹都没有留下，我再也找不到自己的思路。我此刻在想的是什么？这一天可真够一头雾水的。我还是来想一想孔子的三句话，也许能恢复刚才的思路。我可不知道，那是闷闷不乐呢，还是初露头角的狂喜？记住，机会是从来只有一次。

诗人：怎么啦，隐士，是不是太快了吗？我已挖到了十三条整条头的，还有好几条缺头少尾的，或者个儿太小的。不过，个儿小的钓钓小鱼还凑合，它们拴在鱼钩上很不显眼。村子里那些蚯蚓个儿太大了，银色小鱼饱餐一顿，还没碰到那串肉的铁钩子呢。

隐士：得了，我们这就动身吧。我们要不要去康科德？要是水位不太高，不妨上那儿玩个痛快。

构成这个世界的，为什么偏偏就是我们看到的这些事物？为什么人类与之毗邻而居的，只有这么一些兽类呢？看来这个缝隙，普天之下只有耗子能够来填补！我揣想，皮尔佩公司①可以说充分利用动物达到了极致，因为他们都是驮兽，在某种程度上说，负载着我们的一部分思想。

我屋子里出没无常的耗子并不是常见的，据说从国外引进的那种，而土生土长的野耗子，村子里头反而看不到。我逮住了一只送给一位著名的博物学家，引起了他极大兴趣。我造房子的时候，有一只耗子却在我房子底下筑窝，我的楼板还没铺好，刨花也没有扫出去，只要一到午餐时刻，它就定时跑出来，啄食着我脚跟下的面包屑粒。这只耗子说不定过去从来没见过人，所以一来二去，就跟我非常熟稔，在我的鞋子和衣服上爬来爬去。它可以不费吹灰之力，往上一蹿，就爬到屋子的四壁，活像一只松鼠，连动作也都逼肖。到后来，有一天，我胳膊肘支在凳子上头，它一下子爬上我的衣服，循着我的衣袖，绕着我盛放晚餐的纸包来回打转；接着，我把那包东西一会儿端过来，一会儿又推开去，反正躲躲闪闪，和它一块儿玩起躲躲猫②的游戏来；最后，我用拇指和食指夹住一块奶酪，得了，它就索性过来坐在我的掌上啃起奶酪来了，啃完以后，活像一只蝇子似的，擦擦它的脸和爪子，稍后扬长而去。

---

① 当时美国一家专门出版儿童读物的图书公司。
② 即让脸儿一隐一现以逗小孩的游戏，在英美等国十分流行。

　　没有多久，一只东菲比霸鹟来到我的小木屋筑窝，还有一只知更鸟为了寻求庇护，也来到屋子边的一棵树上栖居。到了六月间，鹑鸡（拉丁文学名 Tetrao Umbellus）本是一种羞答答的鸟儿，也带着它的幼雏，经过我的窗子跟前，从屋子后的树林子绕到屋子前，像一只老母鸡似的咯咯地呼唤它的孩子们，瞧它那副模样儿，可以证明，它端的是林地母鸡。只要一走近它们，母鸡就发出一个信号，它们猛地四处散开，仿佛给一阵旋风卷走了；它们也活脱儿枯枝败叶一样，好多观光客常常会一脚踩在一窝子雏儿里头，只听见老鸟起飞时呼的一声，急吼吼呼唤着，听上去像猫儿叫似的。要不然会看见老鸟在鼓动翅膀，吸引观光客的注意力，也就用不着再对它们的周围左顾右盼。有时候，母鸟会在你跟前连地滚，打旋儿，使它的羽毛蓬乱不堪，让你一时间看不出它究竟是一种什么样的鸟儿。幼雏一动不动地蹲在地上，常把头埋在树叶子底下，只听母鸟从远处发出的信号，就算你走近了，它们也不会乱跑，从而让自己暴露无遗。说不定你还会一脚踩在它们身上，或者两眼直瞅着老半天，也没有发现它们。有过那么一回，我让它们待在我的掌上，可它们依然只听从母鸟的信号和本能，还得蹲在原地，一点不害怕，也不哆嗦。这种本能是如此之完美，有一回，我又把它们放到树叶子上，里头有一只不小心摔倒在一边，我发现，在十分钟之后它跟别的幼雏一样，还是保持原来的姿势。鹑鸡的幼鸟不像大多数幼雏那样不长羽毛，若跟别的小鸟相比，它们倒是长得更要丰满完美，乃至于更加早熟。它们睁大了宁静的眼睛，明显露出成熟而又天真的表情，委实令人难忘。全部才智仿佛从它们的眼睛里反映出来，使人看到的不仅是幼雏的纯洁无瑕，而且还有经验洗练过的智慧。这样的目光不是鸟类与生俱有的，而是跟它所映现的天空一样久远，森林里从来没有产生过如此的另类宝石。观光客不见得会经常看到如此清澈的一口井。无知或残忍的猎户就在这样的时刻用枪把它们的父母击毙，使这些无辜的幼雏成为四处觅食的猛兽或猛禽的牺牲品，或者渐渐地掺入跟它们非常相似的枯枝败叶中一块儿烂掉。据说，这些小鹑鸡如由母鸡孵化出来，它们稍受一点惊吓，立即四散逃走，就这么着失踪了，因为它们永远也听不到母亲召集它们的呼唤声。以上这些就是我的母鸡和小鸡啊。

值得注意的是，有多少生物粗犷不羁地隐居在树林子里，间或还到村镇附近觅食为生，只有猎户猜得着它们藏身在哪儿。水獭在这儿过着多么僻静的生活啊！水獭长到四英尺高，个儿就像一个男孩子，也许还没有人见到过呢。过去，我在屋子后头树林子里看见过一头浣熊，就是现在夜里说不定仍然听得见它们的吼叫声。通常，我上午耕种之后，中午在阴凉处休息一两个钟头，接着用午餐，然后在泉水边读一点书，这股泉水是一片沼泽地和一道小溪的源头，从离我的地块大约半英里远的布里斯特山脚下涓涓地流淌着。到达这泉水边，需要穿过一片又一片野草丛生的低洼地，那儿长满了小油松，随后进入沼泽地附近一个比较大的树林子。在那里，树荫匝地，幽静极了。一棵浓荫蔽日的白皮松底下还有一块干净而又坚实的草地，不妨稍事歇坐。我在这儿挖出了泉眼，砌成一口井，蓄满清澈的淡水，可以打满一桶水，井水也不会搅浑；仲夏时节，我几乎每天都上这儿来取水，因为这时候湖水不免太热了。山鹬也来这儿，带着它的幼雏，在烂泥地里寻觅虫子，随后又飞过泉边上空，离雏鸟约莫一英尺高，而小山鹬成群结队地在下面奔跑；但在最后发现我时，母鸟撇开它的幼雏，在我身边一圈又一圈地打转转，挨着我也越来越近，直到只有四五英尺时，却佯装翅膀两腿折断了，把我的注意力引开去，好让小山鹬趁机逃生。其实，那一拨幼雏早已撒腿逃跑，它们按照老山鹬的指令，排成单行，发出微弱的吱吱的叫声，穿过了沼泽地。这时我已看不见那只母鸟，只不过听得见小鸟们吱吱的叫声。斑鸠们也飞落在这座泉水边，或者在我头上柔软的白皮松枝柯之间来回穿梭；或者，还有红松鼠从最近的树枝上一跃而下，对我特别亲热而又好奇。你只要在树林子里某个引人入胜的景点闲坐一阵子，所有林中栖居者也许会轮流登场，在你面前一一亮相。

我还是一些具有不太和谐性质的事件的见证人。有一天，我走出门到我的木栈——或者说得更确切些，是我的一堆树桩头那儿去——这时，我看见两只大蚂蚁，一只红不棱登，另一只个儿特大，差不离有半英寸长，是黑不溜秋的，它们两个正在相互凶殴，一交手，不管是哪一个断断乎都不会罢休，只是一个劲儿搏斗着，角力着，就在那堆小木片里头不停歇地来回打滚儿。再往远处一看，我惊奇地发现，小木片堆里头到处都是如此这般的角斗士，这不是决斗，而是一场战争，一场在两个蚁族之间的战争！红蚂蚁总是跟黑蚂蚁恶斗，往往还是两只红的对付一只黑的。在我的木料场里，满坑满谷都是密耳弥多涅人①，已死和垂死的，红色的和黑色的，比比皆是。这是我亲眼目睹过的唯一的一场战役，也是我在激战犹酣之时亲历其境的唯一的一个战场；红色的共和派为一方，黑色的保皇派则为另一方。交战双方都投入了这一场殊死战斗，可惜我什么响声也没有听见，反正人类士兵压根儿都没有打过如此的硬仗。我看见，在明媚的阳光下，小木片成堆的小山谷里，有一对斗士死劲儿抱住不放，准备从眼下正午时分一直打到夕阳西沉，或者干脆打到命归阴曹。那只个儿小的红蚂蚁，却像老虎钳似的死死咬住了敌人的脑门，并且满地翻滚，一个劲儿啃啮敌人触须的根，其实，另一根触须早已咬断了；就在此时此刻，那只更壮实的黑蚂蚁却把红蚂蚁从一边到另一边地甩来甩去，我凑近去，仔细一看，只见红蚂蚁有好几个部位都被咬掉了。它们相互厮打，比叭喇狗②来得更凶悍，双方一丁点儿都没有退让的意向。显然，它们的战斗口号是："不战胜，毋宁死。"就在酣战之际，这个小山谷边上走过来一只单身的红蚂蚁，一望可知，它格外亢奋，要么是它打死了一个敌人，要么是

---

① 古希腊神话中，是指追随他们的国王阿喀琉斯参加特洛伊战争的勇士。在希腊文里，"Myrmes"意为"蚂蚁"。
② 一种猛犬，粗脖子，生性凶猛，打斗时不顾性命。

还没有投入这场战役；看上去倒是像后者，反正从肢体上看，它还不是断臂缺腿的，它的老母亲已关照过它要么手持盾牌回来，要么躺在盾牌上由别人抬回来①。要么它也许就是又一个阿喀琉斯，独自怒火中烧，此刻赶来拯救他的好友帕特洛克勒斯②，或者替他雪耻复仇来了。它远远地看到，这是一场寡不敌众的战斗——因为黑蚂蚁在数量上是红蚂蚁的将近两倍——它急如星火地奔了过来，就在离那两只蚂蚁半英寸远的地方站岗，稍后，看准了时机，冲那只黑色的斗士猛扑了过去，开始攻击黑蚂蚁的右前腿根，任凭敌人攻击自己的肢体上哪一个部位；三个斗士为了求生就这么着死纠在一块儿，仿佛发明了一种新型吸引力，使所有的锁闸和水泥全都相形见绌。这时，要是看到它们双方各自都有管乐队，安置在某些显眼的小木片上，演奏它们各自的国歌给那些滞后的斗士鼓气，给那些垂死的斗士以莫大的激励，那我也不会觉得惊奇了。我自己都为之激动不已，仿佛它们俨如人类。越是这么想，越是觉得，蚂蚁和人类之间本来无甚区别。至少，姑且撇开美国历史不谈，在康科德的历史上，确实还没有这种恶战可以跟这种蚁战相提并论，不管从参战的人员数字来说，还是从他们所表现的爱国热忱和英雄气概来说。论参战

---

① 荷马史诗《伊利亚特》中，写到斯巴达母亲们在儿子出征时都是这么循循嘱咐的。

② 在《伊利亚特》中，写到阿喀琉斯由于遭到轻视，撤离了战场，后来其好友帕特洛克勒斯遇害，于是，他暴跳如雷，杀死了特洛伊的赫克托耳。

人员和残杀的程度，这不啻是一场奥斯特利茨战役[①]，或者是一场德累斯顿战役[②]。康科德之战又算个啥！爱国者一方有两名捐躯，路德·布朗夏尔也挂了彩！为什么在这儿，每一只蚂蚁都是一位布特利克[③]——"开火！为了上帝，开火！"——成千上万士兵都面临着戴维斯和霍斯默的命运。这儿没有一个是雇佣兵。我毫不怀疑，它们酷肖它们的祖祖辈辈，是为道义而战，而不是为了免缴区区三便士的茶叶税；这次战役的结果，对参战的双方来说，都是生死攸关，令人难忘，至少就像我们的邦克山战役[④]一样。

我特别详细描述过三只蚂蚁在小木片上的殊死搏斗，于是我把那块小木片拿回家去，放在窗台上，用一个大水杯罩住，以便了解战果如何。用显微镜观看那只最先提到的红蚂蚁，尽管它猛啃敌人的前腿附近，又咬断了敌人剩下的蚁须，可它自己的胸脯全部被黑色武士的利齿扯破了，所有内脏暴露无遗。回头再看那黑色武士的胸甲，显然很厚实，因而穿刺不透，这个受难者眼睛的黑色球晶，流露出一种只有打硬仗才会激发出来的凶光。它们在那个大水杯底

---

① 1805 年 12 月，拿破仑在该地歼灭俄奥联军三万余人，获得大胜。

② 1813 年拿破仑在该地大胜俄奥联军。

③ 1775 年 4 月 19 日，约翰·布特利克少校率领五百名民兵，在康科德桥上成功地打败英军及其雇佣军，这是美国革命的第一战。戴维斯和霍斯默这两位上尉是阵亡的美国士兵。

④ 此战役发生于 1775 年 6 月 17 日，是美国历史上一场著名的战争，主要由农夫、渔夫和手工业者自发组织起来迎击英军获大胜。

下搏斗了半个多钟头，等到我再看时，那个黑色士兵已使两个敌人身首异处，那两个还活着的小小首级，披挂在它的两侧，好像是披挂在它"马鞍"两侧的、怪吓人的战利品，只是明摆着它们依然跟刚才那样紧紧地咬住对方不放；尽管那只黑蚂蚁触须全没有了，腿也只剩下一丁点儿，可它好像还想作一困兽斗；我真不知道它身上别的创伤该有多少，它老是想甩掉那两个小小首级，最后，过了半个钟头，它好歹大功告成了。我一举起大水杯，它就一瘸一拐地从窗台上爬了过去。经过这回战斗，它能不能存活下来，在某家"伤残退役军人院"里度过余生，那我就不得而知了，反正我想，从今以后，它就算拼命卖力，也不会有多大出息了。我一直不知道，究竟是哪一方取得了最后胜利，也不知道这场战争的起因是什么，但在那个溜溜儿一天时间里，我满怀激动和痛苦，觉得仿佛在家门口目睹了一场鲜血淋漓、惨不忍睹的人类战争。

科尔比和斯彭塞告诉我们，蚂蚁的战役素来为人们称道，战役的日期也有记载，但他们说，在近代作家中，唯有胡伯①好像是亲眼目睹过蚂蚁大战。他们说："埃尼斯·西尔维乌斯②非常详尽地描述过一棵梨树上大蚂蚁和小蚂蚁之间展开了一场恶战。"接下来，他补

---

① 胡伯（Francois Huber，1750—1831）：瑞士博物学家。
② 西尔维乌斯：教皇庇乌二世（Pope Pius Ⅱ，1405—1464）的笔名，诗人，历史学家。

充着说："此战发生于尤金尼斯第四① 在位期间，著名律师尼古拉斯·庇斯托里恩西斯亲历战事，对这场战争的全过程作了极其忠实的描述。"奥勒斯·玛格努斯也记述过一次类似的战争，结果小蚂蚁打了胜仗，据说把它们自己的士兵的尸体给埋掩起来，但对庞大的敌人暴尸不埋，任凭鸟儿啄食。此事发生于暴君克里斯蒂安第二被逐出瑞典之前。至于我亲眼目睹的这场蚂蚁之战，发生于波尔克② 任职期间，亦即《韦伯斯特逃亡奴隶法案》③ 通过之前五年。

　　村子里有好多老牛，本来只好在储存食品的地窖子里追赶香龟，如今却背着它的主人，拖着它那笨重的躯体，到树林子里来玩耍了；它一会儿嗅一嗅老狐狸的洞穴，一会儿闻一闻土拨鼠的地洞，当然，一无所获。说不定它是被杂种狗引进来的，这种狗个儿瘦小，动作灵活，常在林中穿来穿去，林中鸟兽至今还会情不自禁对它感到恐惧——这时，老牛远远地落在了"向导"的后头，像一只犬似的向躲在树上仔细观察的一只小松鼠狂吠一阵，随后慢腾腾地走开。它那笨重的躯体把树丫枝都给压弯了，但它还自以为在追踪迷了路的跳鼠呢。有一回，我惊奇地看见一只猫在湖的石岸边溜达，因为通

---

① 尤金尼斯第四曾于1431—1447年任罗马天主教教皇。

② 波尔克（James Knox Polk, 1795—1849）：美国第十一任总统（1845—1849），促进美国对外贸易，发动墨西哥战争（1846—1848），兼并得克萨斯，向西部扩张领土。

③ 韦伯斯特为美国北方自由派人士，支持国会通过"1850年妥协法案"，重申奴隶逃亡法的有效性。

常它们很少离家走得那么远。我和猫都大吃一惊。可是，整天价躺在地毯上的家猫，到了树林子里倒显得像在家里一样舒适自在，瞧它那鬼鬼祟祟的狡猾劲儿足以证明：它比林中常住居民还要入乡随俗。有一回，我在树林子里拾浆果，碰上了一只猫，带着好几只小猫咪，这些个小猫咪还是野性未泯，都像它们的母亲那样拱起背，恶狠狠地冲着我唾口沫。好几年前，我还没有来林中居住的时候，离湖最近的林肯某农场主家里，亦即吉里安·巴克先生府上，就有过一只所谓"长翅膀的猫"。一八四二年六月，我特地去走访这只猫（我可说不准是公猫还是母猫，因此只好使用女性这一通称吧），她，上树林子里去猎食了，习以为常。她的女主人告诉我，这只猫是一年多前，大约在四月间，来到这儿附近地块，最后由她们家收留。还说那只猫浑身深棕灰色，脖子底下有一个白点儿，白蹄子，毛茸茸的大尾巴，活像狐狸尾巴；入冬以后，皮毛长得又厚又密，在她两侧垂下来，形成了十到十二英寸长、两英寸宽的绺子，她的下巴颏儿底下好像一个暖手筒，上头的毛比较松散，下头却板结得像毡子似的，到了春天，这些附属品全都掉了。他们给了我那只猫的"一对翅膀"，我至今还保存着。好像这一对翅膀上并没有薄膜。有人认为，这只猫有一部分血统是飞松鼠或别的什么野生动物，这倒也不是不可能的，因为，根据博物学家的说法，貂和家猫交配，会产生这一多育杂种。这倒是不失为一种好猫，如果我养猫，既然一位诗人的马可以插翅飞奔，诗人的猫缘何就不可以长出双翅来呢？

秋天，潜水鸟（拉丁文学名 Colymbus Glacialis）像往常一样来了，在湖里褪毛、戏水，我还没有起床，就听到它们的狂笑声，在树林子里回响着。听说潜水鸟要来了，米尔达姆那儿的猎户来了个总动员，有的坐车，有的步行，三三两两，带上专利猎枪、尖头子弹，还有望远镜。他们像秋天的树叶子，穿过树林子沙沙作响，追寻一只潜水鸟少说也有十个猎手。有些人守望在湖的这一边，有些人则在湖的另一边，因为这种可怜兮兮的鸟儿不可能在各处同时出现；潜水鸟如在湖岸这一边扎猛子，管保在湖岸那一边冒上来。不过，时下十月小阳春的风吹起来了，使树叶子沙沙作响，湖面上微波荡漾，潜水鸟再也听不见、看不到了，虽然它的敌人们还在用望远镜扫视湖上，枪声一直在树林子里回响着。瞧那水波跟所有的水禽站在一起，大起大落，愤怒地拍击着湖岸，我们的猎手们只好铩羽而归，到村镇上、店里去，照常干自己没有干完的活儿。不过，他们得逞的时候也还是很多的。大清早，我上湖里去打水，经常看见这种气宇不凡的鸟儿游出我的小水湾，相距只有几杆远。如果我想坐船追上它，看看它到底如何耍花招，那它就会一个猛子，全都没影儿，这么一来，我再也见不到了。有时候，直到当天下午后半晌，它才会出现，不过我还是比它强。它总是在雨中逃走。

十月间，有一天，风平浪静，我操起双桨，在湖的北岸划船，因为正是在这样的日子里，潜水鸟才会浮现在湖面上，像马利筋草绒毛似的。我正在扫视湖面，总是见不到潜水鸟的踪影，不料，猛然间出现了一只,从岸边径直向湖心游去,在我前面仅有一两杆之远,狂笑了几声,使自己曝了光。我挥桨追了上去,它倏忽一个猛子就不见了,等它再浮出水面时,我跟它挨得更近了。它又一次潜入水中,可我把它的方向估计错了,这一回,它再浮出水面时,离我已有五十杆之遥,我们之间距离拉得这么远,乃是我失误所造成的;它又放声喧笑了半天,这一回笑得显然更有理由了。它一个劲儿耍花招,真的俏皮极了,就算离它五六杆的地方,我怎么也都达不到。每一次,它浮出水面,东张西望,冷静地测算水域和陆地,显然在选择它的路线,以便浮出水面时正好是水域最开阔、离船也最远的地方。它作出决定后,立即付诸实施,居然如此之快,实在令人吃惊。转眼之间,它已将我诱入湖上最宽阔的水域,那里我就没法追逐它了。它脑子里正在想一件事的时候,我也竭尽全力猜度它的想法。这端的是一场绝妙的游戏,一个人与一只潜水鸟在波平似镜的湖面上见高低。突然间,你的对手的棋子在棋盘底下消失了,问题是你要知道它下次在哪里出现,就把你的棋子下在离它最近的地方。有的时候,它会出乎意料地在你对面浮出水面,显然是从你的船底下直接潜水过去的。它扎一个猛子有好长时间,一点也不累,等它游到老远老远时马上又潜入水中;这时,任凭你智谋超人也猜度不出,在这深不可测、波平似镜的湖里哪个地方,它会像一条鱼儿似的急速潜游,因为它毕竟有时间,也有能力到这湖底最深处访问。据说,在纽约一些水深八十英尺的湖里逮住过潜水鸟,只不过被捕捉鲑鱼的钩子挂住的——可瓦尔登湖终究比那些湖还要深呢。鱼儿们见了这个来自异域的不速之客，居然能在它们的族群中间游来游去，肯定惊讶不已！话又说回来，看来它深谙水性，在水底择路游弋跟在水上一样驾轻就熟，甚至游得比在水上还要快呢。有过一两回，我看见它浮出水面时激起一圈涟漪，它的头刚探出来四处张望了一下，刹那间，又是一个猛子全都不见了。我觉得，我既可以估摸它下次从哪儿出现，也不妨放下划桨，等它再次浮出水面，岂不是两全其美？因为我瞪着两眼朝一个方向凝视水域时，它却一次又一次地在我背后头一个劲儿怪笑，不由得吓我一大跳。但是，为什么它在如此狡诈地糊弄了我以后，每次浮出水面，就必定喧笑一阵，从而使自己纤毫毕现呢？难道它那洁白的胸脯还不够引人瞩目吗？我想，它确实是一只傻乎乎的潜水鸟。只要我听得见它浮上来时的拍水声，据此也就知道它在哪儿。可是，个把钟头过去之后，它照旧那么鲜活蹦跳，随心所欲地扎猛子，而且游得比一开始时还要远呢。它一浮出水面，却又安详地游开去了，只见它那胸脯的羽毛一点都不皱乱，那是全靠自己的蹼抚平了的，实在令人吃惊。它经常发出的都是魔鬼般的笑声，有点像水禽的叫声；它偶尔极其成功地躲开我，游到了老远的地方才浮出水面，拉长嗓门儿发出一阵怪叫声，听上去压根儿不像鸟叫，倒是更像在狼嗥似的；也好像一头野兽，嘴鼻贴在地面上咻咻地吼叫。这就是潜水鸟的声音——这种最狂野的声音，也许在这一带从来还没有听到过，却在树林子里回响。我想它是在嘲笑我徒劳无功，同时相信自己会急中生智的。此时此刻，天色阴沉沉，湖面上却很平静，它的叫声我虽然听不见，可依然看得见它在那儿划破水面。它那洁白的胸脯，还有，天上一丝儿微风都没有，湖水又很平静，这一切对它来说都是不利的。最后，它在五十杆处浮出水面后，发出了一声长长的吼叫，仿佛呼唤潜水鸟之神来救援它，顷刻间，瞧东边果然起风了，吹皱了湖水，满天空都是雾蒙蒙的细雨，当时，我印象很深，好像潜水鸟的祈祷有了回应，它的神对我光火了；于是，我撇开它，让它远远地消失在波涛翻滚的湖面上。

秋天里，我就会一连好几个钟头观看野鸭子神出鬼没地游来游去，它们始终据守着湖中央，远远地躲开猎人，反正这些把戏，恐怕它们也用不着到路易斯安那州牛轭湖操练吧。它们不得不起飞时，偶尔会飞到一定高度，在湖的上空来回盘旋，像天空中的点点黑斑，居高俯瞰，别处的江河湖泊，尽收眼底。我想，它们早已飞到那些地方去了，它们斜穿过四分之一英里远的开阔地，飞到了一个不怎么受干扰的地方。可是，它们飞到瓦尔登湖中心，除了安全还有些什么，我就不得而知了，除非它们热爱这一泓湖水，跟我热爱的缘由如出一辙。

室内取暖

　　十月间，我去河边草地采摘葡萄，满载而归，我觉得，除了果腹，葡萄最可贵的就是它的色泽芳香。在那里，我也很喜欢越橘，那小小的蜡宝石垂挂在草叶子上，赛过珍珠般亮晶晶、红艳艳，我倒是没有采撷过，农夫们却用可怕的钉齿耙把它们集拢在一块儿，使平整的草地乱成一团糟。他们只是按每个蒲式耳多少美元价钱，大大咧咧地估堆儿一下，就把这些草地上的掠夺物贩卖到波士顿和纽约去，这些葡萄命里注定要被制成果酱，满足城里头热爱大自然的人们的口味。"屠夫们"还在大草原上野草里，一边耙，一边收集野牛舌草，至于这些野牛舌草是否被扯烂、枯萎，他们一概不管。小檗的果实光彩夺目，也仅仅是让我一饱眼福。不过，我采集过不少野苹果，用文火煮一煮，味儿不错，这倒是当地领主和观光客还没有想到过呢。栗子熟了，我储存了半蒲式耳，准备过冬。在这个金秋季节里，漫步于林肯那儿一望无际的栗子林，委实让人心旷神怡——可惜如今这些栗子树长眠在铁道底下了——那时节，我肩上挽着一只布口袋，手里提着一根开刺果的棍棒，因为我老是等不到霜冻，就在枯叶的沙沙作响和红松鼠跟樫鸟聒噪的古怪声中去那儿闲逛。有时，我还偷吃过它们啃过一半的坚果，因为它们挑选过的刺果里头确实就有个大肉绽的。偶尔，我也会爬上果树去摇晃它们的果实。我的屋子后头也长栗子树，有一棵大得差不离把我的屋子都遮没了，待到开花时节，就像一大束鲜花，连左邻右舍都是香气四溢，但树上的果实八成儿都被松鼠和樫鸟吃掉了；一大早，樫鸟三五成群地飞过来，趁着栗子还没有落地，就啄破果皮吃掉了。这些树我通通让给了它们，自己到离此处更远的树林子里去，那儿倒是清一色的栗子树。照它们的实情看，这些坚果堪称面包的理想代用品。不过，也许还可以寻摸到许多别的代用品呢。有一天，我在挖鱼饵时，发现了成串的野豆子（拉丁文学名 Apios Tuberosa），是土著居民的土豆，一种神奇的果实。我就开始怀疑，莫不是我小时候挖掘过还吃过的呢？正如人家告诉我的，反正以后我再也没有梦见过了。过去，我常常看见它那卷曲的红天鹅绒似的花朵，傍着别的植物梗子，却不知道与它还是同梗同茎呢。可惜开荒种地已使它差不离要绝种了。野豆子味甘，口感很好，酷肖经过霜冻的土豆味道。我发现野豆子煮要比烤更好吃。这种块茎仿佛是一种大自然在冥冥之中的默默许诺，要在未来的某些时期栽培她自己的儿女，就在这里让他们过上简朴温饱的日子。在当今耕牛肥育、麦浪翻滚的时代，这种不起眼的野豆子，尽管它一度还作为某个印第安人部落的图腾，却早已被人遗忘了，至多也只有它开花时的藤蔓还能见得到。不过，要是让原始的大自然重新在这里统治，那些娇嫩的、奢侈的英国谷物说不定会在无数仇敌跟前销声匿迹。无须人们操心，也许乌鸦甚至会把最后一颗玉米种子都送回西南方印第安人的上帝的大片玉米地里，据说以前乌鸦就是从那里把种子带过来的。不过，眼下几乎濒临绝迹的野豆子，不怕霜冻和蛮荒，赶明儿也许还会复苏，证明自己是土生土长的，重振它那作为狩猎部落食物的昔日雄风。印第安人的谷物女神和智慧女神想必就是野豆子的发明者和赐予者，只要诗歌开始在这里占上风，野豆子的叶子和成串的坚果说不定就会在我们的艺术作品里得到表现。

到了九月一日，我已看到湖对面不远的一个岬角上有三棵叉开的大齿杨，那白色树干底下，有两三棵槭树变红了。啊，它们的色彩会讲多少个故事！一个星期又一个星期，每棵树的性格渐渐地凸现出来，它尽情欣赏那明镜般的湖面上自己的倒影。每天早上，这个"画廊的经理"取下墙上的旧画，换上一些新画，新画更加鲜亮，色彩和谐，帅极了。

十月里，黄蜂们数以千计地飞临我的住所，好像是来过冬。它们落脚在我窗子里头和高头墙上，有时候会吓得一些来客不敢进门。每天早上，它们总有冷得冻僵了的，我就把它们弄到屋外去，反正我可不敢把它们赶走，岂不是给自己添乱？不仅如此，它们肯屈驾寒舍，我甚至还觉得不胜荣幸之至呢。它虽然跟我睡在一起，但从来没有伤害过我；后来，它们渐渐地见不到影儿了。我可不知道它们钻进了什么缝隙儿里头，也许是为了躲避严冬和难以描述的寒冷吧。

到十一月最后进入冬居之前，如同那些黄蜂一样，我常到瓦尔登湖的东北岸边去，在那里，阳光从油松林和石岸反射过来，无形中形成了湖畔火炉，只要还能做得到，孵太阳暖暖身子，委实要比家里围炉取暖更惬意，也更有利于健康。夏天好像是一个离去的猎人，却留下了还在发光的余烬，而我就这么着靠这些余烬取暖过冬。

等一垒砌烟囱的时候，我对泥水匠活儿总算入了门。我使用的是旧砖，先要用瓦刀刮干净，这么一来，我对砖头和瓦刀的特征就有了更深的了解。那些旧砖上头的灰浆已有五十个年头了，据说年代越久越牢固，以上这些话，人们老爱喋喋不休地这么说，也不管它究竟对不对。这样的说法本身随着年头越久也变得越牢固，需要用瓦刀连续不断狠狠地刮，才能把旧砖上头这个未卜先知的老话刮干净。美索不达米亚有好多村子，都是用质量非常好的旧砖头砌造的，从巴比伦废墟里捡来的旧砖上头的水泥更古老，也许更牢固吧。不管怎样，那把纯钢瓦刀的钢刃特别坚硬，经得住那么多猛砸，一丁点儿不卷刃，真让我吃惊。我的砖头原本来自一座旧烟囱，虽然我没见过上头有尼布甲尼撒①的名字，我尽可能多捡出些壁炉用的砖块来，这样既省工，又不会浪费。我用湖边寻摸来的石子填塞壁炉四周砖头间的空隙，并用湖边的白沙土制成供我使用的灰浆。我在壁炉上花费的时间最多，把它作为屋子里最要紧的一部分。说真的，我干得非常仔细，虽然一大早我就开始从地上砌砖，到晚上才垒起离地几英寸高，夜里我拿它当枕头倒是不错，可我记得我并没有落枕，而过去我倒是闹过落枕毛病。大约就在这段时间，我邀来一位诗人在这儿住了半个月，因为房间逼仄，使我好不尴尬。他随身带来了自己的刀子，其实我也有两把，我们常常用刀子来回捅进地里的办法，把刀子擦得干干净净。他还帮我做过饭。眼看着我的壁炉，方方正正、结结实实、渐渐地垒高起来，我心里很高兴。我就揣想，虽说进度是慢了一点，寿命据说反而很长呢。烟囱在某种程度上来说是一个独立的结构，拔地而起，穿过屋顶，直冲云霄，甚至在屋子烧掉以后，烟囱有时依然耸立着，它的重要性和独立性是显而易见的。那时已接近夏末，眼下却是十一月份了。

北风一起，湖水才开始变冷，还要一连好几个星期，风不停歇地刮着，湖水就会结冰，因为这个湖太深了。我头一次在晚上生火时，还没有给屋内板壁抹上灰浆，烟从烟囱里逸出情况特别好，因为板壁

---

① 尼布甲尼撒二世（前630？—前562）：巴比伦国王，曾侵占叙利亚和巴勒斯坦，攻占并焚毁耶路撒冷，将大批犹太人驱逐至巴比伦，在位时修建巴比伦城和空中花园。

间缝隙多得很。我就在这虽然寒冷但通风良好的房间里，度过了好几个愉快的夜晚。四周净是毛糙的、带节疤的棕色木板，高头的椽子还连着树皮呢。我的屋子后来抹过了灰浆，我不由得格外喜欢自己的屋子，我不得不承认，住在这样的屋子里，自然也格外舒服。人们居住的每一个房间，难道不应该顶头很高，高得给人产生朦朦胧胧的感觉，入夜以后看得见一些椽子四周，火光投射的影子在跳跃吗？这些影子的形态，要比壁画或别的最昂贵的家具，更能激活人们的幻想和想象力。不妨这么说，现在第一次入住我的屋子，我已开始利用它来取暖，同时可以避风雨了。我还寻摸到两个旧薪架，让木柴再也不会傍靠炉壁了。眼看着我造的烟囱后头所积累的烟炱，真是好不高兴，因此，我拨弄起炉火来，也比平常更有劲儿，感到更满足了。我的住处又窄又小，很难在屋子里头产生回音，但是，当做单身房间使用，跟邻居们隔得也很远，似乎显得又大了一些。一幢房子的整个魅力全都集中在一个房间，它是厨房，是卧室，是客厅，又是储藏室。凡是父母或者孩子，主人或者仆人，住在一幢房子里，不管他们得到过什么样的满足，我通通享受到了。卡托说，一家之主（patremfamilias）一定要在他的乡间别墅拥有 "cellam oleariam, vinariam, doliamulta, uti lubeat caritatem expectare, et rei, et virtuti, et gloriae erit"[①]，也就是说 "一个储油存酒的地窖子，还有许许多多储物木桶，以后如遇艰难日子，

---

① 此处是拉丁文。

也就有备无患，这样对他会有好处、有功效，而且值得引以为自豪。"
我在自己的地窖子里储存了一桶土豆，大约两夸脱①豌豆，包括掺杂
在里头的象虫。我的架子上，还有一点大米，一罐糖浆，以及黑麦和
印第安玉米粉各一配克②。

　　有时候，我梦见过一幢可容纳很多人的大房子，它在一个黄金
时代拔地而起，建房材料经久耐用，也没有华而不实的装饰，但它
只有一个房间，一个宽敞、简陋、实用、颇具原始气氛的厅堂，没
有天花板吊顶或者抹过灰浆，仅有光秃秃的椽子和檩条支撑着头顶
上低矮的天棚——遮挡雨雪倒是很管用；在那里，你一跨过门槛，
向那俯卧着的古代农神行礼后，桁架中柱和桁架双柱③仿佛起立接
受你的敬意。这是一幢空洞洞的房子，你在里头必须把火炬绑在长
杆子上才能看得见屋顶，在那里，有的人可以住在壁炉边上，有的
人在窗子的凹室里，有的人在高背椅子上，有的人在厅堂的这一头，
有的人则在厅堂的那一头，有的人甚至跟蜘蛛一块儿在高头椽子上，
反正只要他们愿意。这么一幢房子，你一推开大门，就能长驱直入、
到达厅堂，一切繁文缛节全给免了。在那里，疲惫不堪的观光客不
妨盥洗、进餐、聊天、睡觉，用不着出门远行。狂风暴雨之夜，你

① 夸脱：谷物等容量单位，约八蒲式耳。
② 配克：谷物等容量单位，约八夸脱或二加仑。
③ 此处原文为 King and queen posts，光从字面看，意为"国王和王
　 后柱"。

最巴不得到达的，正是这么一个栖身之处，里头一切家用必需品应有尽有，何况又没有家务之累；在那里，厅堂里所有金银财宝，你管保能一览无余；每一件常用物品全都挂在木钉子上；在那里，既是厨房，又是配餐室，客厅，卧室，储藏室，也是阁楼；在那里，你能看得见诸如木桶、梯子这类必需品，还有碗橱之类用起来很方便的东西；你还听得见水壶在沸腾，你要向给你做饭的火灶和给你烤面包的炉子致敬；在那里，必不可缺的家具和器物成了主要的装饰物；在那里，洗过的衣物不用晾在外面，炉火不熄灭，女主人也不会嗔怒；厨子下地窖子时，也许有时请你打开活板门，这样你也不必用脚去踩，就知道地上哪儿是牢实的，哪儿是虚空的。一幢房子像鸟巢似的全部向外敞开，让人一目了然，你可以从前门进去，从后门出来，却看不见住在里头的人；在那里，就算做客人，照样享受到一切自由待遇，不是被摈于它的八分之七以外的地方，关在一间特殊的斗室里，还关照你，说什么宾至如归等——其实把你幽禁起来。现下主人绝不会邀请你到他的壁炉边去，而是叫来泥水匠给你在走廊里头另砌一个火炉，所谓"殷勤招待"乃是一种跟你保持最大距离的诀窍。说到烹饪，自然窍门很多，多得仿佛他想要毒死你似的。我知道我到过好多人家的府邸，本来很可能被他们依法着令我离去的，但我并不知道自己是否受欢迎；如果我走到了像我所描述过的巨宅里，我倒是不妨身穿旧衣去拜访过着俭朴生活的国王和王后；但是，万一我在现代宫殿里被逮住了，那么，我真巴不得学会掉头溜走就得了。

看来我们的社交语言已失去了它的全部活力，完全退化为闲扯淡；我们的生活如此远离它的符号，它的隐喻和借喻又显得如此牵强附会，只好通过滑道和升降梯来传递了；换句话说，客厅离厨房和作坊太远了。就算进餐，通常讲的也不过是进餐的大话罢了。好像唯有野蛮人住地跟大自然和真理挨得太近，反而可以向他们借用比喻似的。远在"西北边陲"或"马恩岛"①的学者，又怎么会知道厨房里说的是什么彬彬有礼的语言呢？

但是，我的客人里头只有一两个还算胆子不小，留下来和我一块儿喝玉米面粥，可惜他们一看见危机露头时，就急吼吼地落荒而逃，好像危机会把这屋子震坍似的。结果，反正那么多玉米面粉都熬好了，这屋子依然好端端地屹立着。

直到天气真的冰冰冷了，我才开始抹灰浆。为了这件事，我划着小船从湖的对岸运回来更洁白、更干净的沙子，反正有了小船这种运输工具，必要时，就算去的地方更远，我也二话不说。就在这时候，我的屋子每面墙都钉上了木板条，从高头一直到齐墙根。钉木板条时，我挺高兴，只要一锤子下去，就把钉子牢牢地给钉死。我一心追求的是，要干净利落地把灰浆从木板条上抹到墙头上。我忽然想起了一个自高自大的家伙的故事，此人身穿优质衣服，老是在村子里东

① 又称"人岛"，位于爱尔兰海上的一个岛屿。

逛西荡，净给工人出馊主意。有一天，他灵机一动，想用实干取代空谈，于是，他把袖子一捋，操起一块灰浆工用的板子，用瓦刀把灰浆装上，干得好歹没出差错，稍后，他得意扬扬地瞅了一下高头的木板条，不管三七二十一就把灰浆抹了上去，不料整坨灰浆马上掉在他那气呼呼的胸脯上，真的是丢人现眼！我对抹灰浆倒是十分欣赏，因为它既经济又方便，有效地抵御了寒气，抹过后又显得那么光洁、好看。我也了解到泥水匠很容易遭到各种意外事故。我很惊奇地发现，那些砖块竟然干渴得那么厉害，我还来不及把灰浆抹平整，水分早给砖块吸干了；我还惊奇地发现，为了新砌一个壁炉，我真不知道耗去多少桶水呢。前一个冬季，我把大河里寻摸到的 Unio fluviatilis（拉丁文学名）珠蚌贝壳烧制成少量石灰，为了准备做实验；因此，我也就知道我的材料是从哪儿来的。要是我乐意，说不定在一两英里以内可以找到上等的石灰石，亲自动手烧制。

　　就在这时候，最背阴、最浅的小水湾里已经结了一层薄冰，比整个湖面结冰早了好几天，乃至于好几个星期。第一块冰特别耐人寻味，也显得特别完美；它质地坚硬，呈浅黑色而又透明，这对观察浅水处的湖底来说是一个绝佳机会。你可以全身趴倒在一英寸厚的冰面上，像一只掠水虫似的，笃悠悠地琢磨研究湖底离你才不过两三英寸、赛过玻璃后面的一幅图画，不消说，这时水始终是平静的。湖底的沙子上有很多沟槽，一些生物在沟槽里头爬过来，又循着原路爬回去，至于残骸，到处可见，全是白石英细颗粒形成的石蚕壳。也许那些沟槽就是它们留下来的，因为你会发现在那些沟槽里头有它们的残壳，尽管这些沟槽又深又宽，断断乎不是它们一蹴而就。但冰凌本身是最耐人寻味的事物，因此，你务必不失时机地去琢磨研究它。你要是在结冰后那个早上来仔细观察它，就会发现，那些乍一看好像在冰凌里头的气泡，实际依附在冰面上，还有更多的气泡正从水底不断地泛上来；再说，这冰凌相当坚实而又发暗，所以，你才可以透过它看到了水。这些气泡的直径有的是一英寸的八十分之一，有的是一英寸的八分之一，它们非常清楚，非常美丽，透过冰凌，你可以看见你的脸儿映照在气泡上，每一个平方英寸里头，也许就有三四十个气泡。还有一些气泡已经在冰凌里头，狭小的，椭圆的，垂直的，大约半英寸长，呈圆锥体，顶尖朝上。如果是刚才冻结的冰凌，常常会有细小气泡，一个浮在另一个上头，望过去宛如一串珠玑。不过，冰凌里头的气泡并没有附着在冰凌底层的气泡那么多，也没有那么明显。有时候，我常常往冰凌上扔一些石子试试看冰凌有多大力度，那些砸破冰面的石子会把空气也带了进去，在冰凌底下形成个儿特大而又特别显眼的气泡。有一天，我过了四十八个小时后，再回到老地方去，发现这些个儿大的气泡依然完美如初，尽管那儿又结上了厚达一英寸的冰凌，因为从一块冰凌边上的裂缝里，我看得清清楚楚。不过，前两天，天气挺暖和，好像小阳春似的，那冰凌就不怎么透明了，呈现出湖水的深绿色，而湖底有一点浑浊，呈现灰白色，冰凌比前时厚了两倍，却没有过去那么结实，因为气泡受热后大大地膨胀，积聚在一起，打乱了原有的格局。它们不再是一个浮在另一个上头，倒是像从一个袋子里倒出来的银币，一个个堆压在一起，或者就像一些薄片似的，仿佛填补一些细微的裂缝。冰凌之美早已无影无踪，再想琢磨研究湖底，已是为时太晚。出于好奇，很想知道，在新近结成的冰凌中那些个儿大的气泡占着什么位置，于是，我凿取了一块含有中型气泡的冰，让它翻个身，底儿朝天。新结的冰凌是在那个气泡周围和底下形成，所以，气泡就在两块冰的中间。它完全处在底下的冰层，但又贴近上层冰凌，扁平形，也许有点像扁豆形状，圆边，深四分之一英寸，直径四英寸。我惊奇地发现，正对着气泡的底下，冰凌融化很有规则，好像倒置的茶碟形状，中间高度为八分之五英寸，水和气泡之间有一条薄薄的分界线，薄得几乎还不到八分之一英寸，这条分界线里好多地方，小气泡往下爆裂，也许在个儿最大、直径为一英寸的气泡底下，压根儿就没有冰凌了。我由此可以断定，头一次看到附在冰凌底下的无数小气泡，这时也冻在冰块里头，每一个小气泡程度不同地在冰凌底下起了类似取火镜的作用，要使冰凌融化殆尽。这些小气泡就是微型气枪，让冰凌融化时爆裂有响声。

最后，冬天真的呼啦地来到了，我那抹墙的活儿刚完，狂风开始在我屋子周围呼啸，仿佛直到此刻才让它呼啸似的。一夜又一夜，鹅群在黑暗中伴随着尖叫声、拍翅声，笨拙而又缓慢地飞过来，甚至大地上已铺满白雪后还会飞过来，有的落在瓦尔登湖上，有的低低地掠过树林子，飞向美港，打算去墨西哥。有好几回，已是十点钟或十一点钟，我从村子里回家，忽听见一群鹅或是一群野鸭子在走动，在我屋后湖沼边上，踩着树林子里的枯叶，四处觅食；它们匆匆离去的时候，那领头鹅的低唤声还隐约可闻。一八四五年，瓦尔登湖在十二月二十二日夜间第一次全部封冻，而佛林特湖和其他水位较浅的湖和康科德河早在十天前就封冻了；一八四六年封冻的日子是十二月十六日；一八四九年大约在十二月三十一日；一八五〇年大约在十二月二十七日；一八五二年是一月五日；一八五三年是十二月三十一日。十一月二十五日起，大地全是皑皑白雪，突然间我被冬日雪景包围住了。我万般无奈，只好躲进自己的小窝儿，巴不得在屋里和心里点燃起一簇旺亮的火堆。这时，我去户外的差使，就是到森林里去寻摸枯木，然后手提或肩扛回家转，有时候，胳臂底下分别夹住一棵枯死的松树，就这么着拖到我的披屋里。这棵枯树曾经是昔日森林围栅，有过多么风光的岁月，如今我拖着它相当费劲儿。我把它祭献给火神伏尔甘①，因为过去它已祭献给护界神特尔米努斯②了。这是多么意味深长的一件事啊，据说人类晚饭的由来是这样的，当初有人到雪地里去猎取，不，你不妨这么说，去偷燃料，拿去烧晚饭的！他的面包和荤腥果然都很香喷喷呢。我们大多数村镇，在森林里都有各种木柴和废木料足够人们生

---

① 古罗马神话中人与锻冶之神，亦称火神。
② 古罗马神话中保护界标之神，亦称护界神。

火，可当前它们没有给人们带来温暖，而且，有人还认为，它们会妨碍幼林的生长。湖上还有一些漂过来的木材。夏天，我发现过一排油松原木（树皮还留着）扎成的木筏，是当年爱尔兰人造铁路时钉在一块儿的。这里头有一部分，我已经拖到了湖岸上。在湖里浸泡过两年多，随后高地上又晾了六个月，尽管部分吸水太多还没有完全干透，它却是顶呱呱的好木材。冬天里，有一天，我就这么着聊以自娱：我把这些木头一根根从湖上拖过去，差不离有半英里远，一根十五英尺长的原木，一头搁在我肩头上，另一头搭在冰凌上，就像溜冰似的一路滑行过去；要不就是，我用桦树条把好几根木头捆在一块儿，随后，用一根长一点的、头上带钩的桦木棍或桤木棍钩住它，从湖上拽了过去。这些木料完全被水浸泡过，沉甸甸像铅块，可是，它们不仅经烧，而且火苗儿特别旺；不，我觉得，正因为湖里浸泡过，这些木头才更好烧，仿佛经过水里浸泡过的松脂，在灯笼里更经烧一样。

吉尔平①描述英格兰的林中居民时说："有些人已侵占了土地，于是，在森林的边界筑了围栅，造了房子。""古代《森林法》认为，这是一起严重的侵害行为，应当以侵占公地的罪名给予重罚，因为这使飞禽恐惧、森林受害。"不过，我对野味和森林的保护要比猎人和樵夫更关注，仿佛我自己就是护林官一样。如果森林有一部分

---

① 吉尔平（William Gilpin, 1724—1804）：英国作家；他走遍英伦三岛，对他的游历给予诗一般的描述，其文风为后人所仿效。

烧掉了，哪怕是我自己一不小心造成的，我也会感到创巨痛深，要比领主悲痛得更持久，也更难得到安慰；不，还有呢，就算树木是领主自己砍掉的，我照样会感到痛心。我倒是希望我们的农场主们在砍伐一片森林时，也能感受到某种恐惧，就像古罗马人在神圣的森林（拉丁文为 Lucum Conlucare）里为了多透进一些阳光、砍掉少些树木、以便长得更稀疏时所感受到的那种恐惧，这是因为古罗马人相信那片森林已奉献给某些天神。古罗马人先是赎罪，然后祈祷："不管你是男神还是女神，这片森林是专门奉献给你们的，请赐福给我和我的一家，以及子子孙孙吧。"

值得注意的是，即使在当今时代，在这个新的国家，林木还是极有价值，这种价值要比黄金的价值更久远，也更普遍。我们已经有了许多发现和发明，但还没有哪一个人走过一垛木料时能无动于衷。林木对我们来说，就像我们的撒克逊和诺曼祖祖辈辈一样是弥足珍贵的。如果当年他们是用木材做弓箭，那么，如今我们就用木材来做枪托。三十多年前，米绍①就说过，在纽约和费城，木头燃料的价格"跟巴黎质地最好的木料价格几乎相同，有时也许还会超过，尽管这个巨大的首都每年需要三十多万考得的木材，周围三百英里的平原上又都是耕地"。在我们这个镇上木材价格几乎在持续上涨，唯一的问题是，今年的木材价格比去年究竟要上涨多少。机工和商

---

① 米绍（Andre Michaux, 1746—1802）：法国植物学家。

人亲自出马到森林里来，不为别的，管保是参加木材拍卖会，甚至愿出高价，获得伐木者离场后捡取零星木料的专利权呢。不知有多少岁月流逝而去了，人们老是到森林里头寻寻觅觅的，不外乎就是燃料和艺术的材料；新英格兰人、新荷兰人、巴黎人、凯尔特人、农场主和罗宾汉、古迪·布莱克和哈里·吉尔[①]，来自世界各地的王子和农民，以及学者和野蛮人，大家同样要到森林里头拿几根木头去生火取暖、做饭。就算是我，断断乎也少不了它的。

每个人看着自己的柴火堆都会喜形于色。我喜欢把我的柴火堆码在窗前，劈柴劈得越多，越能勾起我对自己愉快工作的回忆。我有一把管保没人会要的旧斧头，冬闲时，我就坐在屋子向阳那一边用它来砍我从豆子地里挖出来的那些树桩头。就像我犁地时租用的马车主人预言过的，这些树桩头给予过我两次温暖，一次是我把它们劈成柴爿的时候，另一次是它们着火燃烧的时候，反正再也没有别的燃料能发出比它更多的热量来。至于那把斧头，有人劝我拿到村里铁匠那儿去"淬淬火"吧，但我是自个儿给它"淬火"的；而且，还从树林子里寻摸一根山核桃木给它装上个斧把，用起来就更称手了。虽说这斧头很钝，但至少很管用。

两三片油脂松木，不啻是一大珍宝。想一想如今大地深处还秘藏着不知多少这种引火燃料，真的是叹为观止了。前几年，我经常

① 此处指英国著名浪漫主义诗人华兹华斯（William Wordsworth, 1770—1850）的名诗《古迪·布莱克和哈里·吉尔》里的一些人物。

到光秃秃的山坡上进行"勘探"，从前，那儿有过一片油松林，我还刨出过一些油脂松树根茬来。它们几乎是坚不可摧的。那些树桩头少说也有三四十个年头了，尽管边材已经腐朽了，树心里头还很好。那厚厚的树皮，在离树心四五英寸处，形成一个圆环，与地面接齐。带上斧头和铲子对这种矿藏进行勘探，顺着那黄澄澄的牛油脂似的骨髓状储藏物一直挖下去，就像挖到了大地深处的金矿矿脉一样。但是，通常我是用树林子里的枯树叶来引火的，那还是我赶在下雪前就储存在披屋里的。青翠的山核桃木劈成细细的棍儿，伐工者在树林子里宿营时，常拿它来引火。这种引火柴，我时不时要储存一点。村民们远在天边生火的时候，我的烟囱里也会冒出袅袅的青烟来，让瓦尔登峡谷里各种山野居民都知道，我是醒着的——

　　双翼轻盈的青烟，伊卡罗斯之鸟，

　　往上升腾，你的羽翼将会熔化掉，

　　悄无声息的云雀，黎明的信使啊，

　　盘旋在屋舍上空，当做自己的窝；

　　要不然你是逝去的梦，子夜时迷幻的身影，撩起你的衣裙；

　　长夜里给星星披上了面纱，

　　白日里遮住了亮光和太阳；

　　去吧，我的薰香，从围炉这儿飞起，

　　请求天上诸神，宽恕这明亮的火焰。

　　那碧绿的硬木刚刚劈开，尽管我生火时用得很少，我还是觉得比别的木料更为相宜。有时，在冬日午后炉火很旺的时候，我外出溜达去了，过了三四个钟头回家，火苗儿依然在闪闪发光。我出门之后，屋子好歹不算是空荡荡的，仿佛我留下了一位愉快的管家。其实，住在这小屋里的只有我和炉火呀，一般来说，我的这位"管家"真的是忠实可靠。殊不知有一天，我还在屋外劈木柴，猛地想到该去窗口瞧上一眼，看看屋子里会不会着了火；在我的记忆中，唯独这么一次让我为这等事特别烦心。就这么着，我一看，不好，一个火花星子把我的床铺烧着了；我二话没说，赶紧进屋去把火给扑灭了，得了，它只烧掉巴掌大的一小块。不过，我的屋子方位很好，阳光充足，可避风雨，屋顶又挺低，所以后来，在任何一个冬日午后，我几乎都把炉火熄灭掉。

　　鼹鼠在我的地窖子里做窝儿，把土豆啃掉了三分之一，它甚至利用我抹墙剩下来的一些毛发和牛皮纸，给自己搭了一个舒适的小窝铺。因为哪怕是最最富有野性的动物，也跟人类一样，眷恋着舒适，眷恋着温馨；也正因为它们如此翼翼小心地筑了窝儿，才能安然越过寒冬存活了下来。听我的一些朋友说，言下之意，仿佛我到树林子里来，存心让自己冻成冰棍儿呢。野兽仅仅在一个避风处搭上一个小窝铺，靠自己的体温来取暖；可是，发现了火的人类，把空气关在一个宽敞的房间里来取暖，反正他不是靠自己的体温来取暖，把那个房间当做自己的床铺。在那个房间里头，他可以安之若素，用不着穿上很厚的衣服，在冬天就像夏天那样暖热，通过窗子可以让阳光照进室内，点了灯如同白昼延长一样。他就这么着比本能超前了一两步，省出时间来从事美术创作。我长时间置身于狂风之中，周身已开始麻木，可是，一回到家中温馨的氛围里，马上神清气爽，感觉长命百岁。说实话，就这一点来说，即便身居豪宅的人也没什么好吹嘘的，我们也不必自寻烦恼，揣测什么人类最后如何毁灭。只要北方刮来稍微强劲一点的狂风，随时都可以切断他们的生命线。我们常常用"寒冷的星期五"和"大雪天"来计算日子；只要星期五更冷一点，或者雪下得更大些，人类在地球上的生存恐怕就会告一段落。

为了省俭起见，第二年冬季，我改用一个很小的火炉，因为这片森林毕竟不是归我所有；但这个小火炉不像敞开的壁炉那样老是火苗儿很旺。那时候，烹饪八成儿不再富有诗意，仅仅是一个化学过程罢了。在使用火炉的日子里，人们很快就忘掉了从前自己跟印第安人一样在余烬里头烘烤过土豆。火炉不仅占地方，熏得满屋子烟雾腾腾，连火苗儿都看不到，我觉得好像自己失去了一位伴侣，而在火光中总是能看到一张脸儿来。傍晚时分，人们在劳动之余，两眼凝望着火苗儿，会使白昼积存的俗世杂念——得到净化，可我再也不能坐下来守望火苗儿了。有一位诗人所写的深中肯綮的诗句，使我充满了新的力量——

明亮的火焰啊，你是生活的映像，

你可爱可亲之情，别舍不得给我。

如此光芒迸射，莫非是我的希望？

入夜如此低沉，难道我气运不旺？

你平素深受人们欢迎和爱戴，

缘何被逐出我们的厅堂和炉台？

难道你一生太沉湎于幻想，

不给芸芸众生一点光亮？

难道你那神秘的光芒不是在

跟我们的心灵神交？心照不宣？

是的，我们安全又强健，因为此刻

坐在火炉边，没有黑影儿在晃动，

也没有欢乐伤悲，只有一团火

温暖我们的手足——希望并不高；

有了这密集又实用的一堆火，

在它身旁的人不妨闲坐打盹儿，

别害怕从幽暗中游荡过来的鬼魂，

古树火光会忽明忽暗地跟我们对话。①

---

① 引自美国田园诗人胡珀（Ellen Sturgis Hooper，1812—1848）的名诗
《柴火》。

原住民，冬日来客

我经历过好几次愉快的暴风雪，在炉边度过了一些欢畅的冬日夜晚，大雪在外头疯狂地打旋儿，甚至将猫头鹰的尖叫声都盖过去了。好几个星期以来，我外出溜达时连一个人都没碰见过，除了偶尔来树林子里伐木的人用雪橇把木柴拖回村里去。不过，倒是大风大雪唆使我在树林子最深的积雪中开辟出一条小路来，因为有一次我穿过树林子时，大风把橡树叶子吹到我踩踏出来的脚印里，它们留在里头，吸收了阳光，融化了积雪，这么一来，我不仅脚下有了干爽的路面可走，而且入夜以后，它们那黑糊糊的线条就给我引路。至于人与人之间交往活动，我不得不想起了树林子里那些原住民，我们镇上有好多人都还记得那些原住民的欢声笑语曾经在我屋子附近那条大路上回荡着。我屋子四周全是树林子，这里那里点缀着他们的小花园和小屋子，不过，那时节，繁茂的树木遮挡得比现在更要严严实实。我自己都记得，有些地方松树的枝权会同时刮破轻便马车的两侧，妇女和孩子们不得不单独步行到林肯去，经过这儿不免有些害怕，往往还要小跑上一段路。虽然大体上说这只是一条通往邻村的不起眼的小道，或者是专供伐木那帮子人行走的小道，但由于它当年万种风情，倒是给观光客带来更多的情趣，并在他们的记忆里久久萦绕不去。如今，从村子到树林子，中间有一大片空旷的田野，那时这条小道从槭树树林的沼泽地穿过，路基底下全是原木，直至今日，毫无疑问，在眼前这条尘土飞扬的公路下面仍然看得到它们的残迹。这条公路从斯特拉顿，亦即现在的济贫院农场径直通往布里斯特山。

　　加图·英格拉哈姆就住在我的豆子地东边，公路的对面。他是康科德村乡绅邓肯·英格拉哈姆老爷的奴隶，这位老爷给他的奴隶造了一间房，允许他住在瓦尔登树林子里——我在这儿提到的加图，不是尤蒂卡的那个加图，而是康科德的这个加图。有人说他是几内亚人。有少数人还记得他在那个核桃林里有一小块地，他把核桃树培育成林，赶明儿岁数大了，打算派用场呢，殊不知到头来还是落到了一个年纪轻轻的白人投机家手里。好在眼下他还有一间同样狭小的房子。加图的迹近湮没的地窖子洞口还依稀可见，但早已鲜为人知，因为边上有一排松树把它挡住了，人们就算走过，也都看不见。如今，那里长满了光洁的漆树（拉丁文学名 Rhus Glabra），最原始品种的黄花（拉丁文学名 Solidago Stricta）也长得很茂盛。

在我的地块的边角上，离镇更近些，有一个黑人妇女名叫齐尔法，住在小小一间房里，替镇上的人织亚麻布。她有一副特别好的嗓子，那嘹亮的歌声在瓦尔登树林子里回响着。后来，在一八一二年战争中，她的住房被英国兵——是一伙凭誓获释的俘虏兵——放火烧掉了，当时，幸好她不在家，可她的小猫、小狗和老母鸡通通被烧死了。她艰苦的生活简直不像是人过的。一个常来树林子转悠的人记得，有一天中午，他路过齐尔法的家门口时，听见她冲着沸腾的水壶喃喃自语："你们全是尸骸，尸骸啊！"我在橡树林那边，看到了烧过的砖头呢。

循着公路下行，靠右边，布里斯特山上，住着布里斯特·弗里曼，"一个心灵手巧的黑人"，他一度是卡明斯乡绅家的奴隶——当年布里斯特栽培的苹果树，至今仍在那儿，现已长成很大的老树了，我觉得，它们结出的果实，依然是地地道道的野苹果味道。不久前，我在老林肯墓园里看到他的墓志铭，在他的墓边附近，是一些无名墓，亦即从康科德撤退时倒下的英国掷弹兵的坟墓——他的墓碑上写的是"西皮奥·布里斯特"。Scipio 与布里斯特的 Sippio 相近，姓 Africanus 与非洲 Africa 同一个字根，亦与布里斯特是黑人有关——他倒是有资格叫做西庇奥·阿非利加努斯①的——"一个有色人种"，好像他已退了色似的。我从墓碑上知道，上面还特别强调他

---

① 阿非利加努斯（Scipio Africanus，前237—前183）：古罗马将军，入侵非洲。

是在什么时候死掉的，这仅仅是间接地告诉我他曾经饱尝过尘世况味罢了。他的妻子芬达殷勤好客，会替人算命，总让人听了很开心——长得个儿挺大，圆圆的，黑黑的，比黑夜里任何一个孩子还要黑。这么一个黑不溜秋的肉球，在康科德真可以说空前绝后。

沿着小山再往下走，靠左边，在树林子的古道上，是斯特拉顿家族庄园的地界。他们家的果园一度遍及布里斯特山的所有山坡，可惜老早就被油松吞没，只剩下一些残株，它们的老根上至今还长出好多枝繁叶茂的野树来。

离镇更近些，在大路的另一边，恰好在树林子的边沿上，就来到了布里德的地方。这个地方因为有过一个妖怪而出了名，虽然这个妖怪在古代神话中没有明确记述，但它在我们新英格兰人生活中扮演着很显眼、很惊人的角色，就像任何一位神话人物一样，总有那么一天，应该有人给他写一部传记。最初，他乔装打扮成一个朋友，或者一个雇工，没多久就洗劫了乃至于杀害了主人全家老小——真是新英格兰一大怪。但是，历史想必还没有把此间上演过的所有悲剧一一记述下来，不妨让时间从中斡旋，给这些悲剧清除一些哀痛，添上一丁点儿蔚蓝的色彩吧。有一个最含糊不清的传说，说这儿从前有过一家小酒店，此外还有一眼井，就是这井水兑在路人的饮料后特别好喝，并使他的坐骑很快恢复活力。在这里，人们相互打个招呼，听听新闻，相互传告，然后各自上路。

布里德的小屋虽然早就没有人居住了，十二年了，还矗立在那里。它跟我的小屋大小差不离，那是一个总统大选的夜晚，如果我没记错，几个淘气的小男孩放火把它烧掉的。当时我住在村子的边上，捧读戴夫南特①的《龚达伯特》出了神，那年冬天，我得了瞌睡病——顺便说一下，我可不知道这毛病是不是家传的，反正我有一个大叔，连刮胡子的时候都会睡着，因此，他每逢礼拜日不得不下地窖子去摘掉土豆上的芽儿，就是让自己保持清静，守安息日。要不就是因为我想精读查尔默斯②的《英国诗选》，一首也不跳过去，结果导致了昏睡，这部诗选简直把我的神经③给征服了。我读着读着，脑袋越来越耷拉下来，猛然间火警的钟声响了，救火车飞也似的赶了过来，冲在前头的是一大帮子大人和孩子，可我跑在最前列，因为那条小溪我纵身一跃就过去了。我们都以为着火地点远在树林子南边——以前我们都去救过火的——什么谷仓啦，店铺啦，或者什么住宅啦，或者是这一切通通着了火。"是贝克家的谷仓着火了。"有人大声嚷道。"是考德曼宅子着火了。"另一个人打包票说。随后，鲜亮的火花星子升上了树林子上空，仿佛屋顶坍下去了，我们大伙

---

① 戴夫南特（Sir William D'Avenant, 1606—1668）：英国诗人，剧作家兼剧院经理，著有喜剧《众才子》，假面剧《爱之神殿》，诗集《马达加斯加》等，创作英国第一部公演歌剧《围攻罗得岛》，有莎士比亚"精神之子"美誉。

② 查尔默斯（Alexander Chalmers, 1759—1834）：英国剧作家。

③ 原文 Nervii，原指公元前 57 年被恺撒打败的一个北方欧洲部落，而梭罗写到此处，意谓查尔默斯的诗选征服了他的神经系统，可谓一语双关。

儿都扯着嗓门高喊："康科德，快快来救火呀！"马车急如星火般驶去，车上挤满了人，说不定里头还有保险公司经纪人，反正不管有多远，他们是哪儿有火就往哪儿赶的，可是，救火车的铃声不时在后头响起来，越来越慢，越来越稳当，落在了大伙儿的最后面，就像事后人们在窃窃私语，也许正是他们这拨人先放了火再去报警的，那也难说。就这么着，我们继续往前赶，像真正的理想主义者，不相信自己感官提供的证据，直到在大路上拐弯时，我们听见了噼里啪啦的爆裂声，真的感受到墙那边传过来的热度，这才猛醒过来，老天哪！我们就在火场。火场近了，我们的热情反而凉下来了。开头，我们打算把一个蛙塘里的水都浇到大火上去，但后来还是随它烧下去，这小屋子已经烧得差不离，救也是白搭。于是，我们围着救火车伫立着，相互之间推推搡搡，通过喇叭筒表达我们的观点，或者压低声音，谈到世人们目睹过的所有大火灾，包括巴斯考姆家的商号失火，我们一些人却想到：如果我们自己的"老爷船"①及时赶到，旁边又有一蛙塘的水，也许我们最后可以把这场骇人的大火变成另一场大洪水。后来，我们一点恶作剧都没干就全部撤退，回去睡大觉。我呢，回去就看《龚迪伯特》。不过，说到《龚迪伯特》，序言里头有一段话，说机智就是灵魂的火药——"大多数人不懂得机智，就像印第安人不懂得火药。"这段话，我可不敢苟同。

---

① 老爷船：指行动缓慢的救火车。

转天晚上，大约在同一时刻，我穿过田野，正好走过那里，猛地听见一阵低沉的哭泣声。我摸黑走近去一看，发现这个人我认识，他是这个家族的唯一幸存者，继承了这一家人的善与恶，只有他还记挂着这场大火。他这时趴在地上，眼看着地窖子的断垣残壁还在冒烟的余烬，喃喃自语，如同往常一样。他整天价在河边草地那儿干活，但凡有空就过来看看他祖上的老宅子，他自己的青春岁月就是在那儿度过的。他老是趴在那个地窖子上头，从各个视角、各个方位，轮番地仔细察看，仿佛那儿的石板里头藏着他还记得的金银财宝，其实，如今什么都寻觅不到，只有一堆堆碎砖和灰烬。房子早已荡然无存了，他眼前看到的只是一片废墟。此刻我来到他面前所隐含的同情，好歹使他得到不少宽慰。他指给我看已被覆盖住的那口井，天色已黑了，只能尽量看一看，真是谢天谢地，那口井是断断乎烧不掉的。他沿着墙根摸索了老半天，总算寻摸到了他老爸亲手制作并且架起来的井水提取装置，摸一摸那钩住盛满水的井桶往上提的铁钩或铁扣——如今，他能抓得住、摸得着的，也仅仅是这一个玩意儿了——他要我相信它是一个非凡的"提水装置"。我就摸了一下。后来我每天出去溜达时，总会过去看看它，因为它还悬挂着一个家族的兴衰史呢。

左边，就在看得见水井和墙边丁香花的今天那块空地上，纳廷和勒·格罗斯曾经在这里住过，不过他们都回林肯那儿去了。

比以上这些地方更远的树林子里，离湖最近的边上，陶工韦曼擅自占用了一块地。平日里他给镇上的人制作陶器，还让自己后代继承他的手艺，他们活在世上很不宽裕，只能默许他占住了这块地，县里治安官①常常跑来收税，也老是白跑一趟，"扣押一件破玩意儿"，走走过场罢了，我看过他的账目，舍此以外确实身无长物。仲夏时节有一天，我正在锄地，有一个人驾着一辆满载陶器的马车去赶集，到了我的地头边，他就勒马停了下来，向我打听有关小韦曼的情况。很久以前，小韦曼向他买过一个陶轮②，他很想了解一下小韦曼今日里怎么样了。过去我在经文里读到过陶工的泥坯和陶轮，但从来没有想到过，我们所用的陶器并不是纤毫无损地从那时候留下来的，或者就像长在树上的葫芦一样，所以，听说我的街坊里头有人从事这种塑造艺术，我心里挺高兴。

在我之前，这些树林子里最后一位居民，是爱尔兰人休·夸尔（写成科尔也无妨），借住在韦曼的屋子里——人们管他叫夸尔上校。据说他以一名战士身份参加过滑铁卢战役。如果今天他还活着，本来我应该让他重上战场一显身手。他在这里是靠挖沟过活。拿破仑去了圣赫勒拿岛，夸尔来到了瓦尔登树林子里。据我所知，他是一个悲剧性人物。就像见过世面的人似的，他很讲究风度，说起话来特别彬彬有礼，那是你断断乎没有听到过的。到了仲夏时节，他身上还披着一件厚大衣，因为他患着震颤性谵妄症，连脸色都红得像

① 县里治安官大多由民选产生。
② 陶轮，也叫拉坯轮，陶工使用的一种踩动脚踏板时能旋转的水平盘。

抹上了胭脂。我入住树林子后不久，他就死在布里斯特山脚下的大路上，所以，我的记忆中没有他这个邻居。他的房子还没拆掉前，他的同道都把它当做"凶宅"而退避三舍，可我倒是对它实地走访过。只见他的那些旧衣服都已起了皱皮疙瘩，就像他本人似的，乱堆在那张高高隆起的木板床上。搁在壁炉上的是他的破烟斗，而不是一只在泉水边打破了的碗。布里斯特泉水永远也不会成为他死亡的象征，因为他向我坦承过，他尽管早就听说过布里斯特泉水，却一辈子都没见到过；沾满尘埃的纸牌，什么方块、黑桃和红心、老 K 等，满地都是。一只黑色小鸡没让遗产管理人捉去，依然栖在隔壁房间里头，它的羽毛乌黑得像黑夜，一气不吭，默默地等待列那狐①。房子后头花园的轮廓至今依稀可见，那里草木种下后一次都没有松过土、除过草，因为主人患病后周身一直在震颤。不过，如今已到了收获时节。园子里长满了罗马苦艾和叫花草，这后一种草的果实都黏附在我的衣服上。一张新近剥下来的土拨鼠毛皮紧绷在房子后头，这是他最后一件滑铁卢的战利品；反正如今他再也不稀罕什么温暖的毛皮帽子或手套了。

　　现在，地上只有一个浅坑还能让人看得出这些旧宅的遗址，地窖子里的石块已被掩埋，草莓、紫莓、榛子灌木丛以及漆树全都生长在阳光灿烂的阜皮那边，一些油松或多节的橡树已从往昔烟囱那

---

① 列那：寓言和民间故事中狐狸的名字；列那狐指中世纪法国叙事诗《列那狐的故事》中的著名形象。

个角落里长了出来。当年门前石阶那儿，也许还有一棵芳香的黑桦树在摇曳呢。有时，水井的凹坑还能依稀可见，原先这里有过泉水，如今只有干枯的无泪的野草，要不就是这家族的最后一个人离去时，从草地里搬来一块石板，将水井深深地盖住了——反正赶明儿总会被人发现。把水井掩盖起来——想必是令人伤心的事，泪泉随之汩汩地喷涌。这些地窖子的凹坑好像被遗弃的狐狸窝、旧洞穴，全是往昔人类沸腾生活留下的遗迹，当时他们用不同的形式和不同的方言讨论过何谓"命运、自由意志、绝对的预知"等问题，但是，据我所知，讨论的结果不外乎是"加图和布里斯特扯过羊毛"，这几乎就像极有名的哲学流派的历史一样发人深省。

大门、门楣和门槛消失了一个世代后，丁香花树依然枝繁叶茂，每到春天，鲜花怒放，香气四溢，喜爱沉思的观光客都会前去采摘。过去是孩子们在前院的小小地块上亲手栽下和呵护过的，如今却落到了杳无人迹的草场颓垣边上，把位置让给了一些新的拔地而起的树林子——这些丁香花树就是这个家族唯一的幸存者，也是这个家族最后子遗。黑黝黝的孩子们压根儿想不到，他们在住宅背阴处插下只有两个芽眼的细枝，经过他们天天浇水，就这么深深地扎下了根，没承想活得比孩子们的岁数还大，而且活得比在后头它遮阴的宅子本身寿命更长，甚至比大人们的花园和果园沿革更悠久，在他们长大、去世后又过去了半个世纪，丁香花树却悄悄地把他们的故事讲给一个孤独的漫游者听——丁香花儿开得很美，而且，芳香四溢，和在第一个春天里开放一模一样。丁香花那种依然娇嫩、淡雅和欢快的色彩，深深地印在我的脑海里。

话又说回来，这个小村子按说是大有可为的好苗子，为什么它却倏忽消失，而康科德还留在原地呢？难道它不具备自然资源优势——比方说，水源不足吗？啊，深深的瓦尔登湖，清凉的布里斯特泉——常喝这些水有益于健康，该有多好！可惜人们压根儿没有加以利用，只不过用它去稀释杯中之物，他们都是清一色酒徒。为什么就不能让编篮子、扎马厩扫帚、织席子、烤玉米、织麻布、制陶器等行当在这里生意兴隆起来，使荒原像玫瑰一样灼然盛开，使子子孙孙都能继承他们祖上的田地呢？贫瘠的土壤至少也能防止低地的退化。天哪！这些原住民的记忆，竟然压根儿没能使这里的山山水水增光添彩！也许大自然会再次考验，让我做第一个移民，使我去年春天造的小屋子成为这个村里最古老的宅子。

我可不知道，我的宅基地上从前有没有人造过房子。让我远离那个建造在古城废墟上的城市吧，因为这种城市是利用废墟建成，以墓地造花园。那里的土地已经泛白，并被指控在还没有采取必要措施之前，说不定大地本身也会给毁掉。我就这么着回首前尘，追怀往事，仿佛使原住民重归树林子，然后自己才安然入睡。

寒冬季节，我很难得有客人来。积雪最深的时候，往往一个星期或半个月都没有一个人走近我的小屋，可我生活得倒是很舒服，就像大草原上的一只耗子或牛羊和家畜似的，据说它们埋在积雪中很长时间，即使没有吃食，也照样存活下来；或者像本州萨顿镇早期移民那一家人，一七一七年刮起那场大雪时，这个移民本人正好外出，不料他那个小茅屋全被大雪盖没了，只见烟囱里冒出来的热气在积雪中融化成一个窟窿眼儿，被一个印第安人发现，这才使一家人得救了。不过，对于我呢，至今没有哪个友好的印第安人表示过关注，其实，对他来说，也没有必要，因为这小屋主人总是株守在家哩。好大的雪啊！听着多有劲儿！农夫们没法驾着驴马去树林子和沼泽地，他们不得不把自家门前的那些绿荫树砍倒；积雪变得越来越硬时，他们还要到沼泽地去砍树，待到来年开春时一看，没想到砍树那块地方，竟然离地面有十英尺高呢。

　　从公路到我的小屋的那条小路，约莫有半英里路远，积雪最深时，也许可用一条弯弯曲曲的虚线标出来，每两个圆点间都有很大空当。要是有个把星期里天气稳定，我来来去去的时候，总是迈着同样数目的步子，同样大小的步伐，故意找准我自个儿踩出来的足迹走路，精确得就像一副两脚规——原来冬天就这么着使我们循规蹈矩走老路呢——不过，这些足迹里常常映现苍穹自己的蔚蓝色。但不管是怎么样的天气，都阻挠不了我去散步或外出，因为我经常为了践约起见，在最深的雪地里步行八英里或十英里，去跟一棵山毛榉，或者一棵黄桦树，或者松树林中的一个老相识会晤。积雪和冰凌使松树的枝柯都压弯了，树梢头显得更尖峭，因而变成了冷杉似的。有时候，我踩着近两英尺深的积雪，步履艰难地向高高的山顶走去，每走一步，都像另一场暴风雪冲我头顶上扑过来；有时候，我索性用双手和膝盖在雪地里爬行、拼搏，反正当时连猎户全都回去过冬了。有一天下午，我觉得挺好玩，正在观察一只胸部有褐色斑纹的大林鸮（拉丁文学名 Strix Nebulose），它栖息在一棵白皮松的低矮枯枝上；紧挨着树干，恰好是在大白天，我站的地方离它还不到一杆远。我走过去的时候，两脚踩雪的声响它是听得见的，却看不清我。我让两脚在雪地里踩得猛响时，只见它的脖子就伸了出来，脖颈羽毛竖立起来，眼睛也睁得大大的，但它的眼睑很快又闭上，开始打起盹儿来。我观察它半个钟头后，自己也有点两眼迷蒙，瞧它就这么着两眼半睁半闭栖息在那儿，像一只猫，或者像猫的长翅膀的兄弟。它的眼睑间只留着一道窄缝，这样，它就和我保持了一种半岛状的关系。它就这么着两眼半睁半闭，从梦幻中往外观望，极力想知道我是何许人也：是一个模糊不清的物体，抑或是一颗遮住它视线的尘埃？最后，也许是某个更大的声响，也许是我越走越近的缘故，它就显得很不自在了，懒洋洋地在栖枝上转了个身，仿佛美梦被搅乱了而很不耐烦似的。于是，它展翅起飞，穿过松树林，将翅膀舒展到了令人始料所不及的极致，我却一丁点儿响声都听不见。就这样，它不是靠视力，而是凭借对周边环境的灵敏感觉在松树枝间飞来飞去，仿佛它的羽毛都极其敏感，能在昏暗中摸索自己的飞行路线。最后，它终于找到了一个新的栖枝，也许它就会在那里安静地等待它的白昼的到来。

我从横贯草地的长长的铁路堤岸上走过时，一阵砭人肌骨的寒风迎面刮来，因为它只有到了这里，刮起来才算最痛快淋漓；反正冰霜猛打我的左颊，尽管我是一个"异教徒"，我也还是照样把右颊送了过去 ①。从布里斯特山上来的火车道上也好不了多少。反正我还是要到镇上去，就像一个友好的印第安人。漫山遍野的积雪在瓦尔登路两侧有如墙壁一样地堆积起来，只消过去半个钟头，管保将行人的足迹给盖没了。我回来的时候，就在新形成的积雪里跟跄挣扎过，西北风忙不迭把粉状白雪积存在大路一个急拐处，那儿连一只兔子的足迹都看不到，更不用说一只草地耗子的了。但不管怎么说，即使在寒冬季节，我还看到过暖和而松软的沼泽地上野草和臭菘依然永葆常绿，一些耐寒飞禽有时偶尔会来这里，等待大地回春呢。

有时候，虽说冰天雪地，我傍晚散步回来，会发现樵夫从我家门里走出来的深深的脚印，壁炉上头还有他削好的一堆碎木片，屋子里充满他抽烟斗的味道。要不就是，在一个星期天的下午，如果碰巧我在家，听得见一个精明的农夫踩雪时咔嚓咔嚓的脚步声，谅他是大老远穿过树林子，找上门来套近乎、"拉呱儿"。他是少数"在自家农场"种庄稼的人之一，身上穿的不是教授的长袍，而是一套工作服，他说话时会动不动援引教会或国家的那些仁义道德，就像从牲口棚里拉出来一车粪肥似的。我们谈到了原始时代简朴生活，

---

① 参见《圣经·新约全书》，书中要求基督徒，人家打你的左脸，你还把右脸送上去，借以化解矛盾，所以，梭罗在此处有"异教徒"的提法。

那时候，人们在冷得反而有精神气的天气里围坐在一大堆篝火边，大家头脑倒是个个清醒，如果没有别的甜点助兴，那就不妨拿自己的牙齿来试一试聪明的松鼠老早丢掉的好多坚果，因为那些坚果虽然外壳挺厚，往往都是空心的。

有一位诗人①顶着骇人的暴风雪，踩着深不可测的积雪，大老远赶到寒舍来做客。这样的风雪，哪怕是一个农夫、一个猎户、一个大兵、一个记者，乃至于一个哲学家，都有可能给吓退了，但是，也不能吓住一个诗人，因为他的一切都是从纯粹的爱出发。他的来来去去，有谁能预测呢？他的职业就像医生，哪怕上床睡觉了，也随时被叫唤出门应诊那样。我们使这个小屋子里欢声笑语不绝于耳，而且好多轻声细语的清醒谈话也在回响着，这就弥补了瓦尔登谷地很久以来的沉默。相形之下，百老汇②也会显得冷清而又荒凉。我俩不时纵声大笑，也许是因为刚才脱口而出的一句妙语，要不就是因为正要谈到的一则笑话。我们一边喝稀粥，一边谈论许多"崭新"的人生哲学，而这碗稀粥将宴饮之乐和哲学所必需的头脑清醒融合在一起了。

我可忘不了，在湖边的最后一个冬天，还有一个深受欢迎的来

---

① 此处指前译注中提及的诗人小钱宁。
② 百老汇：纽约剧场等娱乐场所集中之地，以繁华热闹闻名全球。

客 ①，有一回，他穿过林子，顶着雨雪，摸黑赶来，后来不知怎的从树丛里瞥见了我的灯光，跟我一起度过好几个漫长的冬夜。最后一批哲学家里头的一位——康涅狄格州把他推向了世界——早先他兜售康涅狄格州的商品，后来，据他自己所说，就宣布兜售他的头脑了。他至今依然在兜售头脑，赞扬上帝，贬损世人，唯他的头脑能结出果实，就像坚果里头有果肉一样。我想，他必定是当今世界上还活着的最虔诚的人里头的一个。他的话语和态度始终表明，一切事物都比别人所了解的好得多，而由于时代在演进，也许他会成为最后一个感到失望的人。眼下他还没有什么冒险行动，虽然当今人们不怎么理会他，但他一旦旗开得胜，大多数人意想不到的法则就见效了，一家之土和统治者们都会来向他求教的——

看不到清澈的人是多么盲目啊！②

人类的一个真正朋友，几乎也是人类进步的唯一朋友了。一个古老的凡夫俗子，还不如说是一种千古不朽，怀着不倦的耐心与信念，阐明深深印在人身上的形象，他们的上帝实际上只是一些残碑断碣罢了。他既亲热又聪明，体察孩子、乞丐、疯子、学者，对各

---

① 指阿尔科特（Amos Bronson Alcott，1799—1888）：美国超验主义哲学家，教育家。其女乃是美国文学名著《小妇人》的作者。

② 此句引自托马斯·斯托勒（Thomas Storer）所写的《托马斯·华斯莱传》（1599）。其中 Serenity 一词，意为"清澈、安详、平静、晴朗"，但在大写时，词义为"尊贵的阁下"，由此可见，梭罗在此使用该词颇有一语双关之深意。

种思想兼容并蓄，还常常使它臻于博大精深。我想，他应该在世界大道上开设一家旅馆，各国哲学家都可以来投宿，他的店招上应该写上："宾至如归，役畜免进。凡有闲暇、心境平和、热切地寻求正道的人，请进来。"在我认识的人里头，也许就数他神志最健全，怪点子也最少，他昨天是啥样，明天也还是啥样。从前，我们俩一道漫步，聊天，全然将俗世凡尘置诸脑后；因为他没有向世界上任何制度起过誓，是个生来自由自在的性情中人。无论我们转身走向何处，好像天地都浑然一体了，因为他使湖光山色显得更美丽了。一个身穿蓝衣服的人，他觉得最合适的屋顶，就是映现他宁静心境的苍穹。我看不出他怎么会一瞑不视呢，大自然也还舍不得他呢。

我们各自把思想摊开来谈，就像把木片拿出来晾干似的。我们坐了下来把木片削得尖尖的，一边试试我们的刀锋，一边欣赏那些松木中清晰的黄色纹理。我们是如此虔敬地轻轻涉水而过，或者如此平平稳稳地携手并进，因此，我们思想中的鱼儿既没有从小溪中吓跑，也不害怕在岸边垂钓的人，而是好不快活地游来游去，宛如西边天空上飘过的浮云，那五光十色的云团在那里时而生成，时而消散。在那里，我们做作业，考订神话，润饰寓言，构建空中楼阁，因为大地上提供不了良好的基地。了不起的观察家！了不起的预言家！跟他思想交流不啻是新英格兰夜谭啊！啊！我们，隐士和哲学家，还有我提到过的那个老移民——我们三个人——就这么着侃侃而谈，谈得我的小屋子仿佛在不断膨胀摇晃；我可不敢说，在每一个直径为一英寸的圆圈上要承受重达多少磅这种气氛的压力；小屋子已裂开了缝，以后就得填塞很多劳什子，才能防止泄漏——反正我早已捡好了够多的这类填絮。

还有一个人①，我和他在他的村舍里一起度过"美好的时光"，不过，他也不时到我的小屋子来过。舍此以外，我在这里再也没有跟别的什么人有交往了。

反正不管到哪儿都一样，有时我也期盼过那些断断乎不会来的客人。毗湿奴·普纳那②说："傍晚时分，主人始终要守在院子里，等上挤完一头奶牛的时间——或者更长些，如果他乐意——鹄候客人到来。"我常常恪尽这种好客的职守，等了很长很长时间，足够挤完一群奶牛，无奈总是没看见一个人从城里走来。

---

① 此处指美国著名作家爱默生（Ralph Waldo Emerson，1802—1882），梭罗的邻居、朋友、导师，对梭罗一生影响极大。
② 印度教的主神之一，守护神。

越冬鸟兽

　　各个湖里通通冻成坚冰时，不仅有了通往许多地点的崭新捷径，从湖面上环视周围熟稔的景色也有了新的视野。从前，我常常荡舟于佛林特湖上，还在湖面上溜过冰，但我在穿过大雪覆盖后的湖面时，觉得它出乎意料地显得那么宽阔，那么陌生，使我不由得想起了巴芬湾①。举目四望，只见林肯的群山屹立在皑皑白雪的平原上，我已记不得往昔自己在那里驻足过的一些地方。在冰凌上委实分不出远近，渔夫牵着他们的狼狗慢吞吞地行走着，活脱儿是捕海豹的猎户或爱斯基摩人；换句话说，在雾沉沉的天气里，如同神话传说里的生灵忽隐忽现，我真闹不清楚他们究竟是巨人呢，还是侏儒。我晚上到林肯去讲演时，走的就是这条路，反正从我的小屋子到讲演室之间，我既不走别的路，也不路过谁的家门口。在途中要

① 巴芬湾位于格陵兰岛和加拿大的巴芬岛之间。

经过鹅湖，那儿是一群土拨鼠的栖居地，它们的小窝棚高高地隆起在冰凌上，我路过时却没见过一只土拨鼠在外头。瓦尔登湖跟其他几个湖一样，通常积不了雪，至多只有零零碎碎的一层薄冰漂浮在湖面上。待到别处积雪平均达到将近两英尺深时，我倒是可以在瓦尔登湖面上闲庭信步，而村民们被围困在自己的街区里。这里，远离村子里的街道，很难听得见雪橇上铃铛响声，我在冰凌上又滑雪、又溜冰，仿佛置身于一个被踩平了的巨大鹿苑中，那儿矗立着橡树和肃穆的松树，它们不是被大雪压得低低的，便是倒挂着一根根冰柱。

　　冬天的夜里，就算白天也一样，我常常听得到从大老远传来的猫头鹰的叫声，凄凉却又悦耳，这种声音仿佛是冰冻的大地用合适的琴拨弹奏时发出来的，正是地地道道的瓦尔登树林子的土话①，尽管我从来没见到过这鸟儿，但后来我对这种叫声倒也耳熟能详了。冬夜，我一推开门，往往就听见它那"呜呼——呜呼——呜呼——呜啦——呜呼"的叫声，听上去很响亮，而且头三个音节的发音有点像在打招呼"你——好"；它有时只是一个劲儿发出"呜呼——呜呼"的叫声。初冬时节，有一天夜里，湖里还没有完全结冰，约莫九点钟，一只野鹅嘎嘎嘎一声大叫，把我吓了一跳；我刚进家门，又听见它们掠过我屋顶时的拍翅声，就像一阵风暴从树林子里穿过。

---

① 原文是 lingua vernacula（拉丁文），意为"方言"、"土话"。

它们越过湖面，向美港飞去，见到我的灯光好像不敢逗留，一路上领头鹅总是发出节奏分明的叫唤声。猛然间，有一只猫头鹰从离我很近的地方发出了非常刺耳而又发颤的吓人的叫声，这种叫声在树林子里居民中我可从来没听见过，却不时回答了那只野鹅的叫声，仿佛发了狠，让这个来自赫德逊湾的入侵者曝光和丢丑，它的叫声越来越大、越来越响亮，还是那么一副土腔土调："呜呼——呜呼"，看上去非把它们逐出康科德的蓝空不可。在这深更半夜，你来惊扰我那神圣不可侵犯的城堡，究竟是什么意思？你以为，我一到夜里这个时刻睡着了，就没有你那样的肺活量和嗓门儿吗？"波呜——呜呼，波呜——呜呼，波呜——呜呼！"这种让人震颤不止的噪声，我真的还从来没听到过呢。不过，要是耳朵特别灵，能审辨音素，那就能从中听得出有一些十分和谐的音素。类似这样的音素，原野上倒是从来没有出现过，也还没有听见过呢。

我还听得见湖上冰凌发出窸窸窣窣的声响，湖是和我一起睡在康科德这张眠床上的大伙伴，好像在床上老是静不下来，只好翻来覆去，同时要为肠胃气胀、连做噩梦而发愁。要不就是，我会被严寒冻裂地面时的巨响惊醒，仿佛这时有人赶着一套马车，不知怎的撞着了我的家门，一早起来，我定神一看，地上果真有了一道大裂缝，四分之一英里长，三分之一英寸宽。

有时候，在月色溶溶的夜晚，我听得见狐狸爬过雪地，寻觅鹧鸪或别的什么飞禽，像森林里的恶狗一样发出妖魔般、刺耳的吠叫声，它们仿佛火急万分，或者想表现些什么，拼命追求光明，借此立刻变成犬獒，到街上自由自在地奔跑。如果我们考虑到各个时代演进历程，难道野兽中不是像人类一样，也存在着一种文明吗？我倒是觉得，它们像穴居的原始人，仍然在捍卫着自己，等待变形的那一天。有时候，一只狐狸会被我的灯光诱引，走到我窗子跟前，像吠叫似的冲我发出一声狐狸的诅咒，旋即转身溜走了。

天蒙蒙亮，红松鼠（拉丁文学名 Sciurus Hudsonius）常常会把我吵醒，因为它在屋顶上蹿来蹿去，在屋子四壁爬上爬下，好像它们从树林子蹿出来为的就是叫醒我。过冬的时候，我会把半蒲式耳还没有成熟的甜玉米穗撒在门前的雪地上，稍后，我饶有兴味地观察被引诱来的各种动物竞相争食的场面。从黄昏到夜深，兔子常来这儿饱餐一顿；红松鼠整天价来来去去，它的那种机灵劲儿真的给我莫大乐趣。开始的时候，有一只红松鼠小心翼翼地走近，穿过低矮的橡树丛，在雪地上跑跑停停，像一片随风飘的树叶子，一忽儿往这个方向蹿出去好几步远，速度快得出奇，精力耗得也够戗，它那种急吼吼"快步迅跑"的样子简直令人难以想象，似乎不惜孤注一掷；一忽儿又往那一边蹿出去好几步远，但每一次断断乎不超过半杆远；瞧它又冷不丁停了下来，来上一个滑稽亮相，接着莫名其妙地翻了一个筋斗，仿佛整个宇宙的眼睛全都定格直盯住它似的——因为哪怕是在最孤寂、最幽静的大森林深处，一只松鼠的所有动作也像一个舞女会吸引住那么多的观众——可惜那么多的时间浪费在它磨磨蹭蹭，不断来回兜圈子上，要不然早就跑完全程了——可我从来没见过一只松鼠是一步又一步地径直走过去的——这时，它又冷不丁停了下来，眨眼间，它早已蹿上了一棵小油松的树顶，随后旋紧了它的发条似的，责骂着所有想象中的观众，同时，它既像个人在独白，又像在跟整个宇宙对话来着——个中缘由，我一点猜不出来，我揣想，或许连它自个儿也不见得知道吧。最后，它好歹挨近了玉米穗，从里头选好合意的一个，还是那样蹦蹦跳跳，按着原来很不固定的三角形的路线，直蹿到我窗前那个木柴堆的高头，到了那里，它就死劲地直瞅着我，而且待了好几个钟头，时不时地给自己掰新的玉米穗，开头是狼吞虎咽地乱啃一气，把啃过一半的玉米芯扔掉。后来，它越来越挑三拣四，拿它的吃食耍着玩儿，仅仅是浅尝一下玉米粒。它用一只爪子抓住玉米穗搁在柴火棍上，但一不小心掉在了地上，于是，它露出一种茫然不知所措的滑稽可笑的表情，低下头看着那玉米穗，好像怀疑那掉下来的玉米穗是不是也有生命，拿不定主意该不该把它再捡起来，或者另叼一个新的，或者干脆走开；它一会儿想到那玉米穗，一会儿又听听风声中有什么动静，就这么着，这个孟浪的小家伙一上午糟蹋了好多好多玉米穗。最后，它抓起了一个长一点、粗一点的玉米穗，个儿要比它还大得多，好歹拖住了，朝着树林子走去，就像一只老虎拖着一头大水牛，照着原来路线，同样左拐右弯，走走停停，还拖着玉米穗，真够累的；仿佛它觉得这个玉米穗太沉重，动不动掉在了地上，于是，它让玉米穗循着垂直线与地平线之间对角线方向移动，不管怎么样，硬要把它拉回去——好一个轻浮而又古怪的家伙——它就这么着拖到自己的栖居地，也许是在四五十杆远一棵松树的顶上。后来，我总会在树林子里发现那些到处乱扔的玉米芯。

最后，樫鸟来了，它们刺耳的尖叫声早就听到了。它们远在八分之一英里之外，便小心翼翼地飞过来，偷偷摸摸地从这一棵树飞到了另一棵树，越飞越近，把松鼠们掉在地上的玉米粒都捡了起来。随后，它们落在一棵油松的树枝上，急吼吼地把玉米粒吞下去，不料玉米粒个儿太大，哽在喉咙口，差点儿没噎死；它们费了老大劲儿，才又使玉米粒吐了出来，接着花上个把钟头，用它们的尖喙啄呀啄的，好歹把玉米粒啄碎了。它们分明是一帮子盗贼，我对它们一点好感都没有。至于松鼠呢，虽说它们一开始有点羞羞答答的，稍后却像在拿属于自己的东西似的忙活起来了。

就在这个时候，山雀也三五成群地飞来，把松鼠们掉在地上的屑粒衔了起来，飞到最近的树枝上头，爪子抓住屑粒，用小小尖喙啄开，仿佛那是树皮里头的一只小虫子，直到屑粒被啄得又细又小，能从它们纤细的喉咙里咽下去。每天都有一小拨类似这样的山雀到我柴火堆前头享受一顿午餐，或者到我门前来啄食屑粒，欢蹦乱跳，发出微弱的啁啾声，好像草丛里冰柱子的声响。要不它们发出"嗒、嗒、嗒"的叫唤声，或者更难得的是，在有几分春天气息的日子里，它们从树林子边上发出夏日里常有类似弹琴的"菲—比"的鸣叫声。

久而久之，它们竟然跟我熟识起来，后来有一只鸟儿落在我捆抱进来的柴火上，毫不畏惧地啄起那些细小的枝条。有一回，我在村中园子里锄草，忽然一只麻雀落在我肩头上待了一会儿。此时此刻，我觉得自己特别风光，即使佩戴过什么荣誉肩章，也都没法与之相比。最后，一来二去，松鼠们跟我很熟了，偶尔抄近路时，甚至会从我鞋子上头踩过去。

大地上不再是溜溜儿的素裹银装，冬天也接近了尾声，积雪已开始在南山坡和我的柴火堆上融化时，樫鸟早晚从树林子里飞出来，上这儿觅食来了。在树林子里，不管你遛到哪一边，樫鸟都会拍打着翅膀冷不丁飞出来，把高头枯黄树枝上的积雪抖搂下来，在阳光中飞溅的雪花就像金灿灿的尘埃似的，原来这种勇敢的鸟儿根本不怕冬天的。它们常常会被积雪盖没，据说："有时在飞行中还会一头扎进软绵绵的雪堆里，藏身在那里长达一两天。"落日偏西时，它们会飞出树林子，到旷野里啄食野苹果树上的"嫩芽儿"，所以，我还常常在那里把它们惊飞了。每到傍晚，它们都会定时落在某些惯常栖息的树上，狡猾的猎人正在那儿守候它们，这时紧挨着树林子的远处果园也都会遭了殃。我很高兴，反正樫鸟好歹都能觅到食。它们以啄芽儿、饮晨露为生，本来就是大自然自己的鸟儿。

有时候，在昏暗的冬天早晨，或者在短暂的冬天午后，我会听得到一大群猎犬狂吠，遏制不住自己追腥逐臭的本能，正在树林子里搜索，围猎的号角时不时地吹响，证明猎人就紧跟在后面。猎犬的狂吠声在树林子里再次响起，但并没有狐狸蹿到湖边的开阔地，那伙猎人也没跟上来，对他们的亚克托安①穷追不舍。说不定在黄昏时分，我看到猎户们回来在寻摸旅馆过夜，只见他们的雪橇后头拖着一条狐狸尾巴，就算是他们的战利品吧。人们告诉我，狐狸只要躲在冰冻的地底下，管保万无一失，或者，狐狸只要笔直地往前奔，猎狐犬休想追得上它。但是，把那一拨猎犬远远地甩在了后头，狐狸就停下来歇口气，竖起耳朵听着，直到猎犬们又追上来了，这时，狐狸绕着圈子踅回自己的老窝去，不料，猎户们正好在那儿守候着。不过，有时候，狐狸会偶然发现好几杆远有一堵墙，于是纵身一跃，蹿到了墙的另一边，似乎知道狐臭一遇到水就没有了。有一个猎人告诉我，说有一回，他看见一只被猎犬猛追的狐狸一下子蹿到了瓦尔登湖，湖里冰凌上恰好有浅浅的一层水，它跑了半程路，又折回到原先的湖岸上。没多久，猎犬们匆匆赶到了，却怎么都闻不到狐臭了。有时候，一群猎犬会在相互之间不停地追逐，绕着我的小屋打转转，一边追逐一边狂吠，压根儿不睬我，仿佛患上某种疯狂症，反正怎么也都阻止不了它们一个劲儿相互追逐。就这么着，它们老是绕着圈儿追逐，没多久终于找到一只狐狸的新踪迹，因为哪怕只有一丝儿狐狸的踪迹，聪明的猎犬也断断乎不会轻易放弃的。有一天，一个来自来克星顿的人到我的小屋里来打听他那匆匆离去的猎

----

① 古希腊神话中的一个猎手，因看狩猎神狄安娜沐浴，被狄安娜变成一头牝鹿，最终被他自己的猎犬撕成了碎片。

犬下落，他本人一直在找它，已有个把星期啦。不过，我想，就算我将一切向他和盘托出，恐怕他也不见得全都明白，因为我每次打算回答他的问题时，他都打断了我，说："你在这儿干啥呀？"他丢掉了一只狗，却找到了一个人。

有一个老猎户，说起话来老是干巴巴的，每年总是在湖水最暖热的时候来瓦尔登湖洗一回澡，还会顺便过来看看我，告诉我，好多年以前，有一天下午，他只带一支猎枪，到瓦尔登树林子里去巡逻，正行走在韦兰德路上时，忽然听见猎犬们吠叫声越来越近，过不了多久，一只狐狸跃过沿墙蹿到了大路上，刹那间又跃过了另一道沿墙，从大路上逃跑了，他马上举枪射击，无奈丝毫没有碰着它。从后面不远处来了一只老猎犬带着它的三只小崽子，全力追击，各自在搜寻，转眼又消失在树林子里。下午后半晌，他正在瓦尔登南边密林里打尖，忽听见猎犬们远远地朝美港方向继续追捕狐狸时的吠叫声，它们正冲着这儿过来，它们的吠叫声在整个树林子里回响，仿佛越来越近，一会儿从威尔草地传过来，一会儿又从贝克农场传过来。他纹丝不动地伫立在那里好半天，一直在倾听它们的音乐之声，在猎户的耳朵里听起来，这端的是美极了。这时，狐狸冷不丁出现了，轻快地穿过林中小径，它的响声已被树叶子深表同情的飒飒声盖没了，只见它一会儿反应特快，一会儿又安静下来，守住阵脚，把它的追捕者远远地甩在了后面，稍后，它跃上了树林子里的一块岩石，直着身子坐下来，倾听动静，后背却朝着那个猎人。刹那间，后者被恻隐之心所掣肘，然而，他这一个闪念转瞬即逝。反正说时迟那时快，他举起猎枪，砰的一声——那只狐狸立时击毙，从岩石上滚落到了地上。那猎人还在原地守候、倾听猎犬的声响，它们还在四处追逐，这时，它们恶魔般的狂吠声在邻近树林子里所有小径上空回响着。最后，那头老猎犬猛然映入猎人眼帘，它用鼻子乱嗅着地面，好像着了魔似的朝天大声吠叫，稍后就直奔那块岩石；殊不知它一看见那只死狐狸，就突然停止追捕，仿佛受了惊吓，噤若寒蝉，一气不吭地绕着死狐狸来回打转转；它的小崽子一个挨一个先后赶来了，像它们的父亲一样，这眼前的哑谜也使它们一声不吭。此后，那猎人走了过去，站在它们中间，这哑谜才算揭开了。猎人把狐狸的毛皮剥下来，它们静静地等着，稍后，跟在狐狸尾巴后头走了一会儿，最后又踅进树林子里去了。当天晚上，一位韦斯顿的乡绅到那个康科德的猎户的小屋里打听他那些猎犬的情况，还告诉猎户，这几只猎犬离开韦斯顿树林子各自追捕猎物，已有个把星期了。康科德的老猎户把自己所知道的告诉了他，还要把狐皮送给他，那位乡绅却谢绝了，随即告辞离去。那天夜里，老猎户没有找到乡绅的猎犬，不过转天就知道，它们过了河，在一个农夫家里宿了一夜，还在那里饱餐一顿，一大早便离去了。

给我讲这个故事的猎人还记得有一个叫山姆·纳丁的人，常在美港岸礁那里猎熊，拿着熊皮到康科德村子里去换朗姆酒①喝。猎熊人告诉他，他在那里甚至还见到过一只驼鹿呢。纳丁养了一头很有名的猎狐犬，名叫布尔戈因——他却把它念成了"布金"——给我讲故事的老猎户，经常去借纳丁那只猎狐犬。镇上有一个做生意的老头儿，既是老板，又是镇上文书兼代表。在他的"流水账"里，我看到了以下记载：一七四二年至一七四三年一月十八日，"约翰·梅尔文，贷方，一只灰狐狸，两角三分"；眼下这种事已在这里见不到了；在他的流水账里，一七四三年二月七日，赫泽吉亚·斯塔拉顿，贷方，"半张猫皮，一角四分半"；不消说，是一张野猫皮，因为斯塔拉顿从前当过中士，参加过法兰西之战，不会为连野描还不如的猎物去借钱的。那年头也有人以猎取鹿皮得到贷款的，每天都有鹿皮出售。有一个人至今还收藏着此地附近猎杀的最后一只鹿的鹿角。还有一个人告诉我他的大叔参加一次狩猎活动的详情。过去，此地猎户人数众多，日子过得挺乐呵呵。我至今还记得，有一个瘦骨嶙峋的人，名叫宁录②，他在路边随手摘一片树叶子，就能够吹奏出一些曲子来，如果我没有记错，甚至比狩猎的号角还要粗犷、好听哩。

子夜时分，皓月当空，有时我在路上会碰上好些猎犬，它们都在树林子里东奔西窜，却会闪开给我让路，仿佛有点害怕似的，不

———
① 译音，英美人爱喝的一种甜酒。
② 宁录：《圣经》中的一个英勇的猎户，在西方，后来以宁录一词泛指猎人。

声不响地站在灌木丛里，直到我走过去才出来。

松鼠和野鼠为了我储存的坚果争吵不休。在我的小屋周围有好几十棵油松，直径从一英寸到四英寸都有，去年冬天全被老鼠啃过——它们觉得，那好像是一个挪威式的冬天，因为雪下得时间很长，积雪又很厚，它们不得不把大量树皮和别的吃食花花搭搭在一块儿。这些树木好歹还活着，入夏后看来长得还很茂盛，其中有好些树木虽然被啃去了溜溜儿一圈树皮，居然长高了一英尺，殊不知又过了一冬，这些树全都死了，无一例外。说来也真怪，小小一只耗子竟然能吃掉整整一棵大树，它可不是自上而下一口口地啃的，而是绕着树干一圈圈地啃的；话又说回来，为了让树木间长得稀稀琅琅些，也许这还是必要的，不然，树木常常会长得密不透风。

野兔子（拉丁文学名 Lepus Americanus）是最不害怕见人的。有只兔子在我的小屋子底下过了整整一冬，跟我仅仅隔了一层地板。每天早上，我刚开始走动，它就急吼吼地离去，把我吓了一跳——砰、砰、砰，它由于慌不择路，脑袋撞到了我的地板底柱上。傍晚时分，它们常到我家门前踅来踅去，啃着我扔掉的土豆皮，它们跟地面的颜色如此相近，在它们静止不动时，两者简直难以识别。有时，在暮色苍茫之中，我的窗子底下有一只纹丝不动的小兔崽，一忽儿映入眼帘，一忽儿又不见了。晚上，我把门一打开，它们吱的一声四散逃窜。反正跟我那么近，它们只会使我为之动怜。有一天晚上，一只兔子待在我家门口，离我仅仅两步远，一开头就浑身发抖，硬是不肯离去，好一个可怜巴巴的小东西，瘦骨嶙峋、破耳朵、尖鼻子、短尾巴、细爪子，看上去好像大自然再也没有什么更高贵的品种，只剩下它这么个丑八怪。它那大大的眼睛看起来还年轻，但不健康，几乎像得了水肿。我往前走了一步，哦，只见它富有弹性地纵身一跃，身子和四肢优美地一伸展，就蹿过了雪地，刹那间使树林子介乎我和它自己中间了——这种野性的自由的筋肉，体现了大自然的活力和尊严。它之所以长得修长，并不是没有缘由，那是它的天性使然。（它的拉丁文学名：Lepus，源自 Levipes，有人认为是"蹄疾如飞"的意思）

　　乡下要是没有野兔子和鹑鸡，那还算是什么乡下？它们是最简单的土生土长的动物，属于古老的动物目科，不论在古代和现代都很出名；与大自然有同样色彩，同样实质，与树叶和大地又有最近的亲缘——它们相互之间更有亲缘；它们不是长翅膀，便是长腿脚。兔子和鹑鸡要是突然拔腿就跑了，你很难觉得它们是一种野性未驯的动物，反而会看成大自然的一部分，完全就像飒飒作响的树叶子。不管发生什么样的革命，鹑鸡和兔子肯定会繁衍生息下去。如果森林被砍掉了，树苗和灌木丛还会长出来给它们藏身，它们就会繁殖得比过去更多。说实话，连一只兔子都养不活的乡下必定是穷乡僻壤。我们的树林子里有的是这两种动物，每一片沼泽地上，都会看到鹑鸡和兔子在溜达，可惜沼泽地四周，牛仔们往往会用树枝围上了栅篱，还用马鬃设置了陷阱。

冬日瓦尔登湖

　　我度过了一个寂静的冬夜，醒来时依稀记得，仿佛有人向我提问，比方说，什么啦——怎么啦——在什么时候——在什么地方？睡梦中我很想——回答，结果还是徒劳。但是，黎明时分，万物须臾不可离的大自然，脸呈宁静、满意的神情，直望着我那宽大的窗子，她的唇边倒是看不出在提问。我意识到了那道答题，意识到了大自然和天光大亮。大雪深深地覆盖着幼松点染的大地，我的小屋所在的小山坡似乎在说："前进吧！"大自然并没有提问，对我们凡夫俗子的提问一概不予回答，她老早就下过决心了。"啊，王子，我们两眼钦慕地在凝思默想，将这宇宙间奇妙多变的景象传达给灵魂。毫无疑问，黑夜掩盖了这光辉的创造的一部分，然而，白昼来了，给我们显示了这一杰作，从大地一直延伸到浩茫的苍穹。"[①]

① 引自印度史诗《摩诃婆罗多》。

　　然后，该是我早上忙活儿去了。首先，我拿了一把斧头和提桶外出找水去，但愿不是在做梦吧。度过一个寒冷的雪夜以后，找水还真少不得有一根占卜杖才好。平日里湖面水波荡漾，对一丝儿微风都很敏感，常常映现出闪光和倒影，但每年一到冬天，湖里冰凌结得很坚实，深达一英尺或一英尺半，就算是最沉重的马车都能承受得住，也许大雪覆盖得跟冰凌一般深，你很难识别是在湖上还是在平地上。像周围群山中的土拨鼠一样，闭着眼进入冬眠，可以长达三个月或三个月以上。站在大雪覆盖的平原上，好似在群山中的一块草场，我先要穿过一英尺深的雪地，接下来是一英尺厚的冰凌，在我的脚下开一个窗口，跪了下来喝水，俯瞰水下鱼儿们宁静的厅堂，那儿充满了柔和的亮光，好像透过一块磨砂玻璃窗照进去的，亮闪闪的细沙湖底赛过夏天的时候；在这里，常年水波不兴，始终是一片静谧，就像黄昏时琥珀色的天空，这倒是跟水中居民的冷静而又和顺的气质息息相通。天空在我们的脚下，也在我们的头上。

　　大清早，经过霜冻后显得格外寒冷，人们带上钓竿和午餐便当，把钓线甩到了雪地下面去钓狗鱼和鲈鱼。这一拨野腔野气的人，看来不像是城里人，他们本能地采用别的生活方式，相信别的权威，就这么着来来去去，把好多城市部分地缝合在一起，要不然，这些城市相互间还是不搭界的。他们穿着厚实的粗绒大衣，坐在湖边干枯的橡树叶上吃午餐，一说到自然知识总是头头是道，就像城里人会矫揉造作一样。他们从来不求教书本本，他们的动手能力大大超过他们所掌握的并可传授的知识。他们做过的好多事儿，据说至今还没有人知道。这儿就有一位，常用大鲈鱼作诱饵去钓狗鱼。看他的木桶好不奇怪，就像看到了夏日里的湖，仿佛他把夏天锁好藏在自己的家里，或者他知道夏天已躲藏到哪儿去了。请问，隆冬季节，他怎么会逮到这么多的鱼儿呢？哦，地上到处冻了冰，但他从烂木头里寻摸到虫子，所以，他管保钓得到那么多鱼儿。他的生活原本就是在大自然里度过的，比博物学家①的研究还要深入得多，他本人就是博物学家研究的对象。博物学家用刀子轻轻地揭去苔藓和树皮，从里头寻找虫子，可他只消一斧头下去，就劈开树芯，但见苔藓和树皮一下子飞得老远老远。他就靠剥树皮为生。这样的人就有权钓鱼，我很喜欢看到大自然在他身上显灵呢。鲈鱼吃蛴螬，狗鱼吃鲈鱼，渔夫吃狗鱼，生物等级中所有空隙就这么着填满的。

　　雾沉沉的天气里，我沿湖溜达，有时看到一些比较粗犷的渔夫所采用的原始方式，倒是挺有趣。冰凌上有好多个小窟窿，各自相距四五杆远，离湖岸也有那么远吧，也许他就把一些桤树枝搁在小窟窿上面，把钓线的一头拴在一根树枝上，以免被拉下水去，再在冰凌一英尺多远处，将松散的钓线挂在桤木的一根树枝上，上面系一片干枯的橡树叶子，只要这钓线被拽了下去，就说明鱼儿已上钩了。这些桤木树枝在迷雾中时隐时现，间距相等，沿湖溜达走过一

_____

① 此处博物学家，尤指直接观察动物与植物的科学工作者。

半的时候，就可以见到了。

啊，瓦尔登湖的狗鱼！看见它们躺在冰凌上时，或者从渔夫在冰凌上开凿小小的一眼里看到它们的稀世之美，常常使我惊异不已，仿佛它们是寓言里的神秘之鱼。在市街上，乃至于树林子里都是见不着的，而且像在我们康科德的生活中见不着阿拉伯半岛一样。它们具有一种亮丽夺目、超凡脱俗的美，这种美使它们与灰白色的鳕鱼和黑鳕相比，竟有天壤之别，后两种鱼在我们市街上却是响当当的。它们没有松树那么绿，也没有岩石那么灰，更没有苍穹那么蓝，依我看，它们的色彩很可能是举世无双，像花朵，像宝石，俨然珍珠，是瓦尔登湖水中生物凝结的晶核或水晶。不消说，它们是地地道道的"瓦尔登湖"，在这个动物王国中，它们本身就是一个个小小瓦尔登，好一个瓦尔登派①。令人吃惊的是，它们却在这儿被人逮住——这种金翠色大鱼原本应畅游于泱泱深水之中，远离瓦尔登大路上辚辚声响的驮畜、轻便马车和铃儿叮当响的雪橇。这种鱼我在市场上从来没见到过；如果上市，管保吸引住人们的眼球。它们只消痉挛似的扭动几下子，立时抖掉湿漉漉的鬼相，就像一个凡夫俗子虽然时限未到却已进入了天堂。

那消失已久的瓦尔登湖的湖底，我真恨不得它早点恢复，所以，在一八四六年年初，趁湖里冰凌还没融化前，我带上罗盘、

---

① 梭罗在此又是一语双关，指的是大约1170年出现于法国南部的一个基督教派别，参加过宗教改革运动。又译韦尔多派。

测链以及测深绳，对它仔细地进行了勘探。至于这个湖到底有没有湖底，历来传说纷纭，当然也都是一些无稽之谈。令人蹊跷的是，人们自己既没有测量过湖底，却长期以来相信它是无底之湖。我在这儿附近一次散步中就曾经到过两个所谓的"无底之湖"。许多人相信，瓦尔登湖一直通到了地球的另一边。有的人趴在冰凌上老半天，透过那梦幻似的媒介物向下俯视，也许还看得眼里水波荡漾，又因害怕胸部着凉，就急吼吼地下了结论，说他们确实看见了许许多多巨大的窟窿，如果真的有人下去填塞，"里头可以填塞大量干草"，这儿无疑就是冥河的源泉，地狱的入口。还有一些人，从村子里拉来一个标重"五十六磅"的铁疙瘩和满满一车子绳索，可他们并没有探测到湖底，因为他们把这个"五十六磅"铁疙瘩搁在一边，将绳索慢慢地全放下水里去，结果还是徒劳，怎么也都够不着这神奇的深不可测的湖底。我可以确切地告诉我的读者，瓦尔登湖有一个紧密得合乎常理的湖底，湖的深度虽然非同寻常，但也并非不合常理。我只消用一根钓鳕鱼线，线头上拴一块一磅半重的石头扔到湖水中，就很容易能测出它的深度，因为石头落到湖底后缺乏浮力，再往上提要费更大劲儿，所以，石头什么时候离开湖底，我管保说得十分精确。湖的最深处正好是一百零二英尺，也许还得加上后来上涨的湖水五英尺，总共是一百零七英尺。水域如此逼仄，却有这样的深度，确实相当可观，光凭想象力，也断断乎不能再减去它的一英寸。如果所有的湖都很浅，那又会怎么着？这不会在人们心灵上产生影响吗？我真心感谢瓦尔登湖，这么深，这么纯洁，可以作为一种象征。既然有人相信无限，就必定有人相信有些湖是无底的。

有一个工厂主听说我测出了湖的深度，认为这是不真实的，因为根据他所熟稔的堤坝来判断，湖底细沙没法堆积在如此陡峭的坡度上。但是，即使是最深的湖，跟它们的水域相比，也没有大多数人所想象那么深，而且，要是把湖水排干，再来看一看，也断断乎不会成为深不可测的谷地。它们不像群山之间的杯状物，而瓦尔登湖从它的面积来说，确实深得出奇，但从湖中心的垂直剖面来看，也不过像一只浅盘子那么深。大多数湖泊，排干了水，就呈现出一片草地，并不比我常常见到的低。威廉·吉尔平描写景色既令人赞叹而又十分准确，站在苏格兰法恩湖湾①的岬角上，他是这么描述的："一个咸水湾，六七十英寻深，四英里宽。"大约五十英里长，群山环抱；他又评论说：如果我们能在洪水泛滥前，或者在受到天灾之前，或者在大水鲸吞前就看到了它，那么，它定然是一个非常骇人的缺口！

高高隆起的群山啊！

谷底却又那么低，

---

① 法恩湖湾，位于苏格兰高地地区南部，为游览胜地。

庞大的河床，宽阔而又深沉。①

　　从垂直剖面来看，瓦尔登湖只是一个浅盘子，可是，如果我们拿法恩湖湾的最短一条直径按照相应比例来估算瓦尔登湖，那么，看来瓦尔登湖还要浅四倍呢。法恩湖要是湖水排干，它的缺口所增加的骇人程度原来也不过如此。毫无疑问，许多山谷好像笑吟吟的，一直伸展到玉米地里，正好成为大水退去后这么一个"骇人的缺口"，虽然这还得要有地质学家的远见和洞察力，才能使那些没有料想到的居民相信这一事实。凡是特别好奇的眼睛，在地平线的小山上，常常可以发现一条原始湖的堤岸，平原后来就算升高了，也没有必要去掩盖它们的来历。但是，经常在公路上干活的人都知道，大雨过后看一看哪儿有泥水，就最容易发现低洼地了。这意味着，只要允许想象力稍微放纵一下，就要比大自然下潜得更深，升起得更高。因此，人们会发现，海洋的深度若跟它的面积相比，也许浅得微不足道了。

　　我已通过冰层测量过瓦尔登湖水的深度，现在我就可以确定湖底的形状，这可能比测量没有冻冰的港湾还要准确得多。总的说来，湖底齐整匀称，使我惊讶不已。湖底最深处有好几英亩都是一溜儿平整，几乎胜过所有风吹日晒、被犁过的耕地。举个例子来说，我

---

① 英国著名诗人弥尔顿《失乐园》第 7 卷 288—290 行。

随便挑选了一道线，在三十杆以内，深浅不同程度不超过一英尺，一般说来，毗邻湖心一带，不管向哪个方向移动，我都可以预先算出每一百英尺的变化，在三四英寸内。有人常说，哪怕是像这样平静的细沙湖底还有好多又深邃又危险的窟窿，但是，如有这种情况，湖水早已把湖底的坑坑洼洼通通端平了。湖底齐整匀称，与湖岸以及毗邻山脉保持着一致性，真是完美。即便在湖对岸，照样能测量遥远的岬角，而且只要观察一下对岸，就可以确定它的走向。岬角成了沙洲和浅滩，溪谷和山峡成了深水和峡湾。

我按照十杆比一英寸的比例，绘制了一幅湖的全图，在一百多处标明它的深度，我发现了这一惊人的一致性。注意到标明湖水最深处的地方显然位于这幅全图的中心，我用一根尺子在全图最长的地方竖着画了一道线，又在最宽的地方横着画了一道线，我吃惊地发现，这两道线恰好在湖水最深处相交。尽管湖中心几乎是平坦的，湖的轮廓却远不是齐整匀称，最长的线和最宽的线是通过测量湖湾才得出来的。我自言自语道，有谁知道，这是不是暗示海洋的最深处与湖泊或水塘的情况如出一辙？这一规则是不是也适用于高山，把高山与山谷看成相对的呢？我们知道，一座山在它的最狭处，不见得就是它的最高点。

五个湖湾里头有三个，换句话说，所有的湖湾我全测量过，它们的出口处都有一个沙洲，里头湖水比较深，看来这沙洲的走向不仅向内陆扩大水域，而且向深处扩大水域，形成了一个盆地或者独立的湖，两个岬角的走向正好表明了沙洲的这一进程。每一个海港的入口处也都有一个沙洲。湖湾的入口处，宽度大于长度，沙洲里头水也要比盆地里头更深些。既然已经洞悉湖湾的长度和宽度、周围湖岸的特性，几乎拥有足够的资料，可以列出一个公式来，对所有情况均可适用。

　　根据这次经验，我就在湖水的最深处观察它的平面轮廓和湖岸的特性，查看一下测量结果的准确性如何，我还绘制了一幅白湖的平面图。白湖占地面积约有四十一英亩，跟瓦尔登湖一样，湖中没有岛屿，也没有任何看得见的入水口或出水口。由于最宽的线和最窄的线挨得非常近，就在这里，两个遥遥相望的岬角也越来越近，两个相对的沙洲却相距越来越远。我在最窄的线上标上一个点，但仍然落在与最长的线的交点上，作为湖水最深处的标志。果然发现这最深处离这个点不到一百英尺，比我原定的方向再远一点，深度只有一英尺，换句话说，是六十英尺深。当然，如果有一道溪涧流过，或者湖中有一个岛屿，问题就会更错综复杂了。

　　如果我们了解大自然的一切法则，那我们需要的只有一个事实，或者是有关一个实际现象的描述，就可以举一反三，得出许多各具特色的结论来。现在我们知道的只有很少几个法则，我们的结论往往无济于事，当然，这并不是由于大自然杂乱无章或者毫无法则可循，而是因为我们在计算时对某些基本原理一无所知。我们对法则与和谐的认识往往局限于已知的少数事例，但为数更多的法则，看似矛盾实则相互呼应，可惜未被我们察觉，正是这些法则产生一种无比神奇的和谐呢。各种特殊的法则其实来自我们的观点，这就像观光客在游山过程中始终移步换景、目不暇给，尽管山的形状绝对地说只有一个，但它的侧影不计其数，即使劈山凿洞，也不能窥见它的全貌。

根据我的观察，湖的情况对行为准则倒是同样适合，这就是平均律。这么一种双径规则，不仅指引我们观察天体中的太阳，指引我们观察人心，而且就一个人的特殊日常行为和生活潮流整合后的长度和宽度，也可以画上两道线，通向他的湖湾和入水口，那两道线的交叉点就是他的性格的最高点或最深处了。也许，只要知道他的湖岸走向和他的周围环境，我们就可以知道他的深奥和深藏不露的底蕴了。如果他的四周群山环绕，湖岸险峻，山峰耸立，并在他胸中有反映，那么，他也必然会体现出同样的深度。但是，低残平滑的湖岸，就说明此人在别的方面也很肤浅。在我们的身体上，一个明显突出的大脑门，表明有一种相应的思想深度。此外，我们身上每一个凹进去的入口，仿佛都有一个沙洲或者一种特殊倾向；每一个凹口都是我们短暂的港湾，我们滞留在那儿，部分被陆地包围起来。这些倾向并不离奇古怪，它们的形态、大小以及方向，其实都是湖岸的岬角，亦即古时候地势升高的轴线所确定的，这个沙洲因暴风雨、潮汐或洪水而渐渐增高，或因水位回落而浮出水面时，起先这只不过是湖岸的一种倾向，其中却孕育着一种思想。后来又从海洋分隔开来，成为一个独立的湖，思想在这里确立了它自己的地位，也许由盐水变成了淡水，变成了淡水海、死海，或者一个沼泽。我们可不可以说，每个人来到尘世间，就是这么一个沙洲已经升到了水面上？诚然，我们都是一些可怜巴巴的航海家，我们的思想大体上说，时而靠近、时而远离没有港口的海岸驶行，至多只能跟稍微有点诗意的小小港汊打交道，要不就是驶往公共大港的入口，进入科学的枯燥码头，在那里，他们仅仅整修一下以适应当今世界，没有什么自然潮流能使它们保持独立性。

至于瓦尔登湖的出入口，除了雨、雪和蒸发，我什么都没有发现，虽然用温度表和线绳说不定可以找到出入口，因为凡是水流入湖的地方，也许湖水夏天最凉，入冬后又最暖和。一八四六年至一八四七年间，采冰人在这里开凿冰块，有一天，送到岸上的冰块却被屯冰商所拒收，因为冰块太薄，与别的冰块码在一起不够厚；采冰人由此发现，小小一个地块内冻结的冰块要比别处薄两三英寸，他们推想此处说不准是个入口处。他们还指给我看另一个所谓的"漏洞"——瓦尔登湖在一座小山下漏入邻近一片草地，他们让我站在一块冰凌上，随即把我推了过去看看。那是一个小小的洞穴，水深有十英尺，不过，我可以保证，这个小小漏洞用不着堵上，除非日后发现更大的漏洞。有人觉得，如果确实存在这么一个"漏洞"，而且和草地确有联系，那也是不难证明的，只要在洞口撒上一些带色的粉末或木屑，再把过滤器置放在草地的泉水边上，就一定可以截住水流带过来的小小屑粒。

　　我在勘察的时候，在微风吹拂下，十六英寸厚的冰凌也会像湖水一样波动。众所周知，冰凌是不能用水准仪测量的。我把水准仪置放在岸上，对准冰凌上一根有刻度的木杆进行测量。尽管冰凌似乎跟湖岸紧密相连，但在离岸一杆远的地方，冰凌最大的波动幅度就有四分之三英寸了，在湖的中心，波动幅度也许更大呢。我们的仪器要是再精密一些，说不定还能测出地壳的波动，谁知道呢？我将测量仪的两条腿支在岸上，第三条腿支在冰凌上，再从第三条腿的视角观察时，冰凌上稍微有一点波动，在湖对岸一棵树上就会出现好几英尺的差别。我为了测量水深开始凿洞，由于积雪很深，压得冰凌沉了下去，所以积有三四英寸的水；但是，湖水很快流进这些洞里去，形成很深的溪涧，一直流了两天，把周围的冰凌全磨光了，湖面变得干爽了。即使这不是主要原因，至少也算是基本原因，因为，水流进去了，冰凌随之升高，浮上了水面。这有点像在船底凿了一个洞眼，让水流出去。后来，这些洞冻了冰，接着下了雨，最后又结了冰，使整个湖面形成一层鲜亮光洁的冰凌，里头呈现杂色斑驳的优美网络，有点像蜘蛛网，也不妨管它叫做"冰玫瑰花结"，那是来自四面八方的水流向湖中心的渠道形成的。有时，冰凌上布满了浅浅的水潭，有时我会看到自己的两个影子，一个在冰凌上，另一个在树木或山坡的倒影里，两者相互叠映着。

一月间，天气依然寒冷，冰雪既厚又坚实，深谋远虑的地主已从村子里来到湖上凿冰，为的是准备夏天冰镇饮料用的冰块。眼下还只是一月份——人们身穿厚大衣、戴着皮手套，好多事儿都还没有着落呢，他呢，却预料到七月里的酷热和口渴，他的这份超前精明劲儿委实令人折服，乃至于感到可悲！也许他今生没有积攒过什么钱财，好让他来世享用他的冰镇夏季饮料吧。他把坚实的湖上冰凌凿破、锯开，掀掉鱼儿们的屋顶，把鱼儿们赖以生存的冰凌和空气用铁链和桩子像捆木头似的紧紧地拴住，趁着冬日里晴好天气，一车又一车地拉走，储存在通风的地窖子里，让冰凌在里头静待酷暑来临。拉冰车从市街上走过，远远地望过去，仿佛晶体的苍穹似的。这些凿冰的都是一拨快活的人，有说有笑，干活玩儿似的。每当我来到他们中间时，他们倒是常常邀我站在下面拉锯，跟他们一块儿锯冰。

一八四六年到一八四七年冬天，来了上百个"极北乐土之人"①，那天早上，他们蜂聚似的来到我们的瓦尔登湖，好几辆大车上拉来了笨重的农具，比方说，雪橇、犁耙。条播机、铡草机、铲子、锯子、耙子等，每人捎上一把双股叉，像这样的农具连《新英格兰农业杂志》或《农事杂志》上还都没有描述过呢。我可不知道他们是不是来播种冬天的黑麦，或者播种新近从冰岛引进的别的什么种子。

_____

① 古希腊神话中，居住在阳光普照、北风不到、四季常春之地的人，被称为"极北乐土之民"。

但我并没有看到肥料，我揣想，他们会像我一样，觉得这儿土层很厚，休耕时间够长，大概只打算浅耕一遍吧。他们说，有一个躲在幕后的乡绅想让自己的钱成倍往上翻，据我所知，此人资产大抵已有五十万。如今，为了他的每一块美元上再摞一块，他就在这砭人肌骨的大冷天里，来剥瓦尔登湖的唯一的一件外衣，不，是它唯一的一层皮呀！他们说干就干，有的犁地，有的耙地，有的开沟，一切井然有序，好像硬要把这儿打造成一个示范农场似的。不料，等我睁大眼睛，看看他们往沟里播点什么种子时，我身边的那一拨人冷不丁开始用钩子钩住这处女地的沃土，把钩住的东西猛地一甩，一直甩到了沙地上或水里头了——因为那是特别松软的泥巴——一点没错，那儿的所有土地全是这样的——稍后装上雪橇就拉走了。于是，我猜摸，他们必定是在沼泽地里挖泥炭。就这么着，他们每天来来去去，伴随着火车头怪得出奇的尖叫声，来往于北极的某个地方，我觉得他们倒是很像一群来自北极的雪鹀。

话又说回来，有时候，瓦尔登湖这位印第安女人也会来个报复：一个雇工走在他那一伙人的后头，不小心滑到一条通往阴曹冥府的裂缝里头，瞧他刚才还是那么骁勇无比，刹那间只剩下了九分之一的生命。他的体温几乎消失殆尽，能到寒舍避难，他觉得真是喜出望外，还承认这火炉功德无量；有时，坚硬的冻土要不会把铁犁上的钢齿砸断了，要不就是让铁犁陷在沟里，那一伙人不得不刨开冻土，把它刨出来。

　　说实话，每天有上百个爱尔兰人在北方佬监工的带领下，从剑桥来到这里开凿冰块。他们将冰凌切割成一个个方块，那方法尽人皆知，毋庸赘述。这些冰块用雪橇拉到湖岸边，很快拖到一个储冰平台上，再用驮马拉的抓钩、滑轮和索具，对准排列齐整，像一桶一桶面粉那样，一块一块地码起来，赛过在给一座耸入云霄的方塔打下坚实的塔基。他们告诉我，干得好的话，一天可以挖到一千吨，那是大约一英亩地的产出吧。你瞧，在冰凌上，深深的车辙和固定支架的"摇篮洞"，如同在陆地上一样到处可见，这是雪橇在同一条道轨上来回滑动的结果，而驮马老是在挖成木桶似的冰槽里头吃燕麦。他们就这样将冰块置放在露天，堆成一个冰垛，高达三十五英尺，六七杆见方，在外面铺衬一层干草，与空气隔绝；因为即使不算是特别冷的风，照样能穿透冰垛，从而出现很大的裂缝，以致这里那里都支撑不住，冰垛到头来就会倒蹋。最初，这冰垛看上去很像一座巨大的蓝色城堡，或者像瓦尔哈拉殿堂①。但是，人们开始用粗糙的草皮去填塞冰块缝隙、外面披挂着的冰霜、冰柱子时，它看上去倒是像一个历尽沧桑的、长满苔藓的灰白色废墟，原由蓝色大理石建成，亦即冬神的寓所，那个我们常在年历上看到的老人——他的陋屋，仿佛他老人家打算跟我们一道消夏似的。据他们估算，这堆冰块里头有百分之二十五到达不了目的地，百分之二或百分之

————————

① 瓦尔哈拉，北欧神话中奥丁神接见战死者英灵的殿堂。

三会在车子上耗损掉。不管怎么说，这个冰垛绝大部分的命运与主人的初衷正好相反；因为，要不就是这些冰块不像预期那样好保存，里头含有比平常更多的空气；要不就是其他原因，反正这些冰块从来都到不了市场上。这堆冰垛是在一八四六年到一八四七年冬天码起来，估计储量一万吨，最后又覆盖了干草和木板；第二年七月间，盖子被揭开，一部分冰块取走了，剩下的暴露在骄阳底下，这年夏天和翌年冬天全都安然度过，直到一八四八年九月还没有完全融化掉。不消说，大部分冰块就这么着回归瓦尔登湖。

瓦尔登湖的冰凌，像湖水一样，近看是绿的，远看却是蓝的，一望可知，河上的冰凌是白的，四分之一英里开外别的湖的冰凌，仅仅是淡绿的。有时候，凿冰人雪橇上有一大块掉在村里大道上，躺在那里个把星期，像一大块翡翠，引起所有过路行人的兴趣。我注意到，瓦尔登湖有一部分水是绿的，但一结了冰，哪怕从同样的视角看去，却变成了蓝色。因此，在湖周边的一些低洼地，有时候，入冬后积满绿幽幽的水，跟瓦尔登湖水一样，转天冰冻过后却变成了蓝色。说不定这湖水的蓝色和冰凌的蓝色，是因为它们所包含的光线和空气造成，而且，最透明的地方，色彩也最蓝。冰凌是沉思中最耐人寻味的主题。他们告诉我，说他们有一些冰块在富来喜湖的冰库里储存已有五年之久，至今依然十分完好。一桶水缘何很快就会发臭，结了冰却可以永远保持甘美呢？人们常说，这就好比是情感与理智间的差别吧。

　　就这样，一连十六天，从我的窗口看到上百个人在忙活儿，像繁忙的农夫，成群结队，牵着车马，带上全套农具，如此热闹的画面，我们在年历的扉页上倒是屡见不鲜。每当我凭窗远眺，我常常想起云雀和收割者的寓言，或者播种者的故事，以及诸如此类的故事传说。如今，他们全都走了，也许过了三十多天，我又会凭窗远眺纯粹的海绿色的瓦尔登湖水，湖水映现出云彩和树木，寂静无声地将它蒸发的水汽升上天际，一点都看不出有人在那儿流连的痕迹。也许我会听到一只孤独的潜水鸟扎猛子和梳理羽毛时的喧笑声；要不就是会看到一个孤独的渔夫驾着一叶小舟，身影映现在水波里；但不久前，上百人还在那儿万无一失地忙活过呢。

　　因此，看来在查尔斯顿和新奥尔良，以及马德拉斯、孟买和加尔各答，那些热得喘不过气来的居民好像会在我的水井边啜饮。清晨，我才智飞灵，沉浸在《福者之歌》①这么令人惊叹的天体演化的哲学里，自从这部经典问世以后，圣贤们的时代也早已逝去；相形之下，我们近代世界及其文学似乎显得多么微不足道。我怀疑，那种哲学是否仅仅涉及往昔的生存状态，它的崇高风格离我们的理念又何其遥远。我放下了书本，走到我的井边去打水，可是，我的天哪！我在那里遇到了婆罗门教的仆人，梵天、毗湿奴和因陀罗的僧侣，此人还在恒河边上他的寺院里打坐念《吠陀经》，要不然就带着

①《福者之歌》：印度著名经典《摩诃婆罗多》的一部分，以对话形式阐明印度教教义。

他的馅饼皮和水罐，栖息在一棵大树底下。我遇见他的仆人过来给主人汲水，我们的水桶好像在同一口井中碰在一起。纯净的瓦尔登湖水，已经和恒河的圣水掺在一起了。乘着顺风，这水波流过了亚特兰蒂斯①和赫斯珀里得斯②这些传说中的岛屿，像汉诺③环航似的，飘过德那第岛和蒂多尔岛④以及波斯湾的入口，在印度洋的热带风中汇合在一起，最后在亚历山大也仅仅听说过的一些港口登陆。

---

① 亚特兰蒂斯：传说中的岛屿，据说位于大西洋直布罗陀海峡以西，后沉入海底。

② 赫斯珀里得斯：古希腊罗马神话中金苹果园所在地。

③ 汉诺：参见前注，古代迦太基航海家。

④ 德那第岛和蒂多尔岛：今属印度尼西亚。

春 ෴

　　凿冰人大量采冰，通常会使湖面提前解冻，因为湖水在风的劲吹下，即使在大冷天，都能消融它周围的冰凌。可那一年，瓦尔登湖并非如此。因为冰凌才消融，很快又重新冻冰，乃至于比前时更为厚实。这个湖从来不像附近其他的湖很早就解冻，因为湖水要比后者深得多，又没有溪涧从湖中穿过，把冰凌融化掉或冲走。我可从来没见过它在冬天会解冻，除了一八五二年到一八五三年冬天，那时许多湖都经受了严峻的考验。瓦尔登湖通常在四月一号左右解冻，比佛林特湖和美港要晚个把星期或十天，从北岸与浅水域融化，而这些地方本来也是最先开始结冰的。跟附近任何水域相比，它能更好地显示出这个季节的绝对进度，几乎不大受到瞬息万变的温度影响。三月间，持续好几天的严寒也许会推迟别的湖的解冻时间，瓦尔登湖的温度却几乎没有间断地在增高。一八四七年三月六日，温度表插入瓦尔登湖中心，显示温度在华氏三十二度，亦即为冰点；湖岸附近在华氏三十三度。在这同一天，佛林特湖中心温度在华氏三十二度半；离湖岸十二杆远的浅水处，冰厚一英尺的水下，温度则为华氏三十六度。在佛林特湖，深水域和浅水域温度相差华氏三度半，事实上，这个湖八成儿都是比较浅，这就可以说明它缘何比瓦尔登湖解冻要早得多。这个时候，在最浅处凝结的冰凌，要比湖中心的冰凌薄好几英寸。仲冬时节，湖中心最暖和，那里的冰凌也最薄。同样，入夏以后，在湖边蹚水而过的人全知道，靠近湖岸的水该有多暖和，只不过三四英寸深，不过稍远点，深水处的水面却比靠近湖底的水还要暖和。到了春天，太阳不仅使空气和大地的温度增加，它的热量还透过一英尺厚，或者比一英尺更厚的冰凌，在浅水处湖底折射上来，因此湖水也变暖了，冰凌底下开始逐渐融化；同时，由于太阳直接照射在融化了的冰层上头，使它变得凹凸不平，释放出气泡，而气泡又上下散开，直到冰层全都形成一个个蜂窝状的物体，最后突然在一场春雨中消失殆尽。冰凌跟树木一样，也有它的纹理。冰块开始融化或者形成类似"蜂窝"的时候，不管处在什么位置，气泡和水面上的东西都是成直角的。如有岩石和原木从水底下靠近水面，水面上的冰凌就会变得很薄，经常被折射过来的热量融化掉；我还听说过，有人在剑桥一个木制浅池子里做实验，尽管冷空气在下面循环，使上面下面都有冷空气，但从池底折射上来的阳光热量，还是大大抵消了这一有利因素。仲冬时节，一场暖而融化了瓦尔登湖的冰雪，在湖中心留下一块发暗的或透明的坚冰，这时湖岸周边，大约有一杆或一杆多宽处，会出现一长溜易碎却又更厚的白冰，那也是反射上来的热量所造成的。此外，还有我早就说过的，在冰层里头的气泡本身起了类似聚光镜的作用，把底下的冰凌融化掉。

　　这一年四季的现象天天在湖上层出不穷，只是规模较小。每天早上，一般说来，浅水要比深水暖得更快些，虽说到底也暖不到哪里去，但每天晚上，浅水也会比深水冷却得更快些。一天就是一年的缩影。黑夜是冬天，晨昏是春天和秋天，正午是夏天。冰凌的坼裂声表示温度的变化。一八五〇年二月二十四日，度过了一个寒冷的夜晚，我迎着怡人的晨光到佛林特湖去，打算在那里待上一天。我惊奇地发现，我用斧头砍冰凌时，那响声就像敲锣打鼓一样，周围好几杆远都听得到，换句话说，仿佛我敲打的是一面绷紧了的鼓。太阳升起后约莫个把钟头，湖感受到从山上斜射过来的阳光热量，就开始隆隆发响；湖就像一个刚睡醒了的人，伸一伸懒腰，打了个呵欠，响声越来越大，持续了三四个钟头。到了正午，它打了一个盹儿；傍黑时分，隆隆声又响了，因为太阳在收回它的影响。天气正常的时候，湖会极其准时鸣放它的黄昏礼炮。但在一天的正午时分，坼裂声四起，空气的弹性又比较差，湖完全失去了共鸣，即使敲击湖面，恐怕连鱼儿和土拨鼠听了都不会发愣。渔夫说，"湖上的雷鸣"吓得鱼儿都不敢上钩。这湖并不是每天到了傍晚都会雷声大作，我也说不准什么时候你会听到它的雷鸣。反正天气里有哪些细微变化，也许我看不出来，但湖倒是感受到了。谁想得到，这么寒冷、这么皮厚的庞然大物，居然会如此敏感呢？当然，湖也有它自身的规律，遵循这规律才会雷声大作，就好比花蕾到了春天定然绽开一样。大地复苏，到处生机盎然。最大的湖对大气的变化那么敏感，就像寒暑表管柱中的小小一滴水银。

　　吸引我住到树林子里来的，就是我可以有闲暇、有机会看看春回大地的全部历程。湖上的冰凌终于开始出现蜂窝状，我从那里走过，脚后跟都会陷了进去。雾、雨、越来越暖和的阳光，渐渐地把积雪融化了；白昼显然越来越长，我觉得我不用给柴火堆添料都足够过冬，因为这时再也用不着旺火取暖。我密切注视着春天的最早信号，听听一些飞来的鸟儿偶尔啁啾声，或者斑纹松鼠的吱吱声，因为它储存的吃食想必此刻快要耗尽了，或者看看土拨鼠从它的越冬窝儿里好大胆地钻了出来。三月十三日，我已听到蓝色鸣鸟、歌雀和红翅鸫欢唱后，湖上冰凌差不离还有一英尺厚呢。天气越来越暖，冰凌还没有被湖水冲掉，也不像河里的浮冰那样漂起来，虽然离湖岸半杆处，冰凌已经融化，但湖中心的冰凌依然呈现蜂窝状，被湖水浸透，因此，在六英尺厚的冰凌上，仍然可以踩着走过去呢。殊不知到了第二天晚上，也许大雾刚过去，又下了一场暖洋洋的春雨，冰凌就完全见不着了，神不知鬼不觉地跟雾一起消失了。有一年，我穿过湖中心才五天，冰凌就完全无踪无影了。一八四五年，瓦尔登湖第一次完全解冻，是在四月一日；一八四六年，是在三月二十五日；一八四七年，是在四月八日全部解冻；一八五一年，是在三月二十八日；一八五二年，是在四月十八日；一八五三年，是在三月二十三日；一八五四年，大约是在四月七日。

　　我们生活在这么一个冷热极为悬殊的气候圈里，河与湖的解冻，天气的稳定，凡是与两者有关的每一件事，我们都会特别感兴趣。天气越来越暖和的时候，住在河边的人夜里会听到冰凌的坼裂声，那吓人的轰鸣像大炮一样，仿佛冰凌的锁链完全断裂了，像鳄鱼从泥沼中钻了出来，大地也随之震颤不已。不到一两天，只见它倏忽消融殆尽。有一位老人观察大自然，真可以说细致入微。他对大自然的一切运作似乎独具慧眼、料事如神，仿佛他还是个孩提的时候，大自然就上过造船台，而他帮着安装过她的龙骨——如今，他已长大成人，他要是活到玛士撒拉①的岁数，恐怕也不用再获得更多的自然知识了——他告诉我，入春后有一天，他提着枪，坐上了小船，打算去打一两只野鸭子，但听到他对大自然的运作还表示惊奇时，我不由得大吃一惊，因为我本来觉得大自然与他之间已无什么秘密可言了。那时，草地上还有冰凌，但河里的冰凌早已荡然无存，他坐上了小船，从他的住地萨德伯里一路畅通，直达美港湖，没承想看见这儿十之八九还覆盖着坚硬的冰凌呢。那一天挺暖和，

――――――――――

① 玛士撒拉：《圣经·旧约全书·创世记》中以诺之子，据传活了九百六十九岁。

湖上还有那么多冰凌，真叫他惊骇不已。什么野鸭子都没看见，他把小船藏在北岸湖中一个小岛的背后，他自个儿躲到南岸的灌木丛里，等待野鸭子到来。离湖岸之四杆的地方，冰凌都已融化了，湖面光滑暖和，湖底一片泥泞，野鸭子喜爱的正是这种地方，他心里估摸，过不了多久野鸭子准会飞过来的。他静静地卧倒在那儿已有一个多钟头，猛地听见一阵低沉、似乎非常遥远的声音，但又特别庄重，给人印象很深，跟他往日里听到过的声音截然不同。那声音渐渐地高扬，不断加强，仿佛它将会有一个响彻天地的难忘的尾音，在他听来，这阵沉闷的、急吼吼的声响就像一大群飞禽马上要栖落在这里。于是，他抓起了枪，一跃而起，心情亢奋极了。可他的发现真的叫他惊呆了：原来就在他卧伏的时候，整整一大块冰凌已开始活动，漂浮到了岸边，他刚才听到的就是冰凌边缘碰撞湖岸的声音——开头，冰凌边缘还是轻轻地啃动着、碎裂着，后来却沿着小岛周围不断往上翻腾，冰凌的碎片飞溅到一定的高度，方才复归于平静。

最后，太阳的光线直射大地，暖风吹散了雾和雨，湖岸上的积雪也融化了。太阳驱散迷雾之后，面向明暗交错、褐白相间的风景微微一笑，而在薰香似的蒙蒙烟雾中，观光客从一个小岛寻路到另一个小岛，沉醉于成千条溪涧流水奏鸣的乐曲声中，这些溪涧的脉管里，冬天的血液畅流不息，也随之悄然逝去。

我到村子里去，照例要穿过铁路，见到解冻后的泥沙从铁路两侧陡坡深沟流下去，对我来说，如此罕见的壮观不啻是一种莫大的惊喜。自从铁路发明以来，想必用合适的材料新建的铁道路基也大大增加了，那材料就是沙子，粗细程度不同，而且异彩纷呈，通常还要掺上少量泥土。当霜冻在春天——乃至于在冬天融雪的日子里出现时，沙子开始像火山熔岩一样从铁路陡坡流下来，有时还穿透积雪而流了出来，泛滥于往昔从没见过沙子的地方。数不清的沙子溪流纵横交错，展现出一种混合的产物，部分服从水流的规律，部分却遵循植被的法则。沙子往下流淌的时候，看上去就像多汁的树叶或藤蔓，而且往外喷洒出一堆堆软浆，竟有一英尺或一英尺多深，在俯瞰时会觉得它们很像某些苔藓，有锯齿状的、有条裂状的、有鳞甲状等菌体；要不然就会想起珊瑚、豹掌或鸟爪、脑子、肺叶、肠子，以及各种各样的排泄物。这真的是一种奇形怪状的"植被"，它们的形态和色彩，我们看见过在青铜器皿上有所仿造，这么一种建筑学上常见的叶饰，要比叶形装饰、菊苣、常春藤、藤蔓，或者其他植物的叶子更古老、更典型；在某些情况下，也许将注定成为未来地质学家一个难解的哑谜呢。整个深沟给我印象很深，仿佛它是一座岩洞，连同它的钟乳石全都呈现在阳光之下。这些沙子真的是丰富多彩、赏心悦目，包括各种不同的铁的颜色：棕色的、灰色的、淡黄色的，以及淡红色的。这么一大块的流沙达到路基脚下的排水沟时，就平铺开来，形成了浅滩；个别的小溪流失去了它们的半圆锥形状，慢慢地变得越来越平坦、越来越宽阔，如果还是很湿漉漉时，便会汇合在一块儿，最终形成一块几乎平展的沙滩，但依然丰富多彩，煞是好看，还可以从中看出植物的原始形态的痕迹；最后，它们到了水中变成了堤岸，就像河口上形成的那些沙洲似的，那些植物的形态终于消失在湖的粼粼波纹中。

整个堤岸高度从二十英尺到四十英尺，有的时候，堤岸的一侧或两侧，都被一大块、一大块这种叶饰或春天里常有细沙开裂的缝隙覆盖，往往长达四分之一英里。这种沙子叶饰之所以引人注目，在于它冷不丁就跃入眼帘。我在路基的一面看到的是毫无生气的侧面——因为太阳总是先照在一面的——另一面却是在个把钟头以内造成如此丰富多彩的叶饰，不由得深为感动，仿佛奇怪地意识到，我已站在创造了世界和我的那个艺术家的实验室里。来到了他仍在继续创造的现场，看到了他正在路基那边大显身手，而且精力异常充沛，他的鲜活构思随处可见。我觉得好像自己跟地球的内脏更接近了，因为这种流沙所形成的叶状团块倒是跟动物的内脏一模一样。从这些流沙里头，会发现一种有植物叶子的预感。难怪大地常常依托叶子为其形，并以这样的理念劳其神。原子早已认识到这一法则，据此成果丰硕；悬挂在枝头的叶子，在这里看见了自己的原型。不管地球也好，还是动物也好，它们的内部都有一张湿润的、厚实的"叶子"。这个词儿特别适用于肝。肺和脂肪叶（它的希腊文字源 λειβω，英文为 labor，拉丁文为 lapsus，是"漂流"或"向下流淌"、"流逝"的意思；λοβos，拉丁文为 globus，英文 bobe（叶子）；

英文 globe（地球）的意思；还有 lap（重叠）的意思；flap（垂下物）的意思，以及好多别的词儿），从外表来看，是一张薄薄的干枯的叶子，英文是 leaf，甚至字母 f 和 V 的发音，也是挤压发出的音质粗糙的 b。叶子（lobe）的词根是 lb，柔软的 b 音（是单叶片的，或者 B，是双叶片的），流音 l 在后面，推动 b 音。地球（globe）一词的 glb 中，g 这个颚音对喉部的功能尤为意味深长。鸟儿的羽毛和翅膀也是叶子，只是更干爽、更单薄罢了。所以，可以从泥土里笨拙的蛴螬预见到它变成在空中翻跹的蝴蝶。我们这个地球不断超越自己，不断改变自己，在自己的轨道上扑棱翅膀。甚至冰凌也是从精细的水晶般的叶子开始的，仿佛它已流进了一个个模子，而后者正是印在湖水这面镜子里水中植物的叶子。整整一棵树只不过是一片叶子，河流是更大一些的叶子，它们的叶质和大地交错在一起，乡镇和城市则是它们叶脉上的虫卵。

太阳偏西时，沙子停止流淌，但到了转天早晨，这些溪流就又开始流淌，而且一条又一条地叉开来，形成了数不清的支流。也许从这里会看到血管是如何形成的。只要仔细地去观察，就会看到从最先融化的主体中流出来一条软化的沙流，它的顶端像水滴，和圆圆的手指头相似，慢慢而又盲目地向下寻路流淌，随着太阳越升越高，变得很热，很湿润，后来那流淌最快的部分八成儿顺从最呆滞的部分也遵循的法则，终于跟后者分道扬镳，形成自己的一条迂回曲折的渠道或者一条动脉。从中可以看到，有一道银色的溪流，闪电般在发光，从软浆似的叶子或枝杈的阶段进入了另一个阶段，还不时地被流沙吞没。沙子在流动时，井然有序地使自己出奇地神速而又完美，利用沙团提供最佳材料，在渠道两侧形成尖尖的边缘。江河的发源地就是如此。河水中含有硅的物质，也许就是骨骼系统，在更精细的泥土和有机物中，即是肌肉纤维或细胞组织了。人是什么，还不就是一团溶化的泥土吗？人的圆圆的手指头，只不过是一种凝结了的滴状物。手指和脚趾从溶化的躯体里流了出来，达到自己的极限。在更适宜于生长发育的环境中，谁知道人体会扩展到什么样子呢？人的手掌难道不就是一张撑开了的棕榈叶①，有叶片和片脉吗？耳朵不妨想象成一种苔藓，拉丁文为 Umbilicaria，垂在头的两边，也有叶片，或者还有滴状物。嘴唇——字源是 labium，大抵来自 labor（劳动）这个词儿——是在洞穴似的嘴巴上下两边的重叠物或悬垂体。鼻子，一望可知，是一个凝缩的滴状物或者钟乳石。下巴颏儿是一个更大的滴状物，脸上的滴水全在这儿汇合。脸颊是一面斜坡，从眉毛滑下脸谷，由颧骨支撑住。植物叶子上每一个圆圆的叶片，也是一个浓稠的正在流淌的滴状物，尽管有大也有小；叶片是叶子的手指，有多少叶片，就会向多少个方向流动，如有更多的热量或受到别的适宜于生长发育的影响，它就会流动得更远了。

---

① 梭罗在此处一语双关，因为英文中棕榈（Palm），还可作"手掌"、"手心"解释。

　　由此看来，这面斜坡以图例阐明了大自然所有运作的原则。大地的创造者只得到叶子一项专利权。有哪一个商博良^①能为我们破译这种象形文字，让我们终于可以翻开新的一页来？这种现象比丰饶多产的葡萄园更让我亢奋不已。不错，它是有点分泌排泄的性质，反正什么五脏六腑等，好像地球从里往外全兜了底；不过，这至少表明，大自然也是有肠子的，而且是人类的母亲。这是从冻土里结出来的霜花，这就是——春天。就像神话先于符合韵律的诗歌，它是先于青山绿水的春天，先于姹紫嫣红的春天。我可不知道还有别的什么，可以荡涤冬天的雾霾和消化不良。它使我相信，大地依然是在襁褓之中的婴儿，它的小小指头向四处伸展。那光秃秃的额头上长出了稚嫩的髦发。天地间原本没有什么无机之物。路基上布满叶饰图案，如同火炉里的熔滓，说明大自然内部"正是一片旺火"。大地不仅仅是死气沉沉的历史的一个片段，像一部书那样一页一页层层交叠，让地质学家和考古学家去研究。它是活生生的诗歌，像树上的叶子，先于花朵，先于果实——它不是一个化石的地球，而是一个活生生的地球；相形之下，一切动植物的生命，只不过是寄生在大地这一个了不起的生命中心上。它那剧烈的搏动能使我们的残骸从坟墓里被拽出来。可以把金属熔化掉，把它们浇铸到能打造

---

① 商博良（Jean Francois Champollion, 1790—1832）：法国历史学家、埃及学家，根据刻有希腊文字、埃及象形文字及通俗文字的罗塞塔石碑铭文破译出象形文字。

的最美丽模子里，它们却从来没有使我激动过，从来没有像这大地
熔化后所形成的图样令我亢奋不已。不仅是它，而且任何制度都像
陶工手上的泥巴，可塑性很强。

没有多久，不仅仅是在堤岸上，而且在每座小山、每个平原和
每块低洼地里，都有霜花从地里冒出来，好像一头穴居的四足动物
从冬眠中醒来，在音乐声中寻找海洋或者迁徙到云中别的地方去。
温言款语的融化之神，却比手执大锤的雷神托尔①更具力度。前者善
于徐缓融化，而后者只会乱砸一气。

地上积雪已有部分消融，一连好几天挺暖和的，地面比较干爽，
这时，不妨拿新年伊始刚露出来最早的柔嫩景象，同熬过严冬的苍
劲植物那庄重之美作一比较，倒是别有一番情趣——长生草、一枝
黄花、芹叶太阳花，以及那些淡雅的野草，往往比夏日里显得更加
鲜明和有味儿，好像它们的美非得饱经寒夜摧残后才臻于成熟似的；
即使是羊胡子草、香蒲、毛蕊花、狗尾草、绒毛绣线菊、白色绣线
菊，还有别的硬茎植物，这些都是招待最早飞来的鸟儿取之不尽的
谷仓——至少是很不错的杂草，原是越冬大自然的素装打扮罢。特
别是羊毛草禾束似的拱顶把我吸引住了，它将夏天带到我们的冬日
记忆里来，那种形态乃是艺术所喜爱仿效的，而且在植物王国里，
这些形态就如同天文学在人类心目中已有的预兆一样，有着相同关

---

① 托尔：古代北欧神话中的雷神，亦即主神奥丁的儿子。

系。它是一种比古希腊或古埃及更古老的风格。冬日里的许多现象，使人想起了难以描述的柔嫩纤细的雅致。我们常听到有人把这个冬日之王描写成一个粗野狂烈的暴君，其实，他倒是能以恋人的脉脉温情使夏日的秀发鲜艳倍增。

春天临近，我正坐下来读书或写作时，红松鼠来到了我的屋子底下，它们成双配对地直接到我的脚下，唧唧喳喳，叽叽咕咕，或者有时长嘶短鸣，那声音古怪得出奇，我还从没听见过呢。我跺了几脚，它们叫唤声反而更响，仿佛它们疯狂地恶搞，早把畏惧置之度外、对人类的劝阻满不在乎。你们别再——叽咔里，叽咔里地叫着。它们对我的斥责充耳不闻，或者一点都没感受到我斥责的力量，反而撒泼骂人似的，真让我拿它们无可奈何。

第一只报春的麻雀！这一年在从来没有如此年轻的希望中开始！从局部光秃秃的、湿漉漉的田野里，隐隐约约地传来了银铃般的啁啾声，那是蓝色鸣鸟、北美歌雀和红翅鸫在欢叫，仿佛冬天最后的雪花飘落时的丁零声。在这么一个时刻，历史、编年史、传说，以及一切文字记载的启示录，都又算得了什么？小溪在向春天唱赞美诗和三部重唱歌曲。沼泽地的鹰低低地掠过草地，已在寻摸头一批苏醒过来的纤弱生物。融雪的滴水声，漫山遍谷都听得到，各个湖里的冰凌在迅速消融。小草像春火似的燃遍了半山腰——春天的雨带来了一片新绿①——好似大地发出满腔热量，迎候太阳的回归；那火苗的色彩不是黄的，而是绿的——那是青春永驻的象征，那草叶啊，好似一条长长的绿色缎带，从草地里流向夏天，不错，被霜冻拦阻过，但又倏忽往前推进，竖起去年干草的嫩茎，让新的生命从底下长出来。它笃悠悠地在生长，宛如小溪从地下徐缓渗出来似的。它差不离跟小溪浑然一体，因为在适宜作物生长的六月天里，小溪干涸了，草叶子就成了它们的渠道，不知有多少个年头以来，牛羊都在这条常绿的小溪里饮水，而且，刈草人还会及时来收割为过冬取暖的草料。因此，我们人类的生命即使灭绝，仍会长出永恒的绿叶来。

瓦尔登湖冰凌正在迅速消融中。湖的西北两侧，有一条两杆宽的运河，流到东头会更宽一些。偌大一片冰从主体上裂开了。我听到北美歌雀在湖边灌木丛里吟唱——欧利特、欧利特、欧利特——吉泼、吉泼、吉泼、吉、喳——吉，威斯、威斯、威斯。它也是在帮着冰凌坼裂呢。冰凌边缘的大幅度曲线该有多么漂亮啊，它与湖岸的曲线多少有所呼应，却又显得齐整得多！最近以来有过一阵子，天气异常寒冷，冰凌坚硬得出奇，上面都有波纹，就像宫殿里的地坪似的。但是，风陡然朝东边吹去，掠过浑浊的冰层，直到吹皱了远处鲜活的水面。看着这缎带似的湖水在阳光下闪闪发光，真是让

---

① 此处原文为拉丁文："et Primitus oritur herba imbribus primoribus evocata."

人好不喜欢。光溜溜的湖面上洋溢着欢乐和青春，仿佛在诉说着湖中鱼儿们的欢乐，以及湖岸上细沙的欢乐——好像是鲥鱼鳞片上发出的一片银色的光辉，整个湖俨然成了一条欢蹦乱跳的鱼。冬天和春天的对比，就是如此。但是，我在前文已经说过，这一个春天，湖上解冻得更笃悠悠呢。

从暴风雪和冬天转换到平静而温煦的天气，从昏暗和懒怠的时刻转换成明亮而富有弹性的时刻，这是万物称颂、难以忘怀的转捩点。最后，变化仿佛是一蹴而就。突然间，透进来一股春光，充满了我的小屋子，即使已近黄昏时分，冬天的云堆依然悬挂在天际，雨雪后的水珠正从屋檐滴落下来。我抬眼眺望窗外，瞧！昨天那里还是灰沉沉、冷丝丝的冰湖，此时此刻却是一泓透明的湖水，平静而充满希望，赛过夏日里的黄昏时分。在湖的胸脯上衬映出夏日里暮色苍茫的天空，这样的景致虽然高头还看不见，但它仿佛已跟遥远的地平线心心相印了。我听到有一只知更鸟在远处鸣叫，觉得好几千年以来仿佛还是头一遭听到似的，即使再过好几千年，它的鸣叫声我也不会忘掉——它还是那么甜美，那么富有活力，跟从前一模一样。啊，黄昏时分的知更鸟，在新英格兰的一个夏日倏忽消逝的时刻！但愿我能觅到它栖息过的丫枝！我指的是它呢；我指的是那根丫枝呢。至少这不是 Turdus migratorius[①] 吧。我屋子周围的油松

[①] 拉丁文，候鸟的意思。

和橡树丛好久以来老是垂头丧气似的，此刻好多特性突然恢复了，看上去更鲜亮，更青翠，更挺秀，更有活气，仿佛经过雨水洗涤，很灵验地恢复了元气。我知道再也不会下雨了。只消看看森林中的任何一根枝桠，是的，看看柴火堆就可以知道冬天究竟过去了没有。天色越来越暗淡，一群野鹅低空掠过树林子时发出的唳声吓了我一大跳，因为它们像疲累的旅行者一样，从南边的湖上飞过来，不免姗姗来迟，只好抱怨不迭、相互安慰。我站在门口，听得到它们扑棱翅膀的声音；它们冲我的小屋子飞来时，突然发现了我的灯光，喧叫声才戛然而止。它们盘旋数匝，飞落在了湖上。于是，我转身进屋，关上门，在树林子里度过我的第一个春宵。

　　清晨，我从门口透过薄雾观看野鹅，只见它们在五十杆远湖中央来回游弋；它们是那么多，那么喧闹，瓦尔登湖仿佛成了一个供它们戏水的人工湖。可是，我站在湖岸上时，忽听见领头鹅发出一声信号，它们马上拍翅起飞，排成行列，在我高头绕了一圈，总共二十九只，径直向加拿大飞去了；它们的领头鹅不时发出唳声，仿佛关照它们到比较浑浊的湖中进早餐似的。一大群野鸭子也同时飞了起来，紧跟着那些闹嚷嚷的哥儿们，往北方飞去了。

　　一个星期以来，我常听见一只孤雁在晨雾中来回盘旋、摸索、唳叫，寻觅它的伙伴（它们就栖居在树林子里）。它的唳叫声越来越响，连树林子都难以承受。到了四月间，就可以见到鸽子三五成群地掠过天空，到一定时候，我听得见圣马丁鸟在我的林中空地啁啾，看来镇上未必有那么多的圣马丁鸟，我这儿也能有一两只吧。我揣想，圣马丁鸟是一种古老的飞禽族，远在白人到来以前就栖息在洞穴里。在几乎所有气候宜人的地区，乌龟和青蛙都是这个季节的先驱和信使；鸟儿一边歌唱一边飞翔，羽毛在空中闪闪发亮；各种植物拔地而起，花儿盛放；和风吹拂，仿佛纠正了南北两极间的轻微摆动，使大自然保持了平衡。

每一个季节，对我们来说，似乎都是妙不可言。因此，春天的来临，就像鸿蒙初辟，宇宙创始，黄金时代到来了——

Eurus ad Auroram, Nabathæaque regna recessit,

Persidaque, et radiis juga subdita matutinis. ①

东风退却到奥罗拉和纳巴泰王国②，

退却到波斯和在晨光之下的山岭。

人诞生了。究竟是造物主为了创始

更美好的世界，用神的种子创造人；

还是大地刚刚从高高的苍穹坠落，

却保留了同一个上天的一些种子？

---

① 拉丁文，意思即是紧随其后的两行诗中译文。

② 纳巴泰王国，西南亚古代阿拉伯王国，位于今约旦西部。

　　一场细雨过后，草儿长得越发青翠欲滴。同样，我们展望前景，只要有美好的思想注入，就会越发光明。如果我们总是抓住现在这一时刻，对眼前每一件事都善于利用，就像小草沾上一点露水也承认对自己有影响；莫将时间浪掷在弥补错失的机遇上，还认为我们在尽自己的职责，那么，我们应该说是幸福的。春天已经来临，可我们还在冬天徘徊不前。在一个令人愉快的春天早晨，人间的一切罪恶都得到了宽赦。这就是罪恶消亡的日子。阳光如此温暖人心，即使坏人也会回头。我们自己恢复了纯真，自然也能看到我们邻居的纯真。也许你知道你的邻居昨天是一个小偷、一个酒鬼，或者是一个色鬼，不是怜悯他就是鄙视他，从而对这个世界感到绝望；可是，阳光照亮了这个世界，温暖了这个春日的第一个早晨，重新创造了这个世界，你会碰见他正在安静地工作，只见他衰竭淫逸的血管里溢满平静的欢乐，祝福新的日子来临，像婴儿似的天真地感受到春天的影响，于是，他的一切差错你也都忘掉了。他不仅置身于一种善意的氛围中，甚至还有一种神圣的气味，也许在盲目而又徒劳地表现，好像是一种新生的本能。没多久，南边山坡上再也没有庸俗的玩笑声在回响。你会看到他那多节瘤的树皮上，有一些天真可爱的嫩枝条正在使劲儿抽芽，尝试另一个年头的生活，那么柔嫩、那么鲜活，就像幼树苗儿一样。他甚至还进入过他的上帝的欢乐天地呢。为什么狱卒还不把他的牢门打开——为什么法官还不把他手头的案子撤销——为什么传教士也不让会众离去！是因为他们不服从上帝给予他们的暗示，也不接受上帝免费赐予众人的宽恕。

牛山之木尝美矣，以其效于大国也。斧斤伐之可以为美乎？是其日夜之所息，雨露之所润，非无萌蘖之生焉。牛羊之从而牧之，是以若彼之濯濯也。人见其濯濯也，以为未尝有材焉，此岂山之性也哉。

虽存乎人者，岂无仁义之心哉。其所以放其良心者，亦犹斧斤之于木也。旦旦而伐之，可以为美乎？其日夜之所息，平旦之气，其好恶与人相近也者几希？则其旦昼之所为，有梏亡之矣。梏之反复，则其夜气不足以存，夜气不足以存，则其违禽兽不远矣。人见其禽兽也，而以为未尝有才焉者，是岂人之情也哉。[①]

首先建立的是黄金时代。这个时代，没有人强迫它，没有法律，却自动地保持了信义和正道。在这个时代里没有刑罚，没有恐惧；金牌上也没有刻出吓人的禁律；没有喊冤的人群心怀恐惧观望着法官的面容；大家都生活安定，不必怕受审判。当时山上的松柏还没有遭到砍伐，做成船只航海到异乡；除了自己的乡土，人们不知道还有什么外邦……四季常青，西风送暖，轻拂着天生自长的花草。[②]

四月二十九日，我在九英亩角桥附近的河岸上钓鱼，站在摇曳的野草与柳树根边，在这里土拨鼠出没无常。我听到了一种独特的

---

① 引自《孟子·告子》。
② 引自奥维德《变形记》第一章。著名学者杨周翰先生译作《变形记》，作家出版社 1958 年版。

咯咯声，有点像孩子们用手指耍弄木棍时发出的声音，这时，我抬头一看，但见一只非常小却很俊秀的鹰，活脱儿夜莺一样，一会儿打水花似的直冲云霄，一会儿又翻筋斗似的落了下来一两杆，就这么着轮番升降，显示它那翅膀的潜力，逼肖阳光下亮闪闪的一条缎带，或者赛过贝壳里闪光的珍珠。这种景象使我想起了猎鹰训练术，以及这一项运动所显示何等高贵的情致和诗意。依我看，不妨管它叫做"灰背隼"，尽管我对它的名字并不在乎。它那飘飘欲仙的飞翔，我从来没有目睹过。它不像蝴蝶一样翩翩起舞，也不像苍鹰那样凌空翱翔，它是在田野上空，充满骄傲自信地飞着玩儿；它发出怪叫声，越飞越高，一次又一次潇洒而又优美地俯冲下来，像风筝似的一个劲儿翻身，随后在高空的翻腾中恢复过来，仿佛从来没有在大地上落脚过。看来它在浩茫宇宙中没有什么伴侣——总是独个儿在嬉戏长空——它只需要黎明和太空，那才是它唯一的玩耍伙伴呢。它并不是很孤独，倒是在它底下的整个大地显得很孤独。孵养它的母亲上哪儿去了？它的亲属、它的父亲都去了九霄云外？它是空中来客，和大地似乎仅有这么一点点关系，那就是有过一个鹰卵，不知什么时候在岩缝里头孵化出来——莫非它那故土的鸟巢，是在云中一隅，由彩虹边缘和夕照长空所构成，再用从大地上升起的轻柔仲夏雾霭作陪衬吗？它的猛禽窝儿，此刻还在悬崖似的云堆里呢。

　　此外，我还逮到好多罕见的铜色鱼，瞧它们的色彩，金黄银白，交相辉映，望过去很像一串串珍珠。啊！不知有多少个开春第一天早晨，我深入这些草地，从一个小圆丘蹦跳到另一个小圆丘，从一个柳树根蹦跳到另一个柳树根，这时，荒野的河谷和树林子沐浴在如此纯洁、如此明媚的日光里，如果死者就像有人所说的只不过在坟茔里头打盹儿，此时此刻，恐怕他们也会醒过来的。永生不朽，用不着什么更有力的证据了，万物都应该生活在这样的日光里。死啊，你的毒钩在哪里？死啊，你得胜的权势在哪里？[①]

村子周围要是没有尚待探索的森林和草地，我们的乡村生活就会死气沉沉。我们需要原生态来激励自己——有时跋涉在潜伏着麻鸭和鹭鸶的沼泽地，听听沙锥鸟叫声；闻一闻飒飒作响的莎草，草丛里头只有一些更野、更孤独的飞禽在筑窝儿，还有水貂肚皮贴地在爬行。就在我们热切地探索和熟悉一切事物的同时，我们却要求万物都是神秘的，从来没被探索过的；要求大地和海洋处于极其原生状态，从来没被勘察过、测量过，因为它们都是深不可测。我们对大自然断断乎不会感到腻烦，我们看到无穷无尽的活力，看到巨大的提坦[②]般的形象，看到海岸上航船的残骸，看到荒原上活树与枯树并存，看到雷鸣雨云，看到一连下了三周、引发洪水泛滥的暴雨，定然会感到精神振奋。我们必须看到自己的极限被突破，到从未漫游过的地方去自由地生活。虽说腐肉使我们作呕、泄气，但见秃鹫

---

① 这两句话引自《圣经·新约全书·哥林多前书》第 15 章 55 节。

② 提坦：古希腊神话中众巨神之一，天神乌拉诺斯与大地女神盖亚之子，力大无比。

从啄食腐肉中获得健康和力量，我们倒是颇感高兴。通往我屋子的小道边上有一个坑，里头有一匹死马，有时候，我只好绕道而行，特别是在阴沉沉的夜间，但它使我深信，大自然的"胃口"挺棒而又非常健康，这就算是我从中得到的补偿吧。我爱着大自然充满了如此众多的生物，甚至还经受得住无数生灵间相互捕食与残杀牺牲；我爱着纤嫩的生物像果肉似的，一气不吭地被压榨掉了——苍鹭一口吞掉蝌蚪，乌龟和蟾蜍在大路上被车轮碾死，有时候，简直是血肉横飞！既然这么容易碰到意外事故，我们必须看到乃是人们对此不大重视。聪明人得出的印象是：天下万物无知。毒药到头来不见得有毒，创伤也未必会致命。怜悯是很靠不住的，它必定是转瞬即逝，它所恳求的断断乎不会是一成不变。

五月初，橡树、山核桃树、槭树以及别的树木，才从湖周围的松树林里发芽抽枝，它们像阳光似的使湖光山色显得格外光艳，特别是在阴天，仿佛太阳穿透了迷雾，给满山坡洒下了淡淡的亮光。五月三日或四日，我在湖里看见一只潜水鸟，在这个月的头一个星期里，我听到了三声夜莺、棕嘲鸫、威尔逊鸫、美洲小鹟、棕雀，以及别的鸟儿的鸣叫声。歌鸫的鸣叫，很早以前我就听见过了。东非比霸鹟频频来到我的窗门前往屋子里窥探，看看好不好在我的小屋子里筑窝儿，它一边在查看我屋里头情况，一边在空中扑棱着翅膀，收紧爪子，仿佛全身让空气支撑住似的。没多久，北美油松硫黄似的花粉就铺满了湖面，以及岸边乱石堆和朽木林，因此，可以毫不费劲地收集到满满一桶花粉。这就是我们听人说起过的所谓"硫黄雨",甚至在迦梨陀娑的剧本《沙恭达罗》里,我们能读到:"莲花的金粉染黄了小溪。"就这么着,四季更迭,到了夏天,我们可以漫游在越长越高的青青草丛中。

　　我第一年在林中的生活就此告一段落,第二年跟它如出一辙。一八四七年九月六日,我最终离开了瓦尔登。

结束语

　　有人得了病，医生会明智地建议他不妨换换空气和环境。谢天谢地，这里并不意味着整个世界。七叶树不会生长在新英格兰，嘲鸫的鸣叫声这里也很难听得到。野鹅倒是比我们更具有国际性；它在加拿大进早餐，到俄亥俄州吃午饭，然后在南方的牛轭湖梳理自己的羽毛过夜；甚至野牛也能紧随着季节更迭，先在科罗拉多牧场上吃草，直到黄石公园有了更绿、更鲜美的青草在等候它时为止。然而，我们认为，如果我们的农场将栅栏通通拆掉，垒起了石墙，我们就给自己的生活定下了界限，我们的命运也就选定了。要是被选为镇上文书，那么，今年夏天就去不了火地岛，倒是可以到地狱烈火国去。而宇宙比我们看到的还要广阔得多呢。

　　然而，我们应该像好奇的旅行家一样，经常到我们的船尾看看景色，而不要像愚蠢的水手那样，一路航行中自己只顾低头拣填船缝的麻絮。地球的另一面，不外乎是我们同类的家。我们的航行只不过是绕了一个大圈子，而医生开的方子无非是治治皮肤病罢了。有人急吼吼赶到南非去追捕长颈鹿，其实，他应该猎捕的肯定不是这样的猎物。倒说说看，一个人能花多少时间去追捕长颈鹿啊？猎捕沙锥鸟和土拨鼠，也是挺稀罕、够好玩儿的，但我相信，射向自我倒是不失为更高贵的一项娱遣——

> 你的视野一转向内心，
>
> 发现你心中就有一千个地方
>
> 还没被发现。那你去那里旅游，
>
> 就会成为家庭宇宙志的专家。①

非洲意味着什么？——西方又代表什么？在地图上，不也是我们自己心中一片空白吗？就算一旦被发现，它还不是像海岸一样黑糊糊的吗？难道要我们去发现，是尼罗河的源头，或者尼日尔河的源头，或者密西西比河的源头，或者我们大陆上的西北走廊吗？难道这些就是跟人类休戚相关的问题吗？难道失踪的仅仅是富兰克林②一人吗？

---

① 引自哈宾顿（William Habbington，1605—1664）《致尊敬的奈特爵士》的诗句。

② 富兰克林爵士（Sir John Franklin，1786—1847）：英国探险家，海军少将，率领官兵一百三十余人，遇难于西北航道的探险中。

所以，他的妻子就该十万火急地赶去寻找他吗？格林奈尔[①]先生知道不知道自己身在何处？还不如争当芒戈·帕克[②]，成为路易斯、克拉克[③]和弗罗比歇[④]这样的探险家，探讨自己的河流和海洋、探索自己南极或北极地区吧——必要时，船上不妨装足罐头肉，维持自己的生命；还可以把空罐头堆得老高老高，当标志用。难道发明罐头肉仅仅是为了保藏肉类吗？不，得争当一个哥伦布，去发现内心的新大陆和新世界，开辟新的渠道，不是为了做生意，而是为了沟通思想。每个人不啻是一国之主，相形之下，沙皇的帝国只不过是蕞尔小国，是冰凌遗留的一块小疙瘩。然而，有的人毫不庄敬自重，却能侈谈爱国，为了少数人的利益而牺牲大多数人的利益。他们喜爱的是给自己造墓的土地，而对赋予他们躯体以活力的精神却无动于衷。所谓爱国，仅仅是他们头脑里造出来的幻想罢了。南太平洋海岛探险远征[⑤]，不论声势、耗资都是如此浩大，究竟意味着什么？其实，只是间接地承认了这么一个事实：在人们精神世界里，同样存在着大陆和海洋，每个人只是

---

① 格林奈尔（Henry Grinnell，1799—1874）：纽约富商，曾资助寻找遇难富兰克林一批人。

② 芒戈·帕克（Mungo Park，1771—1806）：苏格兰探险家，两次勘查非洲尼日尔河道，著有《非洲内地旅行》。

③ 路易斯（Meriwether Lewis，1774—1809）和克拉克（William Clark，1770—1838）：美国探险家，两人率队进行首次直达太平洋西北岸横贯大陆的考察活动。

④ 弗罗比歇爵士（Sir Martin Frobisher，1535？—1594）：英国航海家。

⑤ 此处指 1838—1848 年美国海军对南太平洋和大西洋的探险远征。

这个精神世界里的一个半岛或一个岛屿，可他还没有去探索，却坐在
一艘政府的大船里，经过寒冷、风暴和吃人生番的地域，航行了好几
千英里，带上五百名水手和仆役来伺候他，这比独自一人去探索内心
的海洋、大西洋和太平洋，毕竟要容易得多——

> Erret，et extremos alter scrutetur Iberos.
>
> Plus habet hic vltæ，plus habet ille viæ.
>
> 让他们漫游去，考察异邦澳大利亚人，
>
> 我懂得更多的是神，他们懂得更多的是路。①

　　满世界跑去桑给巴尔②清点猫科动物，很不值得。话又说回来，
如果乏善可陈，这种事不妨偶一为之。也许真的找到了一些"西姆
斯洞"③，由此终于可以进入内心世界。英国、法国、西班牙和葡萄
牙，黄金海岸④和奴隶海岸⑤，全都面对内心的世界。毫无疑
问，虽然从那里出发可以直航印度，却没有哪一艘船敢于驶往看

---

① 引自古罗马诗人克劳迪恩（Claudian, 370？—404？）的《维罗纳的老人》
　一诗。梭罗的英译将"西班牙人"误译为"澳大利亚人"。请读者注意。
② 桑给巴尔：今日坦桑尼亚东北部。
③ 西姆斯（John Symmes）：英国人，曾论证地球是空心的。
④ 黄金海岸：西非国家加纳旧称。
⑤ 奴隶海岸：今西非贝宁湾沿岸一带，因16—19世纪末西方殖民者由此
　大量贩运非洲黑人至美洲为奴而得名。

不见陆地的内心的海洋。尽管你学会了各种方言，认同了各国风俗习惯，尽管你会比一切旅行家都走得更远，又能适应一切气候与水土，让斯芬克斯①气得一头撞到石头上，那也还得听从那位古代哲学家的箴言：去探索你的内心世界吧。这就用得着眼力和大脑，只有败将和逃兵才去打仗，开小差的懦夫才会应募入伍。现在就开始探索，向西远征吧，这就不会在密西西比河或太平洋逗留，也不会到古老的中国或日本去，而是一往直前，好像经过大地的一条切线，不管寒暑昼夜，日没月落，断断乎不停歇地直到最后地球消失。

据说，米拉波②曾拦路抢劫过，为的是"验证一下，有人正式违抗社会上最神圣的法律，究竟需要多大的决心"。后来，他声称："大兵打仗时需要的勇气，只有拦路抢劫的一半。"——"荣誉和宗教永远阻拦不了考虑周到和坚定不移的决心。"一般说来，米拉波其人其事颇具须眉气概但又很无聊，即使还算不上十恶不赦。一个比较清醒的人会发觉自己屡屡"正式违抗"所谓"社会上最神圣的法律"，因为他要听从更神圣的法律，根本用不着这么出格，就已经验证了他的决心。其实，他不必对社会采取这样一种态度，只要顺从自己认可的法律，保持自己原有的态度，这样就断断乎不会跟公正的政

---

① 斯芬克斯：古希腊神话中长翅膀狮身女怪，传说常叫过路行人猜谜，猜不出者即遭杀害。在埃及现存狮身人面（或羊头，或鹰头）巨像。

② 米拉波（Counte de Mirabeau, 1749—1791）：法国大革命时期君主立宪派领袖之一，演说家、政治家。

府对抗，如果他碰得上这么一个政府。

我离开树林子，就像我入住树林子一样，都有充分的理由。也许我觉得，似乎还有好几种生活方式可供选择，不该在这么一种生活方式上花费更多时间。值得注意的是，我们很容易不知不觉地过惯了某种生活方式，陈陈相因，久而久之，给自己踩出了一条老路。住在那里还不到个把星期，我的脚底下就踩出来了一条小道，从我家门口一直通往湖边，自此已有五六年了，这条小道至今依然清晰可见。说真的，我揣想，别人也走过这条小道，所以一直保持畅通无阻。大地的表面是柔软的，人们一走过就会留下踪迹，同样，人的心路历程也会留下踪迹。不妨想一想，人世间的公路已给踩得多么坑坑洼洼、尘土飞扬，传统和习俗又形成了多么深的车辙！我可不乐意枯坐在船舱里边，还不如干脆站在世界的桅杆和甲板那里，因为那群山间月色溶溶的美景，我可以看得更真切。那时，我再也不想回到船舱下面去。

我至少从我的实验中悟出了这么一点心得：一个人只要充满自信地朝着梦想指引的方向前进，努力去过心中想象的那种生活，那他就会获得在平时意想不到的成功。他会把某些事情容量抛诸脑后，越过一道看不见的界限，在他周围与内心深处确立一些新的、人人懂得的更自由的法规来；要不就是，旧的法规加以扩充，并从更自由的意义上获得有利于他的新诠释，而他就可以获得高一等生灵资格的生活。他的生活越是简单，宇宙的法则也会显得越简单，孤独将不成其为孤独，贫困将不成其为贫困，懦弱也将不成其为懦弱。如果造了空中楼阁，是不会徒劳的，楼阁本该造在空中，现在是给它们打下基础的时候了。

英国向美国提出了一个荒唐可笑的要求，那就是：你说话非得让他们听得懂。无论是人们也好，还是伞菌也好，都不会变得如此。好像那种要求还很重要，没有他们也就没有人理解你了。仿佛大自然支持的仅仅是这么一种理解模式：它养得起四足动物，却养不起鸟儿，养得起爬行动物，却养不起飞禽，连耕畜都听得懂的"嘘、吁"的吆喝，倒是成了顶呱呱的英语。仿佛唯有傻里傻气才万无一失似的。我主要担心的是，也许我的表达还不够过火，也许没有突破我日常经验的狭隘局限，因而没法将深信的真理表达得一清二楚。至于过火嘛！这倒是要看你处在什么样的场合。迁徙中的水牛到另一个纬度去寻找新的草场，就不会像喂奶时的奶牛一脚踹翻奶桶、跃过牛栏、紧追它的小牛犊那样来得更过火吧。我想到某些没有忌讳的地方去说说话，就像一个清醒的人跟别的清醒的人那样说话。因为我相信，就算为真实的表达奠定基础，我离夸大其辞还差得远呢。有谁听过一段音乐后就担心自己说话永远会夸大其辞？为了未来或可能发生的事，我们的生活应该过得相当随意，不受约束，而我们的原则也不妨显得模糊不清，就像我们的阴影对着太阳也会不知不觉地渗汗似的。我们言辞的真实性变化无常，不断地暴露余下来的论述不够充足。真实性会转瞬易变，只有其字面的标记得以留存。表达我们的信仰和虔诚的话语是很不确切的，然而，对出类拔萃的人来说，它们犹如乳香，意味深远、芳香四溢。

为什么我们总是使认识降低到最愚笨程度，还要赞美它为常识呢？最常见的感受是人们睡觉时的感觉，他们是用鼾声表达出来。有时，我们往往将难得聪明的人和傻里傻气的人归为一类，因为我们只能欣赏他们聪明的三分之一。有人偶尔起个大早，就对迎晨红霞找茬。我听说，"他们认为，迦比尔①的诗歌有四种不同的意义：幻觉、精神、才智和吠陀经典的通俗教义"，但在我们这里，要是有人在作品中接纳不止一种的诠释，那么，人们就会有借口抱怨不迭。英国正在下大力气防止土豆腐烂，难道就不能下大力气医治大脑腐烂吗？大脑腐烂现象实在更普遍，因而也更致命啊。

我并不是说，我已臻于晦涩的境地，但是，如果在我这些书页里发现的致命差错不比从瓦尔登湖冰凌上发现的更多，那我就感到自豪了。南方的买家极不喜欢瓦尔登湖冰凌的蓝色，往往把它看成是泥浆造成的，其实，这才是它纯洁无瑕的证明；他们反而喜欢剑桥的冰凌，白花花的，但有一股草腥味儿。人们所喜爱的"纯洁"就像笼罩大地的雾霭，而不是凌驾于雾霭之上的蓝色太空。

有人在我们耳边叨咕着说，我们美国人以及一般意义上的现代

---

① 迦比尔（Kabir，1440—1518）：印度神秘派诗人，曾试图融合印度教和伊斯兰教精华，形成简易瑜伽，成为迦比尔道、锡克教以及许多教门的先驱。

人，倘若跟古人相比，甚至跟伊丽莎白时代的人相比，都不过是智力上的侏儒。但是，这话是什么意思？一只活狗毕竟胜过一头死狮吧。一个人属于侏儒族，难道就活该去上吊，而不好成为侏儒里头的高个儿吗？应该让每个人都管好自己的事儿，力求成为名副其实的万物之灵。

我们缘何如此急于求成，如此铤而走险呢？如果有人跟不上他的同伴们，也许是因为他听到的是另一种的鼓点。让他踩着自己听到的音乐节拍走路吧，不管这节拍是什么样，或者走得该有多远。至于他该不该像苹果树或橡树那样迅速就成熟，这可并不重要。他该不该把他的春天变成夏天？如果我们要求的条件还不具备，我们可以用来取代的又算是什么样的现实呢？我们可不要因为虚空的现实而一败涂地。难道我们要下大力气在自己高头建造一片蓝色玻璃似的天空，建成后还得抬眼凝望那个地地道道的遥远太空，仿佛前者并不存在似的？

库鲁城里有一个艺术家，他喜好追求完美。有一天，他突然想做一根手杖。他觉得，一件作品之所以不完美，时间是个因素。但凡一件完美的艺术作品，时间要在所不惜。于是，他自言自语："哪怕我这辈子别的事都不干，我也得把手杖做得十全十美。"他马上直奔森林去，凡是不合适的木材绝不采用。他就这么着寻摸木料，一根又一根地挑选，哪一根都没选中，他的朋友渐渐离开了他，因为他们干活儿一直干到老，一个个都死掉了，可他直到此刻一点还不见老呢。他一门心思，抱定宗旨而又异常虔诚，不知不觉中永葆青春。因为他绝不向时间妥协，时间只好靠边站，待在远处叹息，徒呼奈何。他还没寻摸到完全适用的材料，可库鲁城已成了一片废墟，于是，他坐在一个土堆上剥树皮。他还没有给拐杖勾画出合适的形状来，坎大哈王朝却寿终正寝了，他用拐杖的尖头在沙土上写下了那个种族最后一个人的名字，回头继续干自己的活儿。等他把那拐棍磨平抛光时，卡尔帕①已经不再是北斗星了；在他还没有给拐杖安上金箍和镶嵌宝石头饰前，梵天②睡醒过已有好几回了。可是，我缘何还要提到这些事情呢？因为等他的作品最后完成了，那手杖突然间在他眼前一亮，变得无比光艳夺目，终于成为梵天所有创造物中最完美的珍品，让艺术家大吃一惊。他在制造手杖时创建了一种新的制度，一个完美和公正协调的新世界，在这个世界里，古老的城市和王朝虽已消失，但取代它们的是更漂亮、更辉煌的城市和王朝。现在，他看到自己脚跟边堆满依然是崭新的刨花，觉得就他和他的工作而言，时间的流逝只不过是一种幻觉。其实时间并没有流逝，就像梵天脑子里闪过的火花星子，点燃了凡夫俗子头脑里的火绒。他挑选的材料是至纯精美，他的艺术也是炉火纯青，结果怎么能不神奇呢？

---

① 卡尔帕（Kalpa）：在印度梵文中意为"劫"；古印度传说世界经历若干万年毁灭一次，重新再生，这一周期称为一劫。

② 梵天：印度教主神之一，为创造之神，亦指众生之本，也称梵天。

　　我们可以使事物美观，但到最后都不会像真理那样使我们受益，唯有真理持续令人满意。我们大多数人并不是得其所哉，而是处于一种虚假的位置上。由于我们天性脆弱，我们设定一种情况，会把自己摆了进去，这么一来，我们同时处于两种情况中，要走出来就难上加难了。清醒时，我注重的只是各种事实，亦即实际情况。说要说的话，而不是该说的话。任何真理都要比虚伪好。补锅匠汤姆·海德站在绞刑架上，有人问他有没有什么话要说。"转告裁缝师傅们，"他说，"在缝第一针之前，记住线头上打一个结。"而他朋友们的祈祷，倒是早忘掉了。

　　不管你的生活多么卑微，那也要面对它过活，不要躲避它，也不要贬损它，生活毕竟还不像你那么要不得吧。你最富的时候看上去倒像穷鬼；净爱挑剔的人，就算到了天堂，也净会找茬。热爱你的生活吧，哪怕很贫困，即使在济贫院里，说不定也会有一些快活、激动、极其开心的时光。夕阳照在济贫院的窗上，跟照在富豪人家的窗上一样亮闪闪；那门前积雪同样在早春时融化掉。我揣想，一个人只要心地宁静，即使身在济贫院，也会像在宫殿里一样心满意足、思想愉快。依我看，镇上的穷人往往过着人世间最独立不羁的生活，也许正是因为他们太了不起，所以受之无愧。多数人认为，穷人压根儿用不着镇里来扶持，实际上，自己常常靠不正当的手段来养活自己，这应该说是很不光彩的。要像园中芳草和圣人那样安于清贫，何苦去找新的花头，不管是衣服，还是朋友，找旧的，回到那儿去。万物恒久不变，变的是我们。衣服可以卖掉，但思想要留住。上帝会看到，你并不需要社会。如果我整天价关在阁楼上一个角落里，像一只蜘蛛似的，但我只要自己有思想，依我看这个世界还是一样大。哲学家说："三军可夺帅也，匹夫不可夺志也。"[①]不要急巴巴地寻求发展，让自己受到屡被耍弄的影响，这些全是瞎胡闹。卑微像黑暗，会透露出天国之光。贫穷和卑微的阴影把我们团团围住，"可是瞧吧！天地万物扩大了我们的视野"。人们经常提醒我们，如果上天把克洛索斯[②]的巨富赐给我们，我们的宗旨一定不会变，我们的方法实质上也不会变。再说，如果你受到贫困的限制，比方说，你连书报都买不起，其实，你也只不过被限制在最有意义、最具活力的经验中，被迫跟盛产糖和淀粉的物质领域打交道。贫困的生活最温馨，你断断乎不去做无聊事儿，下层的人不会因为对上层的人心胸宽大而遭受损失。多余的财富只能购买多余的东西，而灵魂的必需品是用钱也买不到的。

我生活在铅墙的角落里，它注入一点铅铜合金成分。经常在午休的时候，有一种乱糟糟的叮叮当当的声音从外面传到了我的耳际，这是我同时代人的噪声。我的邻居告诉我，他们和一些知名绅士淑女的奇遇，还有他们碰到过的什么头面人物，殊不知我对这等事就像对《每日时报》的内容一样，压根儿不感兴趣。兴趣和谈吐多半

---

① 引自《论语·子罕》。
② 克洛索斯：公元前6世纪，吕底亚末代国王，敛财成巨富。

是有关穿着打扮和举止风度，反正呆头鹅总归是呆头鹅，不管怎么
个打扮它。他们向我讲到加利福尼亚和得克萨斯，讲到英国和印度，
讲到某某大人——讲到佐治亚州或马萨诸塞州，所有这一切，全是
过眼烟云，我差点儿像马穆鲁克①老爷一样从他们的院子里逃走。我
很高兴摆正了自己的定位——不喜欢耍花头，摆谱儿，招摇过市，
出足风头，即便我可以跟宇宙造物主走在一起，我也不乐意——不
乐意生活在这个躁动不安、神经紧张、熙熙攘攘、琐屑无聊的十九
世纪，而是喜欢站着或坐着冥思苦索，任凭这个十九世纪流逝而去。
人们在庆祝些什么？他们都是筹备委员会成员，随时企盼听人家演
说。上帝仅仅是这一天的主席，韦伯斯特②是他的演说家。那些最强
烈地吸引我的东西，只要言之有理，我就喜欢对它们仔细掂量，琢
磨研究，并且朝它们靠近——而不会拉住磅秤横杆，试图使它们的
分量轻一些——不会假设一种情况，而是要按照它的实际情况办事。
走在我能走的唯一小路上，因为走在这种小路上，任何力量都阻拦
不住我。基础还没有夯实就去跳拱门，可不会使我称心如意，我们
还是别玩这危险的游戏，什么事都得有一个硬实的底儿。我们在书
里读到，有个旅行家问一个孩子，他前面的沼泽地里是不是有一个

---

① 马穆鲁克（Mameluke）：原指 1250 年到 1517 年统治埃及的军人集团的
　成员，出身奴隶，后来泛指奴隶。据传 1811 年在埃及一次大屠杀中，
　有一个马穆鲁克老爷翻墙跳到马上，得以逃命。
② 韦伯斯特（Daniel Webster, 1782—1852）：美国政治家和演说家。

硬实的底儿，那个孩子回答是有的，不料，转眼之间，旅行家的马齐肚带深地往下陷了进去。于是，他对那孩子说："我听你说的，这个沼泽地里有个硬实的底儿。""没错，底儿是有的。"孩子回答，"不过，现在你还没达到它的一半深呢。"社会的沼泽地和流沙也都是如此，但个中奥妙，只有活到老的孩子才懂得。也只有在极其难得的巧合中，把所想的事儿说了或做了，那才好呢。有人傻乎乎地往板条和灰浆的墙里头钉钉子，我才不会这样做，因为做过这类事，我管保夜夜睡不好觉。给我一把榔头，让我摸一摸墙板上头的纹路。灰浆是靠不住的。要把钉子钉到实处，钉得牢实，夜里醒来想想自己这活儿也管保挺满意——就算缪斯女神唤来了，你也不会觉得难为情，这样做，上帝才会帮你的忙，也唯有这样做，你的忙上帝才帮得上。打进去的每一颗钉子，都应该是在宇宙这台机器里又一颗铆钉，这样你才能继续发挥作用。

最好给我真理，而不是爱情、金钱、名声。我坐在一张摆满珍馐美酒的餐桌前，受到阿谀逢迎的招待，可是，那儿唯独没有真诚和真理；我离开这张怠慢的餐桌，依然饥肠辘辘，如此的招待简直是冷若冰霜。我想，倒是用不着再用冰块把它们冰镇起来。他们告诉我这酒的年代和酒的美名，但我想到了一种更陈、更新、更纯的酒，一种更美名远扬的佳酿，反正他们那儿是没有的，花钱也买不到。在我的心中，风格、住宅、庭院和"娱乐"，都是可有可无的事。我访问过一个国王，可他让我在客厅里等着，从他举手投足来看，好像不大懂得招待客人。邻近我的住地，有一个人住在空心树洞里头，他的举止谈吐倒是颇具真正的王者风度。我要是去访问他，受到的款待该会好得多吧。

我们坐在门廊里要等多久，恪守无聊的陈规陋俗，让任何工作都变得荒谬之至？好像一个人每天一开始都要叫苦不迭，雇了一个人来给他种土豆，午后带着事先想好的种种许愿，出去实践基督徒的温顺和爱心。不妨想一想古中国的自大和人类停滞不前的自满吧。这一代人托庇余荫，庆幸自己好歹成为名门望族的最后子遗；在波士顿、伦敦、巴黎和罗马，想到它那绵绵瓜瓞似的历史，它还在沾沾自喜地诉说自己在艺术、科学和文学上取得的进步。各种哲学学会的记录，关于伟人的公开颂词俯拾皆是！好人亚当在思考自己的美德。"是的，我们作出了伟大的业绩，唱起了神圣之歌，它们将是不朽的"——也就是说，只要我们记得住它们。古代亚述①的学术团体和伟人——现在他们都在哪儿呢？我们是多么年轻的哲学家和实验家啊！我的读者里头，还没有一个是活过完整一生的。在人类生活中，这些也许仅仅是早春季节吧。虽然我们患过七年的疥癣，可我们还没有见过十七年的康科德的蝗灾。我们所熟稔的仅仅是我们赖以生存的地球上的一层薄壳，大多数人都没有潜入过地下六英尺深，也还没有离地跃过六英尺。我们都不知道自己身在何方。再说，

———————————
① 亚述：古代东方一奴隶制国家，位于亚洲西部。

我们差不离有一半时间都在酣睡。但是，我们自以为很聪明，在地球上建立了一种秩序。真的，我们是深刻的思想者，我们是志存高远的精灵！我站在森林覆被①上，看到松针之间爬行的一只虫子极力躲避我的视线，于是，我反躬自问，为什么它会有这些谦逊思想，躲着我把它的头藏起来？也许我是它的恩主，告诉它的族群一些可喜的信息。这时，我想到了那个更伟大的恩主与智者，也正在俯视我这个俨然虫豸呢。

新奇事物源源不绝地拥入当今世界，我们却容忍不可思议的愚钝。我只消提示一下，在最开明的国土上，我们至今还在听什么布道就够了。这里头有诸如欢乐和悲哀之类的字眼儿，可它们都是赞美诗里的叠句，用鼻音哼唱的，其实，我们所相信的还是平庸和卑微。我们以为只要换一下衣服就得了。据说，不列颠帝国是大得很，名声好得很，而美国是一流的强国。我们不相信每一个人背后都在潮起潮落，这潮水能使不列颠帝国像小木片似的漂浮起来，如果每个人心里记住这个。谁知道下一次还会有十七年的蝗灾呢？我生活所在的这个世界的政府不像英国政府那样，在晚宴后喝酒闲聊中就可以构建起来。

我们体内的生命好似大河里的水。也许今年河水涨得老高，人们从来没见过，把干旱的高地都淹没了；甚至这一年说不定还是多事之

---

① 即指饱含枯枝落叶等腐殖质形成的森林覆被。

秋，会把我们所有麝鼠通通淹死了。我们居住的地方不见得总是在旱地上，我远远地看到，深入内地的河岸在古代，远在科学还没有记录它们的洪灾前，就受到河流的冲刷。每个人都听说过新英格兰盛传的那个故事：有一只健壮美丽的虫子，从苹果木旧餐桌的一块干爽的活动面板里爬了出来。殊不知这张餐桌置放在农家厨房里已有六十多个年头了，先是在康涅狄格州，后来到了马萨诸塞州——可那个虫卵远在六十多年苹果树还活着时就存活在树里头，少说也有好几十年了，反正从树的年轮上是看得出来的；只听得这虫子在里面啃咬好几个星期，虫卵也许受到水壶的热气才孵化出来。听了上面这么个故事，谁能不感受到复活和不朽的信心随之增强呢？它的卵子蛰伏在一层又一层的木头芯里，在枯死的社会生活里埋伏了好几个世代，开头是在生青碧绿的活木材里，后来活木材渐渐风干变成坟墓似的硬壳——也许这时它在木头里已啃咬好几年，让坐在喜庆餐桌前的一家人听到响声大吃一惊——谁知道，多么美丽的、长着翅膀的生命，冷不丁从社会最不起眼、别人赠送的家具里头脱颖而出，终于享受了它完美的夏日生活！

　　我并不是说，这一切约翰或乔纳森①都能认识到的。但是，仅靠时光的流逝，断断乎到不了拂晓，这就是那个早晨的特性。遮住我们两眼的亮光，对我们无异于黑暗。唯有我们清醒的时候，天光才大亮。天光大亮的日子多着呢，太阳不过是一颗晨星罢了。

---

① 约翰、乔纳森都是英美人常用姓名，此处分别指英国人与美国人。

附录：

新的桃源是耶？非耶？
——拙译《瓦尔登湖》重印有感

久享"美文中的美文"、"经典中的经典"声誉的《瓦尔登湖》——六十多年前我念大学时虽然读过，但显然未能窥其堂奥。20世纪40年代末，诗人徐迟先生把它翻译出来了。谅他那时节才三十多岁，颇不简单，反正有才气，50年代我在京津还有幸见过他两面，很敬佩他。

后来，季羡林先生任主编的《名家名译·彩色插图本·世界文学名著经典文库》编委会诚邀我重译《瓦尔登湖》。我说坊间已有那么多中译本，屡次婉言推却，可他们老说现下中译本都不理想，到头来还是推却不了。那我就只好承乏，勉力为之。开译之前，我照例作了比较充分的准备，看了好多书……梭罗短暂的一生最出名的就数《瓦尔登湖》。它是纯粹散文经典，誉称"散文诗"。全书充满风光旖旎的田园般的魅力，不消说，足以疑惑众多读者退隐山林，或者傍湖筑舍，竞起仿效之。梭罗却在书中预告，很不希望有人采取他的生活方式，言外之意，切莫把它看成逃避现实的幽居胜地或世外桃源。书中记述梭罗独自在湖畔林居两年里有关大自然、

391

人生、人性诸多重大问题的思考，以及他与大自然亲密接触、重塑自我、探索生活的真谛的心路历程，字里行间闪耀着宁静、恬淡、智慧的光芒。因此，作为译者，一是要特别用心，参透作者的原意，二是与之相应，用比较恬淡、飘逸的笔调把它译成中文。果然，很多人反映读完拙译后感觉比较清新、酣畅，富于韵味。盖因我译经典时对译作中每个句段都十分在意，力求朗朗上口，牢记叶圣陶先生的名言"好的文章可以朗诵"（大意）。我想，人们理想中的文学译作，必然是声情并茂，形神兼备，具有动人的魅力，从视觉、听觉上激活人们的审美情趣。

约莫在2005年，我开译《瓦尔登湖》，时断时续，至翌年冬始告竣，个中甘苦，我已于2010年1月初"腾讯"记者采访时作过介绍，详见长篇访谈录《潘庆舲：吹尽狂沙始到金——译缘漫语》。

文学翻译艺术本无止境。我希望有更多的中译本问世。我觉得好多世界名著也应该有各种不同特色的中译本同时并存，斗艳竞秀，因为各个译家的理解毕竟不一样，译品也随之各有千秋，更相信广大读者独具慧眼。在西方，几百年来，像希腊荷马的作品就有好多不同的译本。列夫·托尔斯泰的小说在英美也有各具特色的英译本。我觉得，我国译坛百花齐放、各领风骚也未尝不可。

就拿我重译《瓦尔登湖》来说，没承想带来始料所不及的惊喜。尽管译竣，我依然觉得并不十分满意，但上海社会科学院出版社于2007年6月首印后未几即告罄，于是赶紧在2008年3月再版。据悉，拙译《瓦尔登湖》在北京反映特别好，在当当网上被评为5个红五星，乃是读过原著众多中译本后的网友作出的评定。他们说"这个译本非常不错"，是"至今为止读到的最牛的散文"，"读来令人叫绝"，又说"现在这个互相倾轧、明争暗斗的时代，读这本书真的是特别好的选择。《瓦尔登湖》留在我们心里。让它成为我们的新的桃源吧！"（摘自2008年2月14日当当网）随后，北京等地好几家大出版社争着出书。据《世界文学名著典藏》丛书主编告知，他们这套大型特精装本丛书中唯独三本一路疯销，里头有一本即是拙译《瓦尔登湖》。

这可让我不由得暗自纳闷，端的是感慨万端。试想，当今书市并不是很景气，纸质出版物受到网络数字电子书挤压，浅阅读、看图风气盛行，传统书店纷纷倒闭，一部经典译著却被五六家以上出版社争先恐后地同时印造，有的还在重印——这在我半个多世纪译著生涯中洵属罕见。毕竟西谚说得好："人活着不是仅仅靠面包。"说到底，包括文学经典在内的精神食粮——乃是圆颅方趾断断乎少不得的。明摆着好的外国文学经典及其匹配的译作，普天下男男女女都爱不释手，你说，可不是？！当然，这并不是意味着拙译一点瑕疵都没有。我可有自知之明，备不住也会有疏漏，或者学羡不足，感悟不深，等等，还望专家，读者不吝指正。

潘庆舲

2010.10 识于上海圣约翰名邸

《爱的教育》
湖南文艺出版社
ISBN：9787540446840
开本：32开/定价：25.00元
意大利政府官方授权名家
权威版本 意大利原版完整
插图
荣获意大利驻华使馆颁发
的"意大利政府文化奖"

《飞鸟集·新月集》
湖南文艺出版社
ISBN：9787540447243
开本：32开/定价：22.00元
每天读一句泰戈尔，忘却
世上一切苦痛
首位荣获诺贝尔文学奖的
东方诗哲、"亚洲第一诗
人"泰戈尔传世佳作

《假如给我三天光明》
湖南文艺出版社
ISBN：9787540447984
开本：32开/定价：22.00元
人类意志力最伟大的典范
作品
一本向光明、智慧、希
望、仁爱引航的人生手册
世界文学史上无与伦比的
杰作

《再别康桥·人间四月天》
湖南文艺出版社
ISBN：9787540447922
开本：32开/定价：25.00元
新月派代表诗人&民国第
一才女 诗歌精选 首度合
集出版
穿越半个多世纪的心灵交
会，值得一生珍藏的绝美
诗篇

《朝花夕拾》
湖南文艺出版社
ISBN：9787540448103
开本：32开/定价：20.00元
一位文化巨人的回忆记事
一幅清末民初的生活画卷
描绘鲁迅先生世界的唯一
作品

《落花生》
湖南文艺出版社
ISBN：9787540448097
开本：32开/定价：22.00元
被忽视的文学大师许地山
的传世散文名作
全新彩绘插图，让蒙尘的
珍珠重现光华

《背影》
湖南文艺出版社
ISBN：9787540448080
开本：32开/定价：25.00元
白话美文典范，"天地间
第一等至情文学"
散文杰作&诗歌名篇 收藏
一个最完整的朱自清

《伊索寓言》
湖南文艺出版社
ISBN：9787540448561
开本：32开/定价：25.00元
影响人类文化的100本书之一
世界上拥有最多读者的寓
言始祖
特别奉送19世纪大师杜雷
百幅原版精美插图

《呼兰河传》
湖南文艺出版社
ISBN：9787540448448
开本：32开/定价：22.00元
一个天才作家奉献给人间
的礼物
穿越时光的艺术珍品
一代才女萧红代表作

《雾都孤儿》
湖南文艺出版社
ISBN：9787540448493
开本：32开/定价：26.00元
英国现实主义文学的杰出
代表作
中国译协"资深翻译家"
权威全译
原版经典插图，拂去岁月
尘埃，让爱与希望历久弥新

《春风沉醉的晚上》
湖南文艺出版社
ISBN：9787540448509
开本：32开/定价：25.00元
郁达夫中短篇小说精选集
感伤的浪漫，率真的反叛
成就现代文坛永不沉沦的
经典之作

《春醪集》
湖南文艺出版社
ISBN：9787540448554
开本：32开/定价：23.00元
偷饮香美春醪的年轻人，
醉中做出的几许好梦
现代中国散文的奇异之作，
"中国的兰姆"昙花般的
青春絮语

《城南旧事》
中国画报出版社
ISBN：9787802208056
开本：32开/定价：24.80元
名家林海音独步文坛三十
多年的经典作品
入选二十世纪中文小说
一百强
上海是张爱玲的，北京是
林海音的。

《美国悲剧》（上、下册）
湖南文艺出版社
开本：32开/定价：58.00元
美国小说黄金时代的经典
力作
美国现代文学三巨头之一
代表作
"美国发财梦牺牲者"的
一代悲剧

《珍妮姑娘》
湖南文艺出版社
ISBN：9787540448820
开本：32开/定价：28.00元
一曲悲天悯人的挽歌
美国小说黄金时代的经典
力作
美国现代文学三巨头之一
成名作

《嘉莉妹妹》
湖南文艺出版社
ISBN：9787540448813
开本：32开/定价：32.00元
掀开美国小说黄金时代序
幕的经典力作
美国现代文学三巨头之一
成名作
美国小说中一座具有历史
意义的里程碑

《猎人笔记》
湖南文艺出版社
ISBN：9787540448912
开本：32开/定价：28.00元
俄国现实主义艺术大师的
成名之作
俄国文学史上"一部点燃
火种的书"

《格列佛游记》
湖南文艺出版社
ISBN：9787540448530
开本：32开/定价：23.00元
世界文学史上极具童话色彩
的讽刺小说
离奇荒诞的航海游记，犀利
幽默的政治寓言

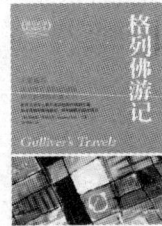

《鲁滨孙漂流记》
湖南文艺出版社
ISBN：9787540448752
开本：32开/定价：25.00元
倾注勇气的冒险之旅，锐
意进取的孤岛求生记
震撼欧洲文学史的惊世作品

《哈姆雷特》
湖南文艺出版社
ISBN：9787540448578
开本：32开/定价：20.00元
在他身上，我们看到作为一
个人的全部复杂
莎翁经典名作，世界戏剧史
上的钻石篇章

《十四行诗》
湖南文艺出版社
开本：32开/定价：25.00元
你从未见过的"甜蜜的莎士比亚"
时光流转中爱的不朽箴言
莎翁在世时唯一诗集
"中国拜伦"梁宗岱经典译本

《最后一课》
湖南文艺出版社
ISBN：9787540449209
开本：32开/定价：22.00元
感受都德带给你心灵的震撼和美轮美奂的诗意
脍炙人口的名篇
入选多国中小学语文教材

《缀网劳蛛:许地山小说菁华集》
湖南文艺出版社
ISBN：9787540449322
开本：32开/定价：23.00元
被忽视的文学大师许地山的传世小说名作
抒写人性之美的一枝奇葩

《子夜》
湖南文艺出版社
ISBN：9787540449285
开本：32开/定价：28.00元
"中国第一部写实主义的成功的长篇小说"
被评为"可以与《追忆似水年华》《百年孤独》媲美的杰作"

《汤姆·索亚历险记》
湖南文艺出版社
ISBN：9787540449117
开本：32开/定价：22.00元
"美国文学史上的林肯"
献给所有孩子和大人的礼物
一段五彩斑斓的少年成长史
一部险象环生的冒险传奇

《格兰特船长的儿女》
湖南文艺出版社
ISBN：9787540449230
开本：32开/定价：28.00元
"现代科学幻想小说之父"令人惊异的科学预言
"海洋三部曲"首作
百科全书式对大自然的奇思妙想

《海底两万里》
湖南文艺出版社
ISBN：9787540449315
开本：32开/定价：28.00元
最具魔力的科幻小说经典
充满自由与孤独的深海之旅

《神秘岛》
湖南文艺出版社
ISBN：9787540449223
开本：32开/定价：28.00元
"现代科学幻想小说之父"令人惊异的科学预言
"海洋三部曲"第三部
多姿多彩想象力的伟大尝试

《羊脂球》
湖南文艺出版社
ISBN：9787540449292
开本：32开/定价：25.00元
在他笔下，世人可叹可笑，寒凉入木三分
爱情至死不渝，欲望活色生香
法国"短篇小说之王"莫泊桑代表作全记录

《小王子》
湖南文艺出版社
ISBN：9787540449643
开本：32开/定价：22.00元
纪念永不尘封的爱与责任
一部关于生命与生活的美好童话
20世纪最佳法语图书

《古希腊罗马神话》
湖南文艺出版社
ISBN：9787540449971
开本：32开/定价：26.00元
真正读懂西方的入门课和
必修课
人类对最完美自我的期待

《一千零一夜》
湖南文艺出版社
ISBN：9787540449964
开本：32开/定价：25.00元
芝麻开门独放异彩
东方文化不朽杰作

《瓦尔登湖》
湖南文艺出版社
开本：32开/定价：25.00元
倾听感受寂静之美
隐居的自然哲人絮语
让心灵自由呼吸

《钢铁是怎样炼成的》
湖南文艺出版社
ISBN：9787540449995
开本：32开/定价：28.00元
永不过时的红色经典，闪烁
理想主义光彩的励志杰作
一部"超越国界的伟大文
学作品"，永远的保尔·
柯察金！

《巴黎圣母院》
湖南文艺出版社
ISBN：9787540449933
开本：32开/定价：28.00元
"法兰西的莎士比亚"第
一部浪漫主义鸿篇巨制
一部雄浑悲壮的命运交响
乐，一曲思辨美与丑的悲歌

《红与黑》
湖南文艺出版社
ISBN：9787540450076
开本：32开/定价：28.00元
19世纪欧洲文学史中第一
部批判现实主义杰作
一首"灵魂的哲学诗"，
美国作家海名威开列的必
读书

《八十天环游地球》
湖南文艺出版社
ISBN：9787540449957
开本：32开/定价：28.00元
凡尔纳最著名的作品
同名电影荣获第29届奥斯
卡金像奖最佳影片

《呐喊》
湖南文艺出版社
ISBN：9787540449926
开本：32开/定价：22.00元
"以巨大的爱，为被侮辱和被
损害者悲哀，叫喊和战斗"
他的文字无论拿到哪一个时
代，都是激励这个时代的人
们勇敢前行的经典。

《野草》
湖南文艺出版社
ISBN：9787540449988
开本：32开/定价：22.00元
要读懂20世纪中国的深度，
必看鲁迅
要读懂鲁迅的深度，必看
《野草》
鲁迅最美的作品，一部幽深
奇幻的哲学之书